KONSALIK

NATASCHA

Roman

PAVILLON VERLAG
MÜNCHEN

PAVILLON TASCHENBUCH
Nr. 02/0008

Umwelthinweis:
Dieses Buch wurde auf
chlor- und säurefreiem Papier gedruckt.

Der Pavillon Verlag ist ein Unternehmen der
Heyne Verlagsgruppe, München
http://www.heyne.de
Printed in Germany 1999
Umschlagillustration: Look Bildagentur/Heinz Wohner,
München
Umschlaggestaltung: Atelier Ingrid Schütz, München
Gesamtherstellung: Elsnerdruck, Berlin

ISBN: 3-453-15760-5

Luka stand in der Seitenkulisse und starrte mißmutig auf die große Bühne. Einen Frack trug er, zum erstenmal in seinem Leben, und er hatte sich dagegen gesträubt wie ein junger Hengst gegen das erste Halfter. »Muß es sein, Täubchen?« hatte er schließlich gejammert und die Hände gerungen, die aussahen wie Bärentatzen, aber nicht wie die Hände eines normalen Christenmenschen. Behaart waren sie wie der ganze mächtige Kerl, dieser Turm aus Fleisch und Knochen, unter dem die Dielen zitterten, wenn er auftrat.

Ja, so war's. Luka war mißmutig. Der steife Kragen drückte auf den Kehlkopf, die weiße Schleife verrutschte bei jedem Atemzug, und richtig zu atmen wagte Luka auch nicht, denn dann krachte die steif gestärkte Frackhemdbrust und schien auseinanderzuplatzen. Zum Teufel war's schon mit dem Vornehmsein. Und was das Allerschlimmste war ... er hatte sich rasieren müssen! »Luka!« hatte das Täubchen gesagt. »Wir sind jetzt in Paris, in einer freien Welt. Da gibt es keine Taiga und keine Füchse, die man wochenlang durch den Schnee verfolgt. Verstehst du? Also sei anders und rasiere dich ...«

Der Coiffeur, auf dessen Sessel sich Luka klemmte, bedauerte, keinen Fotografen zur Hand zu haben. Es hätte ein wundervolles Reklamebild gegeben ... vorher – nachher ... aus einem Tier wird durch eine fachgerechte Rasur ein Mensch ...

Nur Luka sah es nicht ein. Er starrte nach der Rasur in den großen Spiegel, zeigte mit beiden Händen auf das Spiegelbild und fragte donnernd: »Wer ist's! Ich? So sehe ich aus? Man sollte euch alle in die Hölle jagen!«

Nun war es soweit. Er stand auf der Bühne, hinter einer ägyptischen Säule aus Pappe, Sperrholz und bemalter Leinwand, und vor ihm auf der Bühne stand Natascha Tschugunowa und sang die ›Aida‹. Rechts von ihm gähnte ein riesiger, dunkler, ovaler Raum. Dort sitzen 1500 Menschen. Verdammt, dachte Luka und kratzte sich den Kopf. Sie alle hören jetzt dem Täubchen zu. O ja, singen kann sie. Wie ein Vögelchen, das zum erstenmal nach einem langen Winter in den blauen Frühlingshimmel flattert. Wie eine Lerche über den Rosenfeldern. Gut, gut ... wie sagte doch der Gesangslehrer Waleri Tumanow aus Moskau, dieser kleine, dicke, immer schwitzende Waleri, der plötzlich in der Lubjanka erschossen wurde, weil er immer noch glaubte, Stalin sei ein großer Mann gewesen: »Wenn du hinaus in die Welt gehst, Natascha, wird es niemanden geben, der nicht vor deiner Stimme auf den Knien liegt. Du singst nicht ... du betest mit deiner Stimme ...«

Ungeheuerlich war das! Luka hatte es erst als eine Beleidigung aufgefaßt. Was hatte Gott mit Nataschas Stimme zu schaffen? Es war eine echte, sowjetische, proletarische Stimme, die Stimme eines Mädchens aus Krassnoje Mowona, wißt ihr, jener großen Sowchose bei Tatarssk an der Gorodnja, südlich von Smolensk. Jawohl ... und nun hatte dieser kleine Teufel, dieses schwitzende Stinkbeutelchen Waleri Tumanow doch recht behalten. Die Leute waren still wie in einer Kirche, wenn Natascha sang, und wenn sie aufhörte, tobten sie wie bei der Feier der Oktoberrevolution. Nur glücklicher sahen sie dabei aus, mit leuchtenderen Augen und mit einem Gesicht, das in Entzückung zerfloß. Überall war es so ... in Moskau, in Leningrad, in Charkow, in Tiflis, in Ulan Bator, und dann in London, New York, Rio de Janeiro, Colón, Berlin, München, Rom, Mailand, Budapest ... eigentlich überall, wo ein großes Opernhaus stand. Und nun in Paris.

Luka kratzte sich wieder den dicken Schädel. Paris war schön, aber er liebte es nicht. Es war die erste Stadt, in der er einen Frack tragen mußte. So etwas hemmt die Liebe und trübt den gefälligen Blick.

Der Regisseur trat neben Luka und sah auf die Bühne. Er hatte ein glückliches Gesicht, seine Augen glänzten.

»Welche Stimme...«, sagte er zu Luka. »Und diese Seele –«

»Mütterchen Rußland ist's, Genosse...«, brummte Luka. Der Regisseur zuckte zusammen, als habe man ihn gegen das Schienbein getreten. Er starrte zu dem menschlichen Koloß hinauf und beeilte sich, von ihm wegzukommen. Beim Inspizienten setzte er sich auf einen geflochtenen Hocker.

»Diese Russen«, sagte er leise hinter der vorgehaltenen Hand. »Ich bekomme immer eine Gänsehaut...«

Auf der Bühne stand Natascha Tschugunowa allein inmitten der Tempelsäulen. Pierre Simou, der Tenor, hatte sich als Radames verabschiedet und war zur anderen Seitenkulisse hinausgelaufen. Nun hob Natascha langsam beide Arme, flehend und doch fordernd, ein Bild wie aus den vieltausendjährigen Tempelfriesen von Abu Simbel. Die große Arie der ›Aida‹ begann.

> Als Sieger kehre ich heim. Auch meinem Mund
> entfloh das Wort, so ruchlos! Sei Besieger
> meines Vaters, der nur für mich die Waffen
> ergriff, mir neu zu geben
> die Heimat, Macht und Ehren und einen Namen,
> den hier ich muß verbergen –

Natascha Tschugunowa sang es plötzlich russisch. Totenstill war es in der Oper, nur ihre Stimme schwebte wie ein schluchzender Aufschrei in die Dunkelheit, und selbst die Geigen weinten, als zittere plötzlich der Bogen in den Fingern der Spieler.

Luka lehnte den dicken Kopf an die Pappsäule und schluchzte. Er begriff, was Natascha sang, warum sie russisch sang, und er wußte, daß unter den 1500 stummen Zuhörern einige hundert andere Russen saßen und ihnen die Tränen über die Backen liefen, und sie würden jetzt an Mütterchen Rußland denken, an die Sonnenblumenfelder, an die vom Hochwasser ausgewaschenen Ufer des Don, an die Steppen und unendlichen Wälder, an die Holzhäuser und das Geläut der Troika.

... mir neu zu geben
die Heimat, Macht und Ehren und einen Namen,
den hier ich muß verbergen –

Der Regisseur stand wieder neben Luka. Er sah ein wenig unglücklich aus.

»Warum singt sie russisch?« flüsterte er zu Luka, der mit dem Handrücken seine Tränen aus den Augen wischte. »Sie sollte doch italienisch singen ... es war doch so geprobt ...«

»Ein Idiot bist du, Freundchen!« sagte Luka laut. »Mein Täubchen singt nicht ... es betet ...« Recht hatte Waleri Tumanow, das dicke Schweinchen von einem Moskauer Gesangslehrer, dachte er dabei. Jetzt auf einmal begreift man's ganz. Und er biß sich auf die Lippen und fluchte innerlich, daß ihm das Wasser wieder in die Augen schoß. »Geh!« sagte er zu dem verblüfften Regisseur. »Wenn's dir nicht gefällt, kneif ich dich, daß du wie eine heiße Wölfin heulst –«

Der Regisseur schlich zurück. »Wie die Wilden sind sie«, knurrte er vor sich hin.

Die Stimme der Tschugunowa schwieg. Im Orchester war Stille, in dem weiten, dunklen Rund lag ergriffenes Schweigen. Es war nicht mehr die Arie der ›Aida‹ gewesen ... sie alle hatten es gespürt: Hier hatte eine Frau gesungen, die Abschied nahm von ihrer Heimat und der das Herz fast brach, weil sie ihre Heimat mehr liebte als allen Glanz der anderen Welt.

Dann aber, nach einigen Sekunden stummen Mitleidens, brach der Beifall aus. Ein Donnern war's, wie die Hufe von tausend Pferden, die über die Steppe brausen. Rufen hörte man, russische Schreie ... »Swaboda! Swaboda!« (Freiheit! Freiheit!) Eine Demonstration war's, der Teufel hol's ... eine Demonstration gegen die Bolschewiki. Luka lehnte sich an die Säule und kratzte sich mit beiden Händen den Kopf. Als er an Rußland gedacht hatte, mußte er weinen, der Riese, aber jetzt war er nachdenklich und klatschte nicht mit. Wie soll's werden? dachte er nur. In Paris sind wir, morgen in London, übermorgen in Rom ... und so wird's weitergehen, bis wir alt sind und zusammenfallen und uns hinlegen und sagen: Flieg hinweg, Seelchen. Aber Mütterchen Rußland werden wir nie mehr wiedersehen. Nie mehr die Wälder von Krassnoje Mowona, die Rosenfelder von Kasanlik, und nie mehr werden wir ihn trinken, den schwarzen Wein Massandra, der auf der Zunge schmeckt wie die Feldkamille, die man in Schokolade tauchte.

Natascha Tschugunowa kam von der Bühne. Plötzlich stand sie vor Luka. Klein, zierlich, ein Püppchen, das man zerbrechen mußte, wenn man es hart anfaßte.

»Nun?« fragte sie. »Was ist, Luka?«

»Abschied hast du genommen, Täubchen?« sagte er rauh.

Sie nickte. »Du hast es verstanden? Manchmal bist du gar kein Idiot, Luka.«

Luka grinste verlegen. Wie lange ist's her? dachte er. Da gab es einmal einen Soldaten der Roten Armee, den man Luka, den Idioten, nannte. Fast berühmt war er unter diesem Namen. Sogar ein General ließ ihn sich vorführen und sagte jovial: »So also siehst du aus! Das zu verstehen, sollte man zehntausend Jahre zurückdenken!« Luka verstand es nicht, aber er war stolz, daß ihn ein General überhaupt ansprach. Dann bekam er einen Liter Wodka und wurde zur Truppe zurückgeschickt.

Wie lange war's her? Und was war alles geschehen? Zum Teufel, so ein Menschenleben ist doch wie ein Brunnen. Jeden Tag zieht man einen Eimer herauf, und immer ist was anderes drin. Mal ein Fröschchen, mal ein Zweig, mal ein Lurch oder ein fauliger Apfel. Und man trinkt das Wasser doch, weil man muß. Es gibt keinen anderen Brunnen weit und breit. So ist's, Freundchen, und man kann gar nichts daran ändern. Gar nichts!

Die Oper ging weiter. Natascha Tschugunowa mußte wieder auf die Bühne. Bevor sie hinaustrat in die grellen Scheinwerfer und den noch immer donnernden Applaus, stieß sie mit der kleinen Faust an die Brust Lukas.

»Geh in die Garderobe«, sagte sie. »Du schwitzt ja.«

»Der ekelhafte Frack, mein Täubchen. Wie schön war unser selbstgemachtes Leinenjäckchen . . .«

»Du mußt ihn jetzt jeden Abend tragen, wenn ich singe . . .«

»Jeden . . .?« knirschte Luka.

»Ja –«

»Eine merkwürdige Freiheit ist's«, sagte er laut, »in der man noch nicht einmal ein Leinenjäckchen tragen darf . . .«

Dann drehte er sich herum und ging weg. Er hinkte ein wenig, schleppte das linke Bein etwas nach, weil es ein wenig kürzer war und einige Nerven gelähmt schienen. Aber es störte nicht sonderlich. Im Gegenteil, man glaubte, es dürfe gar nicht anders sein. So schaukelte ein Riesenbär durch den Wald.

Natascha Tschugunowa sah ihm nach. Ihr schmales Gesicht unter der hohen schwarzen Ägypterperücke zeigte ein mildes, fast liebendes Lächeln.

»Guter, alter Luka«, sagte sie leise. »Ein großes Stück Heimat bist du –«

»Auf die Bühne!« winkte der Regisseur.

Natascha Tschugunowa nickte. Mit einem Lächeln und über der Brust gefalteten Händen trat sie hinaus in das Scheinwerferlicht und die Ovationen einer enthusiasmierten Menge . . .

In der Garderobe sah es aus wie in einem Truppenlager. Luka stieß mit dem Fuß die Tür hinter sich zu, was gar nicht zu seinem Frack paßte. Die vielen Menschen, die sich in der großen Garderobe drängten, verstummten, als sei das Licht ausgegangen. Sie sahen auf den Riesen wie auf ein urweltliches Fossil, das gleich zum Erstaunen aller eine Dressurnummer darbieten würde.

Reporter waren's, von allen Zeitungen der Welt, und Luka hatte sie in die Garderobe bestellt. Sie hatten allerhand wissen wollen, ihr Beruf ist's nun mal, und Luka sah es ein.

»Da ist er ja, der große Manager!« sagte jemand aus der Mitte der Wartenden. Luka senkte den Kopf, der Frackkragen knirschte.

»Raus fliegst du, wenn du mich beleidigst!« sagte er grob. Er sprach englisch, der Riese, aber so schauderhaft, daß man Mühe hatte, es überhaupt zu begreifen. Natascha hatte es ihm in mühevoller Arbeit beigebracht, als sie selbst die Sprache lernte. »Hundert Werst Urwald will ich fällen!« hatte Luka immer geschrien, wenn eine neue Stunde Unterricht begann. »Aber nicht das, Täubchen! Verschone mich, um aller Heiligen willen!« Aber er mußte lernen. Es half alles Jammern nichts. Mit hundert Werst Urwald fällen kann man nicht im Ausland bestehen.

»Was wollt ihr wissen, ihr Läuse?« fragte Luka und überblickte die Reportermenge. Er sah gezückte Kugelschreiber, zwei Reiseschreibmaschinen auf den Knien zweier junger Damen und einige Mikrofone, die ihm entgegengehalten wurden wie Schlangenköpfe.

»Alles!« antwortete jemand.

»Alles?« Lukas Gesicht wurde ernst und verschlossen. »Warum?«

»Weil sich die Welt dafür interessiert . . .«

»Was ist die Welt?«

»Millionen Leser unserer Zeitungen –«

»Und weiter nichts?«

Die Antwort Lukas verblüffte. Man war sich nicht einig, ob es ein Witz sein sollte, eine Frechheit oder ein falsch verstandenes Bonmot.

»Wo kommt sie her?« rief eine der jungen Damen mit der Schreibmaschine auf den Knien. »Stimmt es, daß Natascha einmal eine bekannte Russin war?«

»Sie ist's noch immer!« sagte Luka. Er schwitzte wieder. Der Frackkragen drückte ihm die Luft ab, die steife Hemdbrust hemmte ihn, richtig zu atmen.

»Hatte sie den Stalinpreis?«

»Ja –«

»Warum ist sie geflüchtet ...?«

»Geflüchtet?« Luka schüttelte den Kopf. Dabei rieb der Kragenknopf an seiner Haut. Er überwand die innere Scheu vor den strafenden Worten Nataschas, griff mit beiden Händen zum Kragen und riß ihn einfach ab. Mitsamt der weißen Schleife warf er ihn in eine Ecke der Garderobe. Dann riß er sein Frackhemd auf und dehnte sich wohlig in der plötzlichen Freiheit seines Körpers. Seine dichtbehaarte Brust drang aus dem Hemd hervor. Ein Riesenaffe in einem Frack. Die Reporterinnen schluckten. Soviel Kraft überstieg ihr Vorstellungsvermögen.

»Wer sagt da: Geflüchtet? Blödsinn ist's! Ein Gastspiel geben wir.«

»Aber Sie kehren nicht mehr nach Moskau zurück?«

Luka schwieg. Nie mehr zurück? dachte er. Das ist's, was in der Brust so weh tut. Nie mehr zurück nach Rußland. Ein ganzes Leben lang nicht. Kann man's überhaupt ertragen? Aber Natascha will es so ... und wenn sie es will, hat ein Luka mitzugehen. »Laß sie nie allein, Luka«, hatte Fedja Iwanowitsch Astachow einmal gesagt. Wie lange war's her? Ja, genau dreiundzwanzig Jahre ... Himmel, die Jahre jagen dahin wie Wolken im Frühjahrssturm. Aber vergessen hatte er's nicht, der Luka, was der Fedja ihm anvertraute. »Laß sie nie allein, meine Natascha ...«

Und Luka schwieg. Er sah über die Menge der Reporter,

hob plötzlich die riesige Hand und ließ sie durch die Luft sausen. Es zischte, als koche ein Wasserkessel über.

»Geht!« sagte er rauh. »Schreibt, was ihr wollt! Ich sage nichts mehr!«

»Aber Manager!« Ein amerikanischer Journalist drängte sich vor. »Sie haben die Story des Jahres in der Tasche und sitzen drauf. Das ist unfair. Oder soll's was kosten? Darüber läßt sich sprechen.«

»Einverstanden!« rief ein anderer aus der Menge. »Und vor allem eins: Wie kommt der Opernstar Natascha Tschugunowa zu einem Urwelttier wie Sie, Luka? Wer sind Sie, Luka?«

»Ihr Schatten!« sagte Luka laut. »Wenn sie keinen Schatten mehr hat, wird auch sie nicht mehr sein ... Versteht ihr's?«

»Sind wir blöd?« Der Amerikaner lachte. »Und nun raus mit der Story! Wer ist Natascha Tschugunowa wirklich? Wer sind Sie? Wir kennen sie nur als die Primadonna der Oper. Aber was war sie früher? Wo kommt sie her? Warum hat sie Rußland verlassen und ist in die freie Welt geflüchtet?«

Luka schwieg. Er setzte sich auf einen Stuhl und kratzte sich die Haare auf der Brust. Wie schön ist eine Blätterhütte im Wald, wenn die Sommersonne den Boden dampfen läßt, dachte er. In den Hintern sollte man sie alle treten, alle hier. Auch die Schreibmaschinenweiber. Was geht sie unser Leben an? Verstehen sie's überhaupt? Wer kann uns überhaupt verstehen, wenn er nicht unter dem weiten Himmel Rußlands geboren ist und gelebt hat?

»Geht raus!« sagte er laut. »Alle raus! Ihr versteht es doch nicht –«

»Was verstehen wir nicht?« hakte der Amerikaner ein.

»Uns –«

»Den Bolschewismus? Chruschtschow?«

»Uns, Genossen!« Luka winkte ab. »Warum Bolschewismus und Chruschtschow?«

»Aber Sie sind doch Russe –«, rief der Amerikaner.

Luka nickte und sah ihn groß an. »Aber wir sind doch auch Menschen ... Freundchen, nicht wahr ...«, sagte er, und er sagte es auf russisch.

Und alle verstanden ihn sogar.

Während die Aufführung der ›Aida‹ in vollem Gange war, wurde sie außerhalb der Großen Oper Paris zu einem peinlichen politischen Zwischenfall. Von der sowjetischen Botschaft erschien ein Botschaftsrat mit zwei anderen Botschaftsangestellten im Quai d'Orsay, dem Sitz des französischen Außenministeriums. Sie legten einen schriftlichen Protest der UdSSR vor und erhärteten ihn dadurch, daß sie persönlich auf eine Antwort warten wollten.

Da der Außenminister nicht anwesend war, übernahm ein Ministerialrat die unliebsame Angelegenheit.

»Ihren Protest verstehe ich nicht«, sagte er zu dem Russen und überflog mehr aus Höflichkeit die Zeilen des Schreibens. »Frau Natascha Tschugunowa ist doch ein freier Mensch, der tun und lassen kann, was er will. Oder nicht? Sie kann sich ihren Wohnsitz suchen, wo sie will.«

Botschaftsrat Alexei Igorowitsch Galjanow räusperte sich. Erwartet hatte man solche westliche Ansicht von Staatsbürgertreue. Es war sinnlos, die Maximen eines Sowjetbürgers zu erklären ... man wollte sie nicht verstehen, und außerdem war ein solcher Fall wie der der Natascha Tschugunowa viel zu willkommen für die westliche Propaganda, als daß man ihn bereitwillig wieder aus der Hand gab.

»Frau Tschugunowa ist sowjetische Staatsangehörige, Stalinpreisträgerin, Heldin der Nation, Träger des Leninordens ... eine solche Frau verzichtet nicht einfach auf ihr Vaterland und bittet um Asyl in Frankreich! Entweder ist sie krank ... dann beantrage ich hiermit die Vorführung vor eine sowjetische Ärztekommission, oder man hat sie gezwungen, wodurch, wissen wir nicht. Dann verlangen wir eine klare Untersuchung und ein Verhör von Frau Tschugunowa in der sowjetischen Botschaft!«

Der französische Ministerialrat nickte mehrmals. Wie erwartet, dachte er. Bei beiden Möglichkeiten würde Natascha Tschugunowa die Botschaft nicht mehr verlassen, und es würde später heißen, sie habe es sich anders überlegt und sei bereits zurück auf dem Weg nach Moskau. Die Bitte um politisches Asyl, vor drei Wochen gestellt, war ihm bekannt. Damals kam die große Tschugunowa mit einem Opernensemble der Moskauer Oper nach Paris, um ein Gastspiel zu geben. Was dann geschah, davon berichtete die Weltpresse in ganzseitigen Schlagzeilen. Nun, nach drei Wochen, trat sie wieder auf ... als Star der Pariser Oper. Natascha Tschugunowa als ›Aida‹ ... der erste Opernabend außerhalb des russischen Ensembles.

»Krank scheint die Primadonna nicht zu sein«, sagte der französische Ministerialrat und lächelte mokant. »Im Augenblick singt sie. Soll ich das Radio anstellen? Sie können es mit anhören. So singt keine Kranke.«

»Aber wir bestehen darauf ...« Alexei Galjanow trommelte mit den Fingern auf die Tischplatte. Unglücklich war er, man sah's ihm an, aber er mußte ausführen, was der Botschafter befahl. Und auch er wurde ja von Moskau angewiesen. »Sie haben die Tschugunowa zurück nach Moskau zu bringen!« lautete der Befehl. Weiter nichts. Nur wer ein Russe ist, weiß, was ein Befehl aus Moskau bedeutet. Er kann Glückseligkeit und Tod bedeuten, und man hat beides in einer Hand.

»Frau Tschugunowa will in Europa bleiben. Ist das ein Verbrechen?« fragte der Franzose. Galjanow sah auf seine Fingerspitzen.

»Es widerspricht unserer gesellschaftlichen Moral. Sie könnten uns entgegenkommen, indem Sie Frau Tschugunowa weder einen Ausländerpaß noch eine Aufenthaltsgenehmigung geben. Sie könnten sie zum Beispiel ausweisen ...«

»Aber warum denn?«

»Als lästige Ausländerin –«

»Natascha Tschugunowa ist eine der besten Sopranistinnen der Welt. So etwas ist nicht lästig, sondern eine Ehre, sie im Lande zu haben.«

Alexei Igorowitsch Galjanow legte die Fingerspitzen aneinander.

»Wir mißverstehen uns«, sagte er langsam. »Natascha Tschugunowa ist nicht bloß eine Sängerin ... sie ist ein Politikum. Wenn die französische Regierung ihr Asyl gewährt, muß meine Regierung das als einen unfreundlichen Akt betrachten, der die Beziehungen unserer Länder trübt.«

»Das ist bedauerlich.« Der Franzose klappte die überreichte Protestnote zu. Es war eine endgültige Bewegung, und Galjanow verstand sie sofort. »Wir können nicht einsehen – und es widerspricht auch aller Moral –, daß Menschenfreundlichkeit und Hilfsbereitschaft ein unfreundlicher Akt sein sollen. Ein jeder Mensch hat nach unseren Ansichten das Recht, sich frei dort zu bewegen, wo er es wünscht. Das Prinzip von Freiheit – Gleichheit – Brüderlichkeit ist unser nationales Heiligtum! Unter diesem Aspekt genießt Frau Tschugunowa die Gastfreundschaft unseres Landes. Sie hat es gewünscht ... und wir sind glücklich, sie ihr zu gewähren ...«

»Es ist bedauerlich.« Alexei Galjanow erhob sich steif. Er verbeugte sich und verließ mit gesenktem Kopf den Quai d'Orsay. Er hatte eigentlich nichts anderes erwartet, ebensowenig wie der Botschafter. Aber der Befehl aus Moskau lag entschlüsselt im Safe der russischen Botschaft, und es war schwer, im Kreml zu überzeugen, daß eine Frau, der man die höchsten sowjetischen Ehrungen verliehen hatte, aus ihrem Lande flüchtete und ihren russischen Paß zerriß.

Und dann war noch dieser Luka da. Alexei Galjanow hatte ihn nicht erwähnt. Auch in der Protestschrift stand nicht sein Name. Luka ließ man aus dem Spiel. Er war die letzte und einzige Möglichkeit, Natascha Tschugunowa nach Moskau zurückzubekommen. Der Lebenslauf Nataschas und Lukas war nach Paris an die Botschaft gefunkt worden. Eins wußte man daraufhin genau: Wo Luka war, würde auch Natascha sein. Und um Luka würde sich jetzt alles drehen. Das wußte Galjanow. Ein Luka im Keller der sowjetischen Botschaft bedeutete das Vorfahren der Natascha Tschugunowa zur freiwilligen Rückkehr.

»Sofort zur Botschaft!« sagte Alexei Igorowitsch Galjanow zu dem Fahrer seines schwarzen Wagens. »Es muß mit dem Ende der Oper alles vorbei sein –«

Die große Nilarie der Aida klang über 1500 Menschen hinweg, und es war ihnen, als seien sie selbst die Sklaven und träumten von den fernen Ufern.

Natascha Tschugunowa sang sie mit geschlossenen Augen. Sie brauchte keinen Dirigentenwink, keine Einsatzzeichen, keine Tempischläge. Sie sang ganz von innen heraus dieses Lied der Sehnsucht und des Abschieds, und es stimmte alles, weil sie selbst nichts mehr war als eine Heimatlose, als ein kleiner Mensch in einer für sie leeren Welt.

O Vaterland, ich seh dich nimmerdar!
Azurne Bläue, o heimatliches Land,
wo hell der Morgen schien auf mich herab,
o grüne Hügel, Strand du voll Blumendüfte,
mein Vaterland, dich seh' ich nimmermehr!
Niemals, nein, o nimmermehr ...

Und dann, wie ein Aufschrei, der die Köpfe hochzucken ließ und die Herzen aufriß:

... der Liebe Traum, er ist zu Grab getragen ...

»Wenn sie gleich umfällt, gibt es einen Skandal!« flüsterte der Regisseur neben dem Inspizienten. Auch der Direktor der Großen Oper Paris stand nun in der Seitenkulisse. Er hatte Schweißperlen auf der Stirn und trocknete sich die Handflächen dauernd mit einem großen seidenen Taschentuch ab.

»Sie singt sich die Seele weg!« sagte er leise. »Wie kann eine so kleine, zarte Frau das bloß aushalten . . .«

Um die gleiche Zeit fast führte Botschaftsrat Galjanow einige schnelle Telefongespräche. Dann legte er zufrieden den Hörer auf und sah auf seine Armbanduhr. In einer Stunde mußte Luka in der Botschaft sein.

Wenig später fuhren einige Taxis und Privatwagen aus verschiedenen Pariser Bezirken sternförmig zum Place de l'Opéra. Elegante Herren im Frack und Smoking saßen in den Wagen. Ihre Aufgabe allerdings war weniger galant. In der Pause vom dritten zum vierten Akt der Oper sollten sie sich unter die Besucher mischen. Zu Beginn des vierten Aktes sollte dann ein Pfeifkonzert die Oper unterbrechen und ein Skandal die Vorstellung abbrechen lassen. In der allgemeinen Verwirrung, die sich auch hinter der Bühne ausbreiten würde, sollten dann einige der befrackten Herren in die Garderobe der Tschugunowa dringen und Luka in die Botschaft mitnehmen.

Es war ein simpler Plan, aber wie alle Terrorpläne wirkungsvoll und sicher. Eine jahrzehntelange Erfahrung bewies es, und Alexei Galjanow hatte keine Zweifel, daß dieser Beweis auch heute erbracht werden konnte.

Es würde klappen – wie immer.

Die Schwierigkeit lag allein bei Luka. Es kam darauf an, ihn nicht zu töten, sondern lebend in die Botschaft zu bringen. Aber ein Urwelttier zu fangen war eine Aufgabe, die bisher noch nie gestellt worden war. Galjanow überließ es den Experten der Störabteilung, mit diesem Problem fertig zu werden.

»Dieses hinkende Riesenschwein?« hatte Fjodor Pleskow, der Leiter der Einsatzgruppe, gesagt. »Als ob das ein

Problem wäre, Genossen! Da haben wir schon andere Dinge gelöst.«

Alexei Galjanow glaubte es nicht so richtig. Aber er schwieg, und jetzt wartete er ab, was geschehen würde.

Vor der Oper stand eine Reihe Polizei und sperrte die große Freitreppe zum Eingang ab. Als die Herren im Frack und Smoking einzeln vorfuhren und mit eleganten Schritten zur Oper eilten, wurden sie ebenso einzeln in Empfang genommen und in einen ausgeräumten, bereitgestellten großen Raum geführt, in dem sonst die Solotanzgruppe des Balletts übte.

Fjodor Pleskow sah sich genötigt, sich zu beschweren, und er tat es mit lauter Stimme und unter Berufung auf seinen Diplomatenpaß, den er plötzlich aus dem Frack zog.

»Der Herr Polizeipräfekt wird gleich selbst kommen«, sagte ein Hauptmann der Polizei und bat die Herren, auf den an den Wänden aufgestellten Stühlen Platz zu nehmen. »Der vierte Akt wird gleich beginnen. Wenn die Oper zu Ende ist, wird der Herr Präfekt –«

»Ich protestiere!« schrie Pleskow. »Im Namen der Sowjetischen Republik protestiere ich gegen die Freiheitsberaubung eines Diplomaten!«

»Wir nehmen den Protest zur Kenntnis und bitten Sie, ihn schriftlich an den Quai d'Orsay zu senden.« Der Polizeihauptmann lauschte. In der Oper wurde es still. Es klingelte dreimal. »Der vierte Akt beginnt, meine Herren! Bald sind Sie erlöst!«

»Ich protestiere nochmals!« schrie Fjodor Pleskow. Auch wenn es keinen Sinn hat, tat er es. Man konnte später immer sagen, daß man alle Möglichkeiten ausgeschöpft hatte. »Wie kommen Sie übrigens dazu, uns ohne Grund –?«

»Wir wissen seit zwei Tagen, daß eine Störaktion das Auftreten von Natascha Tschugunowa verhindern soll.«

»Erlauben Sie! Ich bin . . .« Pleskow schwieg. Der Polizeihauptmann lächelte zuvorkommend.

»Nicht alle Russen in Paris sind Sowjets«, sagte er. »Ich

möchte sagen, die wenigsten sind es. Aber ihr Vaterland lieben sie trotzdem ... Sie verstehen, Monsieur Pleskow?«

Fjodor Pleskow schwieg. Er sah auf seine Lackschuhe. »Grjaß!« sagte er dann leise. (Scheiße!) »Das wird Schwierigkeiten in Moskau geben, Genossen ...«

Der Polizeihauptmann lächelte stumm. Er war der Sohn einer russischen Mutter und verstand die Sprache.

Als nach einer halben Stunde noch kein Anruf gekommen war, weder von Fjodor Pleskow noch von der TASS-Agentur, die die ›Demonstration gegen eine Clique von Staatsverrätern‹ groß melden wollte, ahnte Galjanow, daß die Aktion mißlungen war. Er schellte den Botschafter selbst aus dem Bett und berichtete, daß man mit Idioten wie Pleskow keine Politik machen könne. Er sei sofort nach Moskau zurückzuschicken.

Dann überlegte er, wie sich die Botschaft von der Aktion distanzieren könne, und zwar glaubwürdig, selbst wenn Pleskow aus berechtigter Angst die Wahrheit erzählte und selbst um politisches Asyl bat. Immer gibt es Extremisten, dachte Galjanow. Und die russische Volksseele ist wie ein ständig kochender Kessel, der immer überläuft. Und schließlich leben gerade in Paris einige tausend Russen. Wer kann immer wissen, was sie vorhaben? Eine Botschaft ist kein Kindermädchen für Emigranten.

Wie erwartet, rief wenig später der Polizeipräfekt an. Er erkundigte sich, wieso ein Mitglied der Botschaft in einer Terrorgruppe zu finden sei.

Alexei Igorowitsch Galjanow war die Freundlichkeit in Person.

»Sie meinen Fjodor Pleskow, Monsieur Präfekt? Immer dieser Fjodor Viktorowitsch! Schon längst sollte er zurück nach Moskau. Ein Sorgenkind der Botschaft ist's, gewiß!« Wie wahr ich spreche, dachte Galjanow zufrieden. Aber auch der Polizeipräfekt dachte es. »Bitte geben Sie uns einen genauen Bericht und schicken Sie uns Fjodor Viktorowitsch herüber. Wir werden dafür sorgen, daß es sich nicht wiederholt.« Auch das ist wahr, dachte Galjanow. Alles darf sich ein Diplomat leisten, nur keine öffentliche Blamage. Sehr genau ist man da im Kreml. Die Visitenkarte der Sowjetunion soll weiß sein.

Er legte den Telefonhörer zurück und lehnte sich in dem Sessel weit nach hinten. Luka war nicht zu fassen, Natascha Tschugunowa würde im Westen bleiben. Man mußte ihn herunterschlucken, diesen harten Brocken. Auch wenn er schwer im Magen lag, man würde ihn verdauen. Die Ziele waren größer und weiter. Was tat's schon, wenn eine Verzierung von der Fassade abbröckelte. Man konnte sie flicken.

Alexei Igorowitsch Galjanow goß sich einen Cognac ein und sah auf die Uhr. »Bald muß Fjodor Viktorowitsch kommen –«

»O du Schwein!« brüllte Luka. »Du Hundesohn! Du tatarische Mißgeburt! Einen Fladen mach' ich aus dir! Einen Rinderdreck!«

Er stand in seinem aufgerissenen Frackhemd und mit breiter haariger Brust vor Fjodor Pleskow. Sein Gesicht war fürchterlich, als sei ein Wirbelsturm in einen Wald gebrochen und habe die Stämme umgeknickt.

Auf den Stühlen an den Wänden saßen die anderen befrackten Männer der Gruppe Pleskow und schwiegen atemlos. Sie starrten auf diesen Riesen und schätzten sich glücklich, der Mühe enthoben zu sein, ihn lebend in die sowjetische Botschaft zu bringen. Mit Pleskow hatten sie kein Mitleid. Er war immer ein Stinkteufel gewesen, ein eingebildeter Politruk. Nun bekam er es, und sie saßen um ihn herum und sahen zu wie einem Boxkampf im Palais des Sports.

»Wegschleppen wolltest du mich?« brüllte Luka. »Und

mein Täubchen nach Moskau bringen, was? O du Misthaufen! Du Eiterbeule!«

Dann hob er die mächtige Hand und schlug zu. Es war still im Zimmer, weil man den Atem anhielt ... Da klatschte es laut, nur einmal, und Fjodor Pleskow sauste vom Stuhl, schlug einen Salto über dem Boden, rollte dem Polizeihauptmann vor die Füße, spuckte ein paar Zähne aus und blieb dann aus Mund und Nase blutend ohnmächtig liegen. Ein Häuflein schwarzes Tuch mit einer steifen Frackbrust darunter.

»Ich hatte Ihnen verboten, Monsieur Luka ...«, sagte der Polizeihauptmann laut. Er sagte es ziemlich spät. Vorher hatte er an seine russische Mutter gedacht, die 1918 mit einem Bündel in der Hand aus Petersburg geflüchtet war.

»Halt's Maul!« schrie Luka. Er sah auf den ohnmächtigen Pleskow, überlegte, ob er nicht die ganze Reihe der Männer, die stumm auf den Stühlen saßen, daneben legen sollte, aber dann sah er ihre zitternden Körper und spuckte aus, mitten ins Zimmer.

»Ihr Misthunde!« sagte er nur. »Als ob ein Luka nicht mit Wanzen fertig würde –«

Dann rannte er hinaus. Die Oper war zu Ende, im Zuschauerraum tobten die Menschen, livrierte Diener der Oper trugen riesige Blumenkörbe auf die Bühne und rahmten Natascha Tschugunowa damit ein. Blumensträuße wurden über die Rampe geworfen, einzelne Rosen, Orchideenzweige ... und inmitten dieser Flut der Liebe und Anerkennung stand klein und zierlich Natascha Tschugunowa, wehmütig lächelnd und sich ab und zu leicht verneigend. Ihre Augen waren trüb, sie weinte nach innen, und während sie lächelnd die Orchideen aufhob, war es ihr, als höre sie nicht das Rauschen des Beifalls, sondern das Krachen des Eises auf dem Dnjepr, wenn sich die Schollen übereinanderschoben und gegen das Ufer drückten.

Sie sah zur Seitenkulisse. Dort stand kein Luka. Sie hatte

ihn ja weggeschickt. Aber es wäre schön, wenn er jetzt dastände, dachte sie, und ihre kleine Hand winkte zu den tobenden Menschen, ganz mechanisch tat sie es, und es sah rührend hilflos aus.

In der Garderobe stand Luka in der Tür. Sein wütendes Gesicht war rot wie die rechte Hand, die er vorstreckte. Die Reporterinnen schluckten wieder, und es war still im Raum, als habe Luka jemanden umgebracht.

»So ist's nun, Genossen!« sagte er laut. »Ich habe euch wieder gerufen. Alles hat sich geändert ... eben, da draußen, ihr seht's!« Er hielt seine blutige Hand weit vor. »Nun sollt ihr alle wissen, wer Natascha Tschugunowa ist.« Er atmete tief auf und lehnte sich gegen die Tür. Dann riß er sich den Frack vom Leib und dehnte sich im zerfetzten Hemd, wie er es so oft getan hatte, wenn eine Arbeit vollbracht war.

»In einem Winter war's«, sagte er. »Vor dem Krieg ... Damals lebte Fedja noch. Wißt ihr, Fedja Iwanowitsch Astachow, der kleine Unterleutnant ... Und es schneite seit Wochen ... und wir mußten nach Smolensk ... Fedja und ich ... ein Geheimauftrag, müßt ihr wissen ... Tja, und so begann es, Freunde ... verteufelt kalt war's –«

Fedja Iwanowitsch Astachow saß zusammengesunken hinter der vereisten Scheibe und fluchte. Vor ihm, durch ein dünnes Blech von seinen Füßen getrennt, rumpelte der Motor. Um ihn herum waren die Wolken auf die Erde gebrochen, heulten die Winde und trieben weiße, glitzernde Berge vor sich her. Schneesturm. Von der Taiga her brüllte der jährliche Tod über die Steppe. Die Wälder versanken, die Dörfer, die Stationen, Hügel und Senken ... es wurde alles eine glatte, weiße, wirbelnde Fläche. Die Menschen verkrochen sich in die Hütten, verklebten die Fenster und Türen mit zusammengerollten Zeitungen und ließen sich zuwehen. Das Vieh legte sich zu den Menschen, mit hängenden Schädeln und traurigen, fragenden Augen. Ab und zu krachte es vom Wald her . . . dann sprangen die Stämme der Bäume auseinander, geborsten vom Frost, der ihnen im Mark saß. Nur die Wölfe waren unterwegs, ruppig, mager, heulend, verhungert. Sie lagen vor den Hütten und Ställen, sie umschlichen den Dunst, der nach Menschen und Tieren roch, sie lagen neben dem rauchenden Kamin, der als einziges aus dem Schnee ragte.

»Schön ist das! Wirklich schön! Ein mistiges Land, ein mistiger Kommandeur, ein mistiges Leben . . . hol's der Teufel!«

Fedja Iwanowitsch Astachow stellte den Motor ab und preßte die Arme eng an seinen dicken Lammfellmantel. Da lag er nun in der Steppe, mit einem kleinen Wagen, einem dunklen Punkt inmitten der weißen Weite. Hinten lag eine Mappe auf dem Sitz. Weiter nichts. Aber der Kommandeur hatte streng gesagt: »Unterleutnant Fedja – diese Mappe ist wichtig! Sie ist geheim! Du weißt, was geheim ist. Hast's ja auf der Kriegsschule in Moskau gelernt. Geheim ist, was wichtiger ist als das eigene Leben! Du weißt, Unterleutnant Fedja! Diese Mappe muß zu dem Genossen Oberst nach Smolensk. Oberst Werjowkin vom Generalstab! Nur ihm allein gibst du sie! Und wenn dich unterwegs jemand aufhält – es gibt noch reaktionäre Elemente bei uns, man soll's nicht glauben, im Jahre 1938 –, also wenn's so kommt, dann friß die Papiere! Laß sie nie aus den Augen, bewache sie wie dein Mütterchen, schlafe bei ihnen wie bei Bräutchen Nadja, leg dich auf sie . . . hahaha – nur liefere sie gut ab. Und nun fahr los nach Smolensk. Dawai –«

Unterleutnant Fedja Astachow war losgefahren. Ein ehrenvoller Auftrag. Sonst wurden zu diesen Geheimkurierdiensten nur Offiziere abkommandiert. Aber Fedja war ein guter Soldat, der Beste seines Lehrganges auf der Kriegsschule. Und der Genosse General hatte sogar gesagt: »Fedja – aus dir wird noch einmal etwas. Wir werden uns dein Gesicht merken!«

Glücklich war Fedja losgefahren, mit einem alten Geländewagen, die wichtige Tasche auf dem Hintersitz. Und Luka war dabei. Luka, ein Soldat aus Bordjanssk, einem Nest am Asowschen Meer. Er war Gefreiter, obwohl er schon dreißig Jahre alt war. Weiter kam er auch nicht ... man nannte ihn allenthalben ›Luka, den Idioten‹. Aber er war stark. Ein Riese, einem Bär aus den Höhlen des Urals gleich, seine Muskeln rollten unter der Haut wie Kugeln und Keulen, sein breites Gesicht flößte Furcht ein, selbst wenn es grinste. Er war der Bursche des Kommandeurs, und wenn es einmal nicht weiterging, hieß es: »Wo ist Luka, der Idiot?« Dann kam er, spuckte in seine Hände, so groß wie Mühlsteine, packte zu und hob alles aus dem Dreck.

So war Luka auch jetzt mitgefahren. Er sollte auf die Tasche aufpassen, und ein bißchen auch auf Fedja Astachow. Man kann nie wissen ... Fedja war zäh, aber schlank und fast zierlich. Er war jung, ganze zweiundzwanzig Jahre nur. Ein Milchbart, der sich nur einmal in der Woche zu rasieren brauchte. Also setzte man Luka, den Idioten, neben die Tasche, gab ihm eine kleine Flasche Wodka mit und war sicher, daß selbst der Teufel Reißaus nahm, wenn er von Luka die Tasche haben wollte.

Nun saß Luka zurückgelehnt und schlief. Er schnarchte, hatte den Mund offen, Speichel lief ihm aus den Mundwinkeln in den Pelzkragen und gefror auf halbem Wege zum Hals. Wenn ein Zucken über sein Gesicht lief, brach die kleine Eisbahn neben seinem Kinn. Er merkte es nicht. Wenn ein Idiot schläft, schläft er richtig.

»Ein Mist ist das!« sagte Fedja wieder. Hinter ihm rührte sich Luka nicht. Er wußte gar nicht, was geschehen war. Er hatte sein Fläschen Wodka liebgehabt und träumte nun von Darja. Er schmatzte im Traum, als küsse er sie ab, von oben bis unten. Man konnte das bei Darja. Sie war ein dikkes Mädchen aus der Regimentsküche und, Gott sei's geklagt, ein Schweinchen. Aber Luka, der Idiot, liebte sie.

Daß auch andere Männer aus dem Quell der Freude tranken, störte ihn nicht. Es machte ihn sogar stolz. Die anderen lachten ihn aus, aber wenn der Abend kam, lachte Luka. Dann gehörte Darja ihm allein ... eine ganze Nacht lang, und es wagte niemand, dem Riesen Luka diese Nacht zu stehlen.

Davon träumte Luka jetzt. Und er seufzte im Traum. Fedja Astachow drehte sich auf seinem Sitz zu ihm herum.

»Heij!« brüllte er. »Luka! Aufwachen, du Schwachkopf! Die Vorderachse ist gebrochen! Wir sitzen fest.«

Luka wachte auf. Er spuckte aus, ehe er um sich sah, hinaus in die wirbelnde Weite, in den heulenden Wind und die zerberstenden Wolken, die Schnee, Schnee, Schnee über die Welt ausschütteten und sie fast erstickten.

»Das ist schlecht, Genosse Unterleutnant«, sagte er. Seine Stimme war ein Brummen. Sie grollte tief aus dem breiten Brustkorb herauf, genau wie ein Bär, der in der Höhle um sein Weibchen wirbt. »Achse kaputt ... was nun?«

»Was nun?« Fedja zog die Knie an und schlug den dicken Pelz um seine Beine. Die Frontscheibe vereiste völlig, an der linken Wagenseite bildete sich ein Schneewall. »Das bleibt so eine Woche, zwei Wochen, weiß ich's? Aber die Tasche muß zu Oberst Werjowkin nach Smolensk.« Fedja nahm aus der Seitenklappe der Tür eine große Autokarte. Mit dem Zeigefinger fuhr er über Namen und bunte Linien. Luka beugte sich vor und sah über die Schulter seines Vorgesetzten.

»Hier ist unser Regiment«, sagte Fedja. Sein Finger lag auf dem Ortsnamen Schamowo. »Und dorthin müssen wir. Nach Tatarssk. Dort können wir eine neue Achse bekommen. Da ist eine Ersatzteilstation. Es sind etwa zwanzig Kilometer.«

»Und das ist viel?« fragte Luka.

»Bei diesem Schneesturm ist es weiter als der Mond! Zwanzig Kilometer Eiswind, Wölfe, Kälte ... ein mistiges Land!«

Luka kaute an den zerbrochenen Stückchen seines gefrorenen Speichels. Er dachte nach. »Man sollte doch zu Fuß gehen!« sagte er endlich, während Fedja sinnlos die Karte studierte. »Wohnt denn niemand hier?«

»Irgendwo ist eine Kolchose mit ein paar Hütten. Aber wo? Sind wir denn noch auf der Straße?« Fedja öffnete die Tür ein wenig und sah hinaus. Der Schnee peitschte ihm ins Gesicht, schneidende Kälte riß an der Haut, bohrte sich in die Nasenlöcher, schlug wie mit Fäusten auf die Augäpfel. Schnell zog Fedja die Tür wieder zu. Plötzlich hatte er Angst. Er zeigte sie nicht ... aber in der Tiefe seiner Augen war Trostlosigkeit, war die Öde der weiten Steppe.

Luka nahm die wertvolle Tasche und drückte sie unter seinem Pelzmantel gegen die breite Brust. Mit seinen Beinen, zwei Säulen in hohen Filzstiefeln, stieß er die andere Tür auf und sprang hinaus in den heulenden Sturm. Im Nu war er weiß, klebte der Schnee an den Haaren seines Pelzes, überkrustete sein Gesicht und die fellgefütterte Mütze mit den Ohrenklappen.

Fedja Astachow zögerte. Sinnlos war es, hier hocken zu bleiben und tatenlos zu warten. Das war klar. Niemand würde vorbeikommen und fragen: ›Na, Brüderchen, wie geht's? Kann ich ein wenig behilflich sein ...?‹ Fedja kannte den Sturm und den Schnee. Er war in Uglitsch, nördlich von Moskau, geboren. Dort, wo die junge Wolga in den Rybinsker Stausee fließt. So ein Schneesturm konnte Wochen dauern. Als Kind schon hatte er nie begriffen, woher der ganze Schnee kam, der Wind, die Kälte, die Gnadenlosigkeit der Natur – und noch immer war es unbegreiflich.

Luka stand im Sturm, den Kopf hoch wie ein witternder Wolf. Er winkte Fedja zu, als dieser aus dem schrägstehenden Wagen sprang und bis zu den Hüften in einem Schneehaufen versank.

»Ein Haus!« schrie Luka durch den Wind.

»Wo?« Fedja wischte sich die Augen frei und starrte um

sich. Er sah nur wirbelnde Weiße, ein paar Bäume, den Beginn eines Waldes.

»Am Wald! Ich sehe Rauch!«

Er ist wie ein Tier, dachte Fedja Astachow. Auch die Wölfe wittern die Menschennähe und brechen aus den Wäldern. Wie gut, daß er bei mir ist, der Idiot.

»Wie weit?« schrie Fedja durch das Heulen der Schneemassen.

»Ein halbes Stündchen, Genosse!« brüllte Luka zurück. »Ich gehe voraus ... und du folgst mir in der Spur ... Ich trete dir den Weg ...«

Wie ein Rammbock senkte Luka den mächtigen Kopf. Beide Hände preßte er gegen die Brust, gegen die Mappe, die unbedingt zu Oberst Werjowkin mußte. Sein Bärenkörper mit den Säulenbeinen begann sich gegen die Schneewand zu stemmen. Wie eine stampfende Maschine trat er unter sich den Schnee weg und fest. Eine Rinne entstand, eine glatte, feste Straße von vierzig Zentimetern Breite.

Er besiegt den Sturm und den Schnee, dachte Fedja fast ergriffen. Er stampft gegen die Natur einen Pfad in das Leben zurück.

Guter Luka ... man muß ein Idiot sein, um Kraft fürs Leben zu haben.

»Es ist nicht mehr weit«, sagte Luka nach einer ganzen Weile. Er blieb stehen, ein vereistes Wesen ohne Form mehr.

»Ich rieche schon den Rauch –«

Fedja preßte sich an den riesigen Klumpen Wärme. Er fror, durch seinen Pelz schnitt die Kälte und klopfte gegen die Knochen.

»Schnell weiter!« keuchte er. »Nicht stehenbleiben ... Ich ... ich ... Luka ...«

»Wir sind gleich da, Genosse Unterleutnant!« Luka stampfte weiter. »Wir müssen langsam gehen ... Nicht schwitzen, Genosse ... Schwitzen ist der Tod ...«

Fedja taumelte ihm nach. Kaum sah er noch den kleinen, gestampften Pfad.

Aber dann roch auch er etwas Brandiges, wie die Würze geräucherten Schinkens fiel es über ihn her. Und dann sah er den Rauch ... eine zerflatternde dünne Säule über einem Schneeberg am Waldrand.

»Menschen!« schrie er grell. »Menschen ... Menschen ...«

Er wollte an Luka vorbeilaufen, aber der Riese hielt ihn fest.

»Stoij, Brüderchen!« Er legte den Arm um Fedja und preßte ihn an sich. »Willst du durch das Ofenloch? Bleib stehen ... hier bleibst du stehen ...«

Er ließ Fedja los und stapfte auf den Rauch zu. Zitternd, von Kälte zerfressen, von den Füßen an zuwehend, starrte der Unterleutnant auf den Riesenleib, der vor ihm durch den Sturm schwankte. Dann hörte er etwas schreien ... Luka kniete am Kamin und brüllte durch den Rauch hinunter in die Tiefe der Hütte.

»Macht auf, ihr Mißgeburten!« schrie er. »Wo ist die Tür? Hier sind zwei Soldaten der Roten Armee ... ein Unterleutnant und ein Gefreiter.«

Als der Schneesturm begann – Nikolai Igorowitsch Tschugunow merkte es frühzeitig daran, daß aus dem Nordosten eine Schar von Iltissen durch den Wald jagte und plötzlich einige graue, struppige Wölfe bei den Tierfallen, die er gelegt hatte, knurrend und hechelnd saßen und Nikolai die Beute aus der Falle wegfraßen –, als also die Wolken über den Wald trieben und dann der Himmel grundlos und grau und schließlich milchig wurde, hatten Natascha und Olga begonnen, die Fenster mit Zeitungspapierrollen abzudichten und alle Ritzen damit zu verkleben. Das ganze Jahr über hatte man jede Nummer der *Prawda* aufgehoben. Auch die Jugendzeitschrift *Komsomolskaja*

Prawda, die Natascha las, lag in dicken Stapeln neben dem Lehmofen. Während Olga mit Knochenleim die Fenster verklebte, rollte Natascha das Papier zu langen, dicken Würsten.

»Morgen wird es soweit sein!« sagte Olga Tschugunowa. Sie war fast fünfzig Jahre alt, und wer sie ansah, dachte ehrfurchtsvoll: Ein wirkliches Mütterchen! Runzeln hat sie wie eine alte Kartoffel, und weiße Haare wie ein Schimmelchen. Sie hat viel gearbeitet in ihrem Leben und viel gesehen ... den Zaren – Gott verdamm ihn! –, den großen Krieg, die schöne rote Revolution, die Kosaken, mal weiß, mal rot, aber plündern und morden und sengen und schänden taten sie alle ... dann wurde es ruhig, Väterchen Nikolai Igorowitsch verlor sein Gut, denn er wurde Sozialist und gab es her für eine Kolchose; man fragte ihn nicht lange, sondern trat ihn ins Gesäß und befestigte einen roten Stern über der Haustür und sagte: Alles, was du ab jetzt erntest, gehört dem Staat, dem Volke. Du verstehst, Genosse Tschugunow?! Nikolai Igorowitsch verstand. Und er lebte weiter als Kolchose und zog seine Natascha groß. Ein herrliches Vögelchen mit langen, schwarzen Haaren, ein Engelchen gewiß, ein Täubchen, eine Augenfreude und sein Altersstolz. Das alles hatte Olga erlebt und gesehen ... und Runzelchen nach Runzelchen grub das Erleben in ihr schmales Gesicht und ließ es noch mehr schrumpfen.

Nikolai Igorowitsch hatte vorgesorgt, als der Winter wie jedes Jahr hereinbrach, plötzlich, mit Geheule, als müsse er die letzte Wärme erschrecken und aus den Winkeln jagen. Er hatte Hasen und ein paar Rehe eingesalzen, Fässer mit Kapusta standen im Stall, Kartoffeln lagerten im Stroh, drei Sack Hirse waren da, Mehl und Rübenmarmelade, Trokkenfisch und zwei Seiten Speck. Das war ein Geheimnis. Davon wußte der Genosse Dorfsowjet von Krassnoje Mowona nichts. Gar nichts. Eine Sau hatte geferkelt ... zwölf Stück ... wer kann's kontrollieren? Und elf hatte Nikolai, der Schlaue, nur angegeben und das zwölfte weitab von der Datscha, in einem kleinen Stall mitten im Wald, großgezogen und dann mit der Axt vor den Schädel gehauen. Man nennt das Sabotage, und es kann passieren, daß man dafür nach Karaganda kommt, in die Bergwerke Kasakstans ... aber Nikolai war eben schlau, und niemand hatte das Schweinchen bemerkt.

So konnte der Winter kommen. Die Familie Tschugunow war gut versehen. Man konnte zuschneien ... Wasser lieferte der Schnee, den man schmolz, im Ofen krachte das Holz, der Stall war warm durch die Tiere, und wenn die Luft auch dick wurde in der Hütte, um so wärmer war es.

Nun schneite es schon vier Tage. Der Sturm brach Lükken in den Wald. Unter den Ästen schliefen die Wölfe und nagten vor Hunger die steinharte Rinde an. Nikolai Igorowitsch hatte endlich Zeit, in der großen Stube auf der Ofenbank sitzend, seine Netze zu flicken und eine Schreibmaschine zu reparieren, die ihm das Bezirkskomitee in Tatarssk zur Verfügung gestellt hatte. Nikolais Kolchose war so groß, daß er jeden Monat Meldungen schreiben mußte. Außerdem verfaßte er für die Bauernzeitung *Selskoje Chosjaistwo* interessante Artikel über Kollektivwirtschaft und Steigerung der Normen durch Rationalisierung. Das erschien in Tatarssk so wichtig, daß man ihm eine alte Schreibmaschine schickte und ihn zum Sekretär der Sowchose ›Krassnoje Mowona‹ ernannte.

Natascha briet gerade Speck in der Pfanne – Nikolai hatte es erlaubt, denn jetzt kam niemand schnüffeln –, als der Hund den Kopf hob und knurrte. Olga Tschugunowa ließ den Rührlöffel sinken. Sie war dabei, einen Teig zu rühren. Mehlkuchen mit Speck, das hatte sich Nikolai gewünscht.

»Still!« herrschte Olga den knurrenden Hund an. Mit einem Ruck zog Natascha die Pfanne vom Feuer und schob sie unter den Ofen in eine Höhlung des Lehmbaues. Nikolai kratzte sich den Kopf.

»Es ist unmöglich, daß jemand kommt«, sagte er und

schüttelte den Kopf. »Es muß ein Wolf auf dem Dach sein!«

Der Hund stellte sich auf. Sein Fell sträubte sich. Mit hocherhobener Nase ging er auf den Ofen zu und starrte gegen die Decke. Nikolai nickte zufrieden.

»Seht ihr ... ein Wolf! Auf dem Dach! So weit sind wir zugeschneit. Teufel, Teufel ... das wird ein strenger Winter. Wie gut, daß niemand unser Schweinchen kennt ...«

In diesem Augenblick röhrte es durch den Kamin. Der Hund machte einen Satz, er fiel den Ofen an wie einen Bären, Natascha prallte zurück und rannte zur anderen Wand, wo ein geladenes Gewehr an einem dicken, langen Nagel hing. Sie riß es herunter und drückte es an die Schulter. Nikolai hob die Hand. Sein braunes Gesicht war eine stumme Frage. Wieder röhrte es im Kamin, es klang wie Worte. Olga streckte den Arm aus und schlug die Klappe auf, die zum Reinigen des Rohres gebraucht wurde. Jetzt hörte man es deutlich. Eine menschliche Stimme.

» ... ein Unterleutnant und ein Gefreiter –«, brüllte sie.

Nikolai Igorowitsch wurde unruhig. Soldaten, dachte er. Was macht ein guter, friedlicher Soldat bei einem solchen Sturm draußen auf meiner Datscha?! Hat man das fehlende Schweinchen vielleicht doch entdeckt?

»Wer da?« schrie Nikolai Igorowitsch durch die Reinigungsklappe nach oben. Er winkte Natascha. Sie kam herbei, steckte den Lauf des Gewehres in die Klappe und wartete.

»Wo ist die Tür?« brüllte draußen Luka, der Idiot. »Macht auf, ihr Hunde! Liegen da unten mit dem Hintern auf dem dampfenden Ofen, die Brüderchen, und wir vergehen vor Kälte ... Wollt ihr wohl rauskommen, ihr Ameisen?! Sollen wir erfrieren?«

Nikolai war unsicher, was er tun sollte. Waren es Soldaten und er machte nicht auf, so gab es Komplikationen bis zum Genossen Bezirkskommissar. Waren es Strolche, so würde es einen Kampf geben. Ach ja, es war schon schwer, solch ein Winter. Nikolai steckte den Kopf in die Reinigungsklappe.

»Zum Wald hin ist die Tür!« schrie er hinauf. »Genau unter dem Kamin. Ich mach auf. Hast du eine Schaufel?«

»Hunger hab' ich!« Luka kroch vom Kamin zurück. Hinter ihm stand mit klappernden Zähnen Fedja Astachow. Sein Gesicht war ein bizarrer Eiszapfen. »Gleich, Genosse Unterleutnant, gleich haben wir's!« sagte Luka tröstend.

Unter dem Dach, zum Wald hin, brach der Schnee plötzlich ein. Von innen hatte Nikolai geöffnet, und eine Schneewand fiel in die Stube. Von oben hörte man Stimmen und stampfende Schritte. Nikolai bohrte mit einer großen Schaufel ein Loch in den Schneeberg, er fraß sich durch die zusammengefrorenen Kristalle, wie ein Maulwurf wühlte er sich dem Himmel entgegen, dem Sturm, den rasenden Flocken. Einen Meter vor ihm brach plötzlich ein Mensch durch den Schnee. Ein Riese. Ein Untier. Ein vereistes Monstrum. Nikolai umklammerte den Stiel seiner Schaufel und hob sie zum Schlage hoch. Hinter ihm stand Natascha mit angelegtem Gewehr. Olga hatte den Hund am Nackenfell gepackt und wartete darauf, daß Nikolai brüllte: »Los, Wolschiza ... los. Pack ihn!«

»Da sind wir, Genosse Unterleutnant!« rief Luka. Er zog eine zweite Gestalt in das Loch, kleiner, zierlicher, ebenso vereist und unkenntlich wie er. Nikolai ließ die Schaufel sinken. Er grub den Weg größer und wich dann zurück, als die beiden Fremden in die Wärme der Hütte traten. Natascha hatte den eingefallenen Schnee weggefegt ... er schmolz schnell, und die Lache floß durch ein Loch unter der Hütte weg zur Jauche. Eine Privatkanalisation, auf die Nikolai Igorowitsch stolz war und sogar in der *Selskoje Chosjaistwo* berichtet hatte. Olga saß auf der Ofenbank. Ihr langer Rock verdeckte die Öffnung auf dem Boden, in die Natascha die Pfanne mit dem Speck geschoben hatte.

Schwankend ging Fedja zu einer Holzbank und ließ sich auf sie niederfallen. Er streckte die Beine weit von sich, breitete die Arme aus und ließ das Eis von seinem Pelz abspringen. Vorsichtig löste er die Eisstückchen aus seinem Gesicht und rieb es dann mit Schnee ab, den Luka von seinen riesigen Handschuhen schüttelte. Erst dann blickte er sich um und sah Natascha. Es war ein Ansehen und ein Erkennen der Schönheit zugleich. Und es war ein heißer Stich, der durch sein junges Herz fuhr, wie eine scharfe Degenklinge.

»Um Entschuldigung muß ich bitten!« sagte er artig und erhob sich wieder. Er verbeugte sich vor Nikolai, vor der wieder Teig rührenden Olga und vor Natascha, sie mit den Augen während der Verneigung verschlingend. Als Wasser fielen Schnee und Eis jetzt von seinem Pelz und aus seiner Uniform und sammelten sich um seine Stiefel zu einer großen Lache. Am Ofen hatte Luka seinen Pelz ausgezogen und warf ihn über eine Leine, die vom Ofen in die hintere Ecke gespannt war. Früher hing dort eine schöne, goldene Ikone. Die Schwarze Muttergottes von Tschenstochau. Vater Igor und dessen Vater Walerij hatten das Ewige Licht immer gepflegt ... Winter wie Sommer ... einhundertzwanzig Jahre lang. Erst Nikolai Igorowitsch mußte die Ikone auswechseln. Jetzt hing Stalin in der Ecke. Aber ohne Ewiges Licht. Das war die stille Rache Nikolais.

»Wir sind auf der Fahrt nach Smolensk. Und nicht weit von hier ist uns die Vorderachse gebrochen. Beim Sturm – verflucht sei er! – sind wir von der Straße abgekommen. Ein Glück, daß Luka den Rauch sah. Wir wären umgekommen ...«

»Es wäre schade um einen solch jungen Offizier«, sagte Natascha höflich. Sie hatte die Stimme eines Vögelchens. Klar und hell. Wenn sie lacht, muß es klingen, als ob Wassertröpfchen über silberne Steine springen, dachte Fedja entzückt. Er zog seinen Pelz aus. Die Uniform stand ihm gut. Er war schlank und hatte über den schmalen Hüften breite Schultern. Seine Beine waren gerade gewachsen, nicht so krumm wie die Beine der Steppenreiter, die ohne

Pferd wie wasserlose Fische waren und selbst im Schlaf mit den Schenkeln zuckten, als ritten sie.

Fedja Astachow, der Unterleutnant, nahm das Handtuch, das ihm Luka reichte, und wischte sich die Haare und das Gesicht frei von Schmelzwasser. Obgleich es kurz geschoren war, sah man, daß es blonde Haare waren. Ein Nordrusse, dachte Nikolai. Ein Jüngelchen noch. Ein unbeschriebenes Blättchen, das der Wind vor sich hertreibt. Aber dieser Bär da am Ofen, dieses Urviech ... wo kommt es bloß her?

»Habt ihr was zu fressen?« fragte Luka. Er nahm Olga den Topf ab und roch an dem Brei. Dann steckte er den Finger hinein, rührte mit ihm herum und leckte den Teig, der kleben blieb, ab. Olga biß sich auf die Unterlippe. Luka wiegte den Kopf hin und her.

»Bei Darja schmeckt er anders!« sagte er. »Und Darja kann kochen –«

»Dann geh zu ihr zurück!« Olga entriß ihm den Topf und drehte ihm den Rücken zu. »Wir sind arme Kolchosen ... ja, das sind wir, und wenn du noch so dämlich grinst. Und der Winter wird lang werden dieses Jahr ... Sparen heißt's!«

Luka setzte sich auf die Ofenbank. Seine dicke Nase blähte sich. Schnüffelnd ließ er den Kopf kreisen.

»Es riecht nach gebratenem Speck, Mütterchen!« sagte er zielsicher. »Ich zerbreche dir alle Knöchelchen, von den Zehen bis zum Schädel, wenn du mir nicht sagst, daß es hier nach Speck riecht.« Er fuhr herum und legte seine Tatze auf die niedersinkende Schulter Olgas. »Na, du alte Hexe ... du ausgedörrte Pflaume ... du vertrockneter Mistkäfer ... wo ist der Speck? Wenn Luka Speck riecht, ist er da!«

Natascha hatte Fedja den Pelzmantel abgenommen. Sie fuhr herum, als Luka solche Reden zu führen begann, und ließ den Mantel auf den Boden fallen.

»Ist das die neue Sprache der großen Roten Armee, Genosse Unterleutnant?!« rief sie. Sie strich sich mit beiden Händen wütend die langen, schwarzen Haare aus dem Gesicht. Ihre dunklen, großen Augen glühten. Oh, dachte Fedja Iwanowitsch, o meine Seele. Wie feurige Lava ist sie. Flammenwerfer sind ihre Augen. Sie verbrennen mich. Er sprang einen Schritt vor und steckte beide Daumen in das Lederkoppel. Wie auf dem Exerzierplatz stand er da, klein, schlank, aber wie aus Stahldraht gemacht.

»Luka!« kommandierte er. »Zurück! Hier gibt es keinen Speck.« Er sagte es, obgleich auch er es roch. Er sah sogar die versteckte Pfanne, weil Olga mit gespreizten Beinen auf der Bank saß.

»Luka ist nicht so«, sagte er entschuldigend zu Nikolai und Natascha. »Wir nennen ihn ›den Idioten‹. Er ist ein treuer Mensch. Ohne ihn wäre ich im Schneesturm umgekommen.«

»Ist das wahr?« Natascha sah von Fedja zu Luka. Sie war froh, dies zu tun. Fedja anzusehen war ihr wie ein heißer Wind, der über ihr Gesicht wehte. Bis unter die Haare wehte er und ließ ihre Gedanken schwer und unsicher werden.

»Der Unterleutnant ist noch jung«, antwortete Luka sanft. »Ich bin in Sibirien aufgewachsen ... die Bäume höre ich reden. Und das Gras höre ich reden! Und die Vögel! Verdammt, und wenn ich Speck rieche –«

»Luka!« rief Fedja scharf.

»Wer die Bäume und die Gräser und die Vögel reden hört, den kann man nicht belügen.« Natascha bückte sich und schob die Pfanne vor. »Es gibt Speck ... und Mehlkuchen dazu. Und wenn Sie es mögen, Genosse Unterleutnant ... auch Wein. Aus Hagebutten. Ich habe sie selbst gepflückt ...«

Fedja Astachow strahlte sie an. »Er muß besser schmekken als der rosa Jushnobereshnyi, in dem das Aroma der Teerose von Kasanlik schwebt.«

Natascha wandte sich ab und schob die Pfanne wieder

auf das Feuer. Sie war rot geworden, oder war's der Widerschein des Feuers? Nikolai wußte es nicht richtig, aber ihm gefiel die Rede nicht. Er ging zum Schrank, holte fünf Teller heraus, fünf Messer und Gabeln und winkte hinüber zur anderen Ecke, wo ein Tisch stand.

»Setzen wir uns, Genossen! Und laßt uns beraten, wie es weitergehen soll! Eine Achse ist gebrochen, sagt ihr? Das ist schlimm! Sehr schlimm!«

»Mehlkuchen mit Speck«, sagte Luka, als er an Olga vorbeistampfte. »Aber back ihn braun, alte Hexe ... Darja macht ihn so knusprig wie sich selbst ...«

»Ich spucke auf deinen Kuchen!« schrie Olga zurück.

Luka grinste breit. »Danke, Mütterchen ... er wird salzig genug sein –«

In der Pfanne brutzelte der Speck. Natascha stand noch immer mit dem Rücken zum Tisch. Mit einem Holzlöffel drehte sie die Stücke, damit sie nicht zu braun wurden, sondern goldgelb, wie Honig, saftig und würzig. Sie hörte Fedja Iwanowitsch sprechen, mit einer feinen Sprache und schön gesetzten Worten. Wie klug er ist, dachte sie. Anders als die Bauernlümmel im weiten Umkreis. Wenn sie ihren Wodka gesoffen hatten, am Samstagabend in der Stolowaja von Krassnoje Mowona, tanzten sie wie freigelassene Irre, grölten und prahlten. Es war widerlich.

»Wir müssen versuchen, nach Tatarssk zu kommen«, sagte Fedja Astachow. »Ein Telefon gibt es nicht hier?«

»Nein. Es soll gelegt werden. Erst war es im vorherigen Fünfjahresplan vorgesehen ... jetzt ist's im neuen Fünfjahresplan. Ob's was wird? Wer weiß es? Genosse Stalin hat andere Sorgen als ein Telefon zu Nikolai Tschugunow.«

»Das stimmt. Was machen wir?«

»Was wollen Sie denn in Tatarssk?« Nikolai holte ein hartes Brot aus einem Schrank und begann, es in dicke Scheiben zu schneiden. Das erste Stück nahm sich Luka und schob es in den Mund.

»Backt ihr Steine?« knurrte er. Dann krachte es zwischen seinen Zähnen wie in einem Mahlwerk.

»In Tatarssk ist eine Ersatzteilstation«, sagte Fedja. Nikolai schüttelte den Kopf.

»Sie war einmal da. Im Vollzuge der Konzentration hat man sie verlegt. Vor acht Wochen. Sie ist jetzt in Trojany. Aber von Tatarssk kann man weiter. Dort läuft ein Schneepflug über die Straße.«

»Es ist eben Mist!« Fedja Astachow stützte den Kopf in beide Hände. Am Ofen buk Natascha die Mehlkuchen in einer anderen Pfanne. Von dem Speck nahm sie einen Löffel, streute ihn auf den Teig und rollte ihn dann in der Pfanne zusammen. Es roch nach Sonnenblumenöl, Speck und frischem Kuchen. Luka streckte die Beine weit aus.

»Gemütlich wird's!« sagte er laut. »Man könnte fast wünschen, daß es sechs Wochen schneit und stürmt –«

»Die Tasche, Luka! Oberst Werjowkin wartet darauf.«

»Aber wenn es schneit, Genosse Unterleutnant?!«

»Wir haben einen Auftrag, Luka! Für einen Soldaten gibt es nur dessen Ausführung! Wir müssen morgen nach Tatarssk.«

»Er ist ein guter Soldat!« Luka grinste Natascha an, die den ersten fertigen Speckkuchen brachte. Sie schob ihn ihrem Vater auf den Teller. Es gehörte sich so. Der Vater war das Oberhaupt der Familie. Man mußte ihn ehren. Immer. Auch wenn ein Gast da war. Was dann der Vater machte, war seine Sache.

Nikolai schob seinen Teller weg, hinüber zu Fedja. »Bitte, Genosse Unterleutnant!« sagte er. »Wohl schmecke es! Natascha kann gut kochen. Sie ist mein ganzer Stolz.«

»Darauf können Sie auch stolz sein, Genosse Tschugunow.« Fedja schnitt sich einen Streifen ab und aß. Es schmeckte köstlich. Die Würze des Specks war durch den ganzen Kuchen gezogen.

Um die zweite Pfanne gab es fast Streit. Natascha schob den Kuchen wieder ihrem Vater zu, und Nikolai, alle Höllen über ihn, den Hundesohn, aß ihn wirklich selbst. Die dritte Pfanne ging an Olga, die vierte buk sich Natascha selbst, und erst die fünfte trug sie zu Luka. »Na sdarowje!« sagte sie dabei.

Luka seufzte wild, aber er nahm es hin und stürzte sich über den dampfenden Kuchen. Schmatzend verschlang er ihn, rülpste dann kräftig und sagte zufrieden: »Das war der Dank an die Hausfrau. Es hat geschmeckt!«

»Er ist eben eine sibirische Wildsau!« sagte Fedja und klopfte Luka auf den breiten Rücken. »Aber ohne ihn wären wir alle wie Waisenkinder . . .«

Das gute Essen hatte sie lustig gemacht. Sie tranken den Hagebuttenwein, und als Luka mit rollenden Augen zu Olga ›Täubchen‹ sagte, war es Zeit, zu schlafen. Nebenan, im Stall, auf einer Strohschütte, breitete Natascha Decken aus und stellte die Petroleumlampe daneben. Olga und Nikolai waren schon auf den Ofen gekrochen, den privilegierten Winterschlafplatz der Familie. Natascha räumte noch auf, band ihr Haar zusammen und kletterte dann auch auf die Plattform des Ofens. Mit offenen Augen starrte sie an die nahe, lehmbeschmierte Decke und die vom Alter gebogenen und geschlissenen Balken.

Fedja Iwanowitsch Astachow, dachte sie. Er hat Zähne wie die Reklamemänner in der *Mesdunarodnaja Shisn*, der großen kommunistischen Zeitung, die Nikolai einmal vom Bezirkssowjet mitgebracht hatte. Und blond ist er, und klug ist er, und schön ist er, und höflich ist er, und so hilflos ist er in all dem Schnee und Sturm und der einsamen Weite bis Tatarssk. Ob er schon schläft, der schöne Unterleutnant Fedja? Oder ob er an mich denkt? Ja, bitte, bitte . . . denk an mich . . . denk an Natascha Tschugunowa . . . ich denke auch an dich, Fedja Iwanowitsch . . . die ganze Nacht will ich denken . . . Ich muß es ja . . . das Herz klopft ja so . . .

Glücklich war Natascha, unbeschreiblich glücklich. Sie

legte den Kopf gegen den Kamin und hörte durch ihn das Heulen des Sturmes.

Heule, dachte sie. Heule morgen und übermorgen, hör nicht auf zu heulen ... Dann muß er bleiben ... Fedja muß bleiben ... hör nicht auf, Sturm ... vernichte die Erde, aber laß Fedja hier.

Fedja Astachow lag still auf dem Rücken. Er hatte die Augen offen und lauschte angestrengt zum Nebenraum hinüber. Dort rührte sich nichts. Nur ab und zu räusperte sich Nikolai.

Ob sie schon schläft? dachte auch er. Natascha Tschugunowa –

Und er dachte: Ich könnte hinauslaufen und den Sturm umarmen. Durch ihn habe ich Natascha gesehen. Ich werde alle Stürme Rußlands lieben, weil in ihnen Natascha ist.

Pokojnoj notschi, Natascha ...

Träumen werde ich von dir –

Am nächsten Morgen hatte der Sturm etwas nachgelassen. Aus dem Heulen war ein Winseln geworden. Der Schnee aber hatte nicht aufgehört. Er peitschte nicht mehr, sondern er tanzte auf die Erde. Ein schwereloser, gaukelnder Tod.

Natascha kroch vom Ofen, hockte sich vor das Feuer und blies die Flammen an. Sie setzte einen Wasserkessel auf, öffnete die Tür etwas und schippte aus dem Schneeberg vor ihr einen Eimer voll und schüttete ihn in den Kessel. Als das Wasser kochte, warf sie eine Handvoll Teeblätter hinein und rührte mit einem großen Holzlöffel um. Seufzend schob sich Olga vom Ofen, Väterchen Nikolai saß aufrecht und hüstelte.

Aus dem Stall kam Fedja Astachow. Er sah fröhlich und ausgeschlafen aus. Seine Uniform war zwar zerknittert, aber der Glanz seiner Augen überstrahlte dies. Natascha fand es so. Sie goß den Tee in einen steinernen Krug und stellte Tassen auf den Tisch. Dunkles Brot und eine harte Wurst lagen schon darauf. Dazu gesalzene Butter aus dem Faß, Rübenmarmelade und ein Stück schwarzgeräucherten Specks.

»Ist denn Geburtstag?« fragte Nikolai hüstelnd. »Paß auf ... der Tisch bricht gleich zusammen!«

»Der Genosse Unterleutnant hat noch einen weiten Weg.« Natascha stellte Zucker auf den Tisch. Grobkörnig, braun, aus eigenen Rüben gewonnen. Dabei schielte sie zu Fedja. Würde er sagen: Nein. Ich bleibe ...? Aber er sagte es nicht. Er setzte sich an den Tisch. Luka trottete aus dem Stall, noch verschlafen und ungnädiger Stimmung, weil er beim Aufwachen nicht Darja neben sich liegen hatte. Er war das so gewöhnt, den Tag mit Darja zu beginnen. So etwas brachte schon vom frühen Morgen an eine freundliche Note in das harte Leben.

»Uaaah!« gähnte er. »Die verdammte Tasche!«

»Wir müssen in einer Stunde weiter!« sagte Fedja.

»Aber wie, Genosse Unterleutnant?« fragte Nikolai Igorowitsch.

»Irgendwie ... Hast du Pferde? Ich habe mich in deinem Stall nicht umgesehen.«

»Drei, Genosse. Aber bei diesem Wetter mit dem Pferd ... und die Wölfe sind da ... Sie hetzen dich, Genosse, bis der Gaul im Schnee zusammenbricht, schon aus Angst. Die Knie werden ihm einfach weich ... Da kannst du schießen, soviel du willst ... es gibt mehr Wölfe im Winter als Patronen ...« Nikolai schnitt sich ein Stück schwarzen Specks ab und schob es in den Mund. Luka sah es neidisch. »Wer bezahlt mir die Pferde, he? Wenn dich die Wölfe zerreißen, ist's gleich. Dafür kommt die Rote Armee auf. Aber meine Pferde, krieg ich die ersetzt? Nein! In den Hintern wird man mich treten, einen Feind des sozialistischen Aufbaus wird man mich nennen. Auch das kenne ich!«

»Man könnte mit dem Schlitten fahren, Väterchen«, sagte Natascha.

»Und abholen kann ich ihn mitsamt den Pferden vom Mond!«

»Ich werde mitfahren und sie zurückbringen –«

Nikolai drehte sich zu Fedja herum. »Ist sie nicht ein wenig verrückt, mein Töchterchen?« fragte er entgeistert. »Will bei diesem Wetter hinaus über die Steppe, mit einem offenen Schlitten und zwei Pferden ... Was soll man da sagen?«

»Ich bewundere deinen Mut ...« Fedja trank einen Schluck von dem heißen Tee. Ihm allein schrieb er zu, daß es glühend in ihm wurde. »Aber sie wird hierbleiben, Nikolai Igorowitsch.«

»Und wie wollen Sie nach Tatarssk, Genosse Unterleutnant?« Natascha goß den Tee noch einmal nach. Luka soff ihn wie ein Pferd aus seinem Wassereimer.

»Ich weiß es wirklich nicht, Natascha Tschugunowa.« Fedja hob die Schultern. Er kaute an einem Wurststück und dachte angestrengt nach. Die Mappe mußte nach Smolensk. Da gab es keinen Ausweg. Oberst Werjowkin wartete auf sie, es waren Geheimpapiere, die nicht mit der Post geschickt werden durften, nur durch Kuriere. Man würde ihn auslachen, wenn er melden würde: Ich konnte nicht weiter, Genossen ... der Schnee war so stark. Oha, degradieren würde man ihn. Ganz sicher. Ein Unterleutnant der Roten Armee, der vor einem Schneesturm sich verkriecht. Fedja schluckte das Wurststück hinunter und stand auf.

»Ich werde reiten! Gib mir ein Pferd, Nikolai Igorowitsch!«

»Und wann bekomme ich es wieder?«

»Mit den Ersatzteilen wird es dir zurückgebracht.«

Natascha stand am Ofen. Ihre Augen waren dunkel. »Sie wollen ganz allein reiten, Genosse Unterleutnant?«

»Ja.«

»Kennen Sie den Weg?«

»Ich habe eine Karte –«

»Eine Karte! Zum Hinternwischen ist sie da, Brüderchen, bei diesem Schneesturm!« Luka kaute mit vollem Mund. Die halbe Wurst fraß er auf, der Bär. Olga starrte ihn ungläubig an. Wie im Rachen eines Molochs verschwanden das Brot, die Wurst und der Schinken.

»Wir werden doch den Schlitten nehmen, Väterchen!« Natascha rannte an Fedja und Nikolai vorbei in den Stall. Nikolai rang die Hände.

»Ein Teufelchen, sag ich es nicht?! Reden Sie es ihr aus, Genosse Unterleutnant! Auf mich hört sie nicht. Die Stimme ihres alten Väterchens verweht an ihren Ohren. Die neue Jugend ist's, Genosse ... selbständig, hart, mutig, furchtlos ... aber einem Vaterherzen tut's weh ... Sie müssen es ihr ausreden, Genosse ...«

Natascha kam zurück. Sie hatte hohe Stiefel an, eine Hose aus gesteppter Watte und eine dicke Steppjacke aus graublauem Tuch.

Nun band sie die Haare hoch, verknotete sie auf dem Kopf und stülpte eine Pelzmütze über das schmale Haupt. Verloren sah ihr Gesichtchen aus zwischen Pelz und dicker Wattejacke ... ein unförmiger Körper mit dem Köpfchen eines Vögelchens.

Luka stopfte den letzten Brotrest zwischen die Zähne und erhob sich knarrend. »Dann laß es losgehen, Genosse Unterleutnant!« rief er. »Mit solchem Kutscher –«

»Du bleibst hier, Luka!«

»Nein!« schrie Olga auf. »Lassen Sie uns nicht allein mit diesem Ungeheuer! Er frißt uns in drei Tagen leer!«

»Luka wird sich anständig benehmen.« Fedja drehte sich zu ihm um. Luka stand hinter dem Tisch. Sein breites Gesicht war traurig. Allein will er fahren, dachte er. Ich kann doch meinen Unterleutnant nicht allein lassen. »Luka«, hatte der Kommandeur gesagt, »bring ihn mir heil zurück! Ich reiße dich in Stücke, wenn ihm was passiert ...«

»Genosse Unterleutnant –«, sagte er bettelnd.

»Mein letztes Wort! Du bleibst hier! Los, in den Stall ... schirr die Pferde an und schaufele einen Weg!« Fedja sah auf Natascha, die ihm seinen Pelzmantel brachte und ihn hochhielt, damit er hineinfahren konnte. Da nahm er ihr ihn ab, warf ihn sich über und stapfte Luka und Nikolai nach, die den Schlitten anschirrten und vom Stall aus begannen einen schrägen Weg nach oben in den Tag zu graben.

Nach einer Stunde stand der Schlitten vor dem Haus. Der Schnee rieselte lautlos aus dem milchigen Himmel. Fast windstill war's. Im Wald heulten die Wölfe. Im weichen Schnee sah man ihre Spuren ... viele, viele Tatzen, rund um das Haus. Ein Kreis des Hungers und der Mordlust.

Natascha saß auf dem Bock. Olga umwickelte sie mit drei Decken. Nikolai legte das Gewehr neben sie, auch eingehüllt in eine Decke. Dazu packte er einen Blechkasten mit Munition.

»Zweihundert Schuß!« sagte er. »Schieß sofort, wenn ein Wolf kommt. Dann habt ihr Ruhe. Sie werden erst ihren Kameraden fressen, ehe sie euch weiterverfolgen.« Er half Fedja in den Schlitten, der mit Stroh gefüllt war. Tief wühlte sich Fedja in das Stroh, und Luka deckte seinen Unterleutnant mit der dicken Felldecke zu, die Nikolai aus einem Versteck holte. Olga kam gelaufen, einen Becher glühend heißen Tee in den Händen. Sie mußten ihn austrinken, ob sie wollten oder nicht. Dann zog Natascha die Zügel an, ließ sie hochschnellen und schnalzte mit der Zunge.

»Heij!« rief sie. »Lauft, ihr Lieblinge. Fliegt wie die Wildenten ... heij ... heij ...«

Die beiden Pferde ruckten an.

Die Kufen des Schlittens knirschten, ein Schreien war es fast, als der eiserne Beschlag über das Eis rutschte. Bis zu den halben Beinen versanken die Pferde im Schnee ... sie stampften mit vorgestreckten Köpfen und rauchenden Nüstern, fast ein Springen war's gegen eine weiche weiße

Wand, bis sie festeren, verharschten und vereisten Schnee erreichten und über die Steppe hinausglitten in die Weite.

Fedja winkte zurück. Die Tasche mit den Geheimpapieren lag neben ihm. Er sah Luka mit beiden Armen winken, und er sah, wie Nikolai Igorowitsch fast segnend die Rechte emporstreckte.

Und wirklich sagte Nikolai Igorowitsch leise: »Gott segne dich, mein Täubchen –«

Luka verzog das Gesicht. Eine Erinnerung quoll in seinem verhärteten Gesicht auf. In Sibirien, in der Hütte in der Taiga ... eine alte Frau ... vor einer Ikone kniend, den Kopf gesenkt. Und neben ihr der kleine, einfältige Luka, an einer Rübe kauend ...

Luka senkte den Kopf. Er schielte nach allen Seiten. Niemand sah es. Da bekreuzigte er sich schnell und wandte sich dann ab und rannte in den Stall zurück. Auch ein Idiot kann sich schämen. Wie man sieht ...

»Heij!« rief Natascha. Sie hatte die Zügel fest in den Händen. Der Schlitten flog über die Ebene, immer am Waldrand entlang, dem Norden zu, wo Tatarssk liegen sollte. »Heij! Fliegt ihr Schwälbchen ... wollt ihr wohl laufen, ihr Ziegenböcke ... Dawai – dawai –« Sie ließ die Peitsche über die vorgestreckten Köpfe der Pferde wippen. Ab und zu drehte sie sich um und sah Fedja an. Ihr kleines Gesicht war gerötet, war erleuchtet vom Glück, Fedja fahren zu dürfen, bei ihm zu sein, ganz allein, nur Steppe und Himmel und Wald um sie und der Schnee, der um sie tanzte, als sei ihr Herzschlag wie eine himmlische Musik.

»Ich werde dich gleich ablösen«, sagte Fedja. Er saß im warmen Stroh, die Felldecke bis zum Kinn. Wie trunken betrachtete er die Gestalt vor sich.

Natascha sah wieder zurück. »Das wird nicht gehen, Genosse Unterleutnant. Ilja und Natalja hören nur auf mich –«

»Glückliche Pferde –« Fedja lehnte sich zurück. »Du

streichelst sie, du liebkost sie – ich möchte ein Pferd sein, Natascha –«

Nach zwanzig Minuten kamen die Wölfe.

Seitlich brachen sie hervor, aus dem Wald, ein Rudel mit aufgerissenen blutigen Mäulern und einem Leitwolf, der wie ein grauer Riesenvogel vor ihnen her über die Steppe flog. Die Pferde zitterten ... vom Kopf über den Nacken bis zu den Flanken bebten sie vor Schreck und Angst. Schnaubend senkten sie die Köpfe und rannten um ihr Leben. Der Schlitten hob sich fast von den Kufen. Auf dem Bock beugte sich Natascha vor wie die Köpfe der zitternden Pferde.

»Heij!« schrie sie grell. »Heij! Heij!«

Fedja kroch aus dem Stroh. Er riß das Gewehr aus der Decke, warf den Sicherungsflügel herum und drehte sich zur Seite. Neben dem Schlitten her, fast schwerelos wie Schatten, glitten die Wölfe über den Schnee. Sie heulten nicht mehr ... struppig, mit offenen Schnauzen, die spitzen Köpfe vorgestreckt, rannten sie hechelnd neben Fedja und Natascha ... ein unheimlicher, lautloser Tod.

Fedja Iwanowitsch drückte das Gewehr an die Backe. Er zielte genau. Dann löste sich der Schuß. Fast erstaunt blieb einer der Wölfe stehen ... dann senkte er den Kopf, spie Blut und wälzte sich im Schnee. Über ihn her fielen sieben andere Wölfe und zerrissen ihn, bevor er noch verendet war. Die anderen rannten weiter, neben dem Schlitten her. Aus ihren starren Augen schrie der Hunger.

Noch sechsmal schoß Fedja Astachow. Dann waren sie alle fort. Nur der große, graue Leitwolf lief noch neben dem Schlitten, blieb ab und zu stehen, heulte langgezogen, und setzte dann mit weiten Sprüngen wieder nach.

»Heij!« schrie Natascha und peitschte auf die Pferde ein. »Heij!« Der Schlitten schleuderte. Mit beiden Händen hielt sich Fedja fest. Er konnte nicht mehr schießen.

»Halt die Pferde an, Natascha!« schrie er. »Nur noch einer ist es!«

Natascha Tschugunowa wandte sich um. Sie sah den blutdürstigen Blick des einsamen grauen Tieres, sah seine mächtigen Flanken und den dicken Kopf. Da hieb sie wieder auf die Pferde ein und ließ die Zügel schleifen.

»Er ist schneller, als du schießen kannst!« schrie sie gegen den Fahrtwind. »Halte dich fest, Fedja –«

Der Unterleutnant klammerte sich an das Holz. Wie ein Blatt im Sturm tanzte der Schlitten über den gefrorenen Schnee. Enger, immer enger rückte der große Wolf heran ... nun rannte er nur noch zwei Meter neben dem Schlitten her, sein Atem stieß weiße Wolken in die kalte Luft.

»Anhalten!« brüllte Fedja Iwanowitsch. Er stemmte die Beine in das Stroh, stampfte es zu einem kleinen Ballen unter seinen Füßen und suchte Halt. Sein Gewehr ergriff er, lud es neu und schoß, als er den Kopf vor seinem Gewehrlauf tanzen sah. Aber der Wolf war klug ... er senkte einfach den Kopf, als Fedja den Finger krümmte. Der Schuß ging über ihn hinweg. Wie im Triumph heulte der Wolf auf, langgezogen, schaurig.

»Anhalten!« schrie Fedja noch einmal. Er nahm das Gewehr beim heißen Lauf und stieß den Kolben in Nataschas Rücken. Immer wieder stieß er zu. Es tat ihm weher als Natascha. Ich mißhandle sie, schrie es in ihm. Und ich wollte sie doch küssen. Nun schlage ich sie ... und der Wolf läuft neben mir her wie ein treuer Hund –

Plötzlich umklammerte Natascha die Zügel. Ihr Kopf fuhr herum. Fedja schauderte zusammen. Vereiste Tränen hingen unter ihren Augen, kleine Eiszapfen, die an die Wangen stießen.

»Schieß, Fedja –«, schrie sie.

Dann zog sie die Zügel an, sie warf sich zurück, riß die keuchenden Pferdeköpfe herauf, stemmte die Beine gegen das Trittholz des Bockes und schloß dabei die Augen.

Fedja Iwanowitsch warf sich zur Seite. Das Gewehr hob

er hoch, und als der Schlitten stand, feuerte er zwischen die leuchtenden Augen des grauen Wolfes.

Der Schädel des Tieres zuckte zurück. Der Einschlag riß ihn in den Nacken. Aber im Sterben noch warfen die Beine den Körper hoch, er schnellte vor, auf Fedja zu, und fiel leblos zu seinen Füßen in das zerwühlte Stroh.

Natascha hatte die Zügel fallen lassen. Mit der Peitsche hieb sie auf den toten Körper, sinnlos, in verzückter Wut. Die Pferde standen zitternd im Schnee und schnaubten. Mit dem Kolben des Gewehres fing Fedja den letzten Schlag auf. Er sprang aus dem Schlitten und zog Natascha vom Bock herab.

»Du –«, sagte er leise. Die hohe Fellmütze nahm er ihr vom Kopf. Mit beiden Händen streichelte er ihr schmales Gesicht, brach die vereisten Tränen vorsichtig ab und wärmte mit seinen Lippen ihre geschlossenen Lider.

»Du –«, sagte er wieder. »Was auf der Welt kann es geben, das ich mehr liebe als dich . . .«

Sie wußte darauf keine Antwort. Warum auch sollte sie etwas sagen. Sie schmiegte sich an Fedja, und er knöpfte seinen Pelzmantel auf, schlug ihn um Natascha und drückte sie fest an seinen warmen Körper.

»O Fedja . . .«, sagte sie zitternd, als er sie lange geküßt hatte. Sie hatten sich aneinandergeklammert, waren fast einer in den anderen hineingekrochen. Er hatte seine rechte Hand auf ihre Brust gelegt und unter der Wattejacke ihre runde, feste Form gefühlt. Warum muß es jetzt schneien, hatte Fedja in wilder Verzweiflung gedacht, warum ist kein Sommer . . . »Ich liebe dich, Natascha . . .«, sagte er und koste mit seinen Lippen über ihr Gesicht. Die Haare löste er ihr, ließ sie lang herabfallen und wühlte seinen Kopf in die schwarze Fülle. Wie Kamille rochen sie, das machte ihn wahnsinnig, er riß ihre Wattejacke auf und drückte sein Gesicht an ihre Brust.

»Verrückt bin ich!« stammelte er. »Sag etwas . . . sag

doch etwas ... Halt mich zurück ... Ich zerreiße dich, wenn du nichts sagst. Bei Gott, ich tu's –«

»O Fedja.« Sie legte ihre Hände gefaltet über seinen Kopf und hielt ihn fest. »Was soll das werden? Ich liebe dich ... gewiß ... ich kann nicht sagen, wie ich dich liebe ... wie die Blume den Tau oder wie der Vogel den Himmel ... o Fedja – Fedja – Fedja –«

Er hatte sie umfaßt, hob sie hoch und trug sie, an seinen Körper gepreßt, zum Schlitten. Den Kadaver des Wolfes schleuderte er weit weg in den Schnee, riß die Felldecke zurück, umfaßte Natascha wieder und legte sie in das warme Stroh.

»Fedja!« schrie sie. »Wahnsinnig sind wir ... Fedja – es wird uns reuen ... wir sehen uns nie wieder ... ich weiß es ... Sei milde, Fedja, bitte, bitte, bitte ... Warum tust du das ... ich werde dich nie vergessen können ... nie ... Fedja –«

Während sie im Stroh lagen, ruckten die Pferde an.

Zügellos, mit hängenden Köpfen, stapften sie langsam über die weiße Steppe nach Norden.

Und stärker schneite es aus dem milchigen Himmel.

Vier Tage später kam Natascha aus Tatarssk zurück.

Sie schirrte die Pferde ab, zog Wattejacke und Wattehose aus, schlüpfte in den Wollrock und die Wollbluse und nahm ihren Platz wieder am Herd ein. Nikolai Igorowitsch stopfte sich die Pfeife. Verwundert sah er auf sein Täubchen. Wie ihre Augen so ganz anders sind, dachte er. Wie blinde Katzen, die auf einmal in die Sonne blinzeln. Und ihr Mund ist runder, und ihr Gang ist wiegender. Teufel, Teufel, was mag es in Tatarssk gegeben haben,

»Wie war's?« fragte er und sog an seiner Pfeife. Luka war im Stall und rieb die Pferde trocken. Er hatte sich gut benommen, half im Haus, war friedlich. Nur fressen konnte er wie ein ganzer Zug Kosaken auf einmal. »Er frißt den ganzen Fünfjahresplan auf!« sagte Olga einmal, und Luka lachte, daß die Scheiben klirrten.

Natascha schälte Zwiebeln für den Borschtsch. Nikolai aß diese Fleisch- und Gemüsesuppe für sein Leben gern. Dann schmatzte er und stopfte soviel in sich hinein, daß er nur mit Mühe auf den Ofen klettern konnte.

»Wie war's?« fragte Nikolai Igorowitsch noch einmal.

»Gut, Väterchen! Am Abend schon waren wir da. Ein paar Wölfe haben wir geschossen. Aber Ilja und Natalja wollten nicht sofort zurück. Müde waren sie und steif in den Beinen. Da bin ich zwei Tage geblieben.«

»Und Fedja Iwanowitsch Astachow?«

»Ist am nächsten Tag weiter nach Trojany.« Natascha schnitt das Salzfleisch in kleine Streifen, aus dem Stall kam Olga mit einem Topf voll Kraut und Hirse. Nikolai sog heftig an seiner knisternden Pfeife.

»Was ist zwischen euch?« fragte er ahnungsvoll.

Olga setzte den Topf ab. Die Frage Nikolais stieß auch in ihre Gedanken.

»Na?« hakte sie dahinter. »Was ist?«

»Ich liebe ihn«, sagte Natascha schlicht.

»Du liebst ihn! Den Unterleutnant Fedja! Sieh an, sieh an – und man sagt es einfach so dahin, als wenn das ganz natürlich wäre –«

»Ist es nicht natürlich, Väterchen?«

»Der erste beste Mann, der daherkommt. Gott rufe ich an: So habe ich dich nicht erzogen! Wie meinen Augapfel habe ich dich gehütet, wie eine Vollblutstute, die nicht jeder struppige Panjehengst bespringen darf –«

»Ich liebe Fedja!«

»Und das ist alles?«

»Ist es nicht genug, Väterchen?«

»Wo ist's geschehen?«

»Im Schlitten schon, Väterchen –«

Olga Tschugunowa saß mit gefalteten Händen neben dem Herd und weinte plötzlich.

»Mein einziges Kind!« heulte sie. »Mein einziges. Vergißt sich im Schlitten. Bist du eine heiße Füchsin, he? Mußt dich herumwälzen, kaum daß du erwachsen bist?! Schlagen sollte man dich ... grün und gelb ... ja das sollte man!«

»Tu es, Mütterchen.« Natascha stellte sich vor Olga hin. Den Kopf warf sie zurück in den Nacken, schloß die Augen und bot ihren Körper dar. »Um alles in der Welt – schlag mich doch! Und wenn ihr mich zerreißt ... ich liebe ihn ...«

Natascha wartete auf die Schläge. Aber Olga Tschugunowa schob sie zur Seite, ging zum Topf und rührte in dem Borschtsch herum.

»Soll er anbrennen?« schimpfte sie. »Oder ist dein Kopf auf einmal leer bis auf Hurerei ...«

»Fedja wird auf dem Wege von Smolensk zurück nach Schamowo hier vorbeikommen«, sagte Natascha. Sie wandte sich ab, nahm ein Messer und schnitt die fauligen Stellen aus dem eingelagerten Kapustakopf.

»Abwarten!« knurrte Olga.

»Fedja kommt bestimmt. Ich weiß es, Mütterchen.«

»Was man nicht alles weiß!« Olga streute Salz in die Suppe, die gehackten Zwiebeln und lange Stangen Lauch. »Und wenn er nicht kommt?!«

»Daran denk ich nicht –«

»Und wenn ein Kind kommt ... und dieser Fedja ist weg ... in Moskau oder in Alma-Ata oder in Stalingrad oder sonstwo ... und da leben sie alle, die Dunja und Marja, die Axinja und Jelisaweta ... und er ist Leutnant ...«

»Dann gehe ich nach Moskau! Nichts, nichts will ich mehr sehen ...«, schrie Natascha.

Sie warf den Holzlöffel auf den Boden, rannte in den Stall, warf sich neben die Pferde in das Stroh und schluchzte wild.

Behutsam ließ sich Luka neben ihr auf die Knie nieder.

Seine Riesentatze streichelte ihr Haar, und sie merkte es gar nicht, so zärtlich war es in Lukas Herzen.

»Unser kleiner Unterleutnant«, sagte er sanft. »Sieh an, sieh an ... wie ein richtiger Mann hat er sich benommen ...«

Am sechsten Tage wurde Luka abgeholt. Eine Kolonne mit Ersatzteilen erschien in Krassnoje Mowona, schleppte den Geländewagen zur Datscha Tschugunows, wechselte die gebrochene Achse aus, und schließlich setzte sich Luka hinter das Steuer und fuhr knatternd hinaus in die Steppe. Zurück nach Schamowo. Zu Kommandant und Darja.

Sechs Nächte war sie ohne mich, dachte Luka in seiner Einfalt. Muß es ihr langweilig gewesen sein! Plötzlich hatte er es eilig, fortzukommen. Er drückte allen die Hand, aß noch eine halbe Dauerwurst, die ihm Olga auf den Weg mitgegeben hatte, und machte sich auf, die Steppe nach Süden zu bezwingen.

Auch der Ersatzteiltrupp fuhr zurück nach Trojany.

»Nein!« hatte der Feldwebel gesagt. »Von Fedja Iwanowitsch Astachow haben wir nichts gehört. Sicher, er war da, hat die gebrochene Achse gemeldet. Aber dann ist er weiter. Tut mir leid, Genossen. Aber mehr weiß ich auch nicht.«

Die Stille des Winters senkte sich wieder über die Datscha Tschugunows von der Sowchose Krassnoje Mowona. Der Sturm begann wieder zu heulen, der Schnee wirbelte nieder, in den Wäldern krachten die gefrorenen Stämme auseinander, wie Kanonenschläge klang es durch die Nacht, und um das Haus schlichen wieder die hungrigen Wölfe und heulten in den Kamin hinein.

Drei Wochen ... sechs Wochen ... vier Monate ...

Natascha sprach nicht mehr über Fedja Astachow. Nur Olga und Nikolai Igorowitsch atmeten auf, als Nataschas Liebe ohne Folgen blieb.

»Ein Glück ist wenigstens das«, sagte Olga abends auf dem Ofen, während Natascha noch im Stall war und den Pferden das Stroh aufgabelte. »Nur schwer wird's sein, sie anständig zu verheiraten! Wer beißt in ein geknabbertes Stück Kuchen?!«

Nikolai seufzte tief. Sein Vaterherz war voll Galle. Erwürgen könnte er diesen Fedja, jawohl ... Aber Fedja war weit, irgendwo, und Natascha war still geworden in diesen Wochen. Oft saß sie am Fenster und starrte gegen den Schneeberg, der sich draußen vor ihr auftürmte. Es konnte vorkommen, daß sie dann die Augen schloß und ihre Hände streichelnd über ihren ganzen Körper glitten. Dann träumte sie von Fedjas Zärtlichkeiten ... damals, in dem kleinen, heißen Zimmer von Tatarssk, vor dessen Fenster das Eis auf der Gorodnja krachte.

Vier Monate war es her. Fast ein halbes Jahr. Und in ihrem Ohr war noch immer seine Stimme, als liege er gerade neben ihr und drehe ihre langen, schwarzen Haare um seine Finger.

Im fünften Monat, im März 1939, als die Kälte vor dem ersten Südwind zerbrach und die Flüsse über die Ufer traten, kam Luka, der Idiot, nach Krassnoje Mowona.

Er hatte schon seine Sommeruniform an, die grüne Bluse mit den aufgesetzten Taschen, fuhr einen kleinen, klapprigen, alten Wagen und hielt laut hupend vor der Datscha Tschugunow.

»Luka!« schrie Natascha. Sie rannte durch die Schmelzwasserpfützen zu dem Wagen, mit ausgebreiteten Armen und jauchzendem Weinen.

»Luka ... du bist da!« schrie sie. Fast sprang sie ihn an, küßte das breite, grinsende Gesicht mit den dicken Stoppeln, klammerte sich an seiner Bluse fest und schüttelte sie. »Wo ist er ... wo ist Fedja ... sag es doch ... sag es ... Wo ist er ...?! Kommt er ...?! Hast du einen Gruß von ihm ... ein Briefchen ... ein paar Zeilen ... nur ein Wörtchen ...«

Luka kratzte sich den kahlrasierten Schädel. »Alles und nichts«, sagte er brummend. »Komm ins Haus, mein Täubchen. Ich muß mit Olga und Nikolai Igorowitsch ein Wort sprechen.«

»Sieh, wer da kommt!« rief Nikolai von der Tür her. »Der Bär hat überwintert, und nun sucht er Honig, was?! Komm rein, Brüderchen . . .«

Alle standen sie vor dem Haus, Olga Tschugunowa, Nikolai und Natascha, um deren Lippen unausgesprochene Fragen zitterten. Es war ein königlicher Empfang, empfand Luka. Er kratzte sich wieder seinen riesigen Knollenschädel, zog die grüne Militärbluse straff über die Hose, rückte das Koppel gerade und marschierte dann mit dröhnenden Schritten auf die Tschugunows zu.

Kurz vor Nikolai Igorowitsch blieb er stehen, knallte die Hacken zusammen, grüßte, als sei Nikolai ein General, und sagte dann:

»Nikolai Igorowitsch . . . im Namen des Unterleutnants Fedja Iwanowitsch Astachow bin ich hier als Hochzeitsbitter. Wollt ihr ihm Natascha zur Frau geben?!«

»Fedja . . .«, stammelte Natascha. Ihr Herz blieb stehen. Dumm war das. Wo man es brauchte, war es nicht mehr da. Sie lehnte sich gegen die Hauswand und drückte die Hände auf die Brust. Ganz blaß war es geworden, das Vögelchen, und weich in den Knien, und auch Olga Tschugunowa mußte sich auf die Bank aus Birkenknüppeln setzen und erst einmal Luft holen, ganz tief.

Nikolai Igorowitsch tat, als erschüttere ihn dies nicht. Auch ihm kribbelte es in der Brust, und er hatte Lust, ein paarmal tief zu seufzen und Gott zu danken. Aber Gott war abgeschafft, und ein Sozialist ist hart und durch nichts zu erschüttern. So tat er also sehr überlegen und sah zu Luka hinauf, der wie ein schwankender Turm vor ihm aufgebaut war.

»Sieh, sieh, der Fedja Iwanowitsch! Auf einmal fällt's ihm ein, daß in Krassnoje Mowona ein liebes Mädchen ist.

Macht's der Frühling, Genosse? Fünf Monate war er stumm, der Unterleutnant, und hat unser Herz kalt gemacht. Sieh dir mein Täubchen an ... wie schmal es geworden ist, wie traurig. Es singt nicht mehr und es lacht nicht mehr. Jaja, die Flügelchen hat er ihm gebrochen, der Fedja Iwanowitsch. Warum kommt er nicht selbst, der schmucke Genosse Unterleutnant?«

»Er ist in einem Lehrgang. Leutnant soll er werden.« Luka drückte das Kinn an den Hals. »›Luka‹, hat er gesagt, ›wenn ich zurückkomme, wird geheiratet. Deinen Kürbis schlage ich dir ab, wenn du nicht Natascha zu mir bringst.‹ Ist ein witziges Jüngelchen, unser Unterleutnant, was?!« Luka lachte dröhnend und spuckte auf den Boden.

»Man muß das alles überlegen!« Nikolai Igorowitsch wiegte den Kopf. »Was verdient ein Leutnant? Kann er eine Frau ernähren? Und wenn Kinderchen kommen ... haben sie satt zu essen? Unsicher ist's heute auf der Welt, Genosse Luka. Du weißt es! Die Deutschen halten keinen Frieden. Und ich weiß, wie's ist, wenn sie kommen. Ich hab's erlebt im letzten Krieg, oben in Grodno. Und so ein Leutnant ist immer vorneweg ... Man muß das alles überdenken, Genosse –«

»Väterchen«, bettelte Natascha. Sie hatte ihr Herz wiedergefunden ... es schlug wieder und der Atem stockte nicht mehr. »Ich liebe ihn doch –«

»Ein Windhund ist er!«

»Ich denke doch nur an ihn, Väterchen ...«

Luka grinste. »Sie spricht wie Fedja, Nikolai Igorowitsch. Immer sagt er: ›Wenn ich die Augen schließe, sehe ich nur Natascha ...‹ Ganz anders ist er geworden. Sitzt am Abend vor dem Haus und starrt in die Wolken. Sag endlich ja, Genosse Nikolai Igorowitsch ... und ich nehme Natascha mit ...«

»Mitnehmen? Nein.« Nikolai reckte sich. Er streckte sich so weit, bis sein Kopf unter dem Kinn Lukas war, weiter ging es nicht. »Hier wird geheiratet. In Krassnoje Mowona! Soll er kommen, der Fedja, mein Schwiegersöhnchen ... Die Arme werde ich ausbreiten und ihn an mein Herz drücken. Sag ihm das ...« Nikolai wischte sich über die Augen. Zu dumm, sie waren feucht. Das machte der Wetterumschwung, nur er! »Komm rein, Luka ... iß und trink dich satt –«

»Nur darauf habe ich gewartet!« Luka hieb Nikolai auf die Schulter. Er tat es vorsichtig, denn er wollte ihm nicht die Knöchelchen zerbrechen. Trotzdem knickte Nikolai ein und lachte verzerrt zu ihm hinauf.

»Soll ich wieder einen Speckkuchen backen?« fragte Olga. Sie weinte vor Freude, und bei ihr war's nicht der Wetterumschwung, sondern ihr mütterliches Glück. Luka packte sie vorsichtig um die Hüften und trug sie auf seinen riesigen Armen ins Haus.

»Speckkuchen!« brüllte er. »Mütterchen, dafür geb ich dir einen Kuß!«

»Friß mich nicht auf!« zeterte Olga. »Friß mich nicht auf, du Barbar!«

Wirklich, es war Fröhlichkeit im Hause der Tschugunows.

Als der Flieder und der Goldlack blühten, heirateten Fedja und Natascha Tschugunowa.

Der General in Smolensk hatte Fedja zum Leutnant befördert und sogar gratuliert. Eine Abordnung der Kompanie in Schamowo brachte als Geschenk des Kommandeurs und der Kameraden ein großes Bild des Genossen Stalin, einen Korb Krimwein und einen riesigen Mohnkuchen, den Darja gebacken hatte. Der alte Distriktsowjet und Leiter der Sowchose Krassnoje Mowona schenkte zur Hochzeit ein Ferkelchen. Bis nach Moskau hatte er deswegen telefonieren müssen, denn auch die Ferkelchen gehören zum Fünfjahresplan. In Moskau hatte man ein Herz für den jungen Leutnant Fedja und sagte ja. So konnte man also über einem offenen Feuer an einem eisernen Spieß das Ferkelchen braten. Luka hatte sich erboten, es fleißig zu drehen. Um Versuchungen zu widerstehen, nahm Fedja ihm das Messer ab. Der Mensch ist schwach, Genossen. Und ein knuspriges, braunes Ferkelchen am Spieß ist wie die leibhaftige Sünde.

Die Trauung nahm der Bezirkssowjet in der Stolowaja von Krassnoje Mowona vor. Er hatte den Tisch mit der roten Fahne dekoriert, stand vor einem Stalinbild, und links und rechts von ihm, auf hölzernen Podesten, blickten ernst die Köpfe von Lenin und Marx auf die Festversammlung herab. Sie waren aus Gips, aber schön goldbraun bemalt, daß sie aussahen wie aus wertvoller, alter Bronze.

In Galauniform stand der junge Leutnant Fedja da. Sein blondes Haar war etwas länger. Als Offizier brauchte er keinen kahlen Schädel mehr. Breiter in den Schultern war er noch geworden, männlicher und stärker. Die schlanken Beine staken in hohen Juchtenstiefeln, darüber beulten sich die Reithosen, mit Leder besetzt. Ein schöner Mann, hol's der Teufel. Die Weiber der Sowchose steckten die Köpfe zusammen und tuschelten und beneideten Natascha.

Natascha trug ihre Komsomolzen-Uniform, den Rock mit der Bluse und dem roten Halstuch. Aber darauf achtete man nicht. Wie ein Schleier waren ihre schwarzen Haare. Bis zu den Hüften flossen sie, und Olga hatte in sie kleine Blüten festgesteckt, goldene Tupfen aus Goldregen, silberne Sterne aus Weißdorn und rote Glocken aus Zwergtulpen. Als sie aus dem Auto stieg, das Luka steuerte, ging ein Raunen durch die Männer. Nikolai vernahm es, und seine Brust wölbte sich heraus. Was gibt es Kräftigeres als einen stolzen Vater?

Hand in Hand wurden Fedja und Natascha getraut. Der Bezirkssowjet Lew Pawelewitsch Alajew hielt einen Vortrag über die Ehe im Arbeiter- und Bauernparadies, über den Sinn des Kinderkriegens, als Beitrag zum Fünfjahresplan, ermahnte die jungen Leute, immer im Geiste Lenins und Marx' zu leben und ließ den Genossen Stalin hochleben. Dann fragte er, ob Natascha den Fedja Iwanowitsch und Fedja die Natascha Tschugunowa haben wollte, und als sie beide laut ›ja!‹ riefen, nickte Alajew zufrieden und erklärte feierlich:

»Nun seid ihr Mann und Frau. Ein neuer Stein des Aufbaus ist in das Gebäude unserer Sowjetrepublik eingefügt.«

Am Abend, nach den Gratulationen und dem Essen und Trinken und nachdem alle in den Ecken lagen, im Stroh neben den Pferden, betrunken und satt bis zum Zäpfchen, geschah etwas Unheimliches.

Ein alter Mann kam ins Haus. Von hinten, aus dem Wald kam er, im Schutze der Nacht. Eine alte Segeltuchtasche trug er bei sich, und Olga ließ ihn schnell herein und verriegelte alle Türen. Nur Nikolai und sie und die jungen Eheleute waren im Zimmer. Ein wenig ängstlich und abschätzend sah der alte Mann auf Fedja Astachow.

»Das ist Gennadi Wassilijewitsch Nikitin«, sagte Nikolai zu seinem Schwiegersohn. »Siebzig Jahre ist er alt, und bis vor zehn Jahren war er noch der Pope von Tatarssk. Dann hat man eine Wodkafabrik aus seiner Kirche gemacht und ihm ein Stückchen Land gegeben, damit er leben kann. Nikitin war der letzte Pope im ganzen Kreis ...«

Gennadi Wassilijewitsch packte seine Segeltuchtasche aus. Ein altes, verschlissenes, verblichenes und schmutziges Meßgewand zog er heraus, ein silbernes Kreuz und einen Räucherkessel, verbeult und glanzlos. Olga kniete nieder und küßte das Kreuz, dann lief sie mit dem Räucherkesselchen in eine Ecke, stopfte Kräuter hinein und schraubte es zu.

In der Ecke neben dem Ofen, in der sonst das Stalinbild hing, leuchtete jetzt schwach eine schöne, goldene, alte Ikone. Flackernd brannten zwei Ewige Lichter in roten Schalen davor. Olga hatte die Ikone aus dem Versteck geholt. Nicht einmal Nikolai wußte, wo sie sie verbarg. Er wollte es nicht wissen, um sein sozialistisches Gewissen nicht zu belasten. Nun war die Ikone plötzlich da, und mit milden, großen Augen sah die Heilige Mutter auf Fedja Iwanowitsch, der langsam in die Ecke trat und das Bild anstarrte.

»Unser Mütterchen will es so«, sagte Nikolai Igorowitsch fast entschuldigend. »Ist ja ihr einziges Töchterchen, Fedja, ein Stück ihres Herzens, der Sinn ihres Lebens. Lassen wir ihr die Freude ... ein ganzes Leben hat sie darauf gewartet. Wenn's auch altmodisch ist ... die Weiber glauben eben an Gott.«

Fedja tastete nach den Händen Nataschas. Er hielt sie fest, den Blick auf die Ikone. Zu Hause, dachte er, ist es genauso. Auch dort ist eine Ikone, versteckt im Schlafzimmer. Als er wegging zum Militär, hatte Mütterchen für ihn gebetet, und sogar Väterchen hatte das Kreuz geschlagen. Peinlich war ihm das, dem jungen Komsomolzen, der nun Offizier werden wollte. Sie begreifen einfach nicht die neue Zeit, hatte er gedacht. Zu alt sind sie, die Eltern ... Und nun stand er wieder vor einer Ikone und starrte in das umflackerte Gesicht der Heiligen Mutter. Und es war seine Hochzeit. Die Hochzeit des Leutnants Fedja Astachow.

Der alte Nikitin hatte das Meßgewand angelegt. Das silberne Kreuz schaukelte vor seiner Brust. Nikolai hatte die Kräuter angezündet ... süßlicher Geruch verbreitete sich in der Stube.

»Wollt ihr?« fragte Olga leise. Ihre Augen bettelten. Fedja nickte stumm. Langsam ging er mit Natascha zu der Ikonenecke, vor der Nikitin stand, wieder der Pope, das Kreuz hochhebend und die jungen Menschen segnend.

Dann knieten sie auf den harten Dielen, hatten die Köpfe gesenkt und hörten die murmelnden Worte des Priesters. Die symbolischen Blütenkränze wurden auf ihren Häuptern gewechselt, Nikolai schwenkte das Räucherkesselchen und hinter ihnen sang Olga mit ihrer brüchigen, schwankenden Stimme einen Choral. Nikitin beugte sich zu ihnen nieder, hob sie auf, küßte sie auf beide Wangen und segnete sie wieder.

Einen Augenblick zögerte Fedja. Dann griff er zu, riß das Kreuz hoch und küßte es. Über das zerfurchte Gesicht Nikitins lief ein Zucken.

»Gott ist die Ewigkeit«, sagte er leise. »Ist Gott in euch, so habt ihr das ewige Leben –«

Dann küßte er Olga und Nikolai, drehte sich um, blies die Ewigen Lichter aus, zog sein goldenes Meßgewand aus, stopfte es zurück in die alte Segeltuchtasche und war wieder der alte Bauer Gennadi Wassilijewitsch Nikitin. Olga steckte ihm ein Paket zu ... ein Stück des Ferkels, das sie gerettet hatte, eine Wurst, Speck und Schinken. Sie nahm die Ikone aus der Ecke und steckte sie in ihre Bluse. Nikolai brachte das Stalinbild und hängte es wieder an seinen Platz.

»Gott mich euch allen!« sagte Nikitin.

Wie er gekommen, ging er zurück in den Wald. Heimlich, ein Schatten, der wegglitt in die Nacht.

Leutnant Fedja bekam Urlaub. Mit seiner jungen Frau Natascha Astachowa fuhr er in den Norden, zu seinen Eltern, nach Pulkowo, an der großen Straße, die nach Leningrad führte.

Sie hatten zur Hochzeit nicht kommen können. Mütterchen Astachowa hatte dicke Beine. Wasser, sagten die Ärzte, und punktierten sie jede Woche. Verreisen? Unmöglich! Ins Bett gehört sie! Soll der Sohn, der junge Leutnant, kommen!

Also fuhren Fedja und Natascha nach Pulkowo.

Zwei Wochen lebten sie dort, und Natascha blühte in ihrer Liebe auf. Wie eine Rose, die alles hat ... Wind, Sonne und Regen. Nie sah man Fedja oder Natascha allein. Immer waren sie zusammen. Es war, als könne der eine ohne den anderen nicht atmen, als fehle ihm eine Lunge oder ein Teil des Herzens, wenn er allein war.

Aber Glück ist wie das Morgenrot. Der Tag zieht unaufhaltsam herauf, und er kann windig sein, oder voll Regen oder dunkel von jagenden Wolken.

So war es auch bei Fedja Iwanowitsch. Nach dem Morgenrot der seligen Liebe kam der graue Tag. Es war ein Befehl des Generals aus Smolensk. Eine Versetzung in die Stadt. Ein neuer Dienst als Ausbildungsoffizier in der Kaserne am Dnjepr.

»Schön ist es in Smolensk«, sagte Fedja, um seine junge Frau zu trösten. »Geschäfte gibt es dort, und Kinos, und ein Theater. Ein großes Schwimmbad ist auch da. Wir werden glücklich sein, Natascha. Überall sind wir glücklich, wenn wir nur zusammen sind.«

Sie nickte. Sie hatte Angst vor der großen Stadt. Wie weit war Smolensk entfernt von Krassnoje Mowona! Nur einmal oder zweimal im Jahr würde sie die Datscha besuchen können. Sicherlich würde Väterchen Nikolai schreiben und erzählen, wie es allen ging ... aber Worte waren es ja nur, wie aus einer fernen Welt herbeiflatternd. Märchen aus der Steppe, Träume von jungen Schwänen –

Am vorletzten Tag des Urlaubs fuhren Fedja und Natascha Astachowa von Pulkowo nach Smolensk. Zwei kleine Zimmerchen sollten sie bekommen, in einem Haus neben der Kaserne. Von der Küche konnte man auf den Kasernenhof sehen. Das war schön. So sah sie jeden Tag Fedja vor der Kompanie stehen. Und wie er brüllen konnte, fast wie Luka, nur heller, forscher, mitreißender.

Überhaupt Luka! Fedja bekam einen Brief seiner alten Kompanie aus Schamowo. Mit Luka war es ein Kreuz geworden. Total verrückt war der Kerl. Heulte wie ein geprügelter Hund, weil sein Leutnant nicht mehr bei ihm war. Dem Kommandeur schmierte er die Stiefel mit Schmierseife ein und rieb ihm statt Pomade Zahncreme ins Haar. Nicht mehr auszuhalten war es mit ihm. Selbst die Darja schlug er in der Nacht. Das war fast wie ein Zeichen, daß für ihn die Welt untergegangen war.

Fedja Iwanowitsch las diesen Brief mehrmals und diskutierte mit Natascha darüber. Dann ging er zum Genossen General, legte ihm den Brief vor, erzählte von Luka, dem Idioten, und stellte den Antrag, auch Luka nach Smolensk zu versetzen.

»Alles tut er, Genosse General«, sagte Fedja Astachow. »Es gibt nichts, was Luka nicht täte. Wie ein Elefant ist er, stark und treu. Man sollte ihn wirklich nach Smolensk holen. Es wäre eine Bereicherung für uns.«

Der General versprach, es sich zu überlegen. Er ließ die Militärpapiere Lukas kommen, sah sie durch und erkannte, daß ein williger Idiot nützlicher sein kann als ein idiotischer Williger. »Nach Smolensk in Marsch setzen!« schrieb er nach Schamowo. »Melden beim Generalkommando.«

Was dann geschah, davon sprach man später von Mogilew bis Smolensk und sogar bis Witebsk. Luka fuhr nach Smolensk. Mit einem Lastwagen. Ein halbes Haus transportierte er mit, Betten, einen Herd, Kochtöpfe, ein lebendes Schwein, zehn Hühner, zwei Gänse und sieben Kaninchen. Und dazu seine Darja. Natürlich auch sie. In Schamowo winkte die ganze Kompanie wehmütig der ›Kompaniebraut‹ nach, und es war keiner da, der Luka nicht ehrlich beneidete.

Von nichts wußten Fedja und Natascha, als sie aus dem Küchenfenster sahen, weil auf dem Kasernenhof ein großer Krach begann. Ein Auto war gekommen, mit gackernden Hühnern und quietschendem Schwein. Der Posten hatte sich geweigert, das Gefährt passieren zu lassen, aber der Fahrer hatte Gas gegeben und war an dem Posten vorbei in die Kaserne gefahren.

Nun stand der Wagen mitten auf dem Exerzierplatz, ein Offizier rannte herbei, ihm folgten drei Mann der Militärpolizei. Vom Tor, von der Wache her, blies jemand Alarm.

Wie ein Bär aus seiner Winterhöhle wälzte sich Luka aus

dem Führerhaus, reckte sich und sah dem Offizier entgegen. Durch das andere Fenster sah ein erschrockenes, bleiches, rundes Mädchengesicht.

»Luka!« sagte Fedja entgeistert. »Natascha, siehst du's? Es ist ja Luka!« Er riß das Küchenfenster auf und schrie zur Kaserne hinüber.

»Luka! Luka, der Idiot!«

Luka wirbelte auf dem Absatz herum. Über sein breites, staubiges Gesicht zog es wie der Glanz einer Abendsonne.

»Mein Leutnant«, brüllte er. »Fedja Iwanowitsch ... hier bin ich! Und wenn du bis Irkutsk gehst ... ich komme nach!«

Der Offizier blieb hinter Luka stehen, die Militärpolizisten scharten sich um ihn.

»Kennen Sie dieses Scheusal, Genosse Leutnant?« rief der Offizier zu dem gegenüberliegenden Haus hinauf. Fedja winkte mit beiden Armen.

»Gefreiter Luka aus Schamowo ist's, Kamerad! Der Genosse General hat ihn nachkommen lassen. Seine Papiere werden's zeigen.«

»Und was soll das Weibsstück hier?«

Fedja grinste breit. »Die Kompanien werden Ihnen dankbar sein, Genosse!«

Er schloß das Fenster, zog seinen Uniformrock an und rannte hinunter zur Kaserne.

Natascha lehnte die Stirn an die Fensterscheibe. Ein Stückchen Heimat, dachte sie. Zwischen Steinhäusern und Autos, Straßenbahnen und vornehm gekleideten Leuten ein Hauch der Steppe, der aus Lukas Körper aufsteigen würde. Glücklich war sie, wirklich glücklich.

Um fünf Uhr morgens jagte Luka die Astachows aus dem Bett. Fedja erwachte, weil jemand an seiner Tür trommelte. Er zog einen Bademantel an, deckte Natascha zu und öffnete.

»Was soll's?« schimpfte er, als er Luka sah.

»Alarm, Genosse Leutnant!« schrie Luka. Erst jetzt sah Fedja, daß Luka seinen Kampfanzug trug. Ein großer, harter Brocken fiel auf sein Herz.

»Die Deutschen haben Polen angegriffen! Vor einer Viertelstunde! Alarm für alle Truppen!«

Fedja Iwanowitsch sah auf den Kalender, der an der Wand hing.

1. September 1939.

»Es ist gut, Luka«, sagte Fedja leise. »Ich bin sofort da –«

Er schloß die Tür und wischte sich über das Gesicht. Natascha sprang aus dem Bett. Ihre nackten Fußsohlen klatschten auf den Dielen, als sie zu Fedja lief und ihn von hinten umarmte.

»Krieg ...?« stammelte sie. »Du mußt weg, Fedjascha ...?«

Ihr warmer Körper zitterte wie ein aus dem Nest gefallenes Vögelchen. Krieg, dachte sie. Kann man das begreifen? So groß ist die Erde, und alle wollen Ruhe, und alle können leben ... und plötzlich ist Krieg, und die Männer müssen weg, und viele werden sterben.

»Sie haben Polen überfallen, die Deutschen«, sagte Fedja leise. »Nach Rußland werden sie nicht kommen. Was wollen sie denn hier? Nein, nein, Natascha ... bestimmt kommen sie nicht. Sie werden sich die Zähne ausbeißen wie ein Wolf, der einen Stein verschlingen will. Sie wissen es, die Deutschen. Aber Alarm muß sein. Man muß zeigen, wie stark man ist ...«

Es war wirklich nur ein Alarm. Als wenn es Krieg gäbe in Rußland, wurden die Marschkolonnen zusammengestellt, die Wagen beladen und dann abmarschiert. Außerhalb Smolensks, bei Schirjajewo, traf sich die ganze Division, an der Spitze der Genosse General in einem Panzerwagen. Er hatte eine Uhr in der Hand und kontrollierte, wie lange es dauerte, bis die letzten Bataillone sich zur Stelle meldeten. Er war zufrieden. Eine gute Garnison, dachte er. Schnell ist's gegangen. Man wird es nach Moskau melden. Dort wird es der deutsche Botschafter erfahren und weitergeben nach Berlin. Überlegen werden's sich die Deutschen!

Am Mittag des 2. September war alles wieder vorüber. Die Truppen kehrten zurück in ihre Kasernen, und Darja hatte es eilig, einen Feldwebel von der Kleiderkammer aus dem Zimmer zu entfernen, ehe Luka zurückkam.

So ging der Dienst weiter wie bisher. Ausbildung und Paraden, Geländeübungen und politische Schulung. Wie Wildschwäne flogen die Tage dahin, und noch kürzer waren die Nächte in Nataschas weichen Armen, zugedeckt mit ihren schwarzen Haaren und umhüllt von dem Duft ihres Körpers, dem Geruch der wilden Kamille gleich.

Luka wurde Unteroffizier. Alles war erstaunt darüber, am meisten er selbst. Sogar ein Amt bekam er, die Pflege und Herausgabe der Stiefel. Das hatte er schon immer getan, aber da es eine Unteroffiziersstelle war, beförderte der General ihn dazu. Ein Wechsel fand nur bei Darja statt. Luka duldete ab sofort keinen Liebhaber mehr, der rangmäßig unter ihm stand. Zu widersprechen wagte man nicht. Zwei Gefreite hatte er so verprügelt, daß sie ins Militärlazarett kamen. Das sprach sich rum.

Weihnachten kamen Nikolai Igorowitsch Tschugunow und Olga Tschugunowa nach Smolensk. Bepackt waren sie wie die Lastesel der Kirgisen, mit Gebäck, Wurst, Butter, Eiern und Käse. Etwas ganz Besonderes hatte Olga mitgebracht: eine Flasche Hagebuttenwein, die letzte, die Natascha noch gekeltert hatte.

»Unsere Heckenrosen . . .«, sagte Natascha selig und streichelte die Flasche. »Was machen sie, Mütterchen . . .?«

Nikolai musterte seine Tochter verstohlen. Er strich um sie herum, schüttelte dann den Kopf und ging mit Fedja zur Seite.

»Was ist, Schwiegersohn Fedja?« fragte er zwinkernd. »Ich sehe noch nichts bei meinem Täubchen. Keine Rundung, keine Fleckchen auf der Backe, keine prallere Brust. Was soll's? Ich bin erstaunt.«

Fedja Iwanowitsch Astachow senkte den Kopf. »Sie ist noch so jung, Väterchen . . .«

»Hör sich das einer an! Zu jung! Die besten Fohlen werfen die jungen Stuten! Zu jung! Wie lange soll ich warten, bis ich meinen Enkel schaukle, he? Spielen will ich noch mit ihm, über die Steppe reiten, Fallen mit ihm stellen und die Füchse fangen! Du mißgönnst einem alten Mann die letzten Freuden, Fedja Iwanowitsch!«

Nikolai war ehrlich empört. Natascha war kein unfruchtbarer Boden, es mußte an Fedja liegen. Und so gab er ihm bei einem Gläschen Wodka Ratschläge, wie man es machen müsse, einen alten Mann zum Großvater werden zu lassen. Geduldig hörte Fedja zu. Daß die Alten Weihnachten gekommen waren, mit Geschenken und gläubigem Herzen, wo es doch kein Weihnachten mehr gab, war schon unangenehm genug. Es durfte nicht auffallen. Eine Schande wäre es . . . zum besten Leutnant hatte ihn der Genosse General ernannt und seinen Namen nach Moskau zur Militärakademie gemeldet. Dort wurden die Generalstabsoffiziere ausgebildet, die zukünftigen Generale der Roten Armee. Seit drei Monaten bekam Fedja schon die *Wojennaja Mysl*, die große Generalstabszeitschrift, mit dem Vermerk: Nur für Generale, Admirale und Offiziere der Sowjetischen Armee und Marine. Ganz stolz war Fedja Iwanowitsch darauf, und er konnte es sein, denn er war der einzige Offizier seines Regiments, der sie lesen durfte.

So verlief Weihnachten ganz still wie jeder andere Tag. Olga bescherte ihre Tochter und ihren Schwiegersohn, Fedja hatte für Nikolai eine warme Wolljacke und für Olga ein dickes Kleid gekauft, man aß einen Braten und trank Muskatwein dazu. Und wenn auch keine Glocken läuteten und keine Lichterketten in den Stuben hingen, feierlich war's doch, als Nikolai eine Rede hielt und schluchzend sagte, er sei so glücklich, daß Natascha glücklich sei.

Am zweiten Tag des neuen Jahres fuhren sie wieder zurück nach Krassnoje Mowona. Natascha weinte sehr, und Nikolai ermahnte noch einmal Fedja, sich Mühe zu geben.

»Im Herbst will ich etwas schreien hören!« kicherte er Fedja beim Abschied auf dem Bahnsteig ins Ohr. »Sonst hol dich der Teufel. Eine Uniform allein macht noch keinen Mann, merk dir's, Fedja Iwanowitsch . . .«

Wieder war es Luka, der nachts an die Tür trommelte und Fedja aus dem Bett jagte. Er sah verstört aus, als Fedja öffnete, hatte seine Mütze schief auf dem mächtigen Schädel, das Koppel schräg an der Hose, und sein Unterkiefer schlackerte, als er sprach.

»Alarm, Fedja Iwanowitsch!« Schlucken mußte er, der Riese. Ein Kloß saß ihm in der Kehle, wie ein Korken in einem Flaschenhals. »Um 3.15 Uhr ist's geschehen, Genosse Leutnant. Der Deutsche ist in Rußland –«

»Krieg!« sagte Fedja leise.

»Alles haben sie überrannt, die Teufel! Die Grenze, die Kasernen, die Bataillone, die Magazine, alles! Sie marschieren schon auf Bialystok –«

»Der Krieg –«, sagte Fedja noch einmal. Langsam drehte er sich zu Natascha um. Im dritten Monat war sie. Ein werdendes Mütterchen. Und nun war Krieg.

»Du mußt fort?« fragte Natascha aus dem Bett. Fedja nickte und drückte Luka aus der Tür. »Jetzt geht es um Rußland –«

»Ich hasse alles, was dich wegnimmt . . . auch Rußland!« schrie sie. Hilflos hob Fedja die Arme. Er sah Natascha aus dem Bett springen, als wolle sie sich der grauen Welle entgegenstürzen, die von Westen über das Land spülte.

»Krieg ist . . .«, sagte er stockend. »Wer hat ihn gewollt von uns? Niemand – aber nun ist er da. Und wir müssen siegen –«

Er zog sich an, die Uniform, die Stiefel, und Natascha

packte einen Sack mit Unterwäsche und Strümpfen, und obenauf legte sie ihr Bild. Lautlos weinte sie dabei vor sich hin.

»Wenn ich dich nicht mehr sehe«, sagte sie endlich schluchzend. »Wie soll es heißen, wenn's ein Junge ist?«

»Alexeij«, sagte Fedja mit trockenem Hals.

»Und wenn's ein Mädchen ist?«

»Dunjaschka –«

Sie nickte und schnürte den Sack zu.

»So soll es sein«, sagte sie. Und es war, als habe sie ›Amen‹ gesagt.

Um die Mittagsstunde wurde das Regiment verladen. Viehwagen standen in langen Reihen auf dem Güterbahnhof von Smolensk, und große Spruchbänder hatte man von Lichtmast zu Lichtmast gespannt. Mit Stalin in den Sieg, stand da. Kampf den Ausbeutern! Die sozialistische Revolution wird siegen!

Luka rannte den langen Zug entlang und suchte. »Wo ist der Küchenwagen, Genossen?« rief er. »Kommt, sagt's mir, Brüderchen! Einem hungrigen Soldaten zittert die Hand und er kann nicht schießen!«

Ganz am Ende fand er endlich die rollende Küche. Es waren ein alter, rauchender Kessel, ein Berg von Kartoffeln und Kraut und ein mürrischer Feldwebel aus der tatarischen Republik. »Was willst du hier?« fragte er Luka. »Für dich findet die Fütterung im Zoo statt!«

Luka sah mißtrauisch auf die Kartoffeln und Kohlköpfe.

»Ist das alles?« fragte er dumpf.

»Wir fahren zum Kämpfen, nicht zum Fressen an die Front, Genosse!« schrie der tatarische Feldwebel.

Seufzend wandte sich Luka ab und trottete zu seinem Wagen zurück. »Ein schwerer Krieg wird's!« sagte er zu sich. »Man darf die Nerven nicht verlieren –«

Fedja Iwanowitsch Astachow stand am hohen Stacheldrahtzaun, der das Bahngelände von der Straße trennte. Er hatte seine Hände durch die Drahtstreifen gesteckt und hielt Nataschas zitternde Finger umklammert. Ganz kalt waren sie, die zarten Knöchelchen, wie abgestorben. Auch ihre Augen waren wie gestorben. Leer blickten sie über Fedjas blonden Schädel auf die Güterwagen. Stroh quoll aus ihnen, Soldaten in hüftlangen grünen Blusen verteilten es. In Gruppen angetreten warteten die anderen, bis sie in die Wagen klettern durften.

»Geh nach Krassnoje Mowona, Natascha«, sagte Fedja und streichelte ihre Hände und die kalten Arme. »Eine Stadt wie Smolensk könnte bombardiert werden. Ganz fürchterliche Flugzeuge haben die Deutschen. Vom Himmel stürzen sie herab wie Riesengeier, heulend und die Herzen zerreißend.«

»Ich werde hinfahren, Fedja.«

»Und arbeite nicht auf den Feldern. Schone dich.«

»Ja, Fedja.«

»Wenn es soweit ist, geh nach Tatarssk.«

»Ja, Fedja.«

Die ersten Soldatengruppen kletterten in die Waggons. Sie entrollten rote Fahnen und schwenkten sie. Dabei sangen sie und winkten den Mädchen zu, die auf der Straße standen und durch den hohen Zaun zu ihnen hinsahen. In wenigen Wochen haben wir die Deutschen geschlagen, das war die Meinung aller, die man sprach und hörte. Man brauchte nur auf die Karte zu sehen, die alle Zeitungen abdruckten ... das riesige Rußland, ein ganzer Erdteil für sich, und davor das winzige Deutschland, klein wie ein Vogelschiß auf dem Roten Platz von Moskau. Man lachte darüber und schüttelte den Kopf. Müssen Idioten sein, die Deutschen. Wie kann man ein Meer leertrinken, nur weil man Durst hat?!

»Ich werde gehen müssen ...«, sagte Fedja leise. »Sie warten auf mich. Kapitän Koreljow sieht schon herüber. Natascha –«

Sie schloß die Finger um seine Hände, grub die Fingernägel in sein Fleisch. Ihr Gesicht war weißgrau wie festgetretener Schnee.

»Mütterchen ...«, stotterte er. »Ich komme zurück ... Du mußt daran glauben. Sie können nicht alle totschießen, immer bleiben ein paar am Leben ...«

»Leutnant Fedja Iwanowitsch!« rief eine laute Stimme von dem Zug her. »Es geht los!«

»Ich liebe dich so ...«, sagte Fedja fast weinend. Er schämte sich nicht. Und gleichzeitig verfluchte er innerlich die Politik, die Partei, die Uniform, Rußland und Deutschland, alles, überhaupt alles ...

»Leutnant Astachow!« rief wieder eine Stimme.

Noch einmal sah er Natascha an. Schmal, traurig, mit aufgesteckten Haaren stand sie am Zaun. Die Arme hatte sie ausgestreckt und die Handflächen nach oben gekehrt, als bettele sie um Wasser oder um Brot oder um Gnade oder um das Leben.

Da rannte Fedja weg, hetzte zu den Gleisen, sprang über Schienen und herumliegende Drahtrollen, über Bohlen und Signaldrähte. Er sah sich nicht mehr um, auch als der lange Zug sich langsam in Bewegung setzte und die Soldaten singend Abschied nahmen von Smolensk.

Eine Weile ging Natascha auf der Straße neben dem Zug her, solange sie ihn sehen konnte. Sie ging mit gesenktem Kopf, die Hände über dem noch schmalen Leib gefaltet, als wolle sie die Augen des werdenden Kindes bedecken, damit es nicht den Abschied sah. Erst als der Zug schneller fuhr, blieb sie stehen und hob die rechte Hand zum Gruß. Ganz leicht winkte sie damit, dann verkrampften sich die Finger, wurden zur geballten Faust und zuckten an den Mund. Mit flatternden Augen biß Natascha in ihre Faust, und aus dem Schrei, den sie mit der Faust zurückstieß, wurde ein dumpfes Stöhnen.

Ein Militärtransport ist etwas Komisches, nicht klug wird man daraus. Erst heißt es eilig, eilig, auf jede Minute kommt es an, vorne wartet man auf euch, Genossen... und dann rollt man durch die Landschaft, hält, wird umrangiert, fährt zurück, kommt auf ein totes Gleis, wartet wieder... es ist zum Jammern!

Am Abend starrte alles aus den Waggons in den Himmel. Die ersten deutschen Flugzeuge! Grausilberne Vögel mit einem dicken schwarzen Kreuz auf den Flügeln. Geschützt hielt der Zug in einem Wald, durch den man für die Bahn eine enge Schneise geschlagen hatte. Das Dröhnen der Motoren hallte zwischen den Bäumen wider. Es war, als ob selbst die Stämme bebten.

»Da! Seht nur, seht!« Der Schrei pflanzte sich fort, mit nackten, angstvollen Gesichtern starrten die Soldaten in den Himmel.

Die deutschen Bomber hatten sich geteilt. Während die einen weiterflogen, kippten die anderen über die Flügel ab und rasten heulend auf die Erde zu. Kurz bevor sie aufschlugen – so sah es von weitem aus –, wurden sie wieder emporgerissen, etwas Schwarzes taumelte aus ihrem Leib... und während sie wieder hoch in den Himmel schossen, brach hinter ihnen die Erde auf, jagten Flammen und Dreck in Riesenfontänen empor und fielen in dröhnenden Kaskaden zurück.

»Da sind sie, Genossen!« sagte Luka. Auf den Puffern hockte er, der Idiot, und kaute an einem Kohlstrunk. »Damit haben sie die Polen kaputtgemacht, und Frankreich und Norwegen. Aber mit uns machen sie das nicht –«

Fedja Iwanowitsch sah dem Pulk nach, der weitergeflogen war. Fliegen sie nach Smolensk? dachte er, und sein Herz war kalt wie der Eisengriff, den er umklammert hielt. Sicherlich fliegen sie nach Smolensk, und sie werden die Bomben abwerfen auf die Frauen und Kinder. Hilflos werden diese durch die Straßen irren, hineinlaufen in die Detonationen, die sie zerreißen werden. Sie haben keine Bunker in Smolensk, und kaum Keller haben die Häuser. Auch Natascha wird sich verkriechen, in irgendeine Ecke, zitternd und den Schal vor die Augen haltend, um das Grauen nicht zu sehen. Es stirbt sich leichter, wenn man nicht sieht.

Er senkte den Kopf und drückte die Stirn an das rauhe Holz des Waggons. Von weitem krachten die Einschläge und schlugen gegen das Trommelfell der Ohren.

Nach einer Stunde fuhren sie weiter. Aber sie sangen nicht mehr, sondern hatten die Köpfe vorgestreckt und lauschten auf den Lärm, der ihnen entgegenkam.

In der Nacht hielt der Zug. Sie brauchten nicht weiterzufahren. Der Deutsche war schneller als sie, er kam ihnen zuvor. Seine Panzerspitzen rollten bereits auf Borissow zu. Wie die Teufel rasten sie durch Rußland, überall waren sie, schneller, als man die Funksprüche auf die Karte übertragen konnte.

Das Regiment wurde ausgeladen. Bei Slawjany standen alte Lastwagen bereit, Omnibusse aus Orscha und einige Panzer. Mit ihnen fuhren sie drei Tage hin und her, im Zickzack wie ein Hase, bis sie auf die staubige Straße mußten und hinter den Panzern hermarschierten, den Deutschen entgegen. Dann lagen sie auf einer Hügelkette, eingegraben in flache Mulden, weit auseinandergezogen, mit Maschinengewehrnestern, Granatwerfern, Panzerabwehrkanonen und Minen, die sie den stählernen Ungeheuern vor die Raupen werfen sollten.

Fedja Iwanowitsch Astachow lag neben Luka in einem Loch und sah auf die Ebene vor sich. Im aufwirbelnden Staub erkannte er deutlich die deutschen Truppen. Graugrüne Panzer mit langen Kanonenrohren. Wie Fliegen, so klebten die dunklen Körper der Infanteristen auf dem eisernen Leib. Die Sturmtruppen, die über Rußland gekommen waren wie ein Wirbelwind aus einem sonnenhellen Himmel.

Hinter Fedja und Luka brüllte es auf. Irgendwo war Artillerie aufgefahren und schlug mit ihren Granaten in die Bereitstellungen der Deutschen. Zwei Panzer brannten plötzlich. Um sie herum lagen die schwarzen Gestalten wie ausgestreute Mohnkörner.

»Siehst du, Fedja Iwanowitsch«, sagte Luka leise, »auch die deutschen Panzer brennen. Wie gut ist's, daß wir das wissen ...«

Dann hörte auch Luka auf, zu überlegen. Die Deutschen griffen an. Um Fedjas Herz legte sich ein eiserner Reifen. Er drückte den Kolben der Maschinenpistole an die Backe und visierte die ersten auf ihn zurennenden Soldaten an. Er sah ihre schmutzigen, verschwitzten Gesichter, ihre schwankenden Stahlhelme, ihre die Hügelkette emporstolpernden Beine.

Menschen sind's wie ich, dachte Fedja. Und Angst haben sie wie ich. Und trotzdem laufen sie und schießen und töten und werden auch mich töten, wenn ich nicht schieße ... jetzt, sofort, in diese staubigen Gesichter hinein, in diese rennenden Körper ... Warum, o warum ...?

Er zog den Finger an. Die ratternden Gegenstöße an seiner Schulter hämmerten die Gedanken weg. Er sah nur noch die stürzenden Körper, die emporgerissenen Arme; die Schreie und ersterbendes Wimmern erreichten sein Ohr, aber auch sie prallten ab und waren nur Töne ohne Sinn, ohne Drang in die Seele.

Luka wechselte schnell das runde Magazin. Links und rechts von ihnen rollten die Panzer der Deutschen weiter, mitten durch die Linie hindurch, als durchschnitten sie ein Stück weiche Butter. Einige brennende Wracks trieben fettigen, heißen Ölqualm über die Hügel und verdeckten die weitere Sicht. Es war schwer, die Geräusche auseinanderzuhalten ... Explosionen, Schüsse, Einschläge von Granaten, Motorengebrüll, Stöhnen, Aufschreie, Hilferufe, Flüche, Kampfgeschrei und Beten war ein einziges Geräusch, das von den Zehen bis zu den Haarwurzeln den ganzen Körper durchzog und ihn emporriß.

Luka war aus dem Loch gesprungen. Mit der eisernen Munitionskiste schlug er um sich, zertrümmerte den Schädel des ersten Anstürmenden, hob dessen schwankenden Körper hoch wie ein Stück Birkenholz und warf ihn dem nächsten an die Brust. Dann stürzte er nach, riß ein deutsches Seitengewehr an sich und stach um sich, brüllend, in schauerlich langgezogenen Tönen, daß das Grauen jeden erfaßte, der aus der Qualmwolke heraus plötzlich vor ihm stand.

Um Fedja Iwanowitsch herum war die Welt einsam geworden. Er hörte keine Töne mehr ... es war ihm, als rauschten Himmel und Erde zusammen wie beim Jüngsten Gericht. Mit beiden Händen hatte er den Lauf seiner Maschinenpistole umklammert und hieb mit ihr um sich. Und dann hörte auch das Rauschen auf. Ganz still, unheimlich lautlos war die Welt geworden.

Fedja stand seinem Tod gegenüber.

Ein kleiner, schmutziger, verschwitzter, müder deutscher Soldat war es. Er hatte den Stahlhelm in den Nacken geschoben, aus der aufgesprungenen Stirn lief ein dünner Blutfaden über das Gesicht, zwischen den Augen hindurch, die Nasenwurzel hinunter auf die Oberlippe. Ganz deutlich sah es Fedja Iwanowitsch ...

Der kleine deutsche Soldat keuchte. In seinen aufgerissenen Augen stand die brennendste Angst, die Fedja je gesehen hatte. Ein Schrei war es, ein Toben nach Leben, ein Entgegenstemmen gegen das Schicksal ... Brüderchen, dachte Fedja. So ist das nun. Einer von uns wird sterben müssen. Frag nicht, warum. Wir wissen es alle nicht. Ich habe Natascha, mein werdendes Mütterchen ... vielleicht hast du eine Frau, und sie heißt Else oder Anna und wartet auf dich wie meine Natascha ... Eine wird ewig warten müssen ... Bestimmt, Brüderchen ... es ist Wahnsinn, ich weiß es ...

Nur ein Augenzwinkern lang standen sie sich gegenüber. Dann hob der kleine deutsche Soldat seinen scharfgeschliffenen Spaten, das stählerne Blatt blitzte in der Sonne ... Fedja Iwanowitsch stieß seine Maschinenpistole empor, mit der runden Patronentrommel wehrte er den Schlag ab ... dann sahen sie sich wieder an, voll Angst und wildem Grauen und voller Ausweglosigkeit.

Mit dem nächsten Spatenhieb wurde Fedjas blondes Haar geteilt. Der Stahl drang durch seine Hirnschale, zertrennte den Schädel, und Blut und Hirnwasser und weißes Gehirn quollen hervor und sickerten über das junge, zukkende Gesicht. Dann fiel Fedja Iwanowitsch Astachow in den Staub, der Körper zuckte noch einmal und bog sich dann, als wolle er geruhsam schlafen.

Einen kurzen Blick warf der kleine, keuchende deutsche Soldat auf den Russen zu seinen Füßen, dann sprang er über ihn hinweg, hob wieder den Spaten, schwang ihn über seinen Kopf und rannte weiter.

»Hurra!« brüllte er. »Hurra – hurra ...!«

Das Regiment des Majors Prokopenkow bestand nicht mehr, fünf Tage nach seinem Einsatz.

In der Nacht kroch Luka über das Leichenfeld und suchte seinen Leutnant.

Die Panzerspitze der Deutschen war weitergerollt, unaufhaltsam wie ein Steppenbrand. Nachdem er drei Deutsche erschlagen hatte, sah Luka ein, daß man mit einer Eisenkiste keinen Krieg gewinnen konnte. Er ließ sich unter einen deutschen Soldaten fallen, zog den toten Körper halb über sich, schloß die Augen und riß den Mund weit auf. So lag er eine ganze Weile, bis die deutschen Truppen an ihm vorbeigestürmt waren. Als die Nacht kam, rollte er den Toten weg, stand auf, reckte die Glieder und ging daran, über das Land zu kriechen.

Von Körper zu Körper kroch er, drehte sie herum, wischte mit seiner breiten Hand das Blut aus ihren Gesichtern und starrte sie an. Endlich, an einem Busch, fand er

Fedja Iwanowitsch Astachow. Gehirn und Blut waren geronnen und lagen um seinen gespaltenen Kopf wie ein Turban.

»Brüderchen ...«, sagte Luka leise. Er kniete nieder, senkte den Kopf auf die Brust und weinte. Dann betete er ... aus dem dunklen Grund seiner Seele, verstaubt und angemodert, quollen die Gebete herauf, die er von seiner Mutter gehört hatte. Damals, in der Hütte bei Stepanowka am Asowschen Meer. Schon als er sechs Jahre war, hatte er sie ausgelacht und sie eine reaktionäre Alte genannt.

Und nun kniete er vor seinem Leutnant Fedja Iwanowitsch, weinte und betete die Gebete seines Mütterchens von Stepanowka.

Welch ein Bolschewist bist du doch, Luka, dachte er später, als er Fedja mit einem deutschen Spaten begraben hatte. Direkt unter dem Busch. So hat er ein schönes, immer größer werdendes Grabmal, dachte Luka. Breit und kräftig wird der Busch einmal werden, und ich werde sagen können zu Fedjas Kind: Sieh, das ist Fedja, dein Vater! Unsterblich ist er, der Held. Die Bauern holen Holz von ihm, und die Vögel nisten in seinen Zweigen, und der Fuchs versteckt sich unter ihm vor den Jägern. Sei stolz auf dein Väterchen ...

Als der Morgen aufdämmerte, warf Luka alles, was unwichtig war, von sich. Nur eines tat er noch, und man muß es ihm verzeihen ... er ging von Toten zu Toten, untersuchte ihre Taschen und Brotbeutel und sammelte alles, was zu essen war. Einen kleinen Sack voll bekam er zusammen. Mit diesem setzte er sich auf den Hügel neben einen ausgebrannten deutschen Panzer, trank ein paar Schlucke aus einer deutschen Feldflasche, aß dann aus dem zusammengesammelten Sack die besten Brocken heraus und dachte daran, wie schön es wäre, wenn Fedja Iwanowitsch diese Köstlichkeiten mit ihm teilen könnte, statt ein großer, kräftiger Busch zu werden. Dann schlief er traurig, aber satt ein.

So fand ihn der Vortrupp der nachrückenden deutschen Division.

Er erklärte ihn für gefangen und transportierte ihn mit einem hopsenden Wagen zurück zu einem Sammellager. Seinen Verpflegungssack durfte er nicht mitnehmen, im Gegenteil, man schlug ihn ihm um den dicken, pendelnden Schädel.

»Der Krieg ist eine böse Sache, Genossen!« sagte Luka, als er in das Sammellager gestoßen wurde. »Die kleinsten Menschenrechte werden einem aberkannt –«

Am Morgen, der dem Abtransport Fedjas folgte, packte Natascha Astachow ihre wenigen Sachen in einen Segeltuchkoffer, schloß die kleine Wohnung ab, gab den Schlüssel dem Hausmeister Washa Galjanow, bezahlte die Wasserrechnung und das Licht und bat ihn, die Blumen am Fenster jeden zweiten Tag zu gießen.

Mit dem letzten Zug fuhr sie aus Smolensk hinaus. Aber schon in Potschino war die Fahrt zu Ende. Ein Major der Roten Armee ließ alle aus den Wagen werfen und besetzte den Zug mit seinen Soldaten.

»Was soll das?« schrien die Hinausgeworfenen durcheinander. Bauern waren es meist, einige Ingenieure, viele Frauen und Kinder. Auch Rekruten, die aus dem Urlaub zurückbefohlen waren und sich bei ihren Truppenteilen melden mußten.

»Ist das eine Art, Genosse Major?« schrien sie. »Sind wir bei den Kaukasusdieben?!«

»Hütet eure Zungen!« brüllte der Major zurück. »Generalissimus Stalin kommt aus dem Kaukasus! Jedes weitere Wort ist Sabotage! Ich werde schießen lassen, wenn keine Ruhe ist. Habt ihr noch nicht bemerkt, daß Krieg ist, ihr Hohlköpfe?! Wir brauchen diesen Zug, um an die Front zu kommen!«

Es half nichts ... man stand in Potschino auf dem drekkigsten Bahnsteig Rußlands und mußte zu Fuß gehen. Nach einer Stunde fuhr der Zug rückwärts wieder ab, zurück nach Smolensk. Natascha setzte sich draußen an die Wand des hölzernen Stationshauses und sah über die Weite der Felder und Weiden. Fast hundert Werst sind es bis Krassnoje Mowona, dachte sie. Drei Tage werde ich gehen müssen, wenn keiner kommt, der mich mitnimmt. Aber Fedja will es so ... und er ist im Krieg. Man soll sich schämen, vor drei Tagen Angst zu haben.

Im Stationsgebäude ließ sie sich zwei Flaschen mit Wasser füllen, erbettelte sich einen Strick, knüpfte ihn um den Leinwandkoffer und hing sich den Koffer dann über die Schulter. Es war ein heißer Tag, und wo man hintrat, quollen die Staubwolken auf, so daß man nach wenigen Schritten aussah, als sei man durch dunkles Roggenmehl gegangen. –

In der Nacht überflogen die ersten deutschen Bombenflugzeuge die Stadt Smolensk. Die sechste Bombe, die herunterfiel – Washa Galjanow zählte gewissenhaft die Einschläge –, traf das Haus neben der Kaserne und zersprengte es in alle Winde. Nicht ein Mäuerchen blieb stehen ... nur ein Loch war da, wo das Haus gestanden hatte.

Von Washa Galjanow hat man nichts mehr gesehen und gefunden.

»Hast du gehört, der Deutsche soll schon in Minsk sein. Eine ganze Armee hat er eingekesselt, der Teufel. Unsereiner weiß gar nicht, was er tun soll, wo in den Feldern alles so gut steht ...«

Natascha nickte. Sie hockte auf dem Bock eines alten Holzwagens. Die eisenbeschlagenen Räder knirschten durch den Sand des Weges. Vorweg gingen zwei klapprige Panjegäule, struppig und mit Schwären bedeckt, in denen die Fliegen hockten und sich vollsaugten. Neben ihr saß Anatoli. Er war ein alter Bauer, der südlich von Tatarssk einen kleinen Hof verwaltete. Natascha hatte ihn aufgelesen, als sie den Tag und einen Teil der Nacht durchgewandert war. Auf dem Bock war sie sofort eingeschlafen. Am Morgen dann hatte sie einen Teil des Weges die Zügel geführt und Anatoli schnarchte an ihrer Seite. Wenig war in diesen Stunden gesprochen worden, doch nun war Anatoli ausgeschlafen und erzählte, was er gehört hatte.

»Sieh dir die Gäule an, Täubchen!« sagte er bitter. »Alle anderen, die großen, starken Pferdchen, haben sie mir weggenommen für den Krieg. Womit soll ich pflügen? Sollen diese Gespenster da die Ernte einfahren?! Das hat man mir gelassen! Und der Deutsche hat Minsk genommen!«

Natascha nickte abwesend. Eine Armee haben sie eingekesselt, dachte sie. Nein, Fedja kann nicht dabeisein, das war sicher! Er war noch auf dem Transport. Aber wenn auch sein Regiment eingekesselt würde –

»Hast du gehört, Väterchen, was die Deutschen mit den Gefangenen machen?«

»Man hört so vieles! Ob's wahr ist? Die einen sagen: Sie kommen nach Deutschland, werden gemästet und müssen dann Straßen bauen und in den Fabriken arbeiten. Und damit sie den deutschen Mädchen nichts tun, werden sie entmannt! So sagte es der Genosse Jelzow vom Distriktamt. Wieder andere sagen, daß man sie alle sammelt, bis hunderttausend zusammen sind. Dann sollen sie erschossen werden, kommen mit großen Waggons nach Deutschland und werden dort als Kunstdünger verarbeitet. Fleischmehl mit Phosphor, weißt du, Täubchen. Das gibt einen fetten Boden ... das stimmt schon. Aber ob's wahr ist? Keiner weiß etwas Genaues ... es muß ein großes Durcheinander sein dort vorn.«

Die Reden Anatolis waren nicht dazu geeignet, Natascha aufzuheitern. An Fedja dachte sie, der vielleicht in deutsche Hände fallen konnte. Das krampfte ihr das Herz zusammen, daß sie sich nach vorne beugte und stöhnte. Anatoli schielte zu ihr hin. Stimmt, stimmt, dachte er. Sie hat ja

Fedja an der Front. War damals große Sensation in der Sowchose, als der Leutnant heiratete.

Gegen Mittag überholten sie lange Panzerkolonnen und Lastwagenreihen. Die ersten voraussausenden Motorräder drückten den Karren von der Straße weg auf das Feld. Dort blieb Anatoli stehen, bis die lange Kolonne vorbeigerattert war.

»230 Panzer«, sagte er, als sich der Staub verflogen hatte. Wie in Mehl getaucht, sahen sie aus, Anatoli und Natascha. »Was wollen sie hier? Ich meine, wir sollten schneller fahren ... es kann sein, daß wir gar nicht mehr nach Hause kommen ...«

Die alten Panjegäule trabten zurück auf die Straße. Natascha nahm die Zügel und die Peitsche. »Heij!« schrie sie, wie damals, als sie Fedja Iwanowitsch über die Schneesteppe brachte und die Wölfe heulend hinter ihnen herliefen. »Heij ... lauft, ihr Aussätzigen, ihr Mißgeburten, ihr Hundedreck ...«

Und die müden Pferde keuchten und trabten, stampften unter sich die weiche Straße auf und zogen den schwankenden Karren nach Krassnoje Mowona.

Je weiter sie westlich kamen, um so mehr veränderte sich die Landschaft. In den Wäldern lagen Panzergruppen und Artillerie, mit Netzen und Zweigen gegen Flugzeuge getarnt. In einem Birkenwäldchen südlich Tatarssk waren Lastwagen zusammengefahren und grüne Zelte spannten sich unter den Baumkronen. Offiziere in weißen Kitteln liefen dazwischen herum. Anatoli riß den Mund auf.

»Ein Lazarett ...«, stotterte er. »Hier?! Was soll das? Ich denke, der Deutsche ist erst bei Minsk ...?«

Eine halbe Werst weiter vom Lazarett entfernt arbeitete eine Kompanie Strafsoldaten. Sie hoben eine lange Grube aus, und an diese Grube fuhren Lastwagen heran und kippten einen Berg von Leichen hinein. Ein anderer Wagen schüttelte Chlorkalk darüber, und dann schippten die Strafsoldaten wieder die Grube zu. Zwei Panzer drehten sich und walzten die Gräber glatt. Über die Hauptstraße von Monastyrschtschina fuhr Wagen an Wagen, eine braungrüne Riesenraupe, die durch das Land kroch, mit Tausenden von Augen und Tausenden von stampfenden Füßen.

Anatoli und Natascha starrten zu ihnen hinüber. Der Wald war zu einem Teil verbrannt. Stämme lagen geknickt und abgerissen neben der Straße. Krater mit glucksendem Grundwasser hatten selbst den Feldweg unterbrochen, über den ihr Karren holperte. Mit verrenkten Gliedern, staubverkrustet, lagen einige Körper daneben. Anatoli schluckte.

»So was, so was!« stammelte er. »Begreifst du das, Täubchen?!«

In Natascha war unbeschreibliche, panische Angst. Sie hieb auf die müden Gäule ein und schrie, schrie ... »Dawai! Dawai!«

Von der Straße nach Krassnoje Mowona bog Natascha ab und raste auf den elterlichen Hof zu. Schon von weitem sah sie, daß es am Waldrand brannte. Die Scheune stand noch in Flammen, die trockenen Balken, in fast hundert Jahren ausgedörrt, krachten unter der sprühenden Lohe.

»Mama!« schrie Natascha grell. »Papaschka! Oh! Oh!« Sie schlug auf die Pferde ein, mit dem Peitschengriff, weit vorgebeugt ... jetzt sah sie das Haus ... ein Berg von rauchenden Balken und zerfetztem Lehm, Hühner rannten gackernd herum, ein Schwein, die Hinterbeine verbrannt, schleppte sich von den Balken weg und schrie, als wolle der Himmel bersten.

Vor den rauchenden Trümmern hielten die Pferde. In den Seilen brachen sie zusammen, fielen um und rissen den Karren mit zur Seite. Anatoli flog zur Erde, wälzte sich im Staub und brüllte, weil er auf ein glühendes Eisen gefallen war und sich die linke Hand verschmorte.

Natascha rannte zu der Scheune. Aus den Flammen hörte sie das Schreien eines Pferdes. »Ilja!« schrie sie. »Natalja! Ich komme! Ich komme!«

In die Wasserrinne, in der sich die Kühe ihr Wasser holten, sprang sie hinein, wälzte sich im Wasser und rannte dann in die Flammen hinein. Es zischte um sie, als sei sie ein Wassertropfen, der vom Feuer aufgesaugt werden wollte ... Ilja lag verbrannt auf dem Boden, aber Natalja zerrte an der Kette und trat gegen einen Balken, der unter ihr lag und das Bauchfell versengte. Mit einem Hammer schlug Natascha die Kette vom Haltering, warf sich dann auf den Rücken Nataljas, klammerte sich an die Mähne und senkte den Kopf dicht an den Hals des Pferdes. Schreiend galoppierte Natalja aus dem brennenden Stall, stieg draußen hoch, warf Natascha in den Staub und rannte dann weg, in den Wald hinein.

Über das Land brummten hoch oben einige in der Sonne silbern glitzernde Vögel nach Westen. Auf dem Rücken liegend starrte Natascha zu ihnen empor. Dann hob sie die verbrannten Hände, ballte sie zu Fäusten und schüttelte sie in ohnmächtiger Wut dem Himmel entgegen.

Anatoli kroch in den Trümmern herum und suchte. Er schob verbrannte Balken zur Seite, warf zerbeulte Pfannen auf den Vorplatz, riß die Fetzen des zersprengten Ofens weg und wühlte sich in die Trümmer hinein.

Mit hängenden Armen stand Natascha vor dem Aschenhaufen. Sie suchte nicht mehr. Um das Haus herum waren noch mehrere Trichter. An ihrer Größe sah sie, welche Riesenfaust das Haus getroffen hatte. Leer und tränenlos waren ihre Augen, als Anatoli plötzlich stehenblieb, den Kopf senkte und über die Brust ein Kreuz schlug.

»Hier sind sie, Täubchen ...«, sagte er leise. »Hand in Hand liegen sie ... man kann sie noch erkennen ...«

Natascha nickte. Langsam ging sie auf die Stelle zu. Neben dem zerborstenen Ofen, unter einem Gewirr verkohlter Balken, sah sie zwei schwärzliche Klumpen. Nur zwei Hände waren unversehrt, bleich und wie lebend waren sie ineinander verkrampft ... die große, schwere Hand Nikolai Igorowitschs und die alte, verrunzelte Hand Olga Tschugunowas. Sie hatten sich wie vor dem Altar des Popen bei den Händen genommen, als die Bomben in den Wald und auf das Haus fielen. Sie waren nicht geflohen, der Tod war zu schnell gekommen. Da hatten sie gemeinsam gebetet und waren aus der Welt gefegt worden.

Am Abend hatten Anatoli und Natascha das Grab geschaufelt. Sie legten die beiden schwarzen Klumpen mit den unversehrten Händen vorsichtig in die Erde, deckten eine alte Pferdedecke über sie und schaufelten dann die Grube zu.

»Jetzt muß ich gehen«, sagte Anatoli stockend. »Wer weiß, wie's bei mir zu Hause ist?! Jetzt ist der Krieg überall in Rußland! Nichts schont er! Leb wohl, Natascha ...«

Sie nickte und blieb am Grabe sitzen. Anatoli trieb mit Fußtritten seine Mähren hoch, brachte den Wagen auf die Räder und zottelte mit ihnen in die Nacht hinein. Ängstlich sah er zur Seite. Ganz fern war der Himmel rot, und es zuckte bis zu den Sternen hinauf. Die Deutschen, dachte er. Wie ein heißer Wind fegen sie übers Land. Man kann nicht mehr fliehen. Und er bekreuzigte sich und murmelte ein Gebet.

Im Morgengrauen raste eine Artilleriekolonne über die Straße nach Tatarssk. Nur zwei Geschütze waren es, die anderen Pferde waren ledig. Auf ihren Rücken klebten die Kanoniere, blutend, mit hohlen, entsetzten Augen.

»Weg«, schrien sie Natascha zu, die um das Grab herum eine Rinne grub und Blumen pflanzte. »Die Deutschen sind hinter uns! Panzer und Motorräder! Eine Lücke ist in der Front. Sie sickern durch wie Wasser durch ein Loch!«

Natascha grub die Blumen ein. Am Waldrand stand Natalja. Sie war zurückgekommen. Unter dem Bauch war das Fell mit dicken Brandblasen bedeckt. Zitternd stand sie da, an den zersplitterten Stämmen, und sah hinüber zu Natascha.

Das Gedröhne von Motoren und peitschende Schüsse kamen näher. Nach Krassnoje Mowona zu blitzte es auf. Leuchtkugeln hingen in der fahlen Morgendämmerung, dann krachte es laut in dichten Abständen.

Natascha warf die Schaufel weg und kniete am Grab nieder. Plötzlich warf sie sich über die frische Erde und wühlte ihr Gesicht hinein. Ihr Mund füllte sich mit Lehm und Staub, und so lag sie da, eingewühlt in ihren Schmerz und fast erstickend.

Erst als das Krachen näher kam und unter ihr die Erde zu beben begann, stand sie auf, spuckte die Erde aus, steckte ihren Kopf in die Tränke und schüttelte sich dann wie ein Hund.

»Komm, Natalja ...«, sagte sie schwach. »Komm, mein Liebling ... komm her ...« Und das Pferd kam herbei.

Mühsam stieg Natascha auf, klammerte sich an die versengte Mähne und drückte die Hacken leicht an die zitternden Bauchseiten.

»Lauf, mein Süßes«, sagte sie leise. »Lauf ... lauf ... wohin, das ist gleich ... nur lauf davon ... dort, wo die Sonne aufgeht, dort mußt du hin ...«

Und jetzt weinte Natascha, und die Tränen flogen von ihren Augen weg und blieben zurück in Krassnoje Mowona ...

Sie ritt zwei Tage und zwei Nächte und merkte es nicht, wenn Natalja anhielt und am Wegrand das Gras mit rauher Zunge ausrupfte oder vorsichtig hinunter zu einem Bach stieg und schlürfend trank. Sie war wie blind geworden vor Schmerz.

Umgebracht haben sie sie, die Deutschen, dachte sie, wenn sie zurückblickte und das Donnern in ihrem Rücken hörte. Und die Faust hob sie hoch, ganz hoch, wenn die hellen stählernen Vögel mit den dicken schwarzen Kreuzen auf den Flügeln über ihr ins Land brummten und über andere Dörfer und Städte den Tod abwarfen ... über Piotr und Larissa, Igor und Tatjana, die nicht wußten, warum Krieg war, ebensowenig wie Nikolai Igorowitsch Tschugunowa und Olga, die Hand in Hand verbrannt waren.

Natalja lief und lief. Ein Schwanken war es später nur, ein Torkeln, wie ein Betrunkener, der den Weg sucht.

In der zweiten Nacht kam das Donnern näher. Es wurde zum Klirren von stählernen Ketten. Am Rande eines kleinen Waldes drückte sich Natascha mit Natalja in die Dunkelheit. Dann sah sie die Panzer ... viele dunkle, ratternde Kolosse, eine lange Reihe, die langen Rohre der Kanonen drohend nach Osten gerichtet.

Natalja senkte den Kopf. Wie ein Resignieren war's. Aus ist es, konnte es heißen. Steig ab ... hier ist die Welt zu Ende. Mütterchen Rußland ist gestorben. Und in ihren Wunden sitzen die Insekten und brummen.

Natascha verstand es. Langsam stieg sie ab, setzte sich ins Gras, schlang die Arme um die Knie und starrte hinüber auf die dunklen Kolonnen. Nach den Panzern waren es die großen Lastwagen, dann kamen viele Motorräder. Singen hörte sie, Lachen, Zurufe. Ab und zu zischte eine Leuchtkugel hoch ... dann wurde das Land mit flimmerndem Licht überschüttet, nur an den Waldrand kam es nicht. Natalja stand hinter einem Baum. Den Kopf hatte sie an den rauhen Stamm gelehnt und schlief so.

Gegen Morgen zog ein Fernmeldetrupp der Deutschen eine Telefonleitung von Baum zu Baum. Natascha sah sie auf sich zukommen ... vier graugrüne Männer mit runden Helmen, vorweg ein dicklicher Mensch mit einer Mütze auf dem runden Schädel. Er kommandierte, er zeigte auf die Bäume, er brüllte den Soldaten an, der auf dem Rücken die große Trommel trug, von der sich der Draht abwickelte.

Töten werden sie mich, dachte Natascha. Sicherlich werden sie das! Sie legte die Hände auf ihren Leib und dachte an das Kind Fedjas, das sie in sich trug. Nun wird es nicht leben können, Fedjaschka, dachte sie. Einen dicken Knüppel nahm sie in beide Hände und wartete auf die deutschen Soldaten. Nicht wehrlos wollte sie sein. Nein, um sich schlagen wollte sie, ihre Köpfe treffen, hineinstoßen in die Gesichter.

»Gieck mol, do is an Pferd!« sagte einer der Soldaten. Er hielt eine Stange mit einer Gabelung in den Händen. Mit dieser Stange legte er das Kabel über die Baumäste. Nun blieb er stehen und zeigte mit der Gabel auf Natalja.

»Dä kann mir ming Trommel schleppe!« sagte der junge Soldat mit der Kabelrolle auf dem Rücken.

»Schnauze!« Der dickliche Soldat mit der Mütze schob seine Kopfbedeckung in den Nacken. Er schwitzte. Auch Kommandieren strengt an. Ein Feldwebel war's, mit silbernen Tressen und einem Stern auf den Schulterklappen. Er winkte, stehenzubleiben, und hob die Pistole.

»Fressen kann man's auch!« sagte er rauh. »Seit vier Tagen nur Kohlsuppe ... Jungs, wißt ihr, wie Pferd schmeckt?!«

Er ging auf Natalja zu. Ergeben hob sie den Kopf und sah ihn an. Ein paar Schritte ging sie sogar auf ihn zu, torkelnd, mit müden Beinen, struppig, mit versengtem Bauchfell.

»Das fällt ja um, wenn man's anbläst!« lachte der Feldwebel. Dann hob er die Pistole und schoß. Natalja blieb stehen, ihre Augen waren kugelrund. Mitten in der Stirn klaffte das Loch, die Kugel saß im Gehirn. Sie war schon tot, aber noch immer stand sie und sah den Feldwebel an.

»Ein zähes Leben haben die russischen Biester!« schrie er. Noch zweimal schoß er. Immer in den Kopf. Dann endlich fiel Natalja um.

Natascha erhob sich aus dem Gras. Ohne sich umzublikken, ging sie zu Natalja, beugte sich über sie, hob den Kopf hoch und drückte die kalten Nüstern an ihre Wange.

»Ich werd' verrückt! Ein Weib!« schrie der Feldwebel. Er lief auf Natascha zu. Kurz vor ihr sah er, daß sie einen

Knüppel in der Hand hielt. Da blieb er stehen und hob wieder die Pistole.

»Leg den Knüppel weg!« brüllte er. Natascha erhob sich. Mit gespreizten Beinen stellte sie sich hin, hob den Knüppel und starrte den deutschen Soldaten an.

»Wie eine Hexe!« lachte der Soldat mit der Gabel.

»Aber en lecker Hexchen!«

»Ich tu dir nichts!« sagte der Feldwebel. »Keine Angst. Ich –« Er suchte nach russischen Worten und zeigte auf sich. »Ja ... twoj drug ...«

Natascha schüttelte den Kopf. »Du bist nicht mein Freund, nein!« sagte sie hart. »Meine Mutter und meinen Vater habt ihr umgebracht! Und Natalja habt ihr umgebracht! Vielleicht habt ihr auch Fedja umgebracht ... weiß ich's jetzt? Was wollt ihr in Rußland?«

»Was quatscht sie?« fragte einer der Soldaten. »'ne gute Figur hat se. Die hält uns vier schon aus!«

»Schnauze, Meyer III!« Der Feldwebel steckte die Pistole in die Tasche. »Keine Angst, Madka«, sagte er dabei. »War das dein Pferd?« Er zeigte auf Natalja. Natascha nickte. »Tut mir leid, Kleine. Aber ich habe gedacht, es sei weggelaufen. Wo bist du denn zu Hause? Doma –«

»Kaputt!« sagte Natascha hart.

»Ist eben Krieg, Puppe!« Der Feldwebel kam näher. Es störte ihn nicht, daß Natascha den Knüppel hob. Er schüttelte nur den Kopf, sprang dann vor, riß ihr den Stock aus der Hand und warf Natascha in das Gras. Sie trat um sich, aber gegen die dicken Lederstiefel des Deutschen waren ihre Tritte nicht spürbarer als zurückschnellende Zweige.

»Swinja!« schrie sie. »Sabaka!«

Breitbeinig stand der Feldwebel über ihr. Sie sah seine dicken Schenkel, den Bauch, darüber das lachende, dicke Gesicht mit kleinen tanzenden Augen. In den Unterleib werde ich ihn treten, dachte Natascha. Aufschreien wird er, hüpfen wie ein Frosch, und dann wird er mich töten, und alles ist zu Ende. Endlich zu Ende –

Sie tat es nicht, denn der Feldwebel trat zurück und winkte. »Steh auf!« sagte er. »Mitkommen! Zum Zug! Und dann wirst du uns das Pferd braten, verstanden?!«

Eine Stunde später brachten sie Natascha zu einigen Funkwagen, die am Waldrand aufgefahren waren. Ein junger Leutnant sah sie an, sagte verächtlich ›Flintenweib‹ und beachtete sie nicht länger. Natalja hatte man herbeigeschafft, ihr das Fell aufgeschnitten und zerlegte sie jetzt in große Fleischstücke. Auf dicke Holzstämme spießte man die Stücke, sogar zwei Eisenstangen trieb man durch sie hindurch und hängte alles über ein offenes Feuer, das man mit Feldsteinen umlegt hatte. Der Feldwebel führte Natascha zu dem Braten.

»Umdrehen und aufpassen!« sagte er. Sie verstand ihn nicht, aber sie wußte, was er wollte. Stumm setzte sie sich neben das Feuer und starrte auf die brutzelnden Fleischstücke. Natalja, dachte sie. Das Herz krampfte sich ihr zusammen. Fressen werden sie dich, die Deutschen. Aber nur dein Fleisch ist's ja ... deine Treue ist ewig ...

Am Abend saßen die deutschen Soldaten um das Lagerfeuer und aßen den Pferdebraten. Sie tranken erbeuteten Wodka, sangen und erzählten. So sind sie wie alle, dachte Natascha. Abseits saß sie im Gras, den Rücken gegen ein Autorad gelehnt, und sah zu, wie sie Natalja aufaßen. Sie singen, wenn sie Wodka haben, wie die jungen Komsomolzen von Tatarssk oder die Arbeiterbrigade, die einmal für den Sommer bei der Ernte in Krassnoje Mowona half.

»Willst du auch ein Stück?« fragte der Feldwebel. Wie ein Schatten war er aufgetaucht und stand vor Natascha, schwankend, mit fetttriefenden Lippen, in den Augen die Röte des Alkohols.

»Nein!«

»Weil's dein Pferd war? Hast wohl ein zartes Seelchen, was?«

»Geh –«, sagte sie laut, auf deutsch.

»Du kannst germanskij sprechen?!«

»Njet!«

»Soll ich's dir beibringen?« Der Feldwebel lachte. Er wischte sich die Finger an der Uniformhose ab und beugte sich zu Natascha hinab. »Ist leicht, die deutsche Sprache, Madka! Ganz leicht! Paß mal auf ...«

Er packte sie an den Schultern, riß sie vom Boden hoch und drückte sie gegen die Wagenwand. Dann griff er wieder zu und riß ihr die Bluse über der Brust auf. Mit beiden Händen umklammerte er das weiße, hervorquellende Fleisch. Seine Zunge zitterte leckend über seine fetten Lippen.

»Das ist ›Die Brust‹!« sagte er lachend. »Jetzt paß mal auf, wie schnell das weitergeht und wie leicht Deutsch ist ...«

Nataschas Körper zog sich zusammen. Wie eine Sehne, so spannten sich ihre Muskeln. Ihr Gesicht, von den fernen Flammen des Lagerfeuers schwach überzuckt, war starr und bleich. Nur die Augen waren lebend ... groß und haßerfüllt.

Die schwere Hand des Feldwebels fuhr wieder an ihren Körper. Vom Gürtel aus zerriß sie den Rock. Mittendurch schlitzte sie ihn auf.

»Das nennt man ›Bauch‹!« schrie der Feldwebel. Er stieß seine Hand gegen Nataschas Leib. Dann sagte er nichts mehr, sein Atem wurde zu einem Keuchen.

Natascha schrie nicht. Sie schlug nicht um sich, nein, sie wehrte sich nicht. Sie hob nur ein wenig den Kopf, riß den Mund auf, erfaßte mit den Zähnen das linke Ohr des keuchenden Feldwebels und biß zu.

Wie ein Stier schrie er auf. Er zerrte mit dem Kopf, aber ihre Zähne umklammerten das Ohr, tiefer, immer tiefer drangen sie in das Fleisch, in die Knorpel ... der Feldwebel brüllte, er hieb mit beiden Fäusten auf Natascha ein, er stieß seine Knie gegen ihren Unterleib, schlug mit dem Kopf gegen ihre Rippen. Sie ließ nicht los. Erst als sie das Knirschen hörte, als sie das blutige, abgebissene Ohr in ihrer Mundhöhle hatte, als das Blut über ihr Gesicht strömte und sie erblindete und das Schreien des Feldwebels unmenschlich wurde, spürte auch sie, wie viele Hände sie wegrissen, wie man sie gegen den Wagen warf, auf ihr herumtrat und mit Stiefeln und Seitengewehren auf ihren nackten Körper einschlug.

Er hat es nicht erreicht, Fedja Iwanowitsch, dachte sie fast glücklich. Unser Kind stirbt unbefleckt ... Adieu, Fedja ... Nun ist es zu Ende –

Einen Schlag nur noch spürte sie. Er drang durch ihren Körper, von den Haaren bis zu den Zehen. Ein Schmerz, der ihren Mund öffnete und sie schrill aufschreien ließ. Jemand trat ihr in den Leib, auf das Kind ... und mit dem Gefühl, als werfe man sie in siedendes Öl, zerriß etwas in ihr.

Durch ein Schwanken wachte sie auf. Sie lag auf einem Heuwagen und fuhr durch die Nacht. Neben ihr lag der Feldwebel, den Kopf dick verbunden. Er schlief. Eine Spritze mit einem Schlafmittel hatte man ihm gegeben. Vorn auf dem Bock des Wagens saßen zwei andere verwundete Soldaten. Sie hatten die Gewehre umgehängt und blickten sich ab und zu nach Natascha und dem Feldwebel um.

Sie stellte sich weiter ohnmächtig und wartete ab, was man mit ihr vorhatte. In ihrem Leib stach und bohrte es. Zu gern hätte sie die Hände auf den Bauch gelegt, sie wußte, das tröstete etwas, aber sie wagte nicht, sich zu rühren.

Als der Wagen durch ein Loch auf der Straße schlenkerte, drehte sie sich zur Seite und sah an sich herunter. Eine deutsche Uniformhose trug sie, dazu einen alten, grauen Pullover. Ihre Stiefel hatte sie noch an den Füßen, das einzige war's, was ihr geblieben war. Aber nein ... neben ihr lag ihr zerrissener Rock. Man hatte sie mit ihm zugedeckt.

Gegen Morgen hielt der schwankende Wagen. Ein halb verbranntes Dorf. Hunderte von deutschen Autos. Zelte mit einem großen roten Kreuz auf der Leinwand und Fahnen mit dem roten Kreuz vor den Eingängen. Viele, viele graugrüne Soldaten, hämmernde Werkstätten, fluchende Menschen, Kochdunst aus qualmenden Kesseln, Blöken von Schafen, Schreie ungemolkener Kühe. Und ein großer Platz, umgeben mit großen Stacheldrahtrollen, ein Eingang mit deutschen Soldaten, rund um den Platz drohende Maschinengewehre. Und auf diesem Platz, Kopf an Kopf, liegend, stehend, kriechend, dreckig, eiternd, stinkend, blutend, bettelnd, betend oder stumpfsinnig, Tausende von erdbraunen Menschen.

Natascha richtete sich auf. Brüder und Väter, dachte sie. Gefangen ... Ob Fedja darunter ist? Plötzlich sprang sie auf, kniete sich in das Heu und legte die Hände an die aufgeschlagenen Lippen.

»Fedja!« schrie sie grell zu dem Gefangenenlager hinüber. »Fedja Iwanowitsch Astachow? Wer kennt ihn? Wer hat ihn gesehen? Habt ihr Luka, den Idioten, gesehen?! Wo Luka war, war auch Fedja! He ... he ...«

Das Schreien bohrte in ihrem Körper. Wieder krampfte sich ihr Leib zusammen. Der Schmerz wurde unerträglich ... nachher war's nur ein Gurgeln ...

»Ruhe, du Hure!« schrie einer der verwundeten Soldaten auf dem Bock. Er drehte sich herum, hob sein Gewehr und schlug Natascha mit dem Kolben auf den Kopf. Sie sank zusammen, fiel über den stöhnenden Feldwebel und jammerte in das Stroh hinein.

Dann wurde sie vom Wagen gerissen, ein Unteroffizier führte sie in ein Zelt und stieß sie mit dem Knie in den Rücken, als sie, vom Schmerz in ihrem Leib wieder krumm gezogen, sich nach vorn beugte.

»Hier ist sie, Herr Hauptmann!« meldete der Unteroffizier. »Sie hat dem Feldwebel Bollmeyer ein Ohr abgebissen!«

Der Hauptmann nickte und winkte. Er saß hinter einem kleinen Klapptisch, trank Tee mit Rum und aß ein Brot mit kaltem Rindfleisch. Als der Unteroffizier gegangen war, schnitt er einen Streifen Brot ab und hielt ihn auf der flachen Hand Natascha entgegen.

»Willst du?«

»Njet –«

Der Hauptmann lächelte. Er musterte das Mädchen in der deutschen Uniformhose und dem alten deutschen Wehrmachtspullover. Ihre langen, schwarzen Haare waren blutverkrustet, ihr schönes, schmales Gesicht zerschlagen, nur die etwas schrägen, schwarzen, glühenden Augen waren ungebrochen.

»Chotschech kuschatj?« fragte der Hauptmann. Er sprach russisch. Er fragte, ob sie essen wolle. Natascha atmete tief. In ihr brannten die Magenwände aus. In ihrem Bauch loderten Feuer und fraßen sich weiter zu den Därmen, den Rücken hinauf bis in den Hals. Sie stöhnte und schwankte leicht.

»Njet –«, sagte sie wieder.

»U menja miaso i chleb . . .«, sagte der Hauptmann. (Ich habe Fleisch und Brot.)

Natascha schüttelte den Kopf.

»Erschieß mich doch!« keuchte sie.

»Warum?«

»Ich habe dem Feldwebel ein Ohr abgebissen.«

»Ich weiß.« Der Hauptmann steckte den Streifen mit dem Rindfleisch in seinen Mund. »Aber er hat dich vergewaltigen wollen, nicht wahr?«

»Ja. – Aber das tun sie alle. Alle! Wie Tiere sind sie, die Deutschen –«

»Na, na!« Der Hauptmann trank einen Schluck Tee mit Rum. Es roch stark nach Alkohol in dem Zelt. »Warum nur die Deutschen allein? Weißt du, wie sich eure Kalmücken und Mongolen, Kirgisen und Kosaken benehmen würden, wenn sie nach Deutschland kämen? Aber sie werden nie hinkommen . . . davon ganz abgesehen! Wie haben sie sich in Ostpreußen benommen, damals, 1914? Greisinnen haben sie zu Tode vergewaltigt, Kinder auseinandergerissen ... zu zwanzig Mann sind sie über die Frauen her ... bei dir war's nur ein Feldwebel! Immerhin hat er sein Ohr weg. Er wird zeit seines Lebens an dich denken. Wie heißt du?«

»Natascha Astachowa.«

»Verheiratet also? Wo ist dein Mann?«

»Er kämpft gegen die Deutschen. Er ist Leutnant der Roten Armee. Vielleicht ist er draußen im Lager ...«

»Dann hat er's gut! Für ihn ist der Krieg zu Ende. Er wird nach Deutschland kommen, in ein Bergwerk, in eine Fabrik, zum Straßenbau. Lebt er aber noch ... dort« – der Hauptmann zeigte nach Osten, wo die Sonne eben über den weiten Horizont klomm und das Land golden leuchten ließ – »wird's ihm übel ergehen. Unsere Panzer sind nicht aufzuhalten. Wir werden durchfahren bis Moskau ... und dann weiter, wenn ihr nicht kapituliert ... bis zum Ural, bis nach Sibirien ... Rußland ist tot!«

»Nie. Es kann gar nicht sterben«, sagte Natascha. Sie schwankte auf den Tisch zu und klammerte sich an seiner Kante fest. In ihrem Leib explodierten die Därme, so ein Gefühl war's.

Der Hauptmann sah sie nachdenklich an. Das ist kommunistische Schulung, dachte er. Noch sterbend glauben sie an das ewige Rußland. Das ist der Fanatismus, gegen den wir anrennen müssen.

»Du wirst in der Küche helfen!« sagte er hart. »Wir haben hier 200 000 Gefangene. Auf einem Haufen! Wir wissen gar nicht mehr, wohin mit ihnen ... In der Küche kannst du arbeiten. Für Rußland!« Er lachte meckernd.

»Und das Ohr?« fragte Natascha.

»Ach so! Das Ohr des Feldwebels Bollmeyer. Das wird noch ein Nachspiel haben! Bei Bollmeyer! Er wird bestraft werden ...«

»Der Feldwebel –?«

»Aber ja.«

»Und ich werde nicht erschossen?«

»Nein.«

»Aber ich habe doch einem deutschen Soldaten ein Ohr ...«

Sie begriff es nicht. Auch als sie schon zur Küche ging, einer ausgeräumten, großen Kolchosenscheune, verstand sie nicht, daß man sie nicht erschossen hatte. In der Scheune arbeiteten zwanzig andere Frauen und fünfzig kräftige Gefangene. Sie zerteilten Kohlköpfe und warfen sie in große Kessel mit siedendem Wasser ...

Nataschas Beine waren bleischwer. Wic cs vor den Augen flimmert, dachte sie. Um die Kohlköpfe tanzen sie herum. Fratzen haben sie alle, und die Kopftücher der Frauen glitzern, als scheine die Sonne auf verharschten Schnee ... wie merkwürdig das alles ist, ei, wie lustig ... wie sie schwanken, die Brüderchen ...

Dann schrie sie, mit heller, zittriger Stimme, und hielt sich den Leib fest und brüllte: »Um Jesu willen, um der Mutter Gottes willen ... helft mir! Helft mir!«

»Da haben wir aber Glück gehabt!« sagte eine Stimme.

Natascha öffnete die Augen nicht. Sie roch nur, wo sie war. Karbol war es, vermischt mit dem Gestank von Eiter und getrocknetem Blut. Nach Exkrementen stank es, und dazwischen wieder süßlich, wie verwesende Leichen.

Die Stimme war näher, als sie weitersprach. Ein Kopf beugte sich über Natascha ... sie sah es, weil der helle Rahmen vor ihren geschlossenen Lidern sich verdunkelte.

»Wie fühlst du dich? Komm ... dai mnje twoje ruku ...« (Gib mir deine Hand.)

Langsam hob sie den Arm ... er war so schwer, daß die Muskeln zur Winde wurden, die ihn hochzurrten. Dann spürte sie einen Händedruck, sie wollte ihn erwidern, aber ihre Finger blieben gefühllos und kalt. Nur ein Zittern wurde es statt des Druckes.

»Gut! Sehr gut!« sagte die Stimme. »Dich hatten sie ja ganz nett zugerichtet, Kleine ...«

Wer ist's, der so spricht? dachte Natascha. Sie hob die Lider, und wieder war's eine schwere Arbeit, wie das Aufklappen verrosteter, eiserner Jalousien.

Über ihr war ein Kopf. Ein junger, blonder Kopf mit blauen Augen hinter einer großen Brille. Ein schmaler Mund lächelte sie an ... er hatte nichts Brutales an sich. Nein, sanft geschwungen waren die Lippen, fast wie bei einem Mädchen.

Sie seufzte und tastete nach ihrem Leib. Eine Hand hielt ihren Arm fest.

»Ganz ruhig liegen, Mädchen. Oder besser: kleine Frau. Du weißt ja noch gar nicht, was wir machen mußten ...«

Natascha hob ein wenig den Kopf. Sie lag auf einem Strohsack in einem Zimmer. Um sie herum lagen Verwundete und Sterbende. Sie stöhnten und jammerten im Fieber. In Zeltplanen trug man die Toten weg, drehte den Strohsack um und legte neue Verwundete darauf.

Der blonde Mann trug eine Uniform mit silbernen Schulterstücken. Darüber hatte er einen weißen Mantel gezogen, den er jetzt über der Uniform offen hatte. Ein anderer Soldat mit einer Armbinde des Roten Kreuzes stand zu Füßen ihres Strohsackes.

»Was ist mit mir?« fragte Natascha. Der Druck in ihrem Leib war fort, aber die Bauchdecke stach. Als sie den Bauch einziehen wollte, merkte sie, daß sie einen Verband trug. Schrecken trat in ihre Augen und ein plötzliches Wissen, das ihr die Luft abwürgte.

»Ich hätte nicht gedacht, daß ich mitten in Rußland eine gynäkologische Operation machen müßte!« sagte der deutsche Arzt und legte Nataschas Hand zurück. »Tja, mein Mädchen ... wir mußten dich aufschneiden. Das Kind war völlig zerquetscht in dir! Noch ein paar Stunden und du wärst an einer Sepsis gestorben! Welche Schweine haben dich denn so zugerichtet?«

Natascha antwortete nicht. Fedjas Kind, sie haben es genommen, dachte sie. Bollmeyer, ein Feldwebel ... ein Ohr habe ich ihm abgebissen, aber was ist ein Ohr gegen Fedjas Kind? Was wird nun sein, wenn Fedja nicht mehr zurückkommt? Nichts habe ich mehr von ihm ... kein Kind, kein Stück seines Wesens, nicht einmal ein Bild ... nur das Erinnern habe ich, einen Gedanken, der hilflos in der Leere der Welt herumirrt.

Sie drehte das Gesicht zur Seite. Auch den blonden Kopf konnte sie nicht mehr sehen. Aus dem Entsetzen, aus der Einsamkeit, in die man sie gestoßen hatte, aus der Verzweiflung, nichts mehr zu haben auf der Welt als den eigenen Atem, gebar sie einen Haß, der wild war wie die Schmelzfluten des Don im Frühjahr und unendlich wie der Blick über das Eismeer am Kap Deschnew.

Sie zwang sich, die deutsche Stimme nicht mehr zu hören. Sie verschloß ihre Ohren mit dem Willen, nur noch zu hassen, was diese Sprache sprach, nur noch zu töten, was diese Uniform trug, nur noch zu leben, um zu hassen, was deutsch war.

War es diese Kraft, die Natascha gesund werden ließ? Um sie herum war das Sterben selbstverständlich geworden. Die zerfetzten Körper, die man hereintrug, sah sie an mit einer Wonne ohnegleichen. Sterbt, dachte sie bei jedem neuen Transport! Sterbt doch! Fedjas Kind durfte nicht leben, vielleicht lebt er selbst nicht mehr ... warum lebt dann noch ihr?

Nach vier Wochen wurde sie als gesund entlassen. Sie kam zurück in die Küchenscheune und schälte Kartoffeln und putzte Kohlköpfe und schrubbte nach dem Essen die riesigen Kessel blank.

Ebenso ungerührt, wie sie die Deutschen sterben sah, stand sie am Weg, wenn die Lastwagen die verhungerten Leichen der Gefangenen in die Wälder abtransportierten. Dort waren große Gruben ausgehoben worden ... wie Steine wurden die Toten hineingekippt, mit Chlorkalk überschüttet, Schicht um Schicht. Sie hatte es schon einmal gesehen, vor Wochen, als die eigenen Truppen ihre Toten vor dem Rückzug begruben ... alles glich sich, alle waren sie gleich ... wie ein Wahnsinn war es über alle gekommen. Töten ... nur töten, ohne zu fragen, warum es sein mußte.

Immer hoffte sie, einen Bekannten zu treffen, etwas von Fedja Iwanowitsch zu hören. Alle Gefangenen kamen aus dem Gebiet, in dem auch Fedjas Regiment gelegen hatte. Fragen tat sie immer, jeden Mittag, wenn sie mit den anderen Küchengefangenen die großen Essenkessel in das Lager schleppte und die verhungerten, ausgehöhlten, erdbraunen Gestalten zu den Verteilerstellen krochen und zitternd ihre Gefäße emporstreckten.

»Wer kennt Fedja Iwanowitsch Astachow?« fragte sie jeden, bevor er seinen Löffel Kapustasuppe bekam. »Leutnant Astachow? Nein? Warum kennt ihr ihn nicht, ihr Läuse? So viele Männer, und keiner hat ihn je gesehen? Fedja Iwanowitsch Astachow, du Idiot?! Nein?!«

In der zweiten Woche nach ihrer Gesundung traf sie endlich einen Bekannten. Der alte Gennadi Wassilijewitsch Nikitin war's, der heimliche Pope, der sie getraut hatte. Damals, in der Datscha von Väterchen Tschugunow, in der Ecke, in der sonst das Stalinbild hing.

»Gennadi Wassilijewitsch! Väterchen!« schrie Natascha glücklich, als sie den Alten in der langen Reihe der Essenholer bemerkte. Sie lief zu ihm hin, zog den schwankenden Popen aus dem Gewühl und zerrte ihn in eine Kuhle, die sich die Gefangenen mit den Händen in den Boden gewühlt hatten. Auf die Erde drückte sie den alten Nikitin, setzte sich zu ihm und umklammerte die welke Hand des Alten.

»Gennadi Wassilijewitsch, was machst du hier?« fragte sie. »Hat man dich auch gefangen? Kommst du aus Krassnoje Mowona? Hast du etwas gehört von Luka? Hast du Nachrichten von Fedja?!«

Der alte Nikitin senkte den Kopf. Schlimm ist's, ihr das sagen zu müssen, empfand er. Selbst ein Pope hat's schwer, so etwas zu berichten. Man weiß, wie die jungen Weiblein sind. Gleich schreien sie, raufen sich die Haare aus, benehmen sich wie irre Füchse, und einen Zweck hat's doch nicht!

»Tja, Täubchen«, sagte der alte Nikitin vorsichtig. »Luka, den hab' ich wohl gesehen –«

»Wo war er? Erzähle, Väterchen! Wo Luka war, war auch Fedja nicht weit!«

»Ich traf ihn, den riesigen Idioten, in einem Lager bei Jassjenj. Dauernd hatte er Krach mit den Wachmännern. Kohlköpfe hat er gestohlen, der Bär! Und roh gefressen! Fünf Mann waren nötig, ihn zu verprügeln. Am Ende lagen sie alle im Revier. Luka und die fünf Deutschen. So einer ist er!«

»Und Fedja? Was erzählte er von Fedja ...«

»Tja, der Fedja Iwanowitsch. Ein guter Leutnant war's. Immer vorneweg ... keine Angst hatte er, der Fedja! Er war ein Vorbild, sicherlich ...« Nikitin sah von unten her Natascha an. Er sah, daß sie begriff. Ihr kleines Gesicht war wie Stein. Sie hat's geahnt, dachte Nikitin, und fast war er zufrieden, daß es so still abging. Er legte seine welken Hände auf Nataschas Haar und streichelte es unbeholfen.

»Gleich zu Anfang war's, mein Täubchen ... schon in der ersten Schlacht ... Luka war dabei ... mit einem Spaten haben sie Fedja erschlagen, mittendurch gespalten den schönen Kopf ... Er war gleich tot. Luka hat ihn begraben.«

Natascha nickte. Sie sah hinüber zu den langen Reihen der Essenholer, die sich an den dampfenden Kesseln vorbeischoben. Eine Schlange aus Elend und schreiendem Hunger. Aber sie lebten, und Fedja war tot, erschlagen mit einem Spaten, so wie man einen tollwütigen Fuchs erschlägt, wenn er um das Haus torkelt.

Aber gut war's, daß sie es jetzt wußte. In der Ungewißheit zu leben, ist etwas Schreckliches. Nie ist man frei, immer wartet man und lernt den Glauben an das Wunder. Aber nun war alles klar. Sie war allein, nie würde Fedja wiederkommen und sie auf seinen starken Armen tragen. Nie würde er stolz neben ihr durch die Straßen gehen, im Blick den Triumph: Seht, Brüderchen ... das ist meine schöne Frau! So glücklich bin ich! Jawohl! Und einen Sohn werde ich haben, wartet nur ab! Staunen werdet ihr! Unser Leben beginnt ja erst.

Und es hörte auf, ehe es begonnen hatte ...

»Krieg ist, Töchterchen«, sagte Gennadi Wassilijewitsch Nikitin und schlug heimlich das Kreuz über ihrem gesenkten Kopf. »Du bist nicht allein, der etwas verliert. Tausende Frauen weinen jetzt ... weißt du, woher das Wasser der großen russischen Flüsse kommt? Es sollen die ewigen Tränen der Mütter sein, die ihre Söhne für Rußland gaben –«

Natascha stand auf und ließ den redenden Alten stehen. Sie ging zu dem Kessel zurück, nahm einem Gefangenen den Löffel aus der Hand und verteilte weiter die Suppe. Blechnäpfe, Holzbecher, Militärgeschirre, Konservendosen, Teller aus Benzinkanistern ... sie sah nicht, was sich ihr entgegenstreckte. Die Kelle tauchte sie in den Kapustabrei, holte sie hervor und schüttete sie aus.

Am Abend ging Natascha in den nahe gelegenen Wald. Aus Knüppeln und mit Gräsern baute sie ein Kreuz, schleppte Steine zusammen und häufte sie auf, als sei ein Grab unter ihnen. Mit einem Küchenmesser, das sie gestohlen hatte, schnitzte sie in den runden Stamm den Namen ›Fedja‹. Dann steckte sie das Kreuz in den Steinhaufen, legte ihren zerrissenen Rock über die Steine und setzte sich davor, mit gefalteten Händen.

»Fedja Iwanowitsch«, sagte sie leise. Fest war ihre Stimme, nicht schwankend wie ein Schilfrohr im Wind. Und klar war sie, als spräche sie wirklich mit dem Leutnant Astachow, ihrem lieben Mann. »Nun bist du nicht mehr da ... und auch dein Kind ist nicht mehr da ... Nur Rußland ist noch, und für Rußland sind sie gestorben, du und das Kind. Kein Trost ist das, aber es ist gut, wenn man weiß, was man tun muß. Leb wohl, Fedja Iwanowitsch ... ich habe ein Kreuz für dich gebaut, obwohl wir ihn nicht kennen, diesen Gott unserer Väter und Mütter. Über deinen Namen werden die Blätter fallen, und der Schnee wird eine Haube auf dir bilden, und die Sonne wird in deinen Namen Schatten werfen und die Winde werden dich streicheln. Ganz Rußland ist um dich, Fedjascha ... der Wald, die Steppe, der Fluß und der Himmel ...«

Sie beugte sich über den Steinhaufen und legte ihren Kopf auf den zerrissenen Rock. Mit beiden Händen streichelte sie den eingeschnittenen Namen Fedja, und es war ihr, als bekäme er Leben unter ihren Fingern –

Am nächsten Morgen wurde Natascha Astachowa in der Küche vermißt. Keiner hatte sie weggehen sehen.

»Weibsbilder!« sagte der Oberzahlmeister, dem das Hilfspersonal unterstand. »Aber weit kann sie nicht sein. Überall in Rußland sitzen wir. Man wird sie irgendwo aufgreifen und durch die Mangel ziehen. Diese verdammten russischen Weiber ...!«

Die Berühmtheit Lukas in der Gefangenensammelstelle VI bei Bobruisk war nicht nur groß, sondern lebensrettend. Während Tausende von Gefangenen weiter nach Westen marschieren mußten und auf dem Transport verhungerten, weil man eben nicht mehr in der Lage war, die plötzlichen Menschenmassen zu ernähren, blieb Luka im Lager. Nicht trennen konnte man sich von ihm. Wie ein Arbeitselefant war er, schleppte Lasten, ersetzte Wagenheber, schob festgefahrene Kolonnen aus dem Dreck oder zimmerte Blockhütten für die Wachmannschaften, die nie ein Wintersturm umblasen würde.

Ab und zu wurde er herumgezeigt wie ein seltenes Tier. Nicht eine Besichtigungskommission war da, die nicht auf Luka traf und ihn bestaunte. Seine Körpergröße, seine Stärke, sein urwaldähnliches Gesicht und seine offensichtliche Idiotie. Eine ganz große Vorstellung wurde es, wenn Luka einer Besichtigungsgruppe – zuletzt waren es fünf Generale – seinen Appetit vorzeigen mußte. Er gab dann das Schauspiel eines fressenden Ungeheuers, verschlang einen Kessel Suppe von fünf Liter Inhalt, fraß zwei Brote hinterdrein und fragte dann mit breitem Lächeln: »Gibt's heute auch Fleisch?!«

»Ein Naturereignis!« sagte ein General und starrte Luka an. »Ein Beweis des Führerwortes, daß in Rußland Untermenschen leben!«

Als der erste Schnee fiel, legte man einige Lager zusammen und bildete Holzfällergruppen, um Winterunterkünfte zu bauen. Mit zweihundert anderen Gefangenen zog Luka in die Wälder und schlug die Stämme um, als seien sie aus hohlem Bambus.

An einem dieser Tage führte man eine Kolonne gebrechlicher Gefangener an dem Kahlschlag vorüber. Sie sollten zu einer Bahnstation marschieren, wo ein Güterzug sie nach Deutschland brachte. Eine Elendskolonne war's, mehr Sterbende als Atmende. Sich aneinander stützend, schlurften sie durch den Schnee, bewacht von einigen Soldaten. Plötzlich erhob sich aus der Schlange der Torkelnden eine zittrige Stimme und flatterte hinüber zu den Holzfällern, die auf den Stämmen saßen und dünnen, heißen Tee, fast war's nur heißes Wasser, tranken.

»Luka!« rief die kleine Stimme. »Luka, der Idiot! Gott grüß dich, Brüderchen!«

Luka setzte seinen Becher ab. »Wer ist's?« brüllte er.

»Ich bin's, Gennadi Wassilijewitsch Nikitin!« Der Alte schwankte aus der Reihe und winkte mit beiden Armen.

»Grüßen soll ich dich!« wimmerte er. »Von Natascha, dem Täubchen ...«

Durch Luka lief ein Zucken. Er verschüttete den heißen Tee, er lief ihm brennend über die Hände, aber er merkte es nicht. Er heulte nur auf wie ein getroffener Wolf, warf den Becher in den Schnee und sprang mit riesigen Sätzen auf die Kolonne zu. Ehe es einer der jungen Soldaten verhindern konnte, hatte er Nikitin gepackt, aus der Kolonne gerissen, trug den schlaffen Körper des Alten zum Waldrand und setzte ihn auf den Baumstamm.

»Kolonne halt! Halt!« brüllten die Wachsoldaten. Sie stürzten Luka nach, mit entsicherten Gewehren.

»Wo ist sie? Schnell! Wo ist mein Täubchen?!« zischte Luka, als er Nikitin auf den Stamm setzte. »Ich drehe dir den Kopf wie eine Schraube rum, wenn du nicht –«

»Weg ist sie. Plötzlich. Aus dem Lager weg! In der Küche war sie. In die Wälder muß sie hineingegangen sein ... oder in die Sümpfe, weiß ich's! Aber sie ließ dich grüßen, ehe sie verschwand ...«

Die Soldaten waren heran, rissen Luka herum, hoben die Gewehrkolben. Er grinste sie einfältig an, schüttelte den Kopf, schob sie zur Seite und ging zurück zu seiner Holzfällerkolonne. Der alte Nikitin sah ihm nach, ganz rot vor Aufregung war sein Kopf geworden.

»Auf Wiedersehen, Luka!« rief er ihm nach. Er ließ sich von den Soldaten zurück zur Kolonne führen und reihte sich wieder ein.

In die Sümpfe, dachte Luka. In die Sümpfe. Dann hieb er auf die Stämme ein, als wolle er aus hundertjährigen Stämmen Streichhölzer spalten.

In die Sümpfe ... Nie hatte er daran gedacht –

Mit Luka war der Teufel im Bunde. So wenigstens dachten die anderen Gefangenen. Nie mehr verstehen konnten sie ihn, das starke, aber blöde Brüderchen Luka. Alle waren sich einig, sowenig wie möglich zu tun, den Deutschen nicht zu helfen, den Winter zu überleben. Nein, sabotieren wollte man. Das hatte man genau besprochen, in der Nacht, von Lager zu Lager flüsternd.

Aber was machte Luka? Er sabotierte die Sabotage! Ein Schwein ist er, sagte man im Lager. Fürs Essen verkauft er Mütterchen Rußland! Aber andererseits, wenn man alles genau durchdachte, mußte man sagen: Seltsam war's doch, diese plötzliche Wandlung des Luka. Während die anderen Stämme fällten, deren Mark bereits zerfressen war, während sie zwischen die Stämme beim Hüttenbau Faulpilze legten, damit eines Tages das Holz morsch wurde und unter der Eigenlast zusammenbrach, was tat da Luka? Er meldete sich freiwillig für alles, was zu tun war.

Und zu essen bekam er, job twojemadj! Jeden Tag schleppte er ein Säckchen weg, und keiner sah je, wo er es auffraß, der geizige Hund! Nicht ein Körnchen, nicht ein Margarineklümpchen, nicht ein Streifchen Brot, nicht ein paar Krümelchen Tee teilte er, der Schuft! Wenn er nicht so stark wäre und so wild wie ein kaukasischer Bär, würde man ihn längst verprügelt haben. So aber sah man ihn nur scheel an, machte einen Bogen um ihn, wie um einen Aussätzigen, und sagte von Baracke zu Baracke weiter: Luka verrät die Nation! Er paktiert mit den Deutschen! Er ist eben doch ein vollendeter Idiot!

Luka ließ sie reden und flüstern und scheel gucken. Was wißt ihr alle, was Luka machen wird, dachte er, wenn er mit einer neuen Sonderration für gute Arbeit aus der Kommandantur kam. Er aß sie nicht gleich auf, sondern er versteckte sie, an einem geheimen, sicheren Ort. Dort, wo niemand etwas Eßbares suchte, selbst nicht der größte Schnüffler. In einer Blechkiste versteckte er alles, und diese Blechkiste war in einem Hang vergraben, direkt unter der Latrine. Gibt's etwas Sichereres als das, Brüderchen?

Nach zwei Wochen war das Kistchen voll. Zwieback lag darin, Tee, zwei Fleischbüchsen, eine Schmalzdose, eine

Nach zwei Wochen war das Kistchen voll. Zwieback lag darin, Tee, zwei Fleischbüchsen, eine Schmalzdose, eine Flasche Rum, ein ganzes Brot, etwas angeschimmelt, aber Schimmel schadet nichts, zwei Dosen Marmelade, zwei zusammengeknetete Blöcke Margarine, zwanzig Scheiben harte Dauerwurst ... ein Schlaraffenland in einer Blechkiste.

Einen Sack besorgte sich Luka, steckte die Blechkiste hinein und packte ein Beil, zwei Zangen und einige Bohrer darüber. Vorher hatte er sich für ein gefürchtetes Kommando gemeldet: das Sprengen von besonders dicken Stämmen, die man sonst in tagelanger Arbeit durchsägen konnte. Dreimal kam das Kommando mit einigen Toten zurück ins Lager, weil die Ladungen zu früh losgegangen waren oder weil die Bäume mitten in die Gruppe gefallen waren.

Nun hatte sich Luka freiwillig gemeldet! Seht an, sagte man im Lager. Schon wieder der Luka! Aber diesmal wird's ihn erwischen! Als er mit seinem Sack voller Werkzeug – wer ahnte, daß unten im prallen Sack die Blechkiste lag? – durch das Lager ging und zum Tor hinaus, standen die anderen am Drahtzaun und grinsten ihm nach.

»Grüß mir die Engelchen!« schrie ihm jemand nach. Man lachte grölend, aber Luka drehte sich nicht um. Er packte nur den Sack fester und ging vorgebeugt dem Wald entgegen. Wo seine Beine niederstampften, entstanden große Löcher im Schnee. Der ihm folgende Posten hatte Mühe, mit jedem Schritt aus diesen Einbrüchen herauszukommen. Fast ein Hüpfen war's von Loch zu Loch.

Im Wald waren sie allein. Luka und der einzelne Posten. Mit roter Mennigefarbe waren einige riesige Bäume markiert. Stämme, die der Steppenwind noch schaukelte, als in Deutschland noch die Raubritter in den Büschen seitlich der Handelswege lauerten.

»Hier!« sagte der Posten. »Hast du alles bei dir?«

»Alles!« Luka stellte den Sack in den Schnee. Er sah zu

einem der Bäume hinauf, umschritt den dicken Stamm und kratzte sich den Kopf.

»Nun fang schon an!« sagte der deutsche Soldat. »Mit der Faust kriegste das Ding nicht um.« Er lachte. Luka sah ihn fast traurig an. Ein Jüngelchen ist's, dachte er, und warm wurde es um sein Herz. Ganz heiß sogar. So jung ist er, und Väterchen und Mütterchen hat er, die auf ihn warten. Schwer ist's wahrhaftig, zu denken und doch etwas zu tun.

»Na, wird's bald?« rief der Soldat. »Pack dein Werkzeug aus. Drei Dinger müssen wir heute knacken!«

»Sofort, Soldat germanskij ...« Luka zerrte den Knoten des Stricks auf, mit dem er den Sack zugebunden hatte. Seine dicken Finger zitterten. Er legte den Bohrer in den Schnee, das Beil, auf die Beilschneide die kleinen, zusammengeschnürten Sprengladungen und dazu die Zündschnüre. »Skolko tebje ljet?« fragte er.

»Was?« Der Soldat trat an Luka heran.

»Wie alt, du?«

»Zwanzig Jahre. Warum? Quatsch nicht. Fang an!«

»Zwanzig Jährchen nur!« Luka schüttelte den Kopf. »Hemmungen hab' ich, verdammt noch mal!« Dann hob er die Schultern, atmete ein paarmal tief auf und legte dem verwundert dreinschauenden Soldaten beide Hände auf die Schultern.

»Aussehen tust du wie ein Engelchen«, keuchte er, dann fuhren seine Hände höher, schnellten zum Hals des Soldaten und preßten sich dagegen wie zwei riesige Schraubzwingen.

Der Soldat schlug mit den Armen um sich. Er ließ das Gewehr fallen, trat um sich, zuckte und röchelte. »Luka!« stöhnte er mit der letzten Kraft, die sich durch die Einengung seiner Kehle preßte. »Lukaaaaa –«

Mit geschlossenen Augen drückte Luka zu. Als das Zappeln zwischen seinen Händen aufhörte, hob er, noch immer im Würgegriff, den schlaffen Körper hoch und schleuderte ihn gegen einen Baum. Es krachte in dem toten Körper, die Wirbelsäule zerbrach, dann fiel der Tote in den Schnee, als sei er nur ein Bündel grauer Uniform.

Drei Stunden arbeitete Luka, daß ihm der Schweiß über den ganzen Körper lief. Er hackte aus der steinhart gefrorenen Erde eine Grube, legte den Körper hinein, stampfte sie wieder zu, setzte ein Kreuz auf das Grab und hing die Erkennungsmarke, die er dem Toten vorher vom Hals gezerrt hatte, um den Querbalken des Kreuzes. Dann nahm er das Werkzeug, packte es wieder in den Sack, verschnürte ihn und warf ihn auf den breiten Rücken.

Wie ein einsamer Bär trottete er in den Wald hinein. Nach der blinden Sonne, die durch die Schneewolken glimmerte, nahm er seine Richtung. Nach Süden und dann nach Westen. Dem Pripjet entgegen. Hinein in die Sümpfe. Der Urwelt entgegen.

Irgendwo muß Natascha sein, dachte er dabei. Finden werde ich sie. Ich bin es Fedja schuldig.

Am Abend begann es zu schneien. Die Natur kam Luka zu Hilfe. Sie deckte alle Spuren zu. Wie ein neugeborenes, unberührtes Land lag sie da, die Schneedecke. Nicht ein Fleckchen war zu sehen, nicht die Andeutung eines Schrittes, nicht ein Hauch von Mensch.

»Scheiße!« sagte der Leutnant, der mit sechs Mann und einem Geländewagen in den Wald gefahren war, um zu sehen, wo Luka und der Posten blieben. Das Grab hatten sie gefunden, und es brauchte keine Erklärungen mehr, um zu wissen, was geschehen war. Der Leutnant brach die Erkennungsmarke durch und steckte den einen Teil in die Uniformmanteltasche.

»Wenn wir den kriegen, muß's schon ein Zufall sein! Wer hätte das von dem Luka gedacht?! Auf jeden Fall werden wir alle umliegenden Truppenteile informieren!«

Um diese Zeit lag Luka in einer Waldsenke und wartete auf die Nacht. Aus Zweigen hatte er sich ein Dach geflochten, wie es die Pelztierjäger in der Taiga machen. Über dieses Zweigdach legte er Äste und Moos, das er unter dem

Schnee hervorgrub. Dann fällte er einen Baum, schlug mit dem Beil eine Höhlung in den Stamm, etwa einen halben Meter lang und zwanzig Zentimeter tief, füllte diese Höhlung mit Reisig und kleinen Holzstückchen und steckte sie an. Diesen Ofen schob er unter das Blätterdach und legte sich vor das glimmende, rauchende Feuerchen. Schön warm war's, empfand er. Kein Windchen wehte, nur der Schnee rieselte lautlos aus dem grauschwarzen Nachthimmel und baute ein dickes weißes Dach auf die warme Zweighütte.

Zufrieden schlief Luka ein.

Vier Tage irrte Natascha Astachowa durch Wald und Steppe. Schlafen tat sie unter dichten Büschen, einmal sogar wie eine Wildkatze hoch oben auf einem Baum, in den dikken Zweigen liegend, Schulter und Hüfte in eine Astgabelung eingeklemmt.

Von diesem Baum aus sah sie die deutschen Truppen verstreut im Lande liegen. Werkstätten, Zelte, Wagenmassierungen, Panzer, Krankensammelstellen, Gefangenentrupps, Infanteriekompanien, die zerstörte Dörfer wieder als Quartiere herrichteten. Über die Straßen rasten die Motorradmelder und kleine, hüpfende Geländewagen. Dann waren es wieder lange Transporte mit Lastwagen, Munitionskisten, Granaten, Verpflegung, neue Soldaten, mit neuen Uniformen und Milchgesichtern unter den Stahlhelmen.

Wo kommen sie alle her? dachte Natascha auf ihrem Baum. Ist Deutschland so groß, daß es so viel Männer ausspucken kann? Von Leningrad bis zum Asowschen Meer stehen sie, eine Wand aus Feuer und Tod, die weiterrollt über Mütterchen Rußland und die größer und breiter wird und stärker und unbesiegbarer. Wo kommen sie bloß alle her, aus diesem kleinen Deutschland?! Werden dort die Männer gezüchtet wie Sonnenblumen oder Champignons?

Am fünften Tag ging es nicht mehr weiter. Zu müde war sie, die kleine Natascha, zu verhungert, zu einsam in dieser grauen deutschen Woge. Zu essen hatte sie nichts als Wurzeln, die sie roh kaute. In die Felder schlich sie nachts und rieb die Ähren zwischen ihren Händen aus, kaute die Getreidekörner und ließ sie im Magen aufquellen, indem sie in den Bächen Wasser trank, das sie mit den hohlen Händen herausschöpfte. Doch alles dies reichte nicht, die Kräfte zu erhalten, die sie Tag für Tag in langen Stunden aus sich weglief. Am fünften Tage brach Natascha zusammen. Nicht aufhalten konnte sie es, sie knickte einfach zusammen, mit grenzenloser Verwunderung in den Augen. Auf dem Rücken lag sie, sah hinein in den Herbsthimmel, sah die Vögelchen in den Zweigen turnen und sogar einen Bussard stille Kreise über den Feldern ziehen. Wolken trieben vorüber wie träge Schiffe mit zerfetzten Segeln, und dann wurde der Himmel rot, die Unendlichkeit blutete auf die Erde hinab, bis Gott einen Purpurmantel nahm und die Sonne verdeckte.

Die Nacht kam.

Zum Sterben hatte sich Natascha vorbereitet. Nie hatte sie geglaubt, daß es so leicht sei, sehend und wissend zu sterben. Ein einfaches Einschlafen war's, weiter nichts. Eine große Schwäche, eine selige Stille in und um einen … so gleichgültig war alles geworden, so unwichtig, so fern bereits von menschlichem Empfinden. Glücklich machte es, zu wissen: Jetzt geht es weg von dieser schrecklichen Erde. Und Gedanken waren plötzlich da, komische, dumme, nicht bisher gedachte Gedanken: Du wirst Fedja wiedersehen, und Mütterchen wirst du sehen und Väterchen Nikolai. Wie schön das ist. Alle werden wir wieder beisammen sein, wie damals in Krassnoje Mowona.

Dann schlief sie ein, und sie dachte, es wäre der Tod.

So fanden sie Washa Krepychew und der bucklige Nikolai. Sie zogen durch die Wälder wie gehetzte Wölfe, mit Maschinenpistolen, bekleidet mit deutschen und russischen Uniformstücken, und wo sie einzelne deutsche Soldaten trafen, da schossen sie sie nieder, raubten die Brotbeutel aus, nahmen die Waffen mit und zogen den Toten die Uniformen aus. In den Sümpfen des Pripjet warteten vierhundert versteckte Bauern und versprengte Soldaten auf Waffen und Kleidung. Jede Nacht schwärmten sie aus wie Riesenhornissen und stachen in den deutschen Leib hinein.

Die ›sowjetische Freiheitsfront‹ nannten sie sich. Die Deutschen sagten ›Partisanen‹ zu ihnen und erschossen jeden, den sie fingen. Iwan Kotelnikow, ein Kapitän aus dem 2. Regiment der Armee Timoschenkos, führte die Gruppe in den Sümpfen. Auf Ordnung hielt er, der Genosse Kapitän! Mitten im Sumpf, auf großen Inseln, deren Zuwege nur wenige Bauern kannten und deren Knüppeldämme einen halben Meter unter der schwappenden Oberfläche lagen, bildete er die Partisanen aus. Wie auf dem Kasernenhof in Moskau und Smolensk, Gott sei's geklagt. Er exerzierte mit ihnen, er ließ sie durch die Sümpfe robben, er hielt auf Disziplin und führte das militärische Grüßen ein, er übte das Schießen auf bewegliche Objekte und sammelte eine kleine Gruppe von Scharfschützen, die selbst im Hinfallen noch ein Loch in ein handtellergroßes Blatt schossen, das Iwan Kotelnikow in die Luft warf.

Die Deutschen waren gnadenlos, wenn sie gegen die Partisanen in die Sümpfe zogen. Aber nicht weniger gnadenlos waren Kotelnikow und seine Genossen, wenn sie eine deutsche Truppe überfielen oder einen deutschen Transport, wie vor einer Woche an der Straße nach Mikaschewitschi. Da hatte man zehn Lastwagen umzingelt und gestürmt. Aus den Führerhäusern zerrte man die Deutschen, stellte sie in einer langen Reihe an den Rand des Sumpfes und schoß ihnen von hinten in die Kniekehlen. Die ganze Reihe knickte zusammen und fiel vornüber in den Sumpf. Während sie schreiend und bettelnd im Morast versanken, standen Kapitän Kotelnikow und seine Genossen am Rande des Sumpfes und sangen die Internationale.

So waren sie, rauhe Burschen, deren Gefühl man aus den Herzen geschossen hatte. Einstmals waren es sanfte, fleißige Bauern auf den Kolchosen gewesen, Handwerker in den Stationen und Städten, Angestellte und sogar Studierte waren dabei. Ein Arzt, ein Architekt und ein Ingenieur. Die wichtigsten von allen waren sie ... einen Arzt braucht man im Kriege immer, der Architekt baute Bunker und Hütten mitten im Sumpf, und der Ingenieur reparierte die Waffen und bastelte mit zwei Schmieden raffinierte Minen, mit denen sie die schmalen, festen Wege durch die Pripjetsümpfe bespickten. Sie alle hatten keinen Krieg gewollt, aber nun war er da, der Krieg, und die Deutschen marschierten unaufhaltsam auf Moskau. Was galt da noch Menschlichkeit? Wer sprach da von Grausamkeit? Nur vernichten, hieß es. Nichts anderes.

Auf einer solchen Streife nach Beute trafen Washa Krepychew, der Stellvertreter Kotelnikows, und Nikolai, der Bucklige, auf die schlafende und im Schlaf sterbende Natascha Astachowa. Sie hoben sie auf, versuchten sie mit Rufen und Schlägen zu wecken, aber als sie weiterschlief, merkten sie, daß es mehr war als Müdigkeit. Vorsichtig legten sie Natascha zurück auf den Waldboden und sahen sich an.

»Ein Schnäpschen sollte man ihr geben!« sagte der bucklige Nikolai weise. »Wunder wirkt's, Genosse Washa!«

Washa Krepychew kniete neben Natascha und bohrte seinen schmutzigen Finger zwischen ihre Lippen und Zähne. Er drückte ihre Kiefer auseinander und winkte mit der anderen Hand zu Nikolai.

»Gib her, du Mißgeburt!« rief er. »Zähne hat sie wie eine Wildkatze. Spitz und kräftig. Lange halte ich's nicht aus.«

Nikolai, der Bucklige, holte eine Flasche aus dem Sack und entkorkte sie. Er nahm selbst einen Schluck und nickte hinterher. »Er wird sie erwecken!«

»Her damit!«

Vorsichtig goß Krepychew etwas Wodka in den Mund Nataschas und rieb die Kehle dabei. Zuckend bewegte sich der Gaumen, nur ein wenig floß in die Speiseröhre, das meiste kam in die Luftröhre. Ächzend bäumte sich der kleine, schmächtige Körper auf, ein gewaltiger Husten schüttelte ihn durcheinander und trieb die Schwäche aus dem Gehirn. Mit großen Augen starrte Natascha in das wilde, bärtige Gesicht Krepychews und auf die grinsende Fratze des buckligen Nikolai. Dann schluckte sie, weil Krepychew weiter nachschüttete, und zwischen Husten und Würgen kam sie zum Leben zurück und spürte wieder Schmerz und hörte wieder Laute. Es war ihr eigenes Keuchen und Husten, das ihr fast den Schädel zersprengte.

Dann aß sie etwas. Kaltes, trockenes Fleisch, ein paar Bissen glitschiges, schwarzes Brot. Und wieder trank sie Wodka, und es war herrlich, wie warm er durch den Körper rann und das Blut vom Herzen durch den ganzen Körper trieb.

»Hab' ich's nicht gesagt!« rief Nikolai. »Sie ist wieder da!«

»Wer seid ihr?« fragte Natascha. Ihr Blick glitt zu den Waffen und zu den Säcken, die neben ihr lagen.

»Zuerst, wer bist du?« Washa Krepychew setzte sich auf einen der Säcke. »Was machst du hier?«

»Natascha Astachowa bin ich. Fedja Iwanowitsch Astachow war Leutnant der Roten Armee. Gefallen ist er. Mit einem Spaten haben sie ihn erschlagen! Im Lager hat's mir der alte Nikitin erzählt. Da bin ich weg, um zu den Freiheitskämpfern in die Sümpfe zu gehen. Aber ich hab's nicht erreicht.«

»Aber doch, doch, Schwesterchen!« Krepychew brach noch etwas Brot ab und gab es Natascha. »Wir sind's ja. Unter Führung von Kapitän Kotelnikow. Im Pripjet leben wir. Über vierhundert Männer und Frauen.«

»Wie schön.« Natascha lehnte sich zurück. »Zu euch wollte ich.«

Krepychew wartete, bis der Alkohol durch Nataschas ganzen Körper geflossen war. Dann nahm er die Betrunkene auf seine Schulter und hängte Nikolai, dem Buckligen, die Säcke um den Hals und über die gewölbte Schulter.

»Bin ich ein Esel oder Kamel?!« schrie Nikolai. Er brach fast zusammen unter der Last.

»Ja, Genosse, das bist du!« sagte Krepychew fröhlich. Dann ging er voraus, Natascha umklammernd, und Nikolai folgte ihm ächzend mit der Beute von drei Tagen Kampf im Dunkeln.

Kapitän Iwan Kotelnikow war ein mittelgroßer, breitschultriger Mann mit einem gelblichen, mongolischen Gesicht. Wenn er lachte, sah er aus wie der glückliche Buddha im Tempel von Rangun. Aber er lachte selten. Nur einmal hatte man ihn lachen gesehen, als er drei gefangene deutsche Offiziere um ihr Leben rennen ließ und seine neu ausgebildeten Scharfschützen anwies, ihnen in die Gesäße zu schießen. Als sie taumelnd weiterliefen, beide Hände auf die verwundeten Schenkel gepreßt, da lachte er. Und es war ein Lachen, so grell und grauenhaft, daß die Schützen vergaßen, weiterzuschießen. Mühe hatten sie nachher, die drei Offiziere wieder einzuholen und in den Sumpf zu jagen.

Dieser Iwan Kotelnikow war sehr verwundert, als Washa Krepychew mit der betrunkenen Natascha auf der Schulter durch den Sumpf gewatet kam, bis zu den Knien im moorigen Wasser und nach dem verborgenen Knüppeldamm tastend.

»Was soll's?« schrie Kapitän Kotelnikow. »Schon wieder ein Weib? Und ein hübsches dazu? Wir sind hier eine Truppe der Roten Armee und kein Bordell, du Idiot! Was soll ich mit dieser Hure?!«

»Natascha Astachowa ist's, Genosse Kapitän. Frau des gefallen Leutnants Astachow. Sterbend fanden wir sie im Wald. Sie wollte zu uns. Aus dem Gefangenenlager ist sie geflüchtet.«

Kotelnikow musterte das Bündel auf Krepychews Schulter. Eines Kameraden Frau, dachte er. Da kann man nicht sagen: Schickt sie weg!

»Bringt sie in meine Hütte!« befahl er kurz. Krepychew deutete so etwas wie eine stramme Haltung an und trug dann Natascha zu einem der in den Sumpf gegrabenen unsichtbaren Unterstände, die der Architekt aus Smolensk erfunden hatte. In ihnen ließ es sich gemütlich leben, und wenn die deutschen Aufklärungsflugzeuge dauernd über den Pripjetsümpfen kreisten, um die Verstecke der Partisanen zu entdecken, den Männern im Schilf machte es nichts aus. Sie waren wie die Wasserbiber und die Moorratten. Man sah sie einfach nicht, und doch zerfraßen sie das Gebälk.

Am Morgen kroch Natascha aus dem Unterstand ins Freie. Nebel lag über den Sümpfen. Die Herbstsonne sog das Wasser aus dem Moor und legte es als weiße, wallende Schleier über das Land.

Das war ein Tag, an dem Kapitän Kotelnikow seine Truppe schulte. Aus der Luft konnten sie nicht beobachtet werden, in den Sumpf hinein kamen die Deutschen nicht, so sehr sie sich auch bemühten, die geheimen, unter der Oberfläche liegenden Pfade zu entdecken.

Kommandos hallten durch die Nebelschleier, als Natascha aus dem Bunker kroch. Man hörte es klatschen, rhythmisch, in genauen Abständen. Erinnerungen tauchten in ihr auf. Der Kasernenhof in Smolensk, direkt unter ihrem Fenster. Die Rekruten, die mit den Gewehren exerzierten. Es waren die gleichen Kommandos, die gleichen Geräusche, wenn die Gewehre durch die Hände und über die Schulter fielen.

Sie ging den Geräuschen nach. Umgeben von hohen

Schilfwänden und Weidenbäumen fand sie einen mäßig großen Platz. Auf ihm marschierten einige Gruppen herum, übten Gewehrgriffe oder zielten auf Scheiben, die man an Bäume genagelt hatte. Kapitän Kotelnikow und Washa Krepychew befehligten die Gruppen. Alte Männer waren es, mit langen Bärten wie ein Pope, und junge versprengte Soldaten, zum Teil verwundet, hinkend, einen Arm in der Schlinge, kahlrasiert die Schädel. Aber sie nahmen den Dienst ernst und bemühten sich, vor den Augen Kotelnikows zu bestehen.

»Ah, unser lahmes Vögelchen!« rief Kapitän Kotelnikow, als er Natascha aus dem Nebel auftauchen sah. »Was sollen wir mit dir machen? Ich überleg's schon den ganzen Tag! So wie du aussiehst, kann dich der nächste Wind gegen die Bäume wehen. Kannst du kochen?«

»Kochen? Gewinnt Rußland im Kochtopf den Krieg?« Natascha ging auf Kotelnikow zu. Die Exerzierenden grinsten. Gib es ihm, Täubchen, dachten sie. Ein anmaßender Lümmel ist er, der Genosse Kapitän.

»Was hast du bis jetzt gemacht, he?« schrie Natascha, als sie das hochmütige Lächeln des Kapitäns sah. »Verkrochen wie eine Kröte hast du dich. Und ab und zu spuckst du übers Land. Das ist alles! Soll das ein Krieg sein? Sollen das die Deutschen fürchten?! Du kitzelst sie, statt sie zu stechen!«

Iwan Kotelnikow verlor das hochfahrende Lächeln. »Ei sieh an!« schrie er zurück. »Rettet man diese Dohle vor dem Verhungern, und kaum kann sie wieder krähen, hackt sie auch schon herum! Auf so etwas warten wir hier schon lange! Wenn's dir nicht paßt, kannst du zurückgehen!«

»Hört! Hört!« Natascha ging auf einen der Partisanen zu, riß ihm das Gewehr aus der Hand und lud es durch.

»Weibsstück!« Kapitän Kotelnikow ließ Natascha stehen. »Ich hab's nicht nötig, dich anzuhören! Man sollte dir einen Mann ins Bett legen, dann bist du beschäftigt . . .«

Langsam hob Natascha das Gewehr. Sie legte es an, zielte ganz kurz ... und dann schoß sie. Auf Kapitän Kotelnikow. Auf seine Mütze. Knapp unterhalb der Falte, direkt über der Kopfhaut zischte die Kugel durch und riß ihm die Mütze vom Schädel. Wie angewurzelt blieb er stehen, die Hände schlaff an den Seiten herabhängend. Auf dem Platz war es totenstill. Die Partisanen hielten den Atem an.

Sie hat auf Kotelnikow geschossen, dachte Krepychew. In wenigen Sekunden wird sie tot auf dem Platz liegen. O Madonna ... wie dumm ist sie doch!

»So schießt man in Krassnoje Mowona!« sagte Natascha ruhig. Dann warf sie das Gewehr weg, drehte sich herum und ging durch den Nebel davon, zurück zu den Bunkern.

Stumm sah ihr Kapitän Kotelnikow nach. Er dachte nicht daran, sie in den Rücken zu schießen, was alle um ihn herum erwarteten. Er schüttelte nur den Kopf, und als sie im Nebel untergetaucht war, riß er den Mund auf, und er lachte ... lachte und bog sich vor Fröhlichkeit.

Es war das zweitemal, daß man Kapitän Kotelnikow lachen sah –

Nun änderte sich vieles im Sumpf des Pripjet.

Kapitän Kotelnikow verlor die absolute Macht. Natascha Astachowa befehligte hundert Mann, die sie selbst aussuchte. Sie mußten schießen können wie Geister, die nie ihr Ziel verfehlen, sie mußten hart sein wie die gefrorenen Stämme in der Taiga, sie mußten gewandt sein wie die Katzen und grausam wie hungernde Tiger.

Mit diesen hundert Männern, aufgeteilt in Gruppen zu je zehn, zog sie gegen die Deutschen. Ein Spieß, vergiftet mit Haß. Und sie stach mit ihm in das Herz der Deutschen, immer und immer wieder, mitleidlos und unbegreiflich kühn. Was Kotelnikow als Irrsinn ansah, vollführte sie siegreich. Was selbst die Deutschen nicht für möglich hielten, führte sie aus: Sie zerstörte den Nachschub der deutschen Truppen auf einer Breite von hundert Kilometern.

Überall war sie, als fliege sie durch die Sümpfe. Grausam vernichtete sie alles, was eine graue Uniform trug. Die Verwundeten, die sie zurückließ aus der eigenen Truppe, erschossen sich selbst, bevor es die Deutschen verhindern konnten. Schweigen und Grauen waren es, die Natascha Astachowa hinterließ.

So kam der Winter, der erste Schnee, die ersten eisigen Nächte. Um die Pripjetsümpfe marschierten deutsche Bataillone und SS-Truppen auf. Wenn die Sümpfe zufroren, konnte man in sie vordringen. Nur darauf hatte man gewartet. Quadratmeter um Quadratmeter würde man abkämmen, mit Flammenwerfern die Bauten ausräuchern. Im Winter ist ein Sumpf kein Schutz mehr.

Kapitän Kotelnikow und Natascha Astachowa waren sich einig, in die Wälder auszuweichen. Einzeln sollten die Männer durchsickern, bis der Ring der Deutschen ganz geschlossen war. Immer gab es Lücken, und man fand sie mit dem Instinkt von Füchsen.

Als eine der letzten verließen Kotelnikow und Natascha das Sumpflager. Man hatte die Bunker zugeschüttet, Schilf auf den Exerzierplatz gepflanzt ... nichts zeigte mehr, daß hier Menschen gelebt hatten.

Kurz vor dem Austritt aus dem Sumpf stießen Kotelnikow und Natascha auf einen Schatten, der seitlich von ihnen in das Schilf gleiten wollte. Es war kein lautloser Schatten, sondern ein riesiges, fluchendes Etwas, das sich durch Schnee und Eis vorwärtskämpfte, richtungslos durch die Nacht. Was es an Flüchen gab, flatterte Kotelnikow entgegen. Er lag mit Natascha hinter einem umgestürzten Baum und zielte mit der Maschinenpistole auf den großen Schatten.

»Mist ist's!« brüllte der Kerl im Sumpf. »Ein Gehirn hab' ich aus Eulendreck! Oh! Man sollte mich in Scheiße ersäufen ...!«

»Halt!« schrie Kotelnikow. »Die Hände hoch und her zu mir.«

Der Schatten vor ihnen versank, als habe er sich aufgelöst. Nur ein Krachen war's im Schilf, als brächen Waldstücke im Herbststurm zusammen. Dann hörte man es metallisch klirren. Sieh an, eine Maschinenpistole hat er auch, dachte Kapitän Kotelnikow.

»Komm her!« brüllte er noch einmal.

»Bin ich ein Idiot, Brüderchen?« schrie eine urgewaltige Stimme aus dem Schilf. »Komm du, wenn du ein friedlicher Mensch bist ...«

Natascha sprang hinter dem Stamm hervor. Wie von Sinnen war sie. Sie warf die Arme hoch in die Luft, hüpfte durch den Schnee und jubelte wie eine Lerche im Frühlingsblau des Himmels.

»Er ist's!« schrie sie hell. »Luka, der Idiot! Luka! Luka! Luka! Er ist's. Unser Luka –«

»Natascha Astachowa!« brüllte die Stimme aus dem Schilf. Dann stürzte das riesige Etwas hervor, wurde zu einem Menschen, der wiederum nicht aussah wie ein Mensch, und dieser Mensch stolperte Natascha entgegen, mit ausgebreiteten Armen und grölender Brust.

Dann, vor ihr, brach der Riese in die Knie, senkte den mächtigen Schädel, ergriff Nataschas Hände und küßte sie inbrünstig. Dabei heulte er wie ein Wolf, umklammerte ihre Beine und drückte sein Gesicht an ihren Schoß.

»Natascha Astachowa«, stammelte er. »Fedjas Natascha ... ich hab' dich wieder ... ich hab' dich wieder –«

Hinter seinem Baumstamm drehte sich Kapitän Kotelnikow zur Seite und steckte sich eine Zigarette an. Er hatte wenig übrig für Gefühle, genau gesagt, gar nichts hatte er dafür übrig. Aber dies ergriff ihn doch.

Man hatte sein Herz also doch nicht verloren im Krieg ...

Im Sommer 1943 war's, und Natascha Astachowa lebte mit Luka nun schon zwei Jahre im Rücken der deutschen Truppen und brach aus der Dunkelheit hervor, im Winter aus den Wäldern, im Sommer aus den Pripjetsümpfen, und was sie vernichteten, traf die Deutschen empfindlich. Also in diesem Sommer 1943 geschah es, daß das Oberkommando der Partisanenbekämpfung den Befehl gab, mit einem großen Schlag diese dicken Hornissen in den Sümpfen zu vernichten.

Polizeibataillone wurden herangezogen, SS-Truppen, eine ukrainische Brigade, ein paar Bewährungskompanien, und unter Führung einiger Bauern, die man durch Bestechung dazu gebracht hatte, ihr russisches Herz zu vergessen, drangen die deutschen Truppen in die inneren Pripjetsümpfe ein.

Iwan Kotelnikow traf dieser Schlag nicht unvorbereitet. Er wußte ihn im voraus. Zu viele seiner Spione arbeiteten als Hiwis bei den deutschen Verbänden. Nachts gaben sie Lichtzeichen oder morsten oder legten Berichte an verabredeten Stellen hin. Über das ganze Land zog sich die Organisation der Freiheitskämpfer, ein Spinnennetz, unsichtbar um die deutschen Armeen gewebt. Nichts geschah, was man nicht in den Sümpfen wußte. Man kannte jede neue Einheit, man kannte die genaue Bewaffnung, man erfuhr von der Gefährlichkeit der Offiziere, wie etwa von jenem Ritterkreuzträger, der bei einem von Partisanen besetzten Dorf sechzig Frauen in langer Reihe vor seinen Soldaten herlaufen ließ, als Kugelfang und Schutzschild, bis der Kommandant Boris Pleskow mit Tränen in den Augen nicht anders konnte, als erst die eigenen Frauen und dann die Deutschen erschießen zu lassen.

»Das Vaterland möge es mir verzeihen!« meldete er danach an die Zentrale weiter. Dann erschoß er sich im Wald.

Luka und Natascha lagen mit ihrer Abteilung seitlich eines Weges, der weit in den Sumpf hineinführte. Er war nicht wichtig, führte weit weg von den Partisanenlagern, aber es war ein Weg, auf dessen Entdeckung die Deutschen sehr stolz waren.

Ein Zug Feldpolizei hatte den Befehl bekommen, diesen Weg zu sichern. Mit zwei Hiwis gingen sie in die Sümpfe, weit auseinandergezogen, immer in Gruppen zu drei Mann und einem Maschinengewehr. Das Schilf war hoch und dicht. Es schwappte um das Schilf herum, ein saugender Boden, der nichts mehr hergab, was einmal auf ihn gefallen war. Und doch war es nicht tot und einsam in den Schilfwäldern. Auf kleinen Inseln lagen die Partisanen, selbst zu Schilf geworden, und starrten auf den Weg, über den die Dreiergruppen der Deutschen sich vorwärtstasteten.

Auch Natascha und Luka lagen in schwappenden Lachen, unkenntlich und mit verhaltenem Atem. Nichts hatte sich in den vergangenen zwei Jahren geändert. Wie Tiere lebten sie, mit Lebensmitteln, Waffen und Munition versorgt durch die nächtlichen Flieger, die in wasserdichten Kisten und Säcken das Notwendigste auf die mit Leuchtzeichen markierten festen Plätze mitten im Sumpf abwarfen. Auch Zeitungen waren darunter. Die *Prawda,* die *Iswestija,* die *Komsomolskaja Prawda* und sogar die *Literaturnaja Gaseta,* für die Gebildeten unter den Partisanen. Aus ihnen erfuhr man, wie der Krieg überhaupt stand, daß die Deutschen sich immer mehr zurückzogen, daß Rußland nicht verloren war, daß Stalingrad zu einer Wende des Krieges geworden war und den Deutschen eine ganze Armee gekostet hatte.

»Schwer wird's sein, sie alle zu bekommen«, flüsterte Luka in das Ohr Nataschas. »Nur immer drei ... das wird gefährlich, Schwesterchen ...«

Irgendwo, in der Ferne, schrie ein Vogel. Ein Bussard konnte es sein, aber es war der Posten, der das Ende der deutschen Truppen meldete. Alle waren sie jetzt im Sumpf, tastend, suchend, mit mutigen, grimmigen Gesichtern und doch der nackten Angst in den Augen. Und während sie in die Sümpfe gingen, schloß sich hinter ihnen das Tor, wurden in vorbereitete Löcher Minen gelegt und Zugminen an den Wegrand, die die feste Erde wegsprengten und alles wieder einen Sumpf werden ließen.

Luka nickte, als der Bussard schrie. Er sah hinüber zu der Gruppe, die gerade vorbeiging, dann zog er den Finger durch und schoß. Mit ihm bellte und zischte es von allen Seiten auf die Deutschen herein ... sie warfen sich auf den Weg, verzweifelt schossen sie zurück, in das Schilf hinein, ins Leere, von wo ihnen der Tod entgegenflog ... sie krochen zu Büschen und flogen dort mit den Zugminen in die Luft, sie liefen zurück, sprangen über die auf dem Wege liegenden Toten und rannten in neue Salven hinein ... ein Abschlachten war's, ein greuliches Sterben, ein sinnloses Händeheben und Sichergeben, ein törichtes Betteln und Flehen, ein panisches Suchen nach Schutz und Deckung, wo es nichts gab als Sumpf und Schilf und in diesem Sumpf die Gnadenlosigkeit des Krieges.

Vier Männer rannten geduckt zurück, den Minen entgegen, die den Weg am Ausgang des Gebiets abriegelten. Sie wurden nicht mehr beschossen ... mit heißen Gewehren lagen die Partisanen und warteten auf das Schauspiel, vier Körper in die Luft wirbeln zu sehen.

Vorweg rannte ein Oberfeldwebel, ein wenig dicklich, mit trommelnden Beinen. Heiß wurde es ihm. Er riß sich den Helm vom Kopf, warf ihn seitlich in den Sumpf und hetzte weiter. An Natascha und Luka rannte er vorbei, keuchend, mit vorquellenden Augen ... ein Mann mit einem Ohr.

Natascha krallte die Finger in Lukas Oberarm. Ihr Gesicht war bleich wie die Wintersonne. »Er ist's!« stammelte sie. »Luka – er ist's ... Erschieß die anderen ... nur ihn laß leben ... ihn allein ... Lebendig muß er sein ... hörst du ... Kein Härchen soll ihm gekrümmt werden ... Bring ihn mir, Luka ... schnell –«

Luka sah kurz zur Seite. Was gab's zu fragen? Natascha wollte es so. Man kenne sich aus bei den Weibern!

Mit einem Satz sprang Luka aus dem Schilf. Ein paarmal ratterte die Maschinenpistole an seiner Seite ... dann war es nur noch der Oberfeldwebel mit dem einen Ohr, der weiterlief, den Minen zu.

»Stoij!« brüllte Luka. »Stoij!«

Wie ein Schlag ging es durch den Körper des Oberfeldwebels. Stärker als alle Geschosse traf ihn die urgewaltige Stimme in seinem Rücken. Er blieb stehen, schwankend, keuchend, drehte sich langsam herum und hob die Arme hoch in die Luft.

»Dawai!« sagte Luka, als er hinter ihm stand. Er stieß ihn in den Rücken und brachte ihn vom Weg weg, über eine ganz schmale, feste Brücke zu der Insel, auf der Natascha bleich im Schilf wartete.

Als sie sich gegenüberstanden, der deutsche Oberfeldwebel und Natascha Astachowa, erkannten sie sich sofort. Über das Gesicht des Deutschen zog wie eine rote Wolke das Grauen, sein Mund klaffte auseinander, die Augäpfel zitterten, und sein Schrei blieb stecken und gurgelte in der Kehle.

»Bollmeyer ...«, sagte Natascha leise. »Bollmeyer ... da bist du endlich –«

Da stand er, der deutsche Oberfeldwebel, und über sein Gesicht zuckte es immer schneller, und die schiefe Narbe des abgebissenen Ohres schien dick voll Blut zu werden, so schwoll sie an.

In die Knie sank er plötzlich, umklammerte die Beine Nataschas und drückte sein Gesicht an ihre Schenkel.

»Gnade!« wimmerte er. »Gnade ...«

Luka kratzte sich den Kopf. Das alles verstand er nicht. Erschießen sollte er jeden, nur dieser sollte leben? Und nun lag er auf der Erde vor dem Täubchen und wimmerte. Und Natascha Astachowa – der Teufel allein kennt die Weiber – lächelte zu ihm hinab, und es war ein Lächeln, bei dessen Anblick das Blut in den Adern gefror und die Augen aus den Höhlen quollen.

»Was soll's?« sagte Luka bedächtig. »Schießen wir ihm ins Köpfchen ...«

»Nein! Er gehört mir! Mir ganz allein!« Natascha bückte sich zu dem Oberfeldwebel hinunter, hob ihre Hand und schlug ihm unter das Kinn. Der Kopf flog hoch; aus Bollmeyers Mund lief Speichel und Blut, er hatte sich die Lippen blutig gebissen. »Steh auf, Bollmeyer!« sagte Natascha leise. »Du kennst mich noch?«

»Gnade!« schrie Bollmeyer.

»Heb ihn auf und nimm ihn mit, Luka!« Natascha warf die Maschinenpistole über die Schulter. Mit tastenden Schritten verließ sie die kleine Insel im Sumpf und ging hinein in die Unendlichkeit des dichten Schilfes.

Luka hob den Fuß und trat Bollmeyer in die Seite. Er tat es vorsichtig, damit der deutsche Oberfeldwebel nicht auseinanderbrach, denn ein Fußtritt Lukas ist wie der eines Elefanten.

»Aufstehen!« sagte Luka. »Dawai!«

Bollmeyer blieb auf der Erde liegen. Er starrte Natascha nach.

»Erschieße mich!« stammelte er. »Bitte, erschieße mich sofort ... Nur nicht zu der ... bitte, bitte ...!«

»Natascha hat's befohlen!« Luka griff Bollmeyer unter die Arme und riß ihn hoch auf die Füße. »Komm –«

Der Oberfeldwebel schwankte leicht. Dann nahm er alle Kraft zusammen, stieß Luka zur Seite und sprang in den Sumpf. Bis zum Leib versank er sofort ... mit geschlossenen Augen strampelte er wild, um schneller tiefer zu sinken.

Das Platschen des Körpers riß Natascha herum. Luka stand am Sumpfrand und hob bedauernd die Arme.

»Hol ihn raus, du Idiot!« schrie Natascha. »Erschießen werde ich dich, wenn du ihn nicht holst!«

»Täubchen ...«, stammelte Luka. Er fiel auf die Knie,

kroch auf das Schilf und versuchte, Bollmeyer zu fassen. Der Oberfeldwebel schlug mit den Fäusten nach Lukas Händen. »Ich werde ihn nicht fassen können –«, brüllte Luka.

»Du mußt!« Natascha hob die Maschinenpistole und lud sie durch. »Er hat Fedjas Kind getötet –«

Die Augen quollen ihm vor, dem Luka. Er starrte Bollmeyer wie eine Kröte an. Fedjas Kind, dachte er. Er war's also. Er dort, der Mann mit dem einen Ohr.

Als sei er ein Baumstamm, so groß und starr legte er sich in den Sumpf hinein. Mit der Faust hieb er Bollmeyer über die Stirn, dann ergriff er die erschlafften Arme und zog den Körper langsam aus dem saugenden Morast hervor. Er keuchte dabei, der starke Luka, er schwitzte und stöhnte, röchelte und schnaufte, und lag dann wie ein Fisch zwischen trockenen Steinen japsend auf dem Rükken, den triefenden Körper des Deutschen quer über sich.

»Das war schwer, Täubchen«, sagte Luka und starrte in den blauen Himmel. »Nur für Fedja Iwanowitschs arme Seele hab' ich's getan ...«

Fast eine Viertelstunde dauerte es, bis Bollmeyer erwachte. Gefesselt hatte man ihn, und Luka saß neben ihm.

»Was wollt ihr von mir?« stammelte Bollmeyer.

»Frag das Täubchen ...«, sagte Luka.

»Warum erschießt ihr mich nicht ... wie die anderen?«

»Weiß ich's?« Lukas Augen wurden dunkel. »Fedjas Kind hast du getötet?«

»Nein. Ich habe nie ein Kind –« Bollmeyers Mund verzog sich schrecklich. »Das ist eine Lüge eurer Propaganda! Wir haben nie Kinder –«

»Fedjas Kind ... im Leib unseres Täubchens ... Du warst es doch, nicht wahr ...?«

Bollmeyer begriff. Er schlug die gefesselten Hände vor die Augen. »O Gott!« schrie er. »O Gott!«

Natascha kam heran.

»Erschießt mich!« brüllte Bollmeyer wieder.

»Komm –« An den Fesseln riß ihn Natascha hoch. Verwundert über ihre unsichtbare Stärke stand Bollmeyer schwankend vor ihr. Er wehrte sich nicht mehr, als Natascha ihm einen Strick um den Hals warf und ihn mit sich fortzog wie einen Bären, den die Gaukler auf den Marktplätzen tanzen lassen.

Stumm gingen sie einige Meter über festes Land. An einem Birkenstumpf blieben sie stehen. Natascha setzte sich ... lässig tat sie es, obgleich ihr die Knie zitterten und sie nicht mehr gehen konnte aus Grauen vor sich selbst. Mit großen, starren Augen sah sie Bollmeyer an. Er stand weinend vor ihr, ein Häuflein Mensch, das in Angst zerfloß.

»Weißt du noch?« sagte sie langsam in deutscher Sprache. »Vor zwei Jahren, Bollmeyer ... Dabei ist Fedjas Kind gestorben ... Nichts gibt es, was das wieder versöhnen könnte ... auch nicht dein Tod ...«

»Ich wußte es doch nicht!« weinte Bollmeyer.

»Du hättest es getan, auch wenn du's gewußt hättest. Wir waren ja nichts. Untermenschen waren wir ... so habt ihr in euren Zeitungen geschrieben!«

»Ich habe es nicht geschrieben!« schrie Bollmeyer. »Ich habe den Krieg nicht gewollt, ebensowenig wie du! Ich bin wie alle nur eingezogen worden ... ich habe nur –«

»Du hast nur Fedjas Kind in mir getötet. Das ist mehr für mich als hundert Kriege ... Du hast mich hassen gelehrt ... ungeheuer, grausam hassen. Unmenschlich hassen! Nicht wiedererkenne ich mich, wenn ich mich ansehe in einem Spiegel oder auf der Wasserfläche der Sümpfe und mich frage: Natascha – bist du es noch?! Alles in mir ist tot, nur der Haß brennt noch ... vor mir selbst habe ich Angst ... und das alles hast du getan, du, Bollmeyer ...«

Sie stand auf, schwer fiel es ihr, aber sie zeigte es nicht. Zum erstenmal mußte sie einen Menschen töten ... nicht von weitem, auf ihn schießend wie auf gehetzte Hasen, sondern ganz nah, in seine flatternden Augen blickend, mit der Hand an seinem zitternden Körper.

»Du hast mir alles genommen, Bollmeyer«, sagte Natascha noch einmal. Eine Entschuldigung sollte es sein, aber es war ein Urteil. Bollmeyer verstand es, er sank wieder in die Knie und weinte wie ein Kind.

Natascha atmete tief auf. Dann drehte sie die Maschinenpistole herum und hieb mit dem eisernen Kolben Bollmeyer über den Schädel. Stumm sank er um und rollte auf die Seite.

Natascha zog ihn aus. Sie zerrte die Uniform von seinem dicklichen Körper, zerriß, was sich sperrte, und schleifte dann den nackten Körper keuchend über den Boden, bis zu einem länglichen, flachen, aus Blättern, Nadeln, Moos und Erde gebildeten Haufen. Als sie mit dem Lauf der Maschinenpistole in ihn hineinstieß, quollen zu Tausenden dicke, rote Ameisen aus ihm hervor und stürzten sich über den stählernen Lauf.

Natascha kniete nieder und band die Füße Bollmeyers zusammen. Hände und Füße verknüpfte sie miteinander ... wie eine gespannte Bogensehne spannte sich der nackte Körper, unfähig einer Bewegung, einer Abwehr, nicht mehr als ein Bündel Fleisch, das man an einen Haken hängen kann.

Mit stöhnender Anstrengung wälzte sie Bollmeyer in den Ameisenhaufen, bis sein Körper eingewühlt in dem zerstörten Bau lag. Wie eine Woge brandeten die Tiere über ihn hinweg und bissen sich in sein weißes Fleisch hinein.

Der Schmerz vertrieb die Ohnmacht. Schreiend erwachte Bollmeyer, und mit jedem Schrei schluckte er Hunderte Ameisen und spie sie hustend wieder aus.

Noch einmal blickte Natascha auf das brüllende Bündel. Dann preßte sie die Hände an die Ohren und rannte davon. Die Maschinenpistole ließ sie zurück, allen Mut und allen Haß ... sie jagte durch die Sumpfwege und das

Schilf, und so fest sie die flachen Hände gegen die Ohren preßte, sie hörte die gellenden Schreie, als kämen sie aus ihrem eigenen Blut.

Luka fing sie auf, als sie taumelnd durch das Schilf brach. Bleich war sein riesiges Gesicht mit dem Urwald des Bartes, der es überwucherte.

»Täubchen . . .«, stotterte er. »Was ist denn? Was hast du getan . . .?«

Natascha setzte sich. Sie preßte den Kopf zwischen die Knie und krallte die Finger in die Haare. Über den Sumpf flatterte das Schreien Bollmeyers wie eine fettige Wolke, die den Atem hemmte. Selbst Luka nagte an der Lippe, und er war ein harter Bursche, gewiß.

»Das ist nicht gut, Täubchen«, sagte er leise. Heiser klang es. »Ein Mensch ist er schließlich doch noch, nicht wahr . . .?«

Natascha nickte. »Geh hin . . .«, stammelte sie. »Verrückt war ich . . . oh . . .« Sie preßte den Kopf wieder zwischen die Knie und weinte. Luka rannte durch das Schilf, dem Schreien entgegen. Dann gab es nur einen kleinen, schnellen Schuß, und Ruhe war im Sumpf wie am ersten Tag der Erschaffung.

Als Luka zurückkam, lag Natascha bewußtlos auf der Erde. Die rechte Faust hatte sie in den offenen Mund gesteckt, und ihre Zähne hatten sich tief in das Fleisch gebissen.

Luka ließ sie liegen. Er berührte sie nicht, zum erstenmal saß er da und beachtete sie nicht. Für das, was sie getan, hätte selbst Fedja sie geschlagen, dachte er. Bestimmt hätte er das. Und mit Recht. Krieg ist, man kann's nicht ändern. Aber man soll die Teufel nicht loslassen, das ist nicht gut. Und ein Teufel war sie, Natascha Astachowa. Zum erstenmal war er aus ihr hervorgekommen. Und selbst Luka graute es davor.

Im Jahre 1943 war's, im Herbst, als das deutsche Generalkommando Mitte den Beschluß faßte, endgültig mit den Partisanen in den Pripjetsümpfen aufzuräumen.

Der Siegestaumel der Deutschen war verraucht. Stalingrad hatte eine ganze Armee und einen großen Rückzug gekostet, Moskau war nicht erobert worden, Leningrad hielt stand, und in Mittelrußland formierten sich die Roten Armeen zu einer großen Offensive, mit der man die deutschen Bunkerstellungen vom Eismeer bis zum Schwarzen Meer aufreißen wollte. Eine geballte Faust sollte zuschlagen, in die Magengrube der deutschen Front hinein.

In den Sümpfen lebte eine intakte Brigade ausgebildeter Partisanen. Kapitän Kotelnikow befehligte die Nordgruppe, Washa Krepychew, der Natascha einmal das Leben rettete, war zum Oberleutnant befördert worden und zog mit einer Granatwerfergruppe kreuz und quer durch das Moor. Nikolai, der Bucklige, war in deutsche Gefangenschaft geraten, und ein Major aus Moskau war über den Sümpfen abgesprungen, um die Partisanenbrigade zu übernehmen. Kotelnikow maulte zwar, aber er beugte sich dem Befehl aus Moskau. Nicht so Natascha Astachowa. Sie zog mit dem Riesen Luka und ihrer kleinen Gruppe wohl zu dem befohlenen Sammelplatz, aber sie weigerte sich, sich Major Werjowkin zu unterstellen.

»Woher kommt er?« fragte sie Kapitän Kotelnikow. »Aus Moskau? Was hat er dort getan? Warm gegessen und Karten studiert?! Was will er hier?!«

»Ein scharfer Hund ist's, Genossin!« Kapitän Kotelnikow lächelte mokant. »Mit ihm machst du's nicht wie mit mir! Er hat Vollmachten aus Moskau, außerordentliche Vollmachten! Du weißt, was ein Befehl aus Moskau ist? Da gibt es keine Widerreden!«

»Das wird man sehen!«

Major Werjowkin sah erst Luka an, als Natascha mit ihrer Gruppe zu ihm kam. Er kannte Luka nicht, aber gehört hatte er von ihm, dem Urmenschen. Nun sah er ihn, eine Säule von Fleisch, ein Berg wandelnder Kraft, ein Fossil aus versunkenen Zeiten.

Daß so etwas noch lebt, dachte Major Werjowkin erstaunt. Er muß der letzte Ableger eines Sauriers sein! Man sollte ihn ausstellen, statt ihn in den Sümpfen vielleicht totschießen zu lassen.

»Da sind wir, und wir gehen auch gleich wieder«, sagte Natascha Astachowa. Sie musterte Werjowkin. Gut sieht er aus, dachte sie und ärgerte sich, daß sie solches dachte.

»Ich freue mich, die tapfere Genossin Astachowa zu sehen.« Major Werjowkin streckte ihr die Hand entgegen. Widerwillig ergriff sie seine Finger. Gewohnt ist er's, mit Frauen umzugehen. Man merkt's! Aber hier im Sumpf sind keine Dämchen wie in Moskaus Hurenhäusern ... sie ließ die Hand schnell wieder los und trat einen Schritt zurück, in den Schatten Lukas, der hinter ihr stand.

»Wir brauchen Munition, Waffen, Verpflegung, Verbände, Medikamente, aber keine Befehle aus Moskau!« sagte Natascha steif. »Wir kämpfen seit fast drei Jahren in den Sümpfen.«

»Ich weiß, Genossin.« Werjowkin sah auf seine schmalen Hände. »Ihr Ruhm ist nach Moskau gekommen. Man nennt Sie ›Die rote Bestie‹, wußten Sie's?! Die Deutschen haben auf Ihren Kopf eine Prämie gesetzt. Dreitausend Mark und vierzehn Tage Heimaturlaub für den, der Sie umbringt. Wir wissen alles in Moskau, Genossin. Die Welt ist klein für unseren Nachrichtenapparat. Und Grüße soll ich Ihnen bestellen von Generalissimus Stalin.«

»Von Stalin?« Luka riß die Augen auf. Er tippte Natascha auf die Schulter, aber es war, als schlage ein normaler Mensch mehrmals zu. »Hörst du, Täubchen ... Stalin –«

»Zum Leutnant der Roten Armee hat er Sie befördert, Genossin Astachowa. Ich soll's Ihnen sagen und Sie dazu ernennen. Und die Orden Ihres Mannes Fedja Iwanowitsch dürfen Sie tragen ... die Tapferkeitsmedaille, den Orden vom Roten Stern –«

Geradeaus sah Natascha, starr und bleich. Hinter ihr schluckte Luka. Mein kleiner Leutnant, dachte er und kaute an den Haaren, die ihm in den Mund hingen. Den Schädel hat man ihm gespalten, schon bei der ersten Schlacht ... und nun hat er den Orden vom Roten Stern. – Stolz muß man auf ihn sein, verdammt noch mal. Und Natascha wird die Orden tragen, der neue Leutnant Natascha Astachowa.

»Ich danke Ihnen, Major«, sagte Natascha leise. »Nur dem Angedenken Fedjas wegen bin ich in den Sümpfen. Ich hasse den Krieg und ich hasse den Tod!«

»Es ist ein vaterländischer Krieg, Genossin!«

»Es ist ein Morden, weiter nichts!«

»Und trotzdem tun Sie's?«

»Ein Rätsel ist's.« Natascha hob die Schultern. »Wenn wir alle ausgeblutet sind und ermattet auf der Erde liegen – man nennt's Frieden dann –, wird es uns allen ein Rätsel sein.«

»Aber die rote Fahne wird über der Welt wehen!« sagte Werjowkin stolz.

»Mag sie es! Ich werde zurückgehen nach Krassnoje Mowona.«

»Sie werden eine Heldin der Nation sein, Genossin! Moskau wird Sie kommen lassen –«

»Was soll ich dort? Fedja ist tot, Mamaschka und Papaschka sind tot, alle werden tot sein, die ich kannte, und die Erde wird verbrannt sein und getränkt mit dem Blut. Was soll ich da in Moskau? Am Wald will ich wohnen, ganz allein, und aus den Trümmern der Datscha baue ich mir eine neue Hütte ... nichts mehr sehen will ich von allem, nur leben, ganz frei leben –«

»Sie haben merkwürdige Gedanken, Genossin Leutnant.« Major Werjowkin schüttelte den Kopf. Unbegreiflich war ihm vieles, seit er in den Sümpfen abgesprungen war. Hier kämpften Menschen, die wie Ratten lebten, mit dem Mut von Löwen, aber sie waren keine Bolschewisten, sondern Männer und Frauen, die nur an Freiheit dachten, eine andere Freiheit, als sie in Moskau gelehrt wurde. Fanatisch waren sie, aber gegen alles, was Zwang hieß, auch wenn es Befehle aus Moskau waren. Ungeheuerlich war das ... man durfte es nicht nach Moskau funken, um nicht sofort verurteilt zu werden.

»Wir müssen unsere Einsätze abstimmen!« sagte Werjowkin. Er ging zum Militärischen über, weil das Politische zu unbequem war. »Ich habe den Befehl –«

»Aus Moskau wieder, ich weiß.« Natascha steckte die Hände in die weiten Taschen ihrer Uniformhose. »Wir sind am stärksten in kleinen Gruppen, Genosse Major. Das haben wir in zwei Jahren gemerkt! Je größer die Truppe, um so leichter ist sie zu stellen. In den Sümpfen ist der einzelne so viel wert wie eine Kompanie ... eine Kompanie aber weniger als ein einzelner! Melden Sie das nach Moskau!«

»Das ist unmöglich, Genossin!« Major Werjowkin wurde laut. Es ging nicht an, daß eine Frau ihm widersprach. Er war gewohnt, daß man Befehle ausführte, ohne zu fragen, ob es Sinn hatte. Den Sinn diktierte Moskau.

Luka hob die mächtige Hand und schwenkte sie durch die Luft. Sein breites Gesicht lächelte. »Nicht brüllen, Brüderchen«, sagte er gemütlich. »Dein Köpfchen zerquetsche ich wie eine Tomate. Du glaubst es doch, nicht wahr?«

Werjowkin schluckte. Er sah sich um. Hinter ihm, in fünf Meter Entfernung, standen Kotelnikow und Krepychew. Sie waren keine Hilfe, sie waren ebenso aus allen Fugen geraten wie alle, die durch die Sümpfe krochen und die zu einer Form zu gießen Moskau ihm befohlen hatte.

»Was hier gemacht wird, ist kein organisierter Widerstand!« schrie Werjowkin. »Seht es doch ein! Die Deutschen werden zurückgehen ... im Winter wird's geschehen, es ist ganz sicher! Dann muß hier eine zweite Front stehen in ihrem Rücken. Begreift ihr Idioten es denn nicht?! Zermahlen wollen wir sie, wie reifes Korn zwischen zwei Steinen! Ihr seid wie Bremsen, die hier und da einmal stechen ... damit gewinnt man keinen Krieg!« Werjowkin sah sich um. Sein Gesicht war rot vor Zorn. »Außerdem seid ihr alle Soldaten! Ihr habt zu gehorchen!«

»Ein Bär, der brüllt, kann keinen Honig fressen!« sagte Luka. »Komm, Täubchen ... lassen wir ihn seinen Krieg führen. Er wird schnell in die Erde kommen. Er kennt ihn nicht, den Krieg in den Sümpfen ...«

»Schade, Genosse Major.« Natascha wandte sich ab. Sie hörte noch, wie Werjowkin ihr nachrief, stehenzubleiben. Doch sie ging weiter, den Kopf weit im Nacken. Hinter ihr tappte Luka, mit seinem riesigen Körper ihre schmale Gestalt verdeckend. Ein lebender Schild, der alles abfing, was ihr gelten sollte.

Mit zusammengepreßten Lippen sah Major Werjowkin ihnen nach.

Kurz vor Einbruch des Regens, der den Herbst überleitet in den Winter, ging eine Kampfgruppe deutscher Infanterie in die Pripjetsümpfe.

Vorher hatten Flugzeuge das Gelände in tagelanger Arbeit fotografiert und dann mit Bomben belegt. Nach den Bomben hämmerte die deutsche Artillerie zwei Tage lang auf die bekanntgewordenen Inseln und Wege der Sümpfe. Wenn auch die meisten Bomben und Granaten in den Sumpf fielen und unkrepiert versanken, so trafen doch einige mitten in die Lager hinein. Vor allem die Kommandoinsel Major Werjowkins ging in einem Granathagel unter.

Nach dem Artilleriefeuer ging die Kampfgruppe der Deutschen in den Sumpf. Sie tat es vorsichtig, mit Flammenwerfern die Wege versengend und links und rechts das Schilf verbrennend. Wie ein Schwamm war der Sumpf bisher gewesen ... Kompanien waren in ihn hineingegangen und nicht wiedergekommen. Das sollte vorbei sein. Bevor ein deutscher Soldat nur einen Schritt weiterging, war das Land vor ihm fünfzig Meter tief verbrannt. Und so wie hier bei Posstoly am Knjasj-See war es am ganzen Pripjetsumpf, Hunderte Kilometer lang.

»Wir räuchern sie aus!« hatte Major Litzau bei der Lagebesprechung gesagt. »Und wer mir dieses Weibsstück bringt, hat seine Beförderung in der Tasche und drei Wochen Urlaub dazu! Das heißt, wenn es überhaupt dieses Weib gibt und nicht alles eine Latrinenparole ist!«

»Wir haben Gefangene verhört, Herr Major. Es gibt sie wirklich.« Leutnant Gebhardt sah auf ein paar Notizen, die vor ihm lagen. »Sogar den Namen wissen wir: Natascha Astachowa.«

»Ekelhaft ist das!« Major Litzau sah über die große Karte, die die Sümpfe darstellte. Mit Rotstift waren einzelne Kreise gezogen ... es waren die von den Aufklärungsflugzeugen ausgemachten Inseln, die durch das Artilleriefeuer bereits vernichtet waren. »Ich kämpfe lieber gegen eine Division vor mir, als gegen zwei Mann hinter meinem Rükken! Also, meine Herren« – er legte seine Hände auf die Karte –, »keine Rücksicht, keine Gnade, wenn Sie auf Partisanen stoßen! Sofort exekutieren! Es ist ein Führerbefehl! Auch die Frauen ...«

»Und ... und Kinder ...?« fragte Leutnant Gebhardt leise.

»Kinder natürlich nicht. Die liefern Sie ab! Obgleich es einen wahren Spruch gibt: Die Kinder von heute sind die Feinde von morgen! Aber darüber mögen sich andere Dienststellen den Kopf zerbrechen. Wir haben nur die Sümpfe zu säubern. – Der ganze Nachschub bricht ja bald zusammen!«

Nun marschierten sie ein. Graue Kolonnen, eine Feuersäule vor sich, auf alles schießend, was sich vor ihnen bewegte. Auch Leutnant Klaus Gebhardt tastete sich durch die Schilfwälder. Neben ihm ging Feldwebel Willi Schmolzer, auf dem Rücken den Kanister mit dem Öl, in den Händen den feuerspeienden Schlauch des Flammenwerfers.

Sie stießen auf keinen Widerstand mehr. Ab und zu trafen sie auf zerfetzte Leichen, die seitlich im Schilf lagen. Vor ihnen dehnte sich der Sumpf weiter aus. Eine unüberblickbare, schwappende Fläche.

»Hier sind wir am Ende, Herr Leutnant«, sagte Feldwebel Schmolzer und stellte seinen Flammenwerfer ab. »Wenn da drüben ein Mensch lebt, muß er Flügel haben!«

Leutnant Gebhardt tastete sich weiter vor. Der Weg hörte tatsächlich auf und rutschte in den Morast. Links und rechts von ihnen blieben die anderen Gruppen ebenfalls stehen und starrten hinüber zu dem unerreichbaren Wald.

Tief im Schilf lag Luka neben Natascha. Sie atmeten kaum. Die graue Wand war stehengeblieben, der breite Sumpfgürtel trennte sie vom Wald, und sie kannten die unter der schwappenden Fläche gebauten Knüppelwege nicht, die hinüberführten zu einer Urwelt.

Dreißig Männer lagen am Waldrand im Schilf, die Maschinengewehre schußbereit, seitlich der Kolonne Gebhardt krochen zwanzig Männer einzeln durch den Morast und schlossen von hinten den Rückweg ab. Wie Riesenwürmer schoben sich die Leiber vorwärts, lautlos, nur ab und zu an wäßrigen Stellen plätschernd, ein Laut, der unterging im Kampflärm, der von den anderen Seiten herübertönte.

»Bald sind sie da«, flüsterte Natascha in Lukas Ohr. »Wieviel Flammenwerfer haben sie?«

»Zwei, Täubchen . . .«

»Zuerst die –«

Im Rücken der Deutschen zischte eine blasse Leuchtkugel hoch. Leutnant Gebhardt sah sie. Sein jungenhaftes Gesicht wurde fahl und spitz.

»Hinlegen!« brüllte er. »Hinlegen!«

Es war zu spät. Die erste Feuersalve zerriß sein Kommando. Feldwebel Schmolzer wurde zu Boden gerissen, aus einigen Löchern des Tanks floß Öl über seinen Körper . . . verzweifelt schob er sich aus den Tragriemen und stieß mit dem Fuß den Flammenwerfer in den Sumpf.

Dann kroch er zurück, über die Leichen und schreienden Leiber seiner Kameraden hinweg, ein Bein zog er nach, es war gefühllos geworden und zuckte nur noch von der Hüfte bis zu den Zehen.

»Mutter . . .«, dachte er. »Mutter . . . o Mutter . . .« Weiter nichts als dieses stammelnde, kindliche Wort Mutter, ein stummes Flehen um Hilfe, wo es keine Hilfe mehr gab, sondern nur eine Hölle aus grünbrauner, schwappender Masse, die lebendig zu werden schien und über ihm zusammenschlug. Er sah sich um und begriff nicht, was er sah. Durch den Sumpf, durch den Brei ohne Grund, rannten geduckte Gestalten, schießend und plötzlich »Urrrääääh!« schreiend. Es war ein Wunder, das auf ihn zurannte, ein tödliches Wunder, das ihm die Angst in die Kehle trieb und ihn grell aufschreien ließ.

Auch Leutnant Klaus Gebhardt begriff es nicht. Ein Schuß hatte seine Brust aufgerissen, ein Explosivgeschoß, das die rechte Brustseite auffetzte und zwei Rippen vom Fleisch trennte. Mit beiden Händen preßte er die Lappen von Uniform und Hemd in die Wunde und rannte weiter, seitlich weg in den Sumpf hinein, ziellos und einfach geradeaus, und es war Boden unter ihm, wo er lief, ein zwar schwankender Grund, aber er trug ihn.

Plötzlich war es still um ihn. Wie abgestorben lag der Sumpf da. Er konnte es nicht glauben, blieb stehen und drehte sich herum. Nur ein Mann verfolgte ihn . . . nicht rennend wie er, sondern langsam gehend, fast ihm nachschlendernd. Er hatte Zeit, der Verfolger, er wußte, daß der Weg bald zu Ende war.

Leutnant Gebhardt schwankte. Er hielt sich an einigen Schilfbüscheln fest und versuchte, tief zu atmen. Dann tastete er nach seiner Pistole. Er hatte sie beim Lauf aus der Tasche verloren. Wehrlos stand er dem Mann gegenüber, der langsam näher kam, die Maschinenpistole lässig vor die Brust gehängt.

Warum schießt er nicht? dachte Gebhardt. Mein Gott,

wenn er doch schießen würde. Aber dieser stumme, langsam kommende Tod, das ist grauenvoll. Er machte einige Schritte zurück, der Weg rutschte unter ihm fort, er sank in den Sumpf und stak bis zu den Hüften im saugenden Brei.

»Streljatj!« schrie Klaus Gebhardt, als die braungrüne Gestalt vor ihm im Schilf stand. Vor seinen Augen flimmerte es. »Schießen!« brüllte er noch einmal auf russisch.

»Sa schto?« (Warum?)

In Klaus Gebhardt erkaltete das Blut. Eine weibliche, helle Stimme. Eine ganz ruhige Stimme. Der junge Leutnant preßte wieder die Hände auf die große Brustwunde und hustete Blut.

»Du bist es also . . .«, sagte er dann. Er war bis zu der Gürtellinie versunken und der stinkende Moorbrei saugte ihn weiter hinunter.

»Wer bin ich?« fragte Natascha. Sie setzte sich an den Wegrand und sah auf Gebhardt, stützte das Gesicht in beide Hände und blickte ihn an, als sei es ein gutes Schauspiel, das er darbot.

»Natascha Astachowa . . .«

»Du kennst mich, Offizier?«

»Nur den Namen. Ich habe mir dich anders vorgestellt.«

»Wie denn?«

»Wie der Satan!«

»Ich bin der Satan, Offizier!«

»Und siehst aus wie ein Engel –«

Um sie war eine Stille, als habe der Tag gerade begonnen, an dem das Leben erschaffen werden sollte. Langsam sank Gebhardt tiefer, und es war ihm, als lasse sich jetzt auch der Sumpf Zeit, ihn aufzusaugen.

»Ich bin kein Engel!« sagte Natascha hart. »Hier sitzen werde ich und zusehen, wie du versinkst. Und freuen werde ich mich darüber!«

»Das ist dein Recht –«

»Mein Recht?«

»Ich bin dein Feind.« Klaus Gebhardt hustete wieder. Zwischen seinen Fingern tropfte das Blut durch die Uniformfetzen in den Morast.

»Hast du keine Angst vor dem Tod, Offizier?«

»Doch. Ein bißchen ... Nein, ich lüge ... ich habe wahnsinnige Angst vor dem Tod! Wir alle haben Angst vor dem Tod, auch du ...«

»Ich nicht!«

»Jetzt lügst du, Natascha ...«

Es durchfuhr sie wie ein Schlag, als er ihren Namen nannte. Sie starrte ihn an. Blonde Haare hat er, wie Fedja, dachte sie. Und so jung wie er ist er ... und so schön ... und seine blauen Augen hat er, große, blaue Augen, in denen sich der Himmel spiegelt und die Sterne glänzen, bevor die Nacht kommt ... Fedja hat man den Schädel mit einem Spaten gespalten, und ihm zerfetzte man die Brust, und ich sitze dabei, wie er im Sumpf versinkt, langsam, Zentimeter um Zentimeter ...

»Hast du eine Frau?« fragte sie und beugte sich vor.

»Nein. Ich bin erst vierundzwanzig Jahre alt.«

»Eine Verlobte?«

»Ja. Ich hatte sie.«

»Sie ist dir weggelaufen?«

»Nein. Sie lebte in Minsk. Sie war bei der deutschen Bahn, weißt du. Dienstverpflichtet. Eines Tages kam sie nicht zum Dienst. Zuletzt hatte man sie aus dem Kino kommen sehen – später fand man sie. Man hatte sie in einen Flur gezogen und ihr die Kehle durchgeschnitten! Partisanen ... Nie hat sie einem Menschen ein Leid getan. Nie! Und man schneidet ihr die Kehle durch, nur, weil sie eine Deutsche ist! Da habe ich mir geschworen, keinen Partisan, den ich jemals sehen werde, leben zu lassen ...«

»Ich kann's verstehen!« Natascha nickte. »Mir hat man Fedja genommen, und Fedjas Kind, und Vater und Mutter ... ich habe nichts mehr auf der Welt als mich selbst ... ich hasse jeden von euch Deutschen wie das Feuer das Wasser!«

»Nun bist du die Stärkere, Natascha!«

»Nicht immer istś gut, das zu sein. Wie heißt du?«

»Klaus Gebhardt.«

»Klaus. Ist das ein schöner Name?«

»Ich weiß nicht. Aber Natascha ist schön ...«

»Warum hast du bloß blonde Haare und solche blauen Augen.« Sie nahm ihre Maschinenpistole und spannte den Riemen lang. Leutnant Gebhardt schloß die Augen. Jetzt schießt sie doch, dachte er. Der Brei geht mir bis an die Wunde ... und Angst habe ich, schreckliche Angst ... Daß man nie begreifen will, daß es zu Ende ist ...

Er hörte neben sich ein Aufplatschen.

»Faß zu!« sagte Natascha laut. Klaus Gebhardt öffnete die Augen. Die Maschinenpistole lag neben ihm ... am ausgehakten Riemen hielt sie Natascha fest. Sie stemmte die Beine auf den festen Boden und sah über ihn hinweg in den abendfahlen Himmel.

»Faß zu, Klaus!« sagte sie noch einmal.

Da ergriff er die Waffe, umklammerte sie und warf sich nach vorn. Mit den Beinen strampelte er, hieb mit den Ellenbogen auf den schwappenden Boden und ließ sich so langsam, wie er versunken war, wieder hervorziehen aus der saugenden Tiefe.

Über eine Stunde dauerte es. Sie keuchten und schwitzten, stöhnten und sprachen sich Mut zu. Dann wurde Gebhardt ohnmächtig, sein Kopf sank auf die Maschinenpistole.

»Du sollst nicht sterben!« schrie Natascha wild. Sie hieb auf Gebhardt ein, sie schüttete schlammiges Wasser über seinen Kopf, und dann zog sie weiter, mit weit offenem, röchelndem Mund, bis sie den Körper mit den Schultern und der zerfetzten Brust auf dem festen Boden liegen hatte. Zurückgeworfen ins Schilf wartete sie, bis er erwachte. Er kroch das letzte Stück allein an Land und sank dann an

Nataschas Seite in das Schilf, legte den Kopf auf ihre Brust und weinte.

»Warum hast du das getan?« stammelte er.

Sie hob die Schultern und starrte in den Nachthimmel.

»Ich weiß es nicht«, sagte sie dumpf und streichelte seinen Kopf. »Vielleicht, weil du Fedja so ähnlich bist ... vielleicht ...«

Er wurde wieder bewußtlos, und sie kroch herum, suchte sauberes Wasser, wusch die Wunde aus und verband ihn. Dann legte sie seinen Kopf in ihren Schoß, deckte ihn zu mit ihrer Jacke und hörte auf die Stimmen, die durch den Sumpf flatterten. Rufen hörte sie Lukas dröhnende Stimme: »Natascha! Natascha!« Man suchte sie, aber sie schwieg und lauschte, wie sich die Stimmen entfernten. Schließlich war es nur noch Lukas Stimme, die durch die Nacht flog, ein weher Laut – Natascha –

Sie rückte den Kopf in ihrem Schoß zurecht, legte sich zurück und schloß die Augen. Durch den Stoff spürte sie den Atem über ihre Schenkel gleiten.

Todfeinde sind wir, dachte sie, und er kann atmen wie Fedja.

Da war sie plötzlich glücklich, seit drei Jahren wieder, und schlief ein wie ein beschenktes Kind. Mit einem Lächeln und mit einem Seufzen.

Luka war's, als sei die Welt zusammengefallen, und der einzige Überlebende sei nur er. Heulend wie ein verwundeter Wolf lief er durch die Sümpfe und suchte Natascha Astachowa. So unsinnig in seiner Verzweiflung war er, daß sich das Grauenhafte immer wiederholte: Wenn er auf einen verwundeten deutschen Soldaten traf, der sich im Schilf verkrochen hatte, fragte er ihn: »Hast du Natascha gesehen? Ein Mädchen?« Und wenn die Deutschen den Kopf schüttelten, stöhnte Luka auf und zertrümmerte ihnen den Kopf mit seiner eisenharten Faust.

Bis zum Morgen lief Luka durch die Pripjetsümpfe, dann kam er halb wahnsinnig ins Lager zurück und warf sich auf den Rücken. Still war es um ihn herum. Niemand wagte es, etwas zu sagen oder zu fragen. Man wußte, Luka würde sie alle erschlagen. Zur Ruhe mußte er erst kommen, ganz allein ... so lange ging man ihm aus dem Weg.

Beim ersten Morgengrauen kroch Luka wieder aus der Erdhöhle und durchstreifte die Sümpfe. Er wagte sich aus dem sicheren Morast heraus und tappte auf die Hütten zu, in denen die Deutschen ihre Wachen hatten, ihre Werkstätten und Nachschublager. Auf einige russische Bauern traf er, die als Hiwis den Deutschen Dienste leisteten und als Spione alles, was sie sahen, weitergaben an die Partisanengruppen in den Sümpfen. Auch sie hatten Natascha nicht gesehen.

Gegen Mittag tappte Luka zurück zum Lager. Die Leichen der Deutschen, die am Wege lagen, rollte er hinein in den Sumpf, wo sie schnell versanken. Vorher aber zog er ihnen die Stiefel aus, untersuchte ihre Uniformtaschen, nahm die Brotbeutel mit und reihte sie an einem Lederriemen auf, den er sich um den Hals hing. Er nahm die Ringe und Uhren, die Brieftaschen und das Geld mit, und dann trottete er weiter, bepackt wie ein Lastkamel.

Fast zweihundert Meter seitlich von ihm sah er plötzlich eine Bewegung im Schilf. Er blieb stehen, schob seine Beute auf den Rücken, hob die Maschinenpistole und kniete sich hinter einen Busch. Ein Mensch kam heran ... noch konnte er ihn nicht erkennen. Als er hundert Meter heran war, legte Luka seine Brotbeutel auf die Erde, erhob sich und brüllte mit seiner mächtigen Stimme:

»Stoij!«

Im Schilf blieb der Mensch stehen. Dann hörte Luka ein helles Lachen und eine Hand winkte ihm zu.

»Luka! Komm her – ich suche dich –«

»Natascha!« schrie Luka. Er hüpfte in die Luft wie ein Floh, warf seine Maschinenpistole hoch und fing sie wieder auf . . . dann rannte er, das Schilf vor sich niederstampfend, auf Natascha zu, mit ausgebreiteten Armen und grölend aufgerissenem Mund.

»Täubchen!« brüllte er. »Du lebst! Ich werde – wenn es Frieden ist – dem Popen zehn große Kerzen opfern! Das werde ich! Und wenn mich alle scheel ansehen in der Partei! Die Augen schlage ich ihnen aus, wenn sie's tun! Nataschaska! Mein Täubchen –«

Er umarmte sie, als er sie erreicht hatte, hob sie hoch in die Luft und tanzte mit ihr durch den Sumpf. Natascha lachte, hielt sich in seinen Haaren fest und schloß die Augen, weil sie schwindlig wurde, so wirbelte sie Luka herum.

»Verrückt bist du!« keuchte sie. »Laß mich los! Du schleuderst mir das Blut aus den Ohren und aus dem Mund! Luka! Luka!«

Dann stand sie wieder auf dem Boden, und Luka zerwühlte sich Bart und Haare und riß an ihnen, so freute er sich, und konnte es nicht anders zeigen, als an sich selbst zu reißen.

»Wo warst du, Täubchen?« fragte er, als er wieder sprechen konnte, ohne gleichzeitig zu heulen.

Nataschas Augen wurden dunkel. »Komm mit . . .«, sagte sie plötzlich hart. »Zeigen muß ich dir etwas . . .«

Sie ging ihm voraus, schmal, klein, ein zierliches Menschlein in langen, faltigen Juchtenstiefelchen, engen Militärhosen und einer weiten, erdbraunen Bluse mit einem alten, abgeschabten Gürtel um die Taille. Vor einem kleinen Waldstück mitten im Sumpf blieb sie stehen und sah sich nach Luka um. Ihr schmales Gesicht war etwas ängstlich. Kritisch blickte sie Luka an.

»Du wirst mich nicht verstehen«, sagte sie leise. »Aber es macht nichts. Nur schweigen sollst du . . .«

»Ich kann's, Täubchen.«

Sie winkte mit dem Kopf, ging wieder voran, bog die Zweige der Büsche am Waldrand auseinander und kroch dann auf Händen und Füßen in das verfilzte Dickicht hinein. Auf einem schmalen, unbewachsenen Fleckchen Erde lag auf dem Rücken ein anderer Mensch. Er schlief, röchelte beim Atmen, und ein Zucken flog ab und zu durch den ganzen Körper. Sein Oberkörper war entblößt und eine große Wunde notdürftig verbunden. Der Mull war durchblutet und lag als großer roter Fleck auf dem nackten Fleisch. Der zerrissene Uniformrock war zusammengerollt und lag als Kopfkissen unter dem Kopf. Zwei silberne Schulterstücke blitzten Luka entgegen, als er neben Natascha durch das Dickicht gekrochen war.

»Ein deutscher Offizier –«, sagte er. Man sah's ihm an, daß er nichts mehr verstand.

»Er heißt Klaus Gebhardt. Klaus – ist das nicht ein schöner Name, Luka?« Natascha setzte sich neben Gebhardt und wischte ihm fast zärtlich mit der Hand über die heiße Stirn. »Fieber hat er ... man sollte ihm ein paar Tabletten geben. Hast du welche bei dir?«

»Eine Faust habe ich. Damit werde ich ihm den Schädel einschlagen!« sagte Luka dumpf. Er richtete sich auf die Knie auf und starrte in das blasse Gesicht Gebhardts. Als er näher kommen wollte, fühlte er einen Stoß gegen seine Brust. Natascha stieß mit dem Kolben der Maschinenpistole nach ihm.

»Bleib!« zischte sie.

»Du bist verrückt, Töchterchen ...«, stammelte Luka. In seine Augen trat der Ausdruck völliger kindlicher Ungläubigkeit. »Ein deutscher Offizier! Man muß ihn umbringen! Es geht nicht anders! Krieg ist doch ... und Fedja hat man erschlagen wie einen räudigen Fuchs ... und Fedjas Kind hat man dir genommen ... und Mamaschka –«

»Sieht er nicht aus wie Fedja ...?« sagte Natascha leise. Luka hielt den Atem an. Wirklich, sie hat's im Kopf, dachte er schaudernd. Neben ihm sitzt sie, wie eine Verliebte, und es sollte mich nicht wundern, wenn sie ihn küssen würde, den deutschen Offizier!

»Ein Hund ist er!« schrie Luka.

»Ich habe ja gesagt, du wirst mich nicht verstehen.«

»Unmöglich ist's!« Luka suchte in seinen Taschen. Er holte einige Verbände hervor und ein Röhrchen mit Tabletten.

»Gib her –«, sagte Natascha.

»Was soll aus ihm werden?« Luka warf die Verbände zu Natascha. »Wenn er nicht stirbt –«

»Er darf nicht sterben! Hörst du! Er muß leben!«

»Ärger wird's geben bei den anderen Genossen!«

»Sie werden es nie erfahren!«

»Du willst ihn hier verborgen halten?«

»Warum nicht? Wir werden ihm eine Höhle hier im Wald bauen. Du und ich ... Und ich werde bei ihm leben –«

»Sie ist verrückt! Wirklich, sie ist verrückt!« Luka raufte sich die Haare und den Bart. Er war ehrlich verzweifelt. »Heimlich erschlagen sollte man ihn ... dann wäre alles gut!« sagte er dumpf.

»Ich bringe jeden um, der ihn anfaßt!« Natascha riß den durchbluteten Verband von Gebhardts Brust. Der plötzliche Schmerz jagte ihn aus dem Schlaf auf. Er schlug um sich, richtete sich auf, sah in das wilde Gesicht Lukas und zog die Beine an, als wolle er ihn wegtreten. In seine Augen sprang wieder die nackte Todesangst.

Erst dann sah er Natascha neben sich. Die Erinnerung kehrte zurück, und er ließ sich zurücksinken und tastete nach ihren Händen, die über seine Brustwunde strichen.

»Wer ... wer ist das?« fragte er keuchend. Der Schmerz zerpflückte seine Stimme und machte seinen Atem tonlos.

»Luka ist's. Ein Freund –«, antwortete Natascha. Sie legte einen Mullpacken auf die wieder blutende Wunde. Dann wollte sie Gebhardt aufrichten, um den Verband um den Oberkörper zu wickeln. Aber es gelang ihr nicht. Immer wieder fiel der Körper in ihre Arme und auf den zusammengerollten Uniformrock zurück. Verzweifelt stemmte sich Natascha gegen den Rücken des Leutnants.

»Halt ihn fest, Luka!« schrie sie.

»Es wäre ein Verrat an Mütterchen Rußland!« sagte Luka dumpf.

»Er ist ein Mensch wie du und ich und Fedja ...«

»Nein! Er ist ein Deutscher!«

Zum erstenmal tat Luka nicht, was Natascha von ihm wollte. Es war so ungewohnt, daß selbst Luka voll Erstaunen über sich war. Er schüttelte den Kopf, setzte sich und lehnte sich gegen die Zweige des Dickichts.

»Du hältst ihn fest!« schrie Natascha noch einmal. Ihre Augen brannten. Luka schüttelte den Kopf.

»Nein!«

Natascha ließ den Körper Gebhardts zurückfallen auf die Erde. Sie ergriff ihre Maschinenpistole, entsicherte sie und hielt den Lauf auf Lukas breite Brust. Verwundert hob Luka die Hand, griff nach dem Lauf, wollte ihn zur Seite schieben, aber Natascha hob die Waffe, schlug ihm auf die Finger und zielte wieder auf seine Brust.

»Richte ihn auf und halt ihn fest!« sagte sie kalt. »Wenn du's nicht tust, erschieße ich dich und stütz ihn auf deinem Leichnam!«

»Mein Täubchen ... was tust du ...?« stammelte Luka. Er zog die Beine an, sein Mund klappte auf und wurde zu einer großen Höhle, aus dem die Worte wie dicke Tropfen herausquollen. »Du kannst doch deinen Luka nicht erschießen ... wegen eines Deutschen ... Natascha! Mein armes Täubchen ... wie verrückt bist du doch ... Komm her, sei ein wenig vernünftig ... denk an deinen Fedja ... Wie lieb hat er dich gehabt, und du verrätst ihn. Mit einem Deutschen! Mit seinem Mörder! Natascha ... bei allen Heiligen von Kasan ...«

»Halt ihn fest!«

»Was machst du mit mir ... was machst du bloß ...?« Luka kroch hinter Klaus Gebhardt und stemmte den Körper noch. Mit ausgestreckten Armen hielt er ihn fest, und Natascha wickelte den Verband um die Brust und gab ihm drei Tabletten, aufgelöst in etwas Wasser, zu trinken. Dann legte Luka den deutschen Offizier wieder zurück auf die Erde und kroch in das Dickicht zurück.

»Was soll ich den Genossen sagen?« stammelte Luka.

»Sag ihnen, daß es keinen Krieg mehr gibt.«

»Keinen Krieg?«

»Nicht mehr für Natascha Astachowa!«

»Sie werden dich töten! Als Feind des Vaterlandes wirst du –«

Natascha winkte ab. Gebhardt hatte die Augen geschlossen und schlief wieder ein. »Psst. Er will schlafen!« sagte sie leise. »Geh zurück und sage, daß du mich nicht gefunden hast. Und jeden zweiten Tag bringst du mir zu essen und Verbände, und Wodka kannst du bringen und Tee ...«

»Allein soll ich dich lassen, Täubchen ...?« In Luka drehte sich das Herz um. Er stöhnte und raufte sich wieder die Haare. »Ich werde nicht mehr schlafen können –«

»Tu, was ich dir sage, Luka.«

»Naschka ...«, bettelte Luka wie ein Kind. »Laß mich ihn erschlagen ... ganz schnell wird's gehen, nichts wird er merken ... und dann komm zurück zu uns ...«

»Geh!«

Und Luka kroch durch das Dickicht davon, patschte durch den Sumpf und schlich wie ein geprügelter Hund gegen Abend ins Lager.

Kapitän Kotelnikow und Leutnant Krepychew waren gekommen. Ihre Gruppen waren fast vernichtet; sie hatten fliehen können, verwundet und mit dem Schrecken im Nacken, daß die Deutschen mehr als das halbe Bataillon vernichtet hatten. Sie saßen in den Erdbunkern beim flakkernden Kerzenschein, tranken kalten Tee und rauchten in Zeitungsfetzen gedrehten Machorka.

»Nichts, Genossen!« sagte Luka langsam und verkroch sich in die dunkelste Ecke wie ein sterbender Hund. »Nicht ein Knöpfchen von ihr! Wir werden sie nicht wiedersehen ... O Genossen, zum Kotzen ist's ...«

Er legte sich hin, drehte das Gesicht zur Erdwand und glotzte in die Dunkelheit.

Mit einem deutschen Offizier schläft sie im Sumpf, dachte er. Man kann es nicht verstehen. Und Fedja Iwanowitsch hat sie verraten ... einfach verraten hat sie ihn ...

Er stöhnte laut und nagte an den Barthaaren. Und gleichzeitig hatte er Angst, daß Kotelnikow die beiden einmal entdecken konnte.

Nicht auszudenken war's.

»Ich liebe dich«, sagte Natascha Astachowa leise.

Neben ihm lag sie, den Kopf an seiner Schulter, die Arme sanft über seine verbundene Brust gelegt. Ganz eng drückte sie sich an ihn, und der Geruch von geronnenem Blut und scharfem Fieberschweiß war ihr wie der Duft der Mimosen in den Gärten Astrachans.

»Warum?« fragte Gebhardt mühsam. Seine Lippen waren heiß, aufgesprungen und brannten. Er hatte Durst, und doch fror es ihn. Mit unnatürlich glänzenden Augen starrte er in den Nachthimmel. Als er den Arm hob, jagte der Schmerz wieder durch den ganzen Körper und kroch in sein Gehirn, um es auseinanderzusprengen. Er biß sich auf die rissigen Lippen und legte den Arm um Nataschas Schultern. Seine Finger krallten sich in ihren Haaren fest, als seien sie ein Seil, das ihn weghielt vom Absturz in den Abgrund.

»Warum liebst du mich?« wiederholte er. Jedes Wort war ein Seufzen, war ein Pulsschlag voll Schmerz.

»Ich weiß es nicht, Ilja ...«

»Ich heiße Klaus.«

»Du bist Ilja für mich. Klaus ... ich kann's nicht sagen. Zu deutsch ist es. Aber Ilja ist schön.«

Sie kroch noch näher an ihn heran, küßte ihn über das stoppelige Gesicht, träufelte Speichel auf seine gerissenen

Lippen und fuhr mit ihrer Zunge über seine fieberglänzenden Augen.

»Undenkbar, daß du Hunderte von Männern getötet hast«, seufzte er.

»Vielleicht waren es Tausende, Ilja. Ich weiß es nicht.«

»Und mich läßt du leben ...«

»Ein Rätsel ist's! Aber wollen wir es lösen?« Sie hob den Kopf, stützte sich auf die Erde und sah ihm in die Augen. »Vielleicht töte ich dich auch einmal. Wer weiß es? Jetzt liebe ich dich ...«

»Und morgen tötest du wieder andere –«

»Ja –«

»Warum, Natascha?«

»Es ist Krieg!«

»Aber du bist eine Frau –«

»Sollen wir Frauen uns nur unsere Väter, Männer oder Brüder töten lassen?! Sind wir nur zum Weinen geboren? Ihr seid nach Rußland gekommen wie ein Eissturm in der Nacht – als wir aufwachten, war die Sonne blutig, und auf den Feldern lagen die Toten! Warum, Ilja –?«

»Ich weiß es nicht. Man hat es uns befohlen.«

»Es muß kein Mensch sein, der den tausendfachen Mord befiehlt –«

»*Nur* Menschen sind dazu fähig. Nur sie!« Gebhardt atmete tief. Die Wirkung der Tabletten ließ nach. Sein Körper brannte. Gleich werde ich schreien, dachte er zitternd. Ich kann nicht anders ... es ist zu viel ... zu viel ... zu viel ... »Meine Brust ...«, stammelte er. »Natascha ... Nata ...« Er biß sich in die Faust, um den ersten Schrei zu ersticken.

Natascha löste drei weitere Tabletten in Wasser auf und träufelte sie Gebhardt zwischen die Lippen. Seine Zunge war dick geschwollen und braunrot. Er schluckte den bitteren Trank, aber er wußte, daß er nicht helfen würde ... nicht sofort ... vielleicht in einer halben Stunde, vielleicht überhaupt nicht ...

»Oh!« röchelte er. »Oh!« Er biß sich wieder in die Faust, sein Körper bäumte sich unter den zurückgepreßten Schreien. Natascha kniete neben ihm, umklammerte seinen Kopf und küßte ihn auf die Augen, während er gegen den Schmerz rang.

»Mußt du schreien, Ilja?« fragte sie.

Gebhardt nickte. Seine Augen flehten sie an.

»Du darfst nicht schreien, Ilja«, sagte Natascha leise. »Sie würden es hören, die anderen. Nicht böse darfst du mir sein ... hörst du ... Ich liebe dich –«

Sie nahm den Knauf von Lukas Pistole und schlug ihm damit gegen die Schläfe. Gebhardt streckte sich, seine Faust fiel aus seinem Mund.

»Moi ljubimez ...« (Mein Liebling), sagte Natascha zärtlich. »Pokojnoj notschi ...« (Gute Nacht.)

Sie deckte ihn mit dichtbeblätterten Zweigen zu, rückte seinen Kopf auf der zusammengerollten Uniformjacke zurecht, küßte ihn noch einmal und kroch dann durch das Dickicht hinaus in den Sumpf.

Luka schreckte in seiner Ecke hoch, als es draußen vor dem Erdbunker lebendig wurde und laute Rufe durch die Nacht tönten. Krepychew, der die Wache kommandierte, stolperte in den Bunker und rollte die Treppenstufen hinunter. Noch im Fallen schrie er:

»Natascha ist da! Brüder, Brüder ... sie ist da!« Dann blieb er liegen, trommelte mit den Fäusten vor Freude auf die Erde und lachte wie ein Irrer. Luka rannte über seinen Körper hinweg zur Treppe, trat Krepychew dabei auf die Hand, und aus dem Lachen wurde ein Brüllen.

»Meine Finger!« schrie Krepychew. »Zerquetscht hat er sie mir! Der Teufel hole ihn! Der siebenschwänzige Teufel!«

Dann rappelte er sich hoch und stürzte hinaus ins Freie, um Natascha wie die anderen zu umarmen, an sich zu drücken und brüderlich zu küssen.

Abseits von allen stand Luka und schüttelte den Kopf.

Gekommen ist sie, dachte er. Allein! Wo ist der deutsche Offizier? Ist er tot? Hat sie ihn umgebracht? Er sah hinüber zu Natascha. Wie immer war sie, ein Weibsstück, dem selbst Stalin einen Brief geschrieben hatte. Eine Heldin der Nation.

»Ein Idiot bin ich, wirklich!« sagte Luka laut. »Wie konnte ich vergessen, daß sie zu uns gehört . . .«

Es war alles so wie früher, und doch hatte sich einiges geändert. Kapitän Kotelnikow hatte wieder das Kommando übernommen. Er sammelte die Reste der Partisanen, zog die in den Sümpfen versprengten Gruppen zusammen und bildete neue Kompanien. Krepychew übernahm die Erkundungstrupps, die wie in den vergangenen Jahren aus der Dunkelheit hervorbrachen und Züge überfielen, Autokolonnen in die Luft sprengten oder deutsche Kommandos in Fallen lockten und gnadenlos verschwinden ließen. Selbst vor den Wagen mit dem roten Kreuz machten sie nicht halt. »Das ist nur Farbe!« sagte Kotelnikow wild. »Morgen kommen die, die darin liegen, wieder und töten unsere Brüder! In die Luft damit, Genossen!«

Es war kein Krieg mehr, kein ehrliches Kämpfen, sondern ein Abschlachten von Mensch zu Mensch, ein tötender Haß, ein blindwütiger Mord.

Natascha und Luka standen außerhalb dieser Aktionen. Kotelnikow hatte es seit zwei Jahren aufgegeben, Natascha Befehle zu erteilen. Sie kam und ging, wie sie wollte. Und Luka folgte ihr wie ihr riesiger Schatten. Einmal hielt Krepychew ihn an, als er Luka mit Spaten, Zeltplanen und einigen Decken aus dem Hauptlager tappen sah.

»Mich geht's nichts an, Brüderchen«, sagte Krepychew vorsichtig und schielte auf die Ausrüstung Lukas. »Aber wohin schleppst du all diese Sachen?«

»Zu Piotr Koroljow«, sagte Luka gemütlich.

»Wer ist Piotr Koroljow?« fragte Krepychew verblüfft.

»Du kennst ihn nicht?! Aber Genosse Oberleutnant! Wer kennt Piotr Koroljow nicht?! Der Trödler von Tatarssk ist's. Er gibt mir Wodka dafür und eine harte Dauerwurst. Eine feine Wurst, ohne ein Schnippelchen Pferdefleisch darin. Wenn ich sie habe, darfst du mal dran schnuppern, Krepychew ...«

Das letztere sagte er lauter als die anderen Sätze zuvor. Washa Krepychew verzichtete darauf, weitere Erklärungen zu hören.

Er ließ Luka in den Sumpf trotten und sah ihm nachdenklich nach.

»Wenn er nur zwanzig Zentimeter kleiner und halb so stark wäre ...«, sagte er zu sich bedauernd. »Man kommt sich vor wie ein weggeworfenes faules Ei –«

In diesen Tagen bauten Natascha und Luka in dem kleinen, verfilzten Waldstück einen Erdbunker für den deutschen Leutnant Klaus Gebhardt. Während Luka den Boden aufwühlte und die herausgeworfene Erde in den Sumpf warf, pflegte Natascha den Verwundeten, flößte ihm Essen ein, kochte ihm zwischen Steinen auf einem kleinen, nicht sichtbaren Feuer in einem alten verbeulten Kessel kräftige Fleischsuppen und achtete darauf, daß Luka den Suppenkessel nicht mit dem Teebehälter verwechselte und schnell die Fleischsuppe austrank. Zweimal hatte er es getan und sich damit entschuldigt:

»Was willst du, Täubchen! Ein Idiot bin ich eben. Suppe und Tee ... dieselbe Farbe haben sie. Nur schmecken kann man's, und dann ist's zu spät!«

Vierzehn Tage dauerte es, dann war der Bunker fertig. Groß genug für drei Personen, mit einem kleinen Nebenraum, in dem Luka die Verpflegung zu stapeln begann, die er vom Hauptlager jeden Tag an seinem Leib festschnallte und so ungehindert hinausbrachte. Mitten im Wald lag der Bunker, und um ihn herum war schwappende Unergründlichkeit, kein Weg, nicht einmal ein handbreiter Steg. Nur Natascha kannte einen Pfad, wie eine Brücke aus Lianen über einen Fluß schwankte er unter ihren Füßen, knietief unter der braunen Wasseroberfläche.

»Hier wird uns niemand finden«, sagte sie zufrieden, als sie Klaus Gebhardt in den Erdbunker getragen hatten. Seine Brustwunde hatte sich geschlossen, das Fieber war zurückgegangen, aber eine unendliche Schwäche lag in seinem Körper. Nicht einmal aufrichten konnte er sich ... er lag auf dem Rücken und sah zu, wie Luka schwitzend und fürchterlich bei der Arbeit fluchend den Bunker baute.

Wenn der Abend kam, ging Luka zum Lager zurück. Natascha blieb jetzt meist draußen im Sumpf und schlief in den Armen ihres Ilja. Kotelnikow, der einmal fragte, wo sie sei, erhielt von Luka die Antwort:

»Sie zieht ein Biberjunges groß! Laßt ihr die Freude.«

Eine unsinnige Antwort war's, aber Kotelnikow fragte nicht mehr. Er hatte Sorgen. Die deutschen Fronten gingen zurück, im Winter, wenn die Sümpfe geräumt werden mußten, weil die zugefrorenen Flächen keinen Schutz mehr boten, mußte das Partisanenbataillon neue Quartiere beziehen und durch die deutschen Riegel sickern. Schwer wurde das, wenn die Front so nahe herankam und viele deutsche Regimenter sich an den Sümpfen eingruben. Kein Loch blieb dann mehr ... es war schon eine Sorge, die Kotelnikow mit sich herumtrug.

Und plötzlich schneite es. Ganz unvermutet kam der Winter. Am Abend hatte noch der Mond geschienen, aber gegen Morgen zog die graue Wand über die Sterne, und als die Sonne durchbrechen sollte, weigerte sich der Himmel und warf den ersten Schnee auf die erstaunten Menschen.

Krepychew fluchte mörderisch. Dann sammelten sich die Partisanentrupps an den befohlenen Plätzen und begannen, die Winterunterschlupfe in den weitverstreuten Dörfern zu erreichen. Als Bauern tauchten sie mitten in den deutschen Linien auf, als versprengte Hiwis und überrollte ehemalige Verwundete. Sie bastelten Schlitten für die deutschen Truppen und sprengten sie in der Nacht wieder in die Luft... sie bauten Hütten und Unterstände, die plötzlich in Flammen aufgingen, und sie begleiteten Transporte, die nie an ihr Ziel gelangten. Es war eine harte Zeit.

Die letzten, die die Pripjetsümpfe verließen, waren Kotelnikow und Krepychew. Sie standen vor einem Rätsel, das sie wie mit Leim im Hauptlager festhielt.

Natascha Astachowa und Luka waren verschwunden. Als die Räumung begann, hatten sie ihre Sachen wie alle anderen gepackt, sie auf flache, lange Knüppelschlitten verladen und waren weggezogen. Aber in Kapzewitschi, wohin auch die Funkstation der Partisanen gezogen war, trafen sie nie ein. Nach vier Tagen funkten es die erstaunten Genossen zu Kotelnikow. Nicht eine Spur von Luka und Natascha!

»Wie soll man das verstehen?« schimpfte Kotelnikow. »Wo sind sie?! Gefangen hat man sie nicht. Man hätte das sofort erfahren! Überall sind unsere Brüder. Irgendwo müssen sie doch sein...«

Washa Krepychew schwieg. Er trank ein paar Züge aus der Flasche und putzte sich dann den bärtigen Mund.

»Wird ihr eigenes Nest haben, das Weibsbild«, sagte er dann. »Auf einmal ist sie wieder da... oder auch nicht. Was kümmert's uns? Nie hat sie uns gefragt... fragen wir jetzt auch nicht sie...«

Die Sümpfe waren nun leer. Eine deutsche Streife, die sich vortastete, fand verlassene Bunker und leere Konservendosen. Sie kämmten die Sümpfe durch und stießen in eine weiße, eisklirrende Leere.

Östlich Orscha begann die große Winteroffensive der Roten Armee. Die deutschen Armeen im Mittelabschnitt wichen zurück. Die Front näherte sich den Sümpfen.

In ihrem Erdbunker hockten Natascha und Luka und lauschten nach draußen. Klaus Gebhardt lehnte an der Wand und rauchte.

»Es gibt kein Paradies mehr«, sagte er. »Auch nicht unter der Erde, Natascha! Der Krieg kommt auch hierher!«

»Unsere Brüder sind's!« Luka rührte in einem Topf mit Kasch. »Bald werden wir wieder im freien Rußland sein, Schwesterchen ... und wir werden hinaufkriechen, die rote Fahne küssen und rufen: Freiheit, Brüder! Freiheit und Frieden!«

»Davor habe ich Angst ...«, sagte Natascha leise. Sie war zu Gebhardt getreten und hatte ihn umarmt.

»Angst, Täubchen?« fragte Luka ungläubig.

»Angst vor den Brüdern. – Was werden sie mit Ilja tun?«

Einmal lagen sie nebeneinander an der feuchten Erdwand unter den Decken. Luka war unterwegs. Er wollte die Schlingen nachsehen, die er gelegt hatte. Schneehasen waren aufgetaucht. Keiner hatte es je gehofft, daß sie kommen würden. Aber nun waren sie da, und Luka schluckte einen See von Speichel hinunter, wenn er nur an einen Hasenbraten dachte.

»Du wirst in Rußland bleiben«, sagte Natascha und strich mit den Fingerspitzen über die dicke, aufgequollene Narbe auf Gebhardts Brust. An einer Stelle eiterte sie noch. »Wenn der Krieg über uns hinweggezogen ist, werde ich dich mitnehmen nach Krassnoje Mowona. Niemand wird dir etwas tun, ich verspreche es dir. Und dann werden wir heiraten und die Datscha wieder aufbauen, und Luka wird bei uns sein, und es wird ein herrliches Leben sein. Du kennst es nicht, Ilja ... vor uns ist die Steppe, und gleich hinter dem Haus beginnt der Wald. So weit du siehst, ist nur Himmel und Feld ... und wenn du da stehst und die Arme ausbreitest, weißt du erst, was Freiheit ist. – Ist das nicht schön ...?«

»Sehr schön, Nataschka.« Gebhardt legte die Hände hinter seinen Kopf. »Aber ich bin ein Deutscher. Man wird mich hassen und dich mit! Man wird dich auspeitschen und dir die Haare abschneiden, dich nackt durchs Dorf jagen, und jeder darf dich mit Steinen bewerfen, bis du tot zusammenbrichst ...«

»Sie werden es nicht tun! Nicht in Krassnoje Mowona!«

»Erst müssen wir dort sein.« Er drehte sich auf die Seite und nahm sie in seine Arme. Ihr warmer Körper zitterte. »Ich habe nie geglaubt, daß es eine solche Liebe gibt ...«, flüsterte er. »Ich möchte dich nie wieder hergeben.«

»Du wirst es nie können.« Sie lachte und biß ihn in das Ohrläppchen. »Ich werde dich nie verlassen ... und wenn du mich wegstößt, werde ich wiederkommen und dich töten. Unsere Liebe kann wie der Frost sein ... er bricht die Stämme auf und zerreißt sie.«

Von ferne hörten sie Grollen und Donnern. Und plötzlich war es da ... wie eine Riesenfaust schlug es auf die Erde, der Bunker bebte und zitterte, von den Wänden bröckelte die Erde, und immer und immer wieder schlug es ein, dröhnte die Erde und schüttelte sich wie in Krämpfen.

Die Treppe hinunter stürzte Luka. Seine gefrorene Kleidung knirschte, als er sich gegen die Wand stützte.

»Die Front kommt!« schrie er. »Ganz nahe vor dem Sumpf steht ein Bataillon! Ich habe sie gesehen ... Was da schießt, seid ihr, die Deutschen!« Die Faust Lukas fuhr zu Gebhardt hin. »Geräumt habt ihr das ganze Gebiet ... verloren habt ihr den Krieg! Wir sind frei! Frei!«

Er brüllte es, der Idiot. Dann nahm er einen Sack aus der Erde, riß die Decken weg und warf die Kleider hin.

»Zieht euch an! Entgegen gehen wir ihnen, den Brüderchen! Winken und tanzen werden wir! Los, kommt doch ... zieht euch an ...«

Er rannte wieder die Treppen hinauf ins Freie. Das Schießen wurde stärker. Natascha und Gebhardt zogen sich an. Kaum waren sie marschbereit, als Luka erneut in den Bunker stürzte. Er war bleich und sein Gesicht war ratlos.

»Sie schießen auf mich, die Genossen!« brüllte er. »Geschwenkt habe ich die Arme, und ein Tuch habe ich flattern lassen! Und was tun sie? Sie schießen auf mich! Kann man das verstehen? Aber wenn du hinaufkommst, werden sie still sein!« Er sah zu Gebhardt hinüber. Dieser trug wieder seine deutsche Offiziersuniform. Einen Revolver lud er gerade, den ihm Natascha gegeben hatte. »Du bleibst unten!« sagte er zu ihm.

»Ilja kommt mit!« rief Natascha. »Vor ihm her werde ich auf die Genossen zugehen!«

Sie rannte die Treppe hinauf. Der Abend schlich über die Baumwipfel. Leuchtkugeln an Fallschirmen erhellten die Sümpfe, ihr gleißend helles Licht pendelte über das Land. Granatwerfer beschossen die letzten deutschen Stützpunkte ... Natascha sah es, als sie aus dem Dickicht trat. In Gruppen sprangen braungrüne Gestalten mit runden Stahlhelmen über die vereisten Sumpfflächen, warfen sich hin und schossen auf einige graue Gestalten, die im Zickzacklauf vor dem Tod davonliefen.

Neben ihr krachten die Zweige, Luka und Gebhardt standen hinter ihr.

»Kommt!« sagte Natascha. »Hast du ein weißes Tuch, Luka?«

»Sie achten nicht darauf!« Aber er reichte ihr doch ein weißes Stück Lappen hin. Sie befestigte es am Lauf ihrer Maschinenpistole und hob sie dann hoch über ihren Kopf. So ging sie den beiden voraus, auf die Gruppen zu, die über die Sumpfebene rannten, ihnen direkt entgegen.

Erst stockten die ersten der dunklen Gestalten ... dann knieten sie nieder ... und wie auf dem Schießplatz legten sie an und schossen auf Natascha und ihre weiße Fahne.

»Hunde!« brüllte Luka, als die ersten Schüsse neben Natascha den Schnee aufwirbelten. Sie warf sich sofort seitlich in das Schilf und kroch weiter, zurück in den Wald. »Ilja!« schrie sie dabei. »Komm her zu mir, Ilja ... bleib bei mir ... Ilja ...«

Luka rannte ihrer Stimme nach. Verzweifelt sah sich Gebhardt um. Auch von der anderen Seite rannten dunkle Gestalten auf ihn zu, irgendwo hörte er das schreckliche »Urrrääääh!«, mit dem die sowjetischen Truppen die deutschen Stellungen stürmten. Neue Leuchtkugeln zischten hoch und stellten ihn als einen dünnen dunklen Fleck in die weiße Schneelandschaft. Da warf sich Gebhardt herum, rannte zurück zum Bunker, brach durch das Dickicht und hetzte weiter, hinein in die Nacht, in den Wald, in die weiße Unendlichkeit, die nie eines Menschen Fuß betreten hatte. Hinter sich hörte er Keuchen. Luka und Natascha rannten ihm nach, warfen sich hin, wenn die Leuchtkugeln sie erfaßten, und hetzten weiter, wenn sie hinter den Stämmen versanken.

Plötzlich war die Erde um sie herum kein fester Boden mehr. Er brach auf, mit einem höllischen Schrei, und schüttete Schnee, gefrorenen Boden und Splitter über sie. »Ilja!« hörte Gebhardt die Stimme Nataschas. Er blieb stehen ... sah, wie sie links von ihm, ihn suchend, herumirrte, gefolgt von dem riesigen Schatten Lukas, der an ihr zu kleben schien.

»Hier, Natascha, hier!« schrie er zurück. Aber ein neuer Einschlag zerriß seine Stimme. Er warf sich hin, robbte in einen Trichter und wartete, bis die neue Salve vorüber war. Dann sprang er wieder aus dem Trichter und lief in die Richtung, in der er Natascha gesehen hatte.

»Natascha!« brüllte er. »Luka! Natascha!«

Maschinengewehre knatterten in seinem Rücken ... er hörte wieder das »Urrrääääh!«, ein neues Geräusch mischte sich dazwischen, Motorendonnern und das Knirschen von Ketten. Panzer, dachte Gebhardt, sie rollen mit Panzern die deutschen Stellungen auf. Mein Gott, wo ist bloß Natascha ... wo ist sie hingelaufen?

»Natascha!« schrie er wieder. »Natascha ...«

Seine Stimme ging unter in den Abschüssen der Panzerkanonen. Da rannte er weiter, warf sich dem Wald entgegen, der vor ihm aufragte, stürzte sich in den tiefen Schnee und wühlte sich ein in das schützende Weiß.

Über eine Stunde kroch und lief er durch den Wald, bis er zusammenbrach, unter ein vereistes Gebüsch rollte und mit offenem, nach Luft schnappendem Mund wartete, daß man ihn einholte. Er umklammerte den eisigen Griff seines Revolvers und lauschte auf die Laute, die um ihn herum die Nacht füllten.

Aber es war ein Warten wie in einem leeren Raum. Der Lärm verzog sich. Wie ein donnernder Paukenschlag noch nachtönt und dann verschwingt, so entfernte sich der Krieg von ihm und ließ ihn allein in der verschneiten Einsamkeit.

Gebhardt richtete sich auf den Knien auf und kroch zu einem Baum. Dort lehnte er sich an und sah hinauf in den Himmel. Er war klar und herrlich in seiner glitzernd bestickten Eisigkeit.

Ich bin der letzte, dachte Gebhardt. Allein hinter der russischen Linie. Es ist schrecklich, der letzte zu sein. Wer ist einsamer auf dieser Welt als der Überlebende? Der letzte ist toter als tot.

Die Front schwieg. Manchmal meinte er, Stimmen zu hören. Laute nur. Ein Rufen. Da war es ... »Stoij!« schrie jemand. Zweige knackten. Schnee knirschte in der Nähe seines Versteckes. Sie suchten ihn also noch immer.

Eine helle Stimme – »Dai mnje twoje ruku!« (Gib mir deine Hand.) Gestalten kletterten durch das Gewirr der zerschossenen Bäume. Jemand rutschte aus. Fluchen. »Job twojemadj!«

Gebhardt lag unter den vereisten Zweigen wie eine gehetzte Maus und atmete in die hohlen Hände hinein. Sein hechelnder Atem, die blaßweißen Wolken, die er ausstieß, konnten ihn verraten. Mit kleinen Handscheinwerfern leuchteten sie durch den Wald. Auch über sein Versteck glitt der Schein ... da preßte er den Kopf tief in den

Schnee, wie ein Tier, das im hintersten Winkel einer Höhle sich verkriecht, um dort zu verenden.

Als der Morgen fahlgelb aufstieg, schneite es wieder. Der Himmel war wieder grau und schwer von Schnee. Die Russen verließen den Wald und gingen zurück zu ihren eroberten Stellungen. Er hörte ihr Lachen und ihre Zurufe.

Wie sicher sie sind, dachte Gebhardt. Ist die Front bereits so weit zurückgedrängt? Bin ich so weit hinter den Linien? Er wußte, daß es kein Zurück mehr gab. An ihrem sorglosen Rufen, ihrem lärmreichen Suchen nach ihm, dem letzten ...

Gebhardt hockte unter seinen Bäumen und sehnte den Tod herbei. Und er dachte an Natascha und an den heißen Wind, in den sie sein Herz gehalten hatte ...

Wie eine verirrte Füchsin zog Natascha Astachowa durch den Schnee.

Luka war nicht mehr da, Ilja, ihr Geliebter, war untergegangen in dem infernalischen Aufbrüllen der Schlacht, und sie war gelaufen, schreiend und winkend und wegrennend vor dem Tod, den die eigenen Genossen ihr entgegenschossen. Dann war sie im Wald, kroch durch das Dickicht und verbarg sich wie Gebhardt unter umgestürzten Bäumen. Sie begriff es nicht, und es war wirklich schwer, noch zu verstehen, daß Soldaten der Roten Armee auf die eigenen Leute schossen und sie behandelten wie räudige Hunde.

Bis zum nächsten Abend lag Natascha in ihrem Versteck. Sie hörte, wie die Front weiter wegrückte, wie die deutschen Kompanien überrollt wurden oder sich zurückzogen ... dann knatterten und knirschten die Panzer am Waldrand vorbei, Kolonnen von Lastwagen mit Munition und frischen Soldaten. Wie eine Katze kletterte Natascha auf einen Baum und sah hinaus auf den dunklen Wurm von Maschinen und Menschenleibern, der sich träge nach

Westen wälzte ... durch die Sümpfe, an den Sümpfen vorbei ... Der Sieg war's, der langersehnte Sieg ... und jetzt war er bitter und voll Haß und voll Trauer. Ein Sieg ohne Fedja und ohne Ilja ... für Natascha war's, als habe sie diese Stunde nie herbeigewünscht, sondern immer gefürchtet.

Als der Abend fahl über den Wald fiel, zog sie weiter. Wohin, das wußte sie nicht. Nach Krassnoje Mowona, das war ihr erster Wunsch. Dort mußte es Freunde geben, Leute, die sie erkannten, Genossen und Freunde, die nicht auf sie schossen, vor allem nicht, wenn sie die weiße Fahne schwenkte. In Krassnoje Mowona war schon der Frieden. Weit hinter der Front lag es, und sicherlich saß in der Stolowaja der Sowchose schon der Genosse Natschalnik und überlegte angestrengt, was man im Frühjahr zuerst aussäen sollte ... Mais oder Sonnenblumen oder Getreide oder auch nur Wiese, um neues Vieh großzuziehen.

Aber bis Krassnoje Mowona war's weit, und zwischen dem Wald am Pripjet und der niedergebrannten Datscha der Tschugunows lagen Tausende von roten Soldaten, wilde Gesellen, denen der Sieg in den Kopf gestiegen war und die sich vorkamen wie die Herren der Welt.

Natascha Astachowa wartete die Nacht ab, ehe sie tiefer in den Wald stapfte. Sie kannte keine Richtung mehr, aber sie wußte, daß es der richtige Weg war. Ein Wolf weiß, daß unter den Bäumen seine Heimat ist. Er riecht das Leben ...

Vor dem Morgengrauen suchte sie sich eine Stelle, an der sie schlafen konnte. Eine Mulde war's, ein alter Granattrichter, über den ein Strauch gewachsen war. In sie hinein kroch sie, rollte sich zusammen und schloß erschöpft die Augen.

Keine dreihundert Meter seitlich von ihr lag Klaus Gebhardt unter seinem Baumstamm, eingeklemmt in das Wurzelwerk, vergehend wie ein abbrennendes Licht, bis zum Unterleib schon abgestorben. Nur eine kleine, glimmende Pfeife hauchte Wärme über seine Hände und das Gesicht. Eine Pfeife, die ihm Luka in den Sümpfen geschnitzt und in der er alles geraucht hatte, was Qualm gab ... Machorka – es waren Festtage gewesen –, getrocknete Minze oder kleingestoßene Schilfblätter. Nun waren es noch ein paar Krümelchen Tabak, vermischt mit Gras und getrockneten Weidenblättern. Ein beißender Rauch war's, der die Kehle und den Gaumen zerfraß ... aber auch Wärme war es, herrliche, winzige Wärme inmitten Eis und Schnee. Ein letzter kleiner Ofen, dessen Glut sich in den Augen spiegelte ... Leben war's, sichtbar und fühlbar, während der Tod von unten her durch den Körper kroch.

Klaus Gebhardt umklammerte den heißen Kopf der Pfeife und sog den Rauch ein. Er war so weit gekommen, den Tod nicht mehr zu fürchten. Er erwartete ihn. Fast sehnte er ihn herbei. Ab und zu glitt sein Geist weg ... seine erfrorenen Beine spürte er nicht mehr. Erst war's ein Kitzeln und Kribbeln, dann kamen kurze Schmerzen, und dann blieb etwas Taubes zurück, das immer näher zum Herzen rückte und sein Gehirn träge und schläfrig werden ließ.

Mach Schluß, Gott ... dachte er. Halb bin ich ja schon tot ... nun nimm den oberen Teil auch weg aus dieser Welt. Vor allem laß mich nicht mehr denken ... es ist schrecklich, denkend zu sterben. Das Bewußtlose ist die einzige Güte des Todes ... soll ich sie nicht haben?!

Mit dem Daumen drückte er die Asche des Tabaks in die Pfeife. Noch vier oder fünf Züge, dachte er, dann ist sie wieder aus. Aus der Tasche holte er den von Luka genähten kleinen Fellbeutel. Dünn war er geworden ... noch sechs Pfeifen voll ... höchstens sechs Pfeifen. Ich werde sie nicht zu Ende rauchen, diese sechs, dachte Gebhardt. Ich werde vorher vergehen wie der Rauch, den ich ausstoße und der in der kalten Luft zerflattert.

Merkwürdig, woran man denkt, wenn man denkend stirbt.

Da waren die alten Griechen ... immer hatte er sie geliebt und sich gesagt: Das Leben ist ein Kreis! Nun sah er, daß es ein Irrtum war. Das Leben ist wie ein großer Faden, und wenn es das Schicksal will, dann schneidet man ihn ab. Wie hatte er als Schüler die Sage von den Nornen belächelt ... jetzt, im Wald bei Posstoly, wußte er, daß es sie gab: Urd, die den Faden spinnt, Verdandi, die ihn webt, und Skuld, die ihn abschneidet.

Gebhardt lächelte schwach. Gedanken ... Bilder ... Erinnerungen ... es ist ein merkwürdiges Sterben. Der eine weint, der andere schreit, der dritte wird ein sich erinnernder Gymnasiast. Wirklich, das Sterben ist ein Mysterium –

Dreihundert Meter nur seitlich lag Natascha Astachowa in ihrem Granattrichter unter dem Gebüsch. Sie schlief. Sie träumte. In ihrem schmalen Gesicht war ein Lächeln erstarrt, festgefroren auf ihrer Haut wie die Haare und die kleinen Rinnsale des Schweißes.

Über die Steppe zieht ein kleines Fuhrwerk, träumte Natascha Astachowa. Struppige Pferdchen ziehen es. Über die Straßen, die nur ein ausgefahrener Weg mitten durch die Steppe ist, holpert es hin und her. »Heij, Kolka!« ruft eine Stimme zu den Pferdchen. »Willst du wohl richtig gehen, Semja?! Mit dem Peitschchen werde ich dich schlagen müssen, Kolka, wenn du Semja immer beißt!« Es ist eine helle Stimme, eine Kinderstimme, ein Knabe ist's in einer hellblauen Leinenjacke und braunen, weichen Stiefelchen an den schlanken Beinen.

Zwei Menschen sitzen hinten in dem Wägelchen. Ein Mann und eine Frau. Mit Stolz sehen sie auf den Jungen, der die Pferde lenkt. Die Sonne glänzt auf sein schwarzes Haar wie auf Metall. »Er wird so stark sein wie du, Ilja«, sagt die Frau. Wie ihre ein wenig schräggestellten, schwarzen Augen lachen, und gerötet ist ihr schmales Gesicht! Der Mann schweigt. Auf den Jungen schaut er, über die Steppe, über die Felder zu beiden Seiten, hinüber zum Horizont, wo er dunkel ist, grün, wogend ... die Wälder von Ochlowka. Sie fahren am Ufer der Molochowka entlang, zu den Hirten, die bei Trojany die Herden über die Steppen treiben und auf kleinen, windschnellen Pferden über das Gras zu fliegen scheinen. »Ist's nicht schön, unser Mütterchen Rußland?« fragt die Frau. Und Ilja, der große, schlanke, blondhaarige Ilja, nickt und umfaßt sie. »Die Welt ist so klein geworden, Natascha. Nur du und Sergeij und das Land, so weit man blicken kann – was will man mehr auf dieser Erde?! Ich bin so glücklich –«

Natscha schreckte hoch. Wind war aufgekommen, er trieb den Schnee durch Geäst und Stämme und durch das Gebüsch in ihren flachen Granattrichter. Sie kroch noch mehr in sich zusammen und starrte in die weiße, eisklirrende Nacht. Weit weg, durch Lücken der Baumkronen sichtbar, pendelten ein paar Leuchtkugeln an Fallschirmen über die Front. Ab und zu kam mit dem Wind ein leises Knattern und Grollen in den stillen Wald. Maschinengewehrfeuer, Kanonen ... ewige Unruhe des Krieges, sinnloses Töten.

Natscha Astachowa erhob sich und stampfte die Beine warm. Gegen die liegenden Stämme trat sie, schlug mit den Armen um sich und gegen den Körper und massierte ihr Gesicht, bis die Haut brannte.

Der Wind trug die Laute mit sich fort. Klaus Gebhardt, im Wurzelwerk seines schützenden Stammes liegend, hörte die Geräusche. In der kalten Stille waren die Laute näher als wirklich. Schnell verdeckte Gebhardt den glimmenden Punkt der Pfeife mit beiden Händen. Den Kopf zog er ein, als erwarte er einen Schlag.

Menschen, dachte er. Endlich Menschen! Oder war's ein Tier?! Nein, laß es Menschen sein, mein Gott ... Er nahm die Hände von der Pfeife und rauchte weiter. Anständig sterben, das ist schön, dachte er. Nicht verrecken wie ein Tier in einer Baumhöhle. Ein Kolbenhieb, ein Bajonettstich, ein Genickschuß ... das ist wirklich schön! Schnell geht es, und es erlöst.

Er richtete sich auf, so gut es seine abgestorbenen Beine erlaubten, und tastete mit dem Gehör in die Richtung, aus der die klatschenden Laute kamen.

»Hallo!« rief er in den vereisten Wald hinein. »Hallo! Hallo!«

Er lauschte. Selbst das Knistern des Tabaks in der Pfeife störte ihn jetzt. Das klatschende Geräusch erstarb.

Jetzt bleiben sie stehen, dachte er. Sie sehen sich an. Die Waffen entsichern sie. Hörst du, Brüderchen? Aus welcher Richtung kam's?! Tichij (still!)!

»Hallo!« rief Gebhardt wieder.

In den Zweigen knackte es. Gebhardt hob die Hand und winkte. Hierher, hierher ... und spart euch den Satz, den ihr allen Gefangenen zuschreit: Ruki na sat! (Hände auf den Rücken!) Ich laufe euch nicht fort ... seht, ich habe ja keine Beine mehr, ich habe nur noch einen halben Körper ... nur ein Herz ist's noch, das schlägt, und ein Gehirn, das schrecklich klar denkt.

Das Knacken kam näher ... jemand brach durch die urweltlichen Büsche. Hinter seinem Rücken krachten gefrorene Zweige. Klaus Gebhardt senkte den Kopf. Ganz weit nach vorn beugte er sich. Richtig, dachte er. Iwan Iwanowitsch ... komm von hinten. Ich beuge ja schon den Kopf vor ... Seht ihr den Nacken und den Haaransatz? Leicht mache ich es euch ... und nun schießt ... schießt doch ... Brüder ...

Er zog noch einmal an seiner Pfeife, verzweifelt, sinnlos, und wartete.

Natascha Astachowa schlich durch den Wald, dem Rufen nach. Ein heiseres Schreien war es, was sie aufgejagt hatte. Eine Stimme, die mehr wie ein Heulen klang. Wie eine verfolgte Wölfin brach sie durch die Büsche, warf sich den eisenharten Zweigen entgegen, zertrat das Unterholz und sprang in die vereisten Büsche hinein.

»Hallo! Hallo!«

Ein Zittern lief durch Natascha. In der Nähe war's, ganz nahe ... und sie kannte diese Stimme ... sie erkannte sie ... Himmel, Himmel, Ilja, Ilja ...

»Ilja!« schrie sie grell. Sie warf sich über die liegenden

Stämme ... und da war's ... ein glimmender Punkt, ein lautes Atmen ... unten, zwischen dem Wurzelwerk, nahe der Erde.

»Iljascha ...«, stammelte sie. »O bog! Ilja – radi boga! Ilja!« (O Gott! Um Gottes willen!)

Wie eine Tigerin schnellte sie vor, warf sich über den Stamm und kroch neben Gebhardt auf die vereiste Erde.

»Iljascha«, schrie sie wieder. »Moj Ilja! Oh! Oh!«

Sie umschlang ihn, küßte ihn, wild, unbeherrscht, vergehend. Mit den Lippen tastete sie über sein starres, vereistes Gesicht, taute seine Lippen auf, seine Augen, die Wimpern, die Wangen. »Iljascha!« rief sie immer wieder und küßte und herzte ihn. »Ich bin da ... Ich hole dich ... ich liebe dich ... Ich liebe dich ... O Ilja. Ich bin da ...«

Klaus Gebhardt war nach hinten umgesunken. Der Aufprall des dunklen Körpers schreckte ihn nicht ... aber der erste Aufschrei Nataschas war wie eine Faust, die gegen sein Herz stieß, ungeheuer, alles zertrümmernd ... die Adern, das Blut, den Verstand ...

»Nataschka ...«, sagte er leise. Er lag auf dem Rücken, und ihre Lippen glitten über sein Gesicht. Die Stoppeln seines Bartes rissen ihre Haut auf ... sie spürte es nicht. Ein Weinen und ein Lachen war's, das aus ihr hervorbrach, und sie streichelte ihn, massierte seine Hände, seine Wangen, seine Brust. Dann warf sie sich auf ihn, preßte sich an ihn, um seinen Körper mit ihrer Wärme aufzutauen.

Gebhardt legte die Hände um ihren kleinen, schmalen Kopf. Er sah sie an ... ihre glücklichen und in der Tiefe vor Angst flackernden Augen, und er zog den Kopf an sich und versuchte, sie mit seinen starren, aufgesprungenen Lippen zu küssen.

»Es ist vorbei, Nataschka ...«, sagte er kaum hörbar.

»Es beginnt erst, Iljascha –«

»Ich habe keinen Körper mehr.«

»Dann laß mich zwei haben, Ilja.«

Ihr Gesicht schwebte über ihm. Unwirklich war es, wie

eine seltsam geformte Wolke am abendlichen Himmel, die wegtreibt in die Steppe.

»Nur mein Mund spricht noch ... ich bin schon tot ...«

»Ich sehe deine Augen, Ilja.« Sie flüsterte, dicht mit den Lippen über seinen Augen. »Ich sehe dich ... und solange du lebst ... gehörst du mir ...«

Seinen abgestorbenen Leib umklammerte sie. Ihre Beine preßte sie um seine Hüften, schmiegte sich an ihn, drückte ihren Wattemantel um ihn und rieb mit beiden Händen seine Schulter und sein Gesicht. Wie eine Katze krallte sie sich an ihn. Wärme ... Wärme ...

»Ich muß es tun ... verzeih mir, Ilja ...«, sagte sie.

Dann schlug sie ihn ... immer und immer wieder mit beiden Händen ins Gesicht, auf die Brust, die Schultern, den Leib. Sie trommelte mit den Fäusten, als befehle sie damit das Leben zurück.

Gebhardt lächelte schwach. Wie auf einer Wolke schwebend kam er sich vor.

»Es ist umsonst, Nataschka ... Mein Herz erfriert ...«

Wild schüttelte sie den Kopf. »Ich lasse es nicht zu!« schrie sie. »Nicht zulassen werde ich's! Ich werde es zwingen! Ich schlage es! Es muß! Muß! Muß!« Sie hieb auf seinen eisigen Körper, drückte die Brust und massierte die Herzgegend. Dann riß sie die Uniformjacke Gebhardts auf und klopfte mit beiden Fäusten auf die eingesunkene Brust. Wieder massierte sie die Herzgegend, legte das Ohr auf das Herz, lauschte mit angehaltenem Atem auf die matten Schläge. Langsam ... schneller ... langsam ... stokkend ... aussetzend ... flatternd wie ein erfrorener Vogel, der noch einmal mit gelähmten Flügeln um sich schlägt, ehe er zur Erde fällt.

»Es schlägt!« sagte Natascha leise und küßte die Herzgegend. »Es muß schlagen. Ich will's! Aufwärmen werde ich es, Ilja. Zwingen werde ich's, zu schlagen. Leben sollst du ... und die Erde wird uns gehören, Ilja.« Sie hieb mit den Fäusten wieder auf die Brust Gebhardts. Ihr Gesicht war wild und verzweifelt zugleich. »Schlage, Herz!« schrie sie. »Schlage doch ... Ich bitte dich, Herzchen, ich flehe dich an ... schlage ... schlage ... schlage ...«

Ein wilder Kampf war's, ein furchtbares Ringen mit dem Tod. Klaus Gebhardt hatte den auf ihm liegenden Körper umarmt. Die letzte Kraft bot er auf, Natascha zu umarmen. Das große Glück war in ihm.

»Es ist ein herrliches Sterben, Natascha ...«, flüsterte er.

»Du sollst nicht sterben!« schrie Natascha. Ihre Wildheit, ihr Auflehnen gegen das göttliche Gesetz zerbrach ihre letzte Vernunft. »Ich will es nicht!« schrie sie. »Ich will es nicht! Schlage, Herz. Schlage doch!« Wieder trommelte sie mit beiden Fäusten auf seine Brust, bis Schweiß von ihrer Stirn auf seine Rippen tropfte.

Da sah sie ihn starr an, und es war, als käme das ganz große Erkennen über sie, und die Welt stürzte ein und ließ nur sie und Ilja übrig, die einzigen Menschen auf einer toten Erde.

Mit einem spitzen Schrei riß sie die Wattejacke auf, den Pullover, die Bluse ... sie preßte ihre nackte Brust auf die eisige Haut Gebhardts, Haut mit Haut aufzuwärmen, Fleisch mit Fleisch zu beleben. Die Kälte des unter ihr liegenden Körpers durchschüttelte sie ... sie biß die Lippen aufeinander und ertrug es, preßte sich zitternd an ihn und rieb mit den Händen die abgestorbenen Hüften des Mannes.

»Iljascha –«, stammelte sie. »Fühlst du, wie du warm wirst –«

»Ein Zauber ist's, Nataschka –«

»Weiterleben wirst du, Ilja. Fühlst du's?!«

»Nur dich fühle ich –«

»Ich bin das Leben, Iljascha. Dein Leben –«

»Mein Leben. Ja –« Er nickte mühsam und streichelte ihr schweißnasses, bleiches Gesicht. Dann plötzlich schlang er seine Arme mit letzter Kraft um ihren zitternden Körper, drückte sein Gesicht zwischen ihre warmen, vollen Brüste und weinte wie ein Kind.

So starb er auch, zwei Stunden später. Das Gesicht zwischen ihren Brüsten, mit dem letzten Atemzug den Geruch ihres Körpers in sich aufnehmend. Natascha merkte es gar nicht ... er hörte plötzlich auf zu atmen, die Arme wurden weich und fielen auf die vereiste Erde zurück.

Als sie es merkte, erhob sie sich nicht, sondern blieb auf ihm liegen. Brust an Brust, Haut an Haut starrte sie in sein steinernes, ernstes, spitz gewordenes Gesicht mit den vereisten blonden Haaren darüber. Haare wie Fedja Iwanowitsch, den der Krieg ihr auch genommen, gleich in der ersten Schlacht.

Sie weinte nicht, sie schrie nicht ... jetzt war es eine Tatsache, unabänderlich geschehen. Nur der große, unheimliche Fatalismus kam über sie, jene asiatische Ruhe und Bereitschaft, ertragen und dabei glücklich sein zu können.

»Pokojnoi notschi, Iljaschka ...«, (Gute Nacht) flüsterte sie an seinem Ohr. »So schön ist's, bei dir zu sein ...«

Die Kälte ergriff sie ... die Lippen biß sie sich blutig, um nicht zu schreien.

Glücklich bist du, Natascha, sagte sie zu sich. Glücklich –

Gegen Morgen begann es zu schneien.

Es gab keine Erde mehr und keinen Himmel, keine Wälder und keine Menschen.

Nur Schnee ... Schnee ...

Luka war glücklicher gewesen. Wirklich, der Himmel ist mit den Idioten, da sieht man's wieder! Er rannte um sein Leben, und nachdem er weder Natascha noch den deutschen Offizier mehr sah, sondern nur Granateinschläge und rennende Rotarmisten, blieb er stehen, hob die Arme hoch in die Luft und brüllte:

»Genossen! Ihr wollt doch Luka nicht erschießen! Brüderchen – seid nicht blind und blöd! Euer Fleisch und Blut bin ich, ein Russe, ein Kommunist –«

Nicht vermeiden ließ es sich, daß man ihn in den linken Arm schoß. Versehentlich, wie's sich später herausstellte. War einfach losgegangen, das Schüßchen. Auch ein Gewehr kann nervös werden. Na, wer sagt's denn. Im Krieg ist alles möglich! Nur war's nicht schlimm. Der Schuß jagte durch Lukas dickes Fleisch, als schieße man einer Kuh durch den Hintern, beim Ein- und beim Ausschuß blutete es etwas, man drehte drei Mullbinden herum und führte den Riesen zum Kommandeur.

Major Fjodor Malachow starrte Luka an, als habe er noch nie einen Menschen gesehen, der aussah wie ein Urwelttier. Luka sah so aus, und er trug's mit Stolz.

»Woher?« brüllte Major Malachow, als er Luka grinsen sah.

»Das ist schwer, Genosse Major. Die Frage ist zu einfach. Seit 1941 bin ich unterwegs. Erst als Adjutant meines Fedja Iwanowitsch, dann als Adjutant von Leutnant Natascha Astachowa . . . überall waren wir, in den Sümpfen, in Posstoly, in Pjatrykow, in Mikaschewitschi . . . wo Sie wollen, Genosse Major. Daß Sie gesiegt haben, ist unser Verdienst, denn wir waren die Maden, die im deutschen Speck saßen.«

Major Malachow strich sich über die Stirn. »Wie kann ein so riesenhafter Kerl ein so kleines Gehirn haben!« sagte er ehrlich verblüfft. »Wer war der Deutsche, der bei euch war?«

»Ein Offizier, Genosse Major.«

»Warum lebte er noch?! He?!«

»Natascha wollte es so.«

»Der Teufel hole sie, diese Natascha!«

»Sagt das nicht! Um Kapitän Iwan Kotelnikow hat sie sich nicht gekümmert, und Washa Krepychew war vor ihr wie ein Idiot! Sogar Generalissimus Stalin hat an sie geschrieben und ihr einen Orden verliehen!«

Major Malachow verzog wieder das Gesicht. »Und der deutsche Offizier? Was hat die Ratte bei den Jägern zu suchen?! Erklär mit das, he! Hat wohl bei deiner Heldin geschlafen, der Deutsche, was?! Dem Genossen General werde ich's melden! Aber sie hat ihre Strafe. Eins draufgebrannt haben wir ihr ... ihr und dem deutschen Offizier!«

Luka senkte den Kopf. Sein Herz war plötzlich wie gestorben. Ob's stimmt, dachte er. Möglich ist es ... nicht mehr gesehen habe ich sie. Plötzlich war sie weg, und die Erde wirbelte um mich herum.

»Sie haben sie erschossen, Genosse Major?« sagte er mühselig. »Das wird Ihnen Stalin übelnehmen!«

»Raus!« brüllte Malachow. Er hieb mit der Faust auf den zusammenklappbaren Kartentisch. »Du meldest dich bei Leutnant Prokopenkow! Und nachsehen werde ich, ob du nicht desertiert bist! Raus mit dir!«

Gehorsam verließ Luka das geheizte Zelt. Draußen starrte er hinüber zum Wald. Eine breite Wand war er, die sich vor den Horizont schob, dunkel, undurchdringlich, schweigsam, seit die Wölfe und Füchse, die Marder und Hermeline, ja sogar die Vögel vor dem Krieg geflüchtet waren.

Dort wird Natascha liegen, irgendwo im Schnee. Niemand wird sie begraben ... im Frühjahr wird das Schmelzwasser sie aufweichen, und der Wind wird sie zerfallen lassen. Das ist kein gutes Begräbnis, dachte Luka. Etwas Besseres hat sie verdient. War immer ein guter Kommunist, die Natascha Astachowa. Und die Sache mit dem deutschen Offizier ... na ja, auch Kommunisten sind Menschen, soll man meinen. Es gibt Grenzen in der Weltanschauung, und eine ist das Bett. Was kann man dagegen tun, Genossen? Machtlos ist man ... ein Stückchen Natur bloß ist doch der Mensch. Vergessen wir's nicht –

In der Nacht wurde Major Malachow vom wachhabenden Offizier aus den wattierten Decken geholt. Luka war wieder weg. Das war nicht schlimm, es erleichterte sogar das Gewissen Major Malachows, der sich sehr Gedanken machte, was er sagen sollte, wenn Natascha Astachowa wirklich eine ›Heldin der Nation‹ gewesen war. Viel Schreiberei gab's dann mit Moskau, viel Ärger um ein Weibsbild, und vielleicht sogar eine Strafversetzung. Und nun war Luka weg, und damit ein Zeuge gegen ihn. Das war gut. Nicht gut war, daß mit Luka folgende Dinge fehlten: eine Maschinenpistole mit zehn vollen Magazinen, zwanzig Büchsen eingekochtes Rindfleisch, zwei Brote, zwei Dosen mit Schmalz, eine Dose mit Sonnenblumenöl, drei Tiegel gepreßten Tee, zehn Säckchen mit Tabak und zu allem noch zwei Pistolen, zwei große Küchenmesser und die Uniform des Feldwebels Waleri Subobkin, der nur ein wenig kleiner war als Luka, aber fast genauso breit.

»Schweinerei!« schrie Malachow, aber er blieb liegen und sah den Leutnant, der die Meldung brachte, wütend an. »Man soll's nicht für möglich halten! Prügeln sollte man euch Unfähige! Prügeln! Wann habt ihr es entdeckt?«

»Eben, Genosse Major.«

»Und Luka ist längst weg ...«

»Es scheint so.«

»Sucht ihn. Im Schnee sind doch Spuren ...«

»Nicht mehr, Genosse Major.« Der Leutnant war sehr traurig. »Es schneit seit zwei Stunden ... nicht ein Dellchen ist im Schnee, nicht ein Kratzerchen ...«

Seufzend drehte sich Major Malachow auf die Seite. »Dann haltet eure Schnauze!« sagte er unhöflich. »Und vergeßt diesen Luka –«

»Aber der Feldwebel Subobkin hat keine Uniform mehr ...«, stotterte der Leutnant.

»Dann soll er nackt siegen!« schrie Malachow. »Auch ein nackter Russe bleibt ein Bolschewist!«

Die ganze Nacht trottete Luka durch den Schnee und den Wald. Gut war's, daß es schneite. So wurden die Spuren mit frischem Schnee gefüllt, der Wind hatte nachgelassen. Lautlos rieselte es vom schwarzgrauen Himmel. So schwer wurden die Zweige der Bäume, daß sie von den Stämmen brachen und krachend auf die Erde fielen.

Noch einmal ging Luka über das Land, wo er Natascha verloren hatte. Er ließ sich Zeit. Die Maschinenpistole hing schußbereit vor seiner mächtigen Brust. Er würde schießen, wenn ihn jemand aufhalten wollte, das wußte er ganz sicher. Was kümmerte ihn noch der Krieg, was Befehle aus Moskau oder aus dem schiefen Maul des Majors Malachow?! Nichts, nicht einen Hasendreck mehr! Er hatte Natascha verloren, und Rußland war ein ödes Land ohne Natascha, so kam es Luka plötzlich vor.

Nachdem er das Kampffeld abgesucht hatte, hob er witternd den Kopf und ging dann in den Wald. Da war's ihm, als hörte er Stimmen. Oder war's nur ein Summen der fernen Motoren, das durch die Nacht flog? Er stellte seinen Verpflegungssack an einen Baumstamm und streifte den Riemen der Maschinenpistole über seinen Kopf.

Die Stimmen verwehten. Luka kratzte sich den Kopf und tappte weiter. Wie ein Bär, der einen Honigstock wittert, stampfte er durch das Gewirr von Büschen und gestürzten Bäumen, blieb stehen, lauschte, räusperte sich und ging dann weiter. Plötzlich war die Stimme wieder da ... links neben ihm ... eine gleichförmige Stimme, leiernd, wie eine Litanei klang's aus den Büschen. Luka schob die Maschinenpistole in seine breiten Hände.

Da betet einer, dachte er verblüfft. Hol's der Teufel ... und das im bolschewistischen Rußland! Nicht wundern sollte mich's, wenn ich einen Greis finde, der verrückt im Walde lebt und betet, daß der Krieg ihn überleben läßt. So etwas gibt's, bei meiner Seele! Auch in Rußland!

Luka brach durch das Gebüsch wie ein wütender Höhlenbär. Er schob die Maschinenpistole vor sich her, den Finger am Abzug. Jetzt war die Stimme klarer, heller.

Durch Luka fuhr es wie mit einem glühenden Messer. Eine Mädchenstimme, ohne Zweifel. Eine Stimme, die –

»Natascha!« brüllte Luka. Er warf die Waffe auf den Rükken und sprang der Stimme entgegen. Mit seinem riesigen Leib fiel er durch das Dickicht wie eine krachende Granate. Dann stand er vor dem Baum, und er sah den nackten, zugeschneiten Körper Nataschas auf dem toten deutschen Offizier liegen, sah ihr schmales, blaurotes Gesicht und die Lippen, die sinnlose Worte formten und ausstießen wie gleichförmige Schreie.

Sie erkannte ihn nicht mehr ... sie starrte ihn an, und die Leblosigkeit ihrer Augen entsetzte ihn so, daß er erneut aufschrie und in die Knie fiel.

»Natascha!« schrie er. »Luka ist's! Ich bin's! Erkennst du mich denn nicht, mein Täubchen ...?«

Er kroch zu dem Wurzelwerk, riß Natascha von dem toten Körper, zerrte sie hervor zu sich und legte sie in den Schnee. Dann riß er den Wattemantel unter Gebhardt heraus, rollte Natascha auf die warme Unterlage und tat dann das, was Natascha voll Verzweiflung getan hatte. Er knöpfte seine Uniform auf, preßte Nataschas Körper gegen seinen blutheißen, mächtigen Körper, rieb ihren Rücken mit Schnee ab und wälzte sie dann auf dem Wattemantel, schlug sie und massierte ihren nackten Körper, wärmte ihn dann wieder mit seiner Körperwärme und drückte mit seinen dicken Fingern ihre Zähne auseinander, den Mund auf und hauchte ihr seinen heißen Atem in den Gaumen.

Wie ein wildes Schütteln war's, als Natascha zu sich kam. Sie starrte Luka an, dann hob sie die Arme, legte sie um seinen dicken Hals, ihr Kopf sank nach hinten, sie seufzte tief und fiel in eine neue Ohnmacht.

Eingewickelt in ihren Steppmantel, trug Luka sie wie ein leichtes Bündel Stroh durch den Schnee zurück zu der Stelle, wo er seinen Verpflegungssack abgestellt hatte. Er warf ihn über den Rücken, drückte Natascha an sich und ging mit ihr auf den Armen tiefer in die Wildnis hinein. Er ging dem aufdämmernden Tag entgegen, nach Osten, wo der Himmel streifig wurde.

Glücklich war er. Unendlich glücklich. Er hätte singen können. Ja, so fröhlich war Luka. Er trug Natascha den ganzen Tag durch – erst als sie aufwachte, setzte er sich und legte sie über seine Knie wie ein zerbrechliches Stück Holz. Er lachte sie mit breitem Grinsen an, als sie sich umsah, sich an seine Jacke klammerte und sich mühsam aufrichtete. »Luka –«, sagte sie schwach. »Du lebst –?«

»Ich lebe, solange du mich brauchst, Täubchen . . .« Er lachte dabei, aber in seine Augen traten Tränen, die er verfluchte.

»Und ich lebe, Luka . . .«

»Was soll's, mein Herzchen? Auf Luka ist Verlaß. Husch, habe ich gesagt. Was willst du, Tod? Willst du wohl mein Täubchen aus den Händen lassen?! Dein Gerippchen zerbrech' ich dir, wenn du nicht weggehst. Da hat er dumm geglotzt und ist weggegangen. So macht man's, Täubchen, wenn's noch nicht an der Zeit ist –«

»Guter, alter, dummer Luka.« Natascha legte den Kopf an seine breite Brust und schloß die Augen. »Wir leben noch . . . was soll nun werden?«

»Wir werden uns ein Hüttchen suchen und warten . . .«

»Und dann?!«

»Es wird sich alles finden, Herzchen. Rußland ist groß, und wir haben Zeit. Viel Zeit –«

Natascha seufzte. Den Kopf wühlte sie unter Lukas Mantel und verkroch sich wie ein ängstliches Kind.

»Ilja ist tot«, sprach sie gegen den rauhen Stoff. Über sich fühlte und hörte sie Luka nicken.

»Ilja ist nicht Rußland. Und Rußland ist nicht die Welt. Viele Iljas gibt's . . . aber nur ein Leben –«

»Wie klug du bist, du Idiot!« sagte Natascha.

Luka nickte wieder. Er schlang die Arme um ihren schmächtigen Körper wie eine Bärenmutter, die ihr Junges an sich drückt.

Kurz darauf merkte er, daß Natascha schlief. Mit tiefen, gleichmäßigen, gesunden Atemzügen.

Da blieb er sitzen, sie an sich pressend und wärmend, die ganze Nacht, bis zum Morgen, der mit strahlender Sonne den Schnee leuchten ließ. Und er rührte sich nicht und blickte über das flimmernde Land, und er hätte weinen können vor Glück...

Sie zogen acht Tage wie einsame Füchse durch das Land. Erst nach Osten, dann nach Norden. Sie umgingen die Reservestellungen der Roten Armee, die Städte und großen Dörfer, schliefen in halbverbrannten, abseits liegenden Bauernkaten, aneinandergeschmiegt und zusammengerollt wie sich wärmende Hunde, und Luka witterte wie ein Bär die Nähe von Menschen und führte Natascha durch die Wälder, als habe er immer hier gelebt und kenne jeden Baum.

Am vierten Tag streifte Luka herum und ließ Natascha in einem zerstörten Haus allein. Gegen Abend kam er wieder. Mit einem Pferdchen, struppig, klein, mager, aber mit starken Beinchen. Einen Karren zog es hinter sich, und auf dem Karren lagen einige Säcke mit Heu und ein zerbeulter Blecheimer.

Natascha schüttelte den Kopf. Sie begriff es einfach nicht. »Woher?« fragte sie.

Luka kratzte sich den dicken Schädel und streichelte dann dem Pferdchen zärtlich über die eisverkrusteten Nüstern.

»Herum lief's«, sagte er leichthin. »Man brauchte es nur zu packen.«

»Und Heu und Eimer ebenfalls, was? Vielleicht war es das letzte Eigentum eines Bauern. Schäm dich, Luka!«

»Aus einem Lager hab' ich's«, sagte er brummend. »Drei Kompanien liegen hier. Reparaturkompanien. Hab' sie immer gern, die Freundchen. Liegen herum, saufen und huren, und wir mußten kämpfen. Was brauchen sie ein Pferdchen? Gestohlen haben sie's ja auch nur –«

»Man wird den Spuren folgen und uns entdecken, du Idiot.«

»Es wird schneien.« Luka sah in den Himmel. Auch Natascha sah empor. Die Sonne schien während des Un tergehens wegzuschwimmen, eine graue Nacht kam her an.

Und eine Stunde später schneite es. Keine Spur gab's mehr. Luka saß am Feuer und wärmte sich die riesigen Hände. Hinter ihm schlürfte das Pferdchen einen Eimer voll Schneewasser und kaute knirschend ein Bündel Heu.

Am Morgen zogen sie weiter. Nun ging es schneller mit dem Pferd, es war wie ein Fliegen nach dem mühsamen Stapfen durch den Schnee und die Wälder. Bei Popowka kamen sie an den Dnjepr, und da standen sie nun. Keine Brücke gab's, und die Fähre wurde kontrolliert von Soldaten. Luka spionierte aus, daß man eine Art Paß haben mußte, einen Schein, daß man Bauer sei und da oder dort wohne und den Fluß überqueren dürfe.

»Das ist schlimm«, sagte Luka und setzte sich auf die Deichsel des kleinen Wagens. »Solch ein Zettelchen bekommt man nicht freiwillig. Man muß etwas tun, mein Täubchen. Entweder erschlage ich einen Bauern, oder ich bringe die Soldaten um. Anders geht's nicht. Ist eine schlimme Zeit, wirklich.«

Einen ganzen Tag sannen sie darüber nach. Dann legte sich Luka zusammengerollt in den kleinen Wagen, und Natascha lud einige dicke Holzkloben über ihn. Irgend jemand hatte sie gefällt. Schön gestapelt lagen sie am Waldrand, nur wegnehmen brauchte man sie. Am hellen Tag, gegen Mittag, setzte sich Natascha dann auf das Holz, und Luka stöhnte leise unter den Kloben, denn auch ein Bär wie er hat eine Grenze der Gefühllosigkeit.

»Ruhe!« sagte Natascha laut. »Oder soll ich dich vor den Kopf schlagen?«

»Ganz still bin ich!« sagte Luka. Er umarmte die Maschinenpistole, schloß die Augen und ertrug die Last über sich.

So fuhren sie zur Fähre und mitten hinein in die Soldaten. Ein Unterleutnant stand an dem breiten, flachen floßähnlichen Boot und kontrollierte die Erlaubnisscheine. Er sah fordernd zu Natascha hinauf, die auf dem Kutschbock saß und ihren Mantel geöffnet hatte, als schwitze sie. Unter dem Mantel sah man in der Wollbluse ihre kleinen, festen Brüste, und der Unterleutnant betrachtete sie mit Wohlwollen und einem leichten Zittern der Oberlippe.

»Der Schein –?« fragte er etwas freundlicher, als er sonst die Bauern behandelte.

»Ein Zettelchen?« fragte Natascha und lächelte. Dabei dehnte sie sich etwas, und die Wollbluse spannte sich. Unter den Holzkloben biß sich Luka auf die Lippen, nagte an der Haut und wartete. »Aber warum fragst du zweimal danach, Genosse? Am Morgen bin ich über den Fluß, um Holz zu holen. Sieh in den Wagen, da liegt's. Oder willst du, daß ich friere, Genosse?«

Sie nickte ihm zu und schabte mit den Beinen gegen das Fußbrett des Sitzes. Trotz der Stiefel sah der Unterleutnant, daß sie schlanke Beine hatte. Wie ein Rehchen, dachte er. Das machte ihn milde gestimmt, zumal seine Oberlippe stärker zitterte, als er die Wollbluse musterte.

»Wo wohnst du?« fragte er dienstlich streng. Natascha neigte den Kopf zur Seite.

»Vier Werst von hier. Ein Hof ist's, weißt du, Genosse. Vierte Stelle der Kolchose ›Lenin‹. Jeder kennt's.«

»Ich werde nachsehen, ob es stimmt, Genossin! Noch an diesem Abend –«

Natascha nickte und schnalzte mit der Zunge. Das Pferdchen zog an und trollte auf die Fähre zu.

»Wie ein feuriger Kosak seid Ihr, Genosse!« lachte sie zurück und wandte den Kopf um. Ihre schwarzen Haare wehten im Wind, der über den Fluß strich. »Wie heißt Ihr?«

»Igor Alexeijewitsch Litin!« schrie der Unterleutnant. »Und du . . .?«

»Xenia Slawuta, moj drug (mein Freund)!«

Dann waren sie auf dem Floß. Luka spürte es an der schlingernden Bewegung unter sich und seufzte. Natascha stieß mit der Peitsche in das Holz und traf Luka an dem rechten Ohr. So setzten sie über, fuhren noch zwei Werst weg von den Ufern des Dnjepr, und erst dann konnte Luka aus dem Holz kriechen und sich dehnen, daß die Knochen, der Anzug und der Mantel krachten.

»Ein großes Aas bist du, Täubchen«, sagte er, und es klang voll bewundernder Anerkennung. »Nun wird in der Nacht der arme Litin nach dem vierten Haus suchen. Und die Bauern wird er am nächsten Morgen verprügeln, weil sie keine Xenia kennen. Bist ein Teufelchen, Nataschka –«

Über den nächsten Fluß, den Bessied, setzten sie in gleicher Art hinüber. Dann lag das weite Land vor ihnen, ohne Hindernisse bis zur Desna, durchzogen von kleinen Flüssen und Bächen, die sie auf ihren zugefrorenen Decken überquerten.

»Wo willst du eigentlich hin?« fragte Natascha am achten Tage. »Wenn wir weiterziehen, sind wir in einer Woche in Moskau!«

»Das ist gut«, nickte Luka. »Dann werden wir uns bald ein Plätzchen suchen. Und wenn der Krieg zu Ende ist, gehen wir nach Moskau.«

»Nach Moskau? Was soll ich in Moskau, Luka?«

Der Riese grinste. Er kratzte dem Pferdchen ein paar Eisbröckchen von den Augen und kraulte ihm das Fellchen.

»Es ist wie bei Mütterchen«, sagte er. »Am Herzen ist man am sichersten. Und Moskau ist unser Herzchen –«

In den undurchdringlichen Wäldern südlich Posdnjakowa, zwischen den Flüssen Oka und Upa, baute Luka ihr Haus.

Nördlich von ihnen, etwas 220 Werst entfernt, lag Moskau.

»So ist's gut«, sagte der Riese. »Man ist schnell dort, wenn sie den Frieden einschießen, und man ist weit genug weg, um einsam zu sein und warten zu können.«

Vier Wochen lang fällte er Bäume. Eine verteufelte Arbeit war's, die hartgefrorenen Stämme nur mit einer kleinen Axt umzuhauen. Aber für Luka war es mehr als nur eine schweißtreibende Mühe. So ein Krieg kann noch dauern, dachte er. Drei Jahre hält er nun schon an, und wenn's noch einmal drei Jahre sind – die Deutschen sind zäh und haben Übung im Kriegführen – muß man sehen, daß man ein Häuschen zusammenhämmert, das mehr ist als eine Hütte. Was man zum Leben brauchte, würde sich finden ... es gab Tiere im Wald, klare Bäche, eßbare Pilze und Früchte und einen kleinen Fluß, in dem man fischen konnte. Seelchen, was wollte man mehr? Und wenn man sonst etwas braucht ... oje, man hatte ja das Pferdchen und brauchte nur ein paar Werst zu reiten bis zum nächsten staatlichen Magazin. Zudem gab es keine Schlösser, die stark genug waren, Lukas Händen zu widerstehen. Also, Genossen, ist das ein Leben?!

Nach vier Wochen stand das Holzhaus. Groß war's, wuchtig, wie der ganze Luka selbst, aus dicken Stämmen gefügt, mit einem Dach aus gradgewachsenen, runden Bäumchen. Natascha hatte in diesen vier Wochen fleißig mitgeholfen. Sie flocht aus Zweigen, die Luka bergeweise heranschleppte, dichte Matten, die man über die Dachstämme zog, mit Moos und Erde verschmierte und mit Steinen beschwerte.

»Ein Palast ist's!« staunte Luka, als das Dach fertig war. Es störte ihn nicht, daß die kleinen Fensteröffnungen ohne Glas waren und der Kamin ein bloßes Loch im Dach, aus dem der Rauch abziehen sollte, wenn kein Wind über dem Wald stand und ihn in die Hütte zurückblies.

Anschließend an diese Bemerkung weihte er das Haus

ein, indem er einen in der Schlinge gefangenen Hasen über dem Feuer briet, ihn fast allein aufaß, sich auf seinen Mantel in eine Ecke legte und schlief. Er schlief zwei Tage, und Natascha stellte daran fest, daß auch ein Urwelttier wie Luka sich erschöpfen konnte und einen normal empfindenden Körper besaß.

Sieben Wochen ging es gut mit ihnen. Sie jagten und fischten, und als die Schneeschmelze eintrat und die Hasen und Wildkatzen in den Wäldern sprangen, kam Lukas große Zeit, in der er mehr in die Hütte schaffte, als sie essen konnten. Da konstruierte Luka einen Trockenofen. Aus Steinen baute er eine Kammer, erhitzte durch Feuer die Steine, bis sie fast zerbarsten, und in diese glühend heiße Kammern hinein legte er das Fleisch, wo es trocknete und zusammenschrumpfte.

»Ein Jahr lang hält es sich!« sagte er stolz, als er die ersten harten, wie Mumien aussehenden Fleischstücke aus der Trockenkammer holte. »Für uns ist der Krieg zu Ende, Täubchen –«

Das war ein Irrtum Lukas, aber niemand wußte es.

Nicht jeder Sowjetrusse ist ein begeisterter Soldat. Wer glaubt, ein jeder Russe sei ein wilder Kosak und sehne sich nach Schlachten, Pulverdampf, Säbelkampf und Heldentod, der irrt sich sehr. Wie überall, so war's auch in der Sowjetunion. Immer gab es Männer, die lieber im Bett als in einem Granattrichter sterben wollten, und die es lieber hatten, wenn Mascha sich an sie drückte, als wenn sie bis zum Nabel im wassergefüllten Schützengraben stehen mußten.

So kam es, daß nach dem plötzlichen Vormarsch der Roten Armee viele ehemalige Sowjetsoldaten aus Gefangenenlagern befreit oder in Verstecken von den eigenen Truppen überrollt wurden, wie Luka und Natascha in den Sümpfen des Pripjet. Viele von ihnen taten nicht ihre vaterländische Pflicht, sie meldeten sich nicht sofort, um weiterzumarschieren nach Berlin, o nein, sie besorgten sich

Bauernkleider, ja sogar Frauenkleider zogen sie an, die Hunde, versteckten sich, arbeiteten als Knechte auf dem Feld oder ließen sich riesige Bärte wachsen und schlurften als uralte Männer durch die Kolchosen. Sie ließen sich neue Pässe auf andere Namen geben, heirateten sogar andere Mädchen und lebten ein zweites Leben. Eine verruchte Zeit war's, Freunde.

In Moskau kannte man das ganz genau. Und so hatte man in größeren Städten, die von den Deutschen befreit worden waren, besondere Kommandos eingesetzt, die nur eine Aufgabe hatten, die kriegsmüden Soldaten wieder einzufangen, in die Uniform der Strafkompanien zu stekken und sie dorthin zu bringen, wo der vaterländische Krieg am heißesten war. Ganz schlimme Fälle von Deserteuren schickte man nicht einmal weg ... man ließ sie an einer Grube niederknien und gab ihnen ein Schüßchen ins Genick. Vorher aber prügelte man sie kräftig, so daß sie oft nicht mehr merkten, daß sie erschossen wurden.

Ein solches Kommando lag auch in der nächsten Stadt, die Kaluga hieß. Die nächste Truppe hatte ihr Quartier in Tula, und genau zwischen diesen beiden Städten lagen die Urwälder von Posdnjakowa, und in den Wäldern das Haus Lukas und Nataschas.

Als der Frühling gekommen war und der jährliche Schlamm, den die Schneeschmelze erzeugte, auf den Straßen und Feldern von der Sonne getrocknet war, marschierten die Suchtrupps nach genauen Planquadraten durch die Wälder. Erfolg hatten sie, die gottverdammten Spürhunde. Neun armselige Soldaten holten sie aus den Betten einiger Bäuerinnen, wo sie den ganzen Winter warm und weich gelegen hatten, und es machte den Kommandos gar nichts aus, daß alle neun Bäuerinnen schwanger waren und um der Kinder willen um Gnade bettelten.

Zwei Deserteure wurden erschossen, weil sie Widerstand leisteten, sieben ziemlich verprügelte Genossen wurden nach Westen verladen, wo die Rote Armee auf Berlin marschierte. Es war vorauszusehen, daß die Bäuerinnen ihre Mieter nicht mehr wiedersahen.

Eines Abends kam Luka nicht zurück in die Hütte. Natascha wartete bis in die Nacht hinein, dann schlief sie übermüdet ein. Als Luka am Morgen noch nicht zurück war, ahnte sie, daß etwas geschehen sein mußte. Kalt wurde es in ihr, jene Nüchternheit kam wieder über sie, wegen der man sie in den Sümpfen gefürchtet hatte. Sie nahm Lukas Maschinenpistole, sah das Magazin durch, steckte ein zweites Magazin in die Tasche und hing sich die Waffe um den Hals. So verrichtete sie ihre Arbeit weiter, enthäutete einen Hasen und zimmerte einen Tisch aus Birkenstämmen. Dabei sah sie sich ihre Umgebung genau an, und sie wußte, daß sie sofort auf jeden schießen würde, der nicht Luka war.

Auch am zweiten Tag des Wartens kam Luka nicht. Natascha biß die Zähne aufeinander. Ihr schmales Gesichtchen wurde hart und steinern. Aber sie suchte Luka nicht. Irgend etwas hielt sie ab, eine Ahnung, ein tierhafter Instinkt, ein Gefühl, das ihr sagte: Sich verkriechen ist besser, als eine Heldin zu sein.

Vier Tage wartete Natascha Astachowa. Dann wußte sie, daß Luka nicht mehr wiederkommen würde.

Sie war allein mit dem Wald und dem Himmel. Und mit ihrem Haß gegen den Krieg und gegen alle, die um des Krieges willen Kriege führten!

Major Washa Fjodorowitsch Dobrik sah erfreut auf den Berg aus Fleisch und zerlumpter Kleidung, den vier seiner Soldaten an dicken Stricken in seine Kommandantur brachten. Er hatte gerade gut zu Abend gegessen, erwartete in einer Stunde den Besuch einer jungen Studentin, die nach Kaluga verschlagen worden war, und hatte vor, vorher noch in die Bagna zu gehen, sich kräftig durchschwitzen zu lassen, um später gestählt den Anforderungen der Nacht zu genügen.

»Sieh an, welch ein Stier kommt da herein!« rief er fröhlich, als er Lukas ansichtig wurde. »Um so etwas ins Jenseits zu befördern, muß man ja zweimal in das Genickchen schießen!«

»Vier Kameraden liegen im Sanitätszelt!« schnaufte einer der Fänger und wischte sich den Mund. »Erst dann gelang es uns, ihn zu fesseln. Zehn Mann waren nötig, Genosse Major.«

»Aber nur ein Pistölchen genügt weiterhin.« Major Dobrik war in fröhlichster Laune. Er schrie nicht wie sonst, wenn ein Deserteur vorgeführt wurde. Er wollte nicht heiser sein, wenn die kleine Studentin ihn bat, ein rauhes Soldatenlied zu singen. Denn Singen war die Leidenschaft Dobrikas ... er tat es laut und sogar im Takt, nur mit der Melodie stimmte es manchmal nicht. Aber was wollt ihr, Freunde ... es war eben Krieg, und da ist vieles durcheinander ...

Luka stand in der Mitte des Raumes. Er sah Washa Fjodorowitsch an und rülpste. Der Major zog die Augenbrauen zusammen. Ein solches Benehmen vor einem Offizier der Roten Armee war unerhört. »Soldat?« fragte er laut.

Luka antwortete mit einer unhygienischen Aufforderung, die Major Dobrik vergessen ließ, daß er am Abend singen wollte.

»Klein kriegen wir dich, Freundchen!« brüllte er und wurde rot wie die Kremlfahne. »Natürlich bist du Soldat! Ich seh's dir an. Wo hast du gesteckt? Wann bist du Schwein davongelaufen?!« Und weil Luka noch nicht antwortete, hieb Major Dobrik mit beiden Fäusten auf den Tisch und schrie: »Erschießen! Morgen früh! Und die Grube, die schaufelt er sich selbst, das Riesenschwein!«

Er winkte, und Luka wurde aus dem Zimmer geführt. Man steckte ihn in einen Keller, und die Tür war aus Eisen und selbst für Luka nicht mehr überwindbar. An der getünchten Kellerwand sah er in den Putz geritzte Abschiedsgrüße seiner Vorgänger.

»Ich bin Anatoli Newar«, stand da. »Wenn du weiterlebst, Kamerad, so grüße meine Frau und meine vier Kinder. In Rybinssk wohnen sie. Gott danke es dir, Freund . . .«

Luka biß sich auf die Unterlippe und rannte mit voller Wucht gegen die Eisentür. Aber sie rührte sich nicht. Nur ein Posten kam die Kellertreppe herunter, lachte und schrie jenseits der Tür:

»Auch für Elefanten gibt's Gitter –«

Dann ging er lachend wieder hinauf.

Am Morgen holte man ihn aus dem Keller und gab ihm einen Spaten in die Hand.

»Mach's groß genug!« schrie ihn ein Unteroffizier an. »Nicht daß wir dich mit krummen Beinen hineinlegen müssen.«

Er lachte rauh, stieß Luka mit dem Kolben der Maschinenpistole in den Rücken und trieb ihn die Kellertreppe hinauf. Oben standen noch drei Soldaten, grinsten Luka an und klopften auf ihre Pistolentaschen, die sie an ihren Koppeln trugen.

Was wird Natascha machen, dachte Luka, als man ihn hinters Haus führte. Dort war ein Garten mit schöner, schwarzer Erde, und er sah, daß viele Stellen umgegraben waren.

»Wird ein fettes Flecken Land werden!« sagte er zu dem Unteroffizier. »Was wollt ihr denn pflanzen?«

»Wo du liegst, da kommt ein Birnbaum hin!«

»Kann's nicht ein Apfelbaum sein?« fragte Luka. »Ich habe Äpfel lieber –«

»Was soll man da sagen, Genossen?« schrie der Unteroffizier. »Ans Sterben geht's, und der Kerl denkt daran, was über seinem Kadaver wächst! Los, Genosse . . . nimm den Spaten und fang an! Halt, leg dich erst hin . . . bei dir versagt das Augenmaß.«

Luka legte sich auf die fette, schwarze Erde. Der Unteroffizier zog mit dem Spaten einen Strich um seinen Körper, zehn Zentimeter auf jeder Seite mehr, damit man Luka auch bequem hineinlegen konnte. Bekannt war's ja, daß sich Tote strecken und länger werden.

»So, und nun los! Vielleicht kommt am Nachmittag schon der nächste –«

Luka knurrte und stieß das Spatenblatt in die weiche Erde. Natascha, dachte er dabei. Hab' keine Angst, mein Täubchen. Sie stehen bald vor Berlin, haben die Kerle hier erzählt. Bald wird der Krieg zu Ende sein. Dann wirst du nach Moskau gehen, nicht wahr, und es wird ein anderes Leben beginnen. So, wie es Fedja Iwanowitsch wollte. Ein schönes Leben –

Er schielte zu dem Unteroffizier. Er stand neben ihm und sah ihm grinsend zu. Hinter ihm stand ein anderer Soldat, die Pistole in der Hand. Das war alles. Die beiden anderen waren gegangen. Zwei Pistolen genügten, auch für dieses Untier, dachten sie.

»Sie ist wirklich weich, die Erde«, sagte Luka und grub fleißig. »Es wird ein prächtiges Apfelbäumchen werden, Genossen . . .«

»Birnbaum!« sagte der Unteroffizier.

»Warum bist du so streitsüchtig, Freund?« Luka stützte sich auf den Spaten und sah den Unteroffizier an. »Ich kannte mal einen Offizier, der hatte auch immer das letzte Wort. Eines Tages war er tot. Der Schlag hatte ihn getroffen, weil sein Spiegelbild ihm immer die letzte Antwort gab.«

Der Unteroffizier lachte. »Ein Idiotenwitz! Gut, gut! Aber grab, Genosse . . . wir haben nicht viel Zeit mehr . . .«

»Da muß ich widersprechen, Genossen!« sagte Luka. Mit seinen mächtigen Händen packte er den Kopf des Unteroffiziers und den Kopf des Soldaten und stieß sie blitzschnell zusammen. Ehe sie merkten, was geschah, und sich wehren konnten, klang es so, als wenn man ein Ei aufschlage. Dann zerplatzten ihre Hirnschalen unter dem Zusammenstoß, und sie hingen in Lukas Händen wie zwei abgewürgte Gänse.

»Na, na«, sagte Luka verblüfft. »So dünn sind ihre Köpfe? Wer hätte das gedacht? Man soll's nicht glauben, wie dünn der Mensch gebaut ist.«

Er ließ die Körper in die flache Grube fallen, die er geschaufelt hatte, nahm ihnen die Pistolen, die Militärpässe, Zigaretten und was sie sonst noch in den Taschen hatten, ab und verließ den Garten über die Mauer, die ihn von einem kleinen Nebenfluß der Oka trennte. Diesen Fluß, dessen Wasser ihm bis zur Brust reichte, ging er zwei Werst lang mitten im Flußbett entlang, kletterte dann ans andere Ufer und lief in riesigen Sprüngen ins Land hinein, weg aus der Nähe der Stadt Kaluga.

In einer Scheune versteckte er sich bis zur Nacht. Sicher war's, daß man alles nach ihm absuchte, daß alle Straßen gesperrt waren, alle Wege in die Wälder und zu den Dörfern. Gegen Abend hörte er sogar einen Lautsprecherwagen durch das Land fahren. »Ein gefährlicher Raubmörder ist ausgebrochen!« tönte es aus dem Lautsprecher. »Er ist riesengroß, seit Wochen unrasiert, trägt zerlumpte Kleider. Er hat zwei Pistolen bei sich . . .«

Dumm sind sie, dachte Luka und streckte sich im Stroh aus. Nun wird ihn keiner suchen. Verkriechen werden sie sich vor Angst, die Bauern, und wenn sie ihm begegnen, werden sie ein heimliches Kreuz schlagen wie vor dem Satan.

Am nächsten Morgen tat Luka etwas, was er sehr lange überlegt hatte.

Sie werden immer nach Deserteuren suchen, dachte er. Sie werden's nicht sein lassen, denn wer das Militär nicht liebt, ist kein rechter Bolschewik, und so etwas hat in unserem Land keine Berechtigung, weiterzuatmen. Zugeben muß man, daß sie recht haben, von ihrem Standpunkt aus . . . aber das Leben ist auch schön ohne Uniform, und

Luka hatte keine Lust, Berlin kennenzulernen oder die Feuchtigkeit der pommerschen Erde. Und so, wie's jetzt war, würde man nicht aufhören, ihn zu suchen, aufzustöbern, erschießen zu wollen. Das alles behagte Luka nicht. Sicher war man nur als Invalide, sagte er sich nachdenklich und stützte den Kopf in beide Hände. Ja, das war's. Ein Invalide müßte man sein. Ein kriegsuntauglicher Krüppel. So ein Überbleibsel des Krieges, für das der Staat sorgte mit der gleichen mürrischen Mühe, mit der ein Bauer einen lahmen Gaul pflegt.

Eine ganze Nacht durchdachte Luka dieses große Problem. Am Morgen war er sich klar darüber, daß er Abschied nehmen mußte von der Kraft seiner Beine. Er tat es, indem er noch einmal beim Morgengrauen dreimal um die Scheune lief, schnell, tierhaft, sich vorwärtsschnellend, mit der ganzen Lust, die Erde unter sich zu lassen und zu springen wie ein verfolgter Rehbock.

Dann ging er langsam zurück in die Scheune, weichte ein dickes Stück Brot ein, bis es durch und durch naß und klebrig war, legte es auf ein dickes Brett, das er aus der Scheunenwand riß, und hielt das Brot und das Brett über das linke Bein, etwas unter dem Kniegelenk in Richtung der Wade. Mit der rechten Hand entsicherte er die Pistole des Unteroffiziers und hielt den Lauf ein paar Zentimeter über das nasse Brot.

»Man soll's nicht glauben«, sagte Luka zu sich selbst, »wie schwer es ist, sich etwas anzutun . . .«

Dann drückte er ab. Der Schuß krachte, die Kugel fuhr durch das nasse Brot, das den Pulverdampf aufsaugte, durchschlug das Brett und raste in sein Bein. Wie ein Schlag mit einem großen Hammer war's. Ihm folgte eine Welle der Taubheit, dann begann das Bein zu zittern, von der Ferse bis zur Hüfte. Er wurde in sich durchgeschüttelt, begann zu frieren, und glänzende Punkte tanzten vor seinen Augen. Als er das Bein bewegen wollte, spürte er zwar immer noch keine Schmerzen, aber es war ihm, als hinge es gar nicht mehr an ihm, sondern nur an den umgebenden Muskeln. Ein Sack aus Fleisch und Knochen.

Luka sah auf sein Bein. Es blutete ein wenig, und er drückte den Daumen auf die Einschußstelle. Das Brett und das vom Pulverdampf schwarzgewordene nasse Brot warf er zurück in das Stroh. Dann hob er das Bein an und sah, daß der Knochen zersplittert war.

»Ein Mist ist's!« schrie er. »Das wollte ich nicht!«

Er drehte sich um, brach aus der Scheunenwand ein langes Brett, schiente damit sein zerschmettertes Bein, band es mit Stricken auf dem Brett fest und zog sich an der Wand empor auf sein gesundes Bein. Jetzt kam auch der Schmerz, wahnsinnig, stechend, von den Zehen bis unter die Kopfhaut.

»Du bist ein wirklicher Idiot«, sagte Luka laut zu sich und knirschte dann mit den Zähnen, weil der Schmerz wieder durch seinen ganzen Körper raste. Gestützt auf zwei Latten, die er neben der Scheune gefunden hatte, humpelte er stöhnend und mit den Zähnen klappernd aus dem Versteck und sah durch die schillernden Punkte, die vor seinen Augen tanzten, die schwarze Linie der unendlichen Wälder am Horizont.

»Ich hätt's auch da hinten tun können!« sagte Luka und schüttelte den Kopf. »Zu eilig war's, verdammt!«

Drei Tage brauchte er, bis er zur Hütte kam. Mit seinem Hemd hatte er sich verbunden, an Bächen auf der Seite liegend getrunken und ein erschlagenes Huhn wie ein Wolf roh verzehrt. Ab und zu, allein in der Weite des Landes, hatte er auch wie ein Wolf geheult, vor Schmerz und vor plötzlicher Angst, nicht mehr in den Wald zu kommen.

Nun war er da ... stolperte durch dic Stämme und winkte mit der rechten Hand, als er Natascha neben der Hütte sah, die Maschinenpistole schußbereit vor der Brust.

»Täubchen!« brüllte er. »Nataschka ... mein Liebling ... Luka ist's ... Der Invalide Luka, der keinen Krieg mehr kennt ...«

Dann brach er zusammen, bevor Natascha die Waffe wegwerfen konnte. Er fiel der Länge nach auf das Gesicht, mit vorgestreckten Armen, aber Kraft hatte er noch, der Bär, zu sagen, bevor er völlig die Besinnung verlor:

»Nicht schlimm ist's, Natascha ... ein Kratzer bloß ... Nur Hunger hab' ich ... Geh, brat mir ein Häschen ...«

Dann verließ ihn das Bewußtsein, und er hörte nicht mehr, wie Natascha aufschrie, als sie sein Bein sah. Dick, aufgequollen und dunkelrot ...

In der Nacht ritt Natascha wie ein wilder Kosak aus dem Wald hinaus nach Kaluga. Das Pferdchen warf die Beine vor und keuchte, weil es getrieben und geschlagen wurde.

In der Hütte lag Luka und schrie im Fieber.

»Ich hole einen Arzt!« hatte Natascha gesagt. Aber er verstand sie nicht mehr. Er tobte und schrie im Fieber nach einem Stück nassen Brot.

Da war sie losgeritten, und nun flog sie über die Felder und schlug das Pferdchen und beugte sich tief über seinen Nacken und schrie ihm grell in die zurückgelegten Ohren.

»Dawai! Dawai! Dawai!«

Sie watete mit dem Pferd durch den Fluß, und triefend hielt sie in Kaluga den ersten Mann an, der sie anstarrte wie ein Gespenst.

»Wo ist ein Arzt?« schrie sie, sich an der Mähne festklammernd.

»Einen Arzt, Genossin? Einen richtigen Doktor?« Er betrachtete sie mit wirklichem Erschrecken. »Wo kommt Ihr denn her?«

Natascha hieb mit einem langen Holzstück, mit dem sie das Pferdchen angetrieben hatte, dem Starrenden ins Gesicht und schrie:

»Wo ist ein Arzt, du Hundedreck?!«

Der Mann tat einen Satz zur Seite, dann lief er davon, als sei ihm der Leibhaftige erschienen. Im Dunkel der Häuserschatten tauchte er unter, beide Hände vor dem geschlagenen Gesicht.

Noch siebenmal fragte Natascha, ehe sie einen alten Feldscher fand. Er lebte in einem kleinen Haus am Fluß und war beauftragt, für die Gesundheit seines Bezirkes zu sorgen. Die dienstfähigen Ärzte waren alle in der Roten Armee und marschierten nach Berlin.

Natascha warf den alten Viktor Viktorowitsch Jusha aus dem Bett. In einem langen Nachthemd schlurfte er durch das Zimmer und hob jammernd die Arme gegen die rauchige Decke.

»Ein Unglück! Mir dieses Unglück! Du bist bei den Deserteuren, nicht wahr? Sonst wäre er ja selbst gekommen, was?! Ich müßte dich melden ... sofort, beim Kommandanten! Ich möchte noch ein paar Jährchen leben, Genossin ... ein paar Jährchen nur, um zu wissen, was Frieden ist ...«

»Hör mit dem Jammern auf!« schrie Natascha. Sie stand mitten im Zimmer, noch immer von Wasser triefend, ein kleines schwarzhaariges Teufelchen, das keine Gnade kannte. »Wenn jemand fragt, wer hier war, so sage: Natascha Astachowa, die Trägerin des Leninordens und ›Heldin der Nation‹!«

Viktor Viktorowitsch Jusha hörte sofort mit dem Jammern auf. Nachdenklich, ja fast mitleidig sah er auf Natascha. Verrückt ist es auch, das Täubchen, dachte er. Was soll man tun? Verrückte sind gefährlicher als die Wölfe.

»Was willst du also?« fragte er.

»Ich brauche Verbandzeug. Tabletten gegen Schmerzen. Mittel gegen Wundfieber. Ich brauche eben alles ...«

Viktor Viktorowitsch Jusha setzte sich in seinem langen Nachthemd auf die Ofenbank und legte die verrunzelten Hände in den Schoß.

»Einen Operationssaal willst du nicht mitnehmen?«

Natascha verstand. Lustig machte er sich über sie und den im Fieber schreienden Luka. Die uralte Grausamkeit Rußlands brach aus ihr heraus und riß hinweg, was noch an Weiblichkeit in und an ihr war. Sie faßte den alten Feldscher mit beiden Händen um den faltigen Hals, schüttelte ihn, daß sein Kopf wie der Kolben eines Sumpfschilfes hin und her schwankte, riß den Greis vom Sitz empor und zerrte ihn würgend durch das Zimmer.

»Wo ist es?« schrie sie ihm ins Ohr. Jusha konnte nicht mehr antworten, aber Natascha folgte der Richtung seines Blickes. Da ließ sie ihn los, und er plumpste auf die Dielen und verlor die Besinnung.

In einem alten Schrank fand sie alles, was sie brauchte. Einige Rollen Verbände, Zellwolle, eine gebogene Schere, Gläser mit Tabletten und Pillen ... alles, was sie sah, packte sie in den Rucksack, der in der Ofenecke neben dem Holzstapel lag, warf den Sack über den Rücken und lief aus dem kleinen Haus. Draußen stand das Pferdchen und zitterte. Das Wasser fror auf seinem Fell, denn noch waren die Nächte kalt, bis der Frühling ganz über das Land gezogen war.

»Komm, mein Liebling«, sagte Natascha und schwang sich auf den Rücken des Pferdchens. »Wir müssen Luka retten ... lauf zurück wie der Wind –«

Wieder durchschwammen sie den Fluß und jagten zurück in die Wälder. Aber noch während sie ritt, rannte Viktor Viktorowitsch Jusha zur Kommandantur und verlangte, beim Posten schreiend, den Genossen Major Washa Fjodorowitsch Dobrik zu sprechen.

Major Dobrik hatte schlechte Nächte und noch schlechtere Tage gehabt. Als man den Unteroffizier und den Soldaten an der halbfertigen Grube fand, die Köpfchen zertrümmert wie geplatzte Tomaten, hatte Dobrik gebrüllt wie ein Büffel. Was half's jedoch? Der Riese war weg, niemand hatte ihn gesehen, und wer ihn gesehen haben könnte, der schwieg. Es gab Unannehmlichkeiten genug in diesen Tagen. Da waren zum Beispiel die Kartoffeln, die so knapp waren, daß man sie abzählen mußte. Und Fett gab es gar nicht. Ganz Kluge räucherten die Fische, die sie aus der Oka zogen, und dann schabten sie das Fischfett von der

Haut und brieten darin ihre Kartoffeln. Es schmeckte etwas ungewohnt. Aber für den, der Hunger hat, war's ein Festmahl.

Major Washa Dobrik tat dann etwas, was ihn sehr nachdenklich werden ließ und vor allem über die Konsequenzen nicht im unklaren lassen konnte: Er belog Moskau. Nicht daß dies eine Seltenheit war. Moskau war weit, und in Kaluga war Major Dobrik das große Herrchen ... aber immerhin war es nicht so ganz alltäglich, zwei Tote zu verschweigen. Erst am dritten Tag meldete er die beiden Rotarmisten als vermißt, sehr entrüstet und sehr wütend. »Es ist eine Pest, Genossen«, schrie er ins Telefon. »Überall ist keine Moral mehr! So kurz vor dem Sieg laufen sie davon. Man sollte sie alle zum Teufel wünschen.«

Und nun kam dieser Viktor Viktorowitsch zu ihm, mitten in der Nacht, und sang ihm etwas vor. Im Hemd stand er da, der klapperdürre Gaul, und wieherte etwas von einem Überfall auf seinen Medizinschrank.

»Eine Heldin der Nation war's«, jammerte Jusha und rang die Hände. »Alles hat sie mitgenommen, sogar den Wodka. Und dabei stand ›Gift‹ auf der Flasche.«

Major Dobrik sah Viktor Viktorowitsch groß an. Das Aas ist besoffen, dachte er, und es tat ihm weh ums Herz, weil er gleich den alten Jusha ohrfeigen mußte. Man schlägt nicht gern einen alten Mann, auch nicht in Kaluga. Aber dann wurde er munter, als er von einem verwundeten Deserteur hörte, für den das Täubchen die Medikamente brauchte.

»Wie hieß sie?« fragte er und knöpfte seine Uniformjakke zu. Das war dumm, denn unter der Jacke stand er in Unterhosen vor dem schlotternden Jusha.

»Sie sagte: Natascha Astachowa ... oder so ähnlich. Den Leninorden will sie haben. Hat man schon so etwas Blödes gehört, Genosse?«

Major Dobrik lachte nicht. Er war sehr nachdenklich. Vorsorglich notierte er sich den Namen und die Stunde, in der man den guten Jusha so übel zugerichtet hatte. »Ich werd's melden, Genosse«, sagte Dobrik. »Ich glaube, wir haben da eine sehr gute Spur ...«

Dann warf er Viktor Viktorowitsch wieder hinaus, und der Alte rannte jammernd nach Hause, legte sich in sein Bett und dachte darüber nach, wie schlecht es doch sei, in einer solch wilden Zeit zu leben.

Unterdessen saß Natascha neben dem Strohlager Lukas und las auf den Flaschen, was in ihnen war. Sie verstand es nicht. Eine fremde Sprache war's, und viele Abkürzungen waren dabei. Da öffnete sie die Flaschen einzeln, roch an ihnen, und wenn es sehr stark roch, verschloß sie sie wieder. Bei den Pillen und Tabletten war es anders. Sie rochen überhaupt nicht, waren alle weiß und flach und rund und schmeckten bitter, wenn man mit der Zungenspitze an ihnen leckte.

Natascha nahm aus einem Glas, das halb leer war, drei Tabletten heraus und löste sie in einem Becher Wasser auf. Sie sind am meisten gebraucht, dachte sie. Also können sie nicht schädlich sein.

Vorsichtig setzte sie das Glas an Lukas Mund, und als sie die Lippen nicht auseinander bekam, nahm sie die Faust und hieb Luka mit aller Wucht gegen das Gesicht. Er stöhnte auf, riß den Mund auf, und in diesem Augenblick goß sie ihm das Wasserglas in den Rachen. Dann fiel er wieder zurück in seinen Fieberwahn, und Natascha saß neben ihm, fünf Tage lang, kaum daß sie aß, und beobachtete ihn und gab ihm die Tabletten, die das Fieber wirklich herunterdrückten.

Nach sieben Tagen konnte Luka wieder klar sehen und erkannte Natascha. Er richtete sich auf, strich sich über das schweißnasse Gesicht und atmete tief, als habe er die ganzen Tage keine Luft bekommen.

»Das wird ein Leben, Täubchen«, sagte er mühsam. »Nicht mehr zum Militär muß ich. Bin ein Invalide geworden, ein Krüppelchen ...«

»Wer hat dich angeschossen, Luka?« fragte sie. Luka sah sie groß an, dann drehte er sich auf die Seite und kratzte sich den Kopf.

»Ein Bauer war's«, brummte er und war froh, sie nicht ansehen zu müssen. »Er wollte mir nicht sein Schweinchen geben ...«

Natascha wußte, daß er log. Aber sie schwieg. Sie kochte ihm eine dicke Suppe aus Hasenfleisch und Kohl, und Luka fraß sie auf ... einen ganzen Kessel voll. Dann nahm er wieder seine Tabletten und schlief danach wie ein zufriedener Bär.

Das Fieber kam nicht wieder. Die Beinwunde verheilte schnell. Nur die Schiene mußte er weiter tragen und liegen, bis der Knochen sich gefestigt hatte. Und auch in den Zehen hatte er kein Gefühl, ja nicht einmal bewegen konnte er sie. Natascha sah es, und sie wußte, was es war. Ein Nerv war zerschossen worden, und Luka würde niemals wieder sein Bein gebrauchen können.

Aber er lebte, und er war fieberfrei über all die langen kommenden Wochen.

Die Tabletten hatten geholfen. Und, glaubt's mir, Freunde ... es waren Tabletten gegen Schweinerotlauf –

Plötzlich war der Krieg zu Ende. Es kam so plötzlich, daß Luka mißtrauisch den Bart kratzte und meinte, es sei eine Falle. Ein lauer Maiwind strich über die Hütte, in Kaluga schoß man Triumphsalute, und Major Dobrik hielt nach dem Gouverneur eine Rede und lobte die Rote Armee und ließ die Massen »Bravo, bravo!« schreien.

»Es muß wohl so sein!«, sagte Natascha. Sie saß mit Luka draußen in der Sonne und hörte auf das Schießen, und sogar eine Glocke läutete.

»Es ist wirklich Feiertag«, sagte Luka und rieb sich die Augen. »Oder Stalin ist gestorben, weiß man's?«

Gegen Abend ritt Natascha vorsichtig bis an den Waldrand. Über Kaluga wehten die roten Fahnen, die Traktoren auf den Feldern waren mit Girlanden umkränzt, aus allen Fenstern wehten die roten Lappen. Am Ufer der Oka war ein großer Festplatz errichtet, und man briet einen ganzen Ochsen, den man irgendwo aufgetrieben hatte. »Mirr«, schrie man und sprang um den gebratenen Ochsen herum. »Mirr. Mirr.« (Frieden. Frieden.) Und von der Stadt her zogen lange Kolonnen mit Fahnen und Stalinbildern und sangen die Internationale.

Natascha ritt zurück zu Luka. Er saß noch immer vor der Hütte und rauchte in einer selbstgeschnitzten Pfeife getrocknetes Gras. Sein geschientes und dick bandagiertes Bein hatte er auf einen Baumstamm gelegt.

»Nun?« fragte er. »Frieden?«

»Ja, Luka. Sie tanzen und singen. Der Krieg ist vorbei . . .«

Luka nickte. Der Krieg ist vorbei, dachte er. So plötzlich und schnell. Habe ich es nötig gehabt, mir da ins Bein zu schießen? Wie kann man so plötzlich Frieden machen? Rücksichtslos ist das. Er sah zu Natascha hinauf. Auch sie sah nicht glücklich aus. Vier lange Jahre hatte man auf diesen Augenblick gewartet, in den Sümpfen hatte man gelebt wie Biber, und gekämpft hatte man, verbissen und grausam. Und gelitten hatte man und sich ins Bein geschossen, um diesen Tag zu erleben. Frieden! Kein Krieg mehr. Kein Morden. Kein Verstecken in den Wäldern. Und Fedja Iwanowitsch, der kleine Leutnant, hatte mitgesiegt. Er war einer der ersten, der getötet wurde, aber nun war es nicht umsonst. Rußland war frei –

»Nun könnten wir nach Moskau gehen«, sagte Luka und betrachtete sein geschientes Bein. »So, wie wir's vorhatten, Täubchen –«

Natascha ging in die Hütte und setzte einen Topf mit Wasser auf, wie jeden Abend, wenn sie eine Suppe kochen wollte. Merkwürdig war's auch in ihr. Es kam keine Freude auf über den Frieden. Sie hätte jetzt schlafen können . . . tagelang ... wie Blei war's in ihren Gliedern. Und plötzlich weinte sie, setzte sich neben die offene Feuerstelle, starrte in die Flammen, die um den Kesselboden züngelten, und preßte die Hände auf das Herz.

Sie hatte Angst vor Moskau, und sie wußte nicht zu sagen, warum.

Von draußen stampfte Luka herein. Er hatte sich aus starken Baumstämmen zwei Krücken angefertigt. Es sah aus, als schwänge sich ein Bär zwischen zwei Riesenbäumen vorwärts. Das verwundete Bein hing an seinem Körper, als gehöre es gar nicht dazu.

»Warum weinen, Nataschka?« fragte er und lehnte sich an die Tür.

»Es ist Frieden, Luka –«

»Darüber sollte man lachen, Täubchen ...«

Sie nickte, aber sie sagte etwas anderes. »Was sind wir denn ohne Krieg, Luka? Er hat uns zu Wilden gemacht ... wie sollen wir uns zurückfinden zu den Menschen ...?«

»Wir fahren nach Moskau.«

»Und dort?«

»Es wird sich alles finden, Nataschka. Ein jedes Kind ist anders ... aber die Mutter versteht sie. – Gehen wir zurück zu Mütterchen ...«

Sie standen auf dem Roten Platz und staunten. Die riesige, lange Kremlmauer lag im strahlenden Sonnenlicht, vor dem Leninmausoleum standen die Wachen wie aus olivgrünem Stein gehauen, die Dächer der Kremltürme blendeten die Augen.

Luka saß auf dem Bock des kleinen Karrens und hatte den Arm wie schützend um Nataschas schmale Schulter gelegt. Das struppige Pferdchen stand mit gesenktem Kopf und betrachtete mit trüben Augen den gepflasterten Platz.

»Ein Wunder ist's. Wirklich ein Wunder«, sagte Luka leise, als störe seine Stimme. Er sah sich um. Sie waren nicht allein, nein, der ganze riesige Platz war voller Menschen. Soldaten waren da, Städter – man sah's an ihrem Gebaren und den besseren Kleidern – und viele Bauern standen herum, in ihren langen Stiefeln, mit den ausgebleichten Kopftüchern und den langen, bis zu den Knöcheln gehenden Röcken. Sie alle starrten zum Kreml hinüber, strichen sich durch die Bärte, warteten und hielten die roten Fahnen bereit, um mit ihnen zu winken. Es hieß, Stalin würde sich heute zeigen. Er war von der Front zurückgekommen.

»Wie kann man mit Steinen nur so was bauen? Unbegreiflich ist's, wirklich ...« Luka sah zu den Türmen der Kathedrale empor, zum alten Zarenpalast, hinüber zu den Mauern, an denen die Moskwa vorbeifloß. Zum erstenmal sah er das Herz Rußlands, und er spürte es in sich klopfen, immer schneller und wilder, je länger er über den Roten Platz sah und die unbegreifliche Größe in sich aufnahm.

Sie warteten eine Stunde, aber Stalin zeigte sich nicht. Statt dessen sprach ein Beamter des Kreml zu den wartenden Massen; dann erschien ein General und wurde beklatscht und bejubelt, obwohl niemand wußte, wer es war. Aber es war ein General, er trug eine Uniform mit vielen, vielen Orden, also mußte er sehr tapfer gewesen sein im vaterländischen Krieg und hatte ein Recht, bejubelt zu werden. Dann sangen alle die Internationale, schwenkten die roten Fahnen, hielten Bilder Stalins und Lenins empor und zogen singend am Mausoleum vorbei.

Auch Luka defilierte mit. Er lenkte den klapprigen Wagen die Kremlmauer entlang und schrie den stummen Wachen am Eingang des Grabmals »Brüder, Brüder« zu. Ja, er hielt sogar an und stieß Natascha ganz vorsichtig, damit sie nicht vom Kutschbock fiel, in die Seite.

»Sieh sie dir an, die Brüderchen«, sagte er verblüfft. »Diese Uniförmchen, so glatt und so sauber und so neu. Hast du bei uns solche Uniformen gesehen? Ungerecht ist das, sollte man meinen, wo wir gekämpft haben und sie nur Wache stehen bei einem Toten –«

Diese Feststellung dämpfte seine vaterländische Begeisterung merklich. Er schrie nicht mehr. Ins Denken kam er plötzlich, der Idiot, und dachte an die Jahre in den Sümpfen.

»Und wie gut genährt sie sind«, sagte Luka, ehe er vom Roten Platz herunterfuhr. Keine Ruhe ließ es ihm. »Und alles, weil sie Wache halten ... Man kann's nicht verstehen, Täubchen.«

Sie fuhren durch die Straßen mit ihrem struppigen Gäulchen und dem klapprigen Wagen und starrten die hohen Hauswände an, die blanken Fensterscheiben, die Geschäfte, in deren Auslagen nur Plakate hingen, sie fuhren durch die breiten Alleen und hielten vor den Kirchen und den alten Schlössern der zaristischen Großfürsten.

Sie sahen aber auch lange Menschenschlangen auf dem Bürgersteig stehen, alte Frauen und Kinder, mit Körben in den Händen und geflochtenen Taschen.

»He, was gibt's, Genossen?« schrie Luka vom Kutschbock zu ihnen hinunter. »Warum steht ihr hier?«

»Butter gibt's heute«, sagte ein Kind. »Hundert Gramm. Und für jeden vier Kartoffeln. Und wenn's reicht, noch etwas Milch.« Er sah zu Luka hinauf und glaubte, er sei ein Bauer. »Ihr könnt euch satt fressen«, sagte er gehässig. »Aber wartet nur ... die schöne Kriegszeit ist vorbei. Bald kommt ihr wieder in die Sowchose ...«

Stumm fuhr Luka weiter. Am Ufer der Moskwa hielt er an und sah zur Seite zu Natascha. Ganz still saß sie neben ihm, mit großen, traurigen Augen. Und bleich war es, das Vögelchen, ganz weiß im Gesicht, wie ein gebleichter Leinenlappen.

»Ganz von vorn müssen wir anfangen, Täubchen«, sagte Luka und kaute an den Haaren seines Bartes, die ihm in den Mund hingen.

Sie nickte. »Ich weiß es, Luka.«

»Und ein Zimmerchen müssen wir uns suchen.«

»Ja –«

»Und eine Arbeit.« Er nagte weiter an den Haaren und sah zu, wie zwei Männer einen Fisch aus der Moskwa zogen, sich scheu umsahen und ihn schnell in die Tasche steckten. »Verdammt, uns fehlen ein paar Rubelchen –« Er betrachtete das Pferdchen. Struppig war's, klein und knochig. Aber arbeiten konnte es, und genügsam war's, ein Eimer Wasser und ein Schüttchen Stroh, das war alles. »Ob wir's versuchen, Täubchen? Schaden kann es nicht.«

»Was?«

»Am Bahnhof. Mit dem Pferdchen. Keiner schleppt gern Koffer ... man könnte sie fahren ... mit dem Pferdchen ...«

»Ideen hast du –«, sagte Natascha gedehnt. Aber sie bewunderte Luka. Nicht unterkriegen ließ er sich. Er war wie ein Baum in der Taiga ... nach jedem Winter blühte er neu.

»Transportunternehmen Luka & Co.«, lachte sie. Luka atmete tief. Sie lacht, dachte er glücklich. Natascha lacht. Wenn sie lachen kann, ist's wie eine wärmende Sonne in ihrer Seele.

»Dawai«, brüllte er. Die Zügel straffte er, und das Pferdchen trabte davon, am Ufer der Moskwa entlang, der untergehenden Sonne entgegen. Und plötzlich sang er, der Riese, wie ein Bäumebrechen in einem engen Tal klang's, rauh und dröhnend.

Natascha riß ihn am Ärmel. »He! Wohin willst du?« schrie sie in seinen Gesang.

»Ein Zimmerchen suchen«, schrie Luka zurück. »Ein Zimmerchen muß es doch geben in solch einer großen Stadt –«

Aber es gab kein Zimmerchen. Der Beamte auf dem Wohnungsamt, zu dem sich Luka durchfragte, sah ihn groß an, als höre er ein chinesisches Märchen von der goldenen Nachtigall.

»Ein Zimmer, Genosse? Hier in Moskau?« Kaum zu begreifen war's. »Von welchem Stern bist du denn gefallen? Nicht mal ein Kanalloch ist frei. Ein Zimmerchen will der Kerl ... fast ist es Sabotage –«

Er musterte Luka noch einmal, sein wildes Gesicht, das geschiente, leblose, in dicke Bandagen gewickelte Bein, diesen unwahrscheinlichen Riesenleib, und dann glitt sein Blick hinüber zu Natascha, dem zarten Vögelchen, das so still neben dem Riesen stand und sich ab und zu durch die langen, schwarzen Haare fuhr.

»Geht in euer Dorf zurück, Genossen«, sagte er milde gestimmt, als er den Anblick Nataschas in sich aufgenommen hatte. »Was wollt ihr denn hier?«

»Unser Dorf ist zerstört ...«, sagte Natascha. Es war das erste Wort, das sie sagte, und der Beamte sah sie wieder an.

»Damit muß man immer mal rechnen im Krieg, Genossen.«

»Und außerdem ist sie ›Heldin der Nation‹«, sagte Luka stolz. »Natascha Astachowa ist's, Leutnant der Roten Armee, Trägerin des Leninordens –«

»Ach laß es, Luka.« Natascha schüttelte den Kopf. »Frieden ist jetzt ... was kümmert die Brüderchen unser Leben in den Pripjetsümpfen ...«

Der Beamte senkte den Kopf. Noch einmal betrachtete er die beiden Bauern in ihren zerlumpten, stinkenden Kleidern. Dann hob er das Kinn und brüllte. O bei meiner Seele, er konnte brüllen, der Genosse Wohnungsamtbeamter. Gelernt hatte er es auf der Parteischule. Wer am lautesten brüllt, hat immer recht, war eine Weisheit, die er mitgenommen hatte. Und von jeher ist ein Muschik, ein so drekkiger russischer Bauer, in den Hintern getreten worden, und siehe an ... er lief wie ein gutgeöltes Maschinchen. Das hatte sich auch nicht geändert durch die Revolution. Statt ›Hundesohn‹ hießen sie jetzt zwar ›Genossen‹, aber ist das ein Unterschied, Freunde?

Also brüllte der Beamte los, wie er's gewohnt war. Empört war er, ehrlich und aus tiefster sowjetischer Seele.

»Ihr Mißgeburten«, schrie er grell. »Ihr wagt es, so etwas zu sagen? ›Heldin der Nation‹, Leninorden, Leutnant der besten Armee der Welt ... ihr dreckigen Wanzen, ihr gebratener Kuhdreck! Hinaus, hinaus, ehe ich vergesse, daß ich ein höflicher Mensch bin.«

Es war die Sprache, die Luka verstand. Er hob die breiten Schultern, legte den Arm um Natascha und ging.

»Sie sind merkwürdig, die Städter«, sagte er auf dem langen, weißgetünchten Flur des Amtes. »Sie glauben einfach nicht.«

Natascha lächelte schwach. Müde war sie, und mutlos dazu. Was war der Frieden nun, dachte sie manchmal. Man sollte ihn bejubeln, und man hat plötzlich Angst vor dem Leben.

»Ich wußte es, daß man uns nicht glaubt«, sagte sie. »Hier hat man einen anderen Begriff von den Dingen, Luka. Hier muß man Orden haben und Titel, und zeigen muß man sie.« Und das alles hatte man verloren, auf der Flucht durch die Sümpfe, die Orden, die Papiere, das Heldentum, bescheinigt auf einem Stückchen Dokument, auf dem der Name Stalins stand.

Luka humpelte aus dem Haus, kletterte ächzend auf seinen Kutschbock und schabte mit dem gesunden Fuß dem Pferdchen liebevoll über die magere, knochige Kruppe.

»Ein Zimmerchen bekommen wir«, sagte er dumpf. »Der Teufel hol's ... sie kennen Luka nicht –«

Er schnalzte mit der Zunge, und das Pferdchen zog an und humpelte über das Pflaster. Ziellos, irgendwohin, aus der Innenstadt hinaus, vorbei an neuen Menschenschlangen, die vor einigen staatlichen Läden standen.

Vor einem breiten Haus hielt Luka das Pferdchen an und strich sich über das Gesicht. Am Rande der Stadt war's, und dunkel wurde es. Natascha saß müde neben ihm, sie hatte den Kopf an seine Schulter gelehnt und schien fast zu schlafen.

Luka musterte das Haus. Ein großer Stall war's, und ihn hatte man umgebaut, in lauter kleine Wohnungen und Kämmerchen. Dort hausten jetzt Arbeiter und Traktoristen mit ihren Frauen und Kindern.

Vorsichtig schob Luka den Kopf Nataschas von seiner Schulter weg. Sie wachte dabei auf und sah sich völlig abwesend um.

»Wo sind wir?« fragte sie.

»Gleich hast du ein Bettchen«, sagte Luka. »Warte ein Weilchen ... ich muß erst über die Miete reden –«

Stöhnend kletterte er wieder vom Kutschbock, nahm seine mächtigen Baumstämme unter die Achseln und humpelte durch die nächste Tür in das langgestreckte Haus.

»Grüß euch, siegreiche Genossen«, schrie er, als er die Tür der ersten Wohnung aufriß. Sein Erscheinen war wie das Niederbrechen einer Lawine. Die Menschen in dem kleinen Zimmer duckten sich, die Kinder krochen hinter die Erwachsenen, und die Männer – zwei waren's, kleine, gelbhäutige, schlitzäugige Tataren mit hängenden, dünnen Schnurrbärten – spreizten die Beine, als gälte es, ein störrisches Kamel aufzuhalten.

Luka wartete keinen Gegengruß ab. Er sah sich um. Zwei Betten waren da, und im Zimmer saßen neun Menschen. Ein bißchen wenig Platz war's, zugegeben, aber wenn man zusammenrückte, war das Zimmer groß.

»Ein Bett brauche ich, Genossen«, sagte er. »Nur eins ... man soll nicht unbescheiden sein. Das andere dürft ihr behalten. Ihr seid doch einverstanden, liebe Brüder ...«

Die beiden Tataren starrten den Riesen an. Ihr Kopf hatte in einer seiner Hände Platz, und mit den Baumstämmen, die er als Krücken benutzte, konnte man Wände einschlagen oder ein ganzes Haus abstützen. Die Kinder steckten die Finger in den Mund, die Frauen schwiegen erschrokken.

»Nur für heute ist's«, tröstete Luka die stumme Klage. »Morgen suchen wir uns ein eigenes Zimmerchen. Aber erst schlage ich dem Beamten vom Wohnungsamt den Schädel ein. Ist's doch in eurem Sinn, Genossen, was?« Er lachte dröhnend, und die Tataren blickten scheu zur Dekke, ob sie nicht einstürzte. Dann lächelten sie voller asiatischen Gleichmuts. Wie Frösche sahen sie aus, die abends im Schilf quaken.

»Nur einen Augenblick«, sagte Luka zufrieden. »Ich hole nur Nataschka ...«

Als er mit ihr zurückkam in das Zimmer, saß jeder der Tataren auf einem Bett, in der Hand einen langen Dolch. Sie lächelten noch immer, und zusammengedrängt in einer Ecke warteten die Frauen und die Kinder. Luka stellte die halb schlafende Natascha an die Türwand und schüttelte den dicken Kopf.

»Aber Genossen«, sagte er fast traurig. »Man kann sich doch friedlich über wichtige Probleme unterhalten. Warum die Messerchen? Ist's doch so, daß ihr durch die Stube fliegt, wenn ich kräftig atme. Warum macht ihr solche Unannehmlichkeiten, Brüder? Nur wegen einer Nacht. Wo bleibt die Nächstenliebe?«

Er stampfte mit seinen Krücken zum ersten Bett. Der kleine Tatar schnellte hoch, aber wie man eine Motte abwehrt, so flatterte er gegen die andere Wand, als ihn der Schlag Lukas traf. Dort sank er zusammen und starrte den Riesen an, als könne er es nicht begreifen. Der andere Tatar lächelte noch immer, aber er steckte den Dolch weg und ging zu seiner Familie. Ihn hatte es nicht getroffen, er hatte sein Bett behalten.

»Komm, Täubchen ...«, sagte Luka. Er führte die im Schlaf gehende Natascha zum Bett, ließ sie sich niederlegen und setzte sich neben sie, links und rechts seine

Baumstämme, das leblose Bein weit von sich in die Stube gestreckt.

»So ist's gemütlich, Genossen«, sagte er zufrieden. »Und hofft nicht, daß ich schlafe ...«

Als der Mond über die Moskwa zog, lagen die Tataren und ihre Familien auf dem übriggebliebenen Bett und auf dem Fußboden, zusammengerollt wie schlafende Raupen. Sie schnarchten und seufzten und stießen ihre Ausdünstungen aus.

Nur Luka schlief nicht. Er wachte bei Natascha und sah hinüber zu dem kleinen Fenster, vor dem der bleiche Mondschein wanderte und ihn an den Schnee erinnerte, in dem sie wochenlang gelegen hatten.

Dann dämmerte es, und Luka reckte sich, spürte Hunger und Durst und erinnerte sich liebevoll an das Pferdchen, das hinter dem Haus auf der Erde lag und den Morgentau vom Boden leckte.

Zum Bahnhof, dachte er. Koffer werden wir fahren, mein Liebling. Und Rubelchen werden wir verdienen. Schöne, runde, klingende Rubelchen. Ein Leben wird das werden, bei meiner Seele ... Ein Pferdchen, ein Zimmerchen und viele Rubelchen ... was will man mehr ... Zum Lachen wär's, wenn man den Frieden nicht überlebte –

Er seufzte, und es muß so laut gewesen sein, daß Natascha erwachte. Sie richtete sich auf den Ellenbogen auf, überblickte das Zimmer mit den auf dem Boden liegenden Kindern und Frauen, und setzte sich dann gerade hin.

»Wo sind wir, Luka?« fragte sie leise. Ihre Stimme klang nicht sehr freundlich. Luka stellte es betrübt fest. Er kratzte sich den Kopf und nagte an seinen Barthaaren. Natürlich, dachte er. Nichts gemerkt hat sie gestern nacht, so müde war das Vögelchen. Aber jetzt ist es munter wie ein Fischlein, und jetzt wird's wieder Schelte geben. Ein hartes Leben ist's fürwahr, Freunde.

»In einem Zimmerchen sind wir, Nataschka«, sagte Luka vorsichtig. »Gute Freunde ... alle ... Haben ein Bett geräumt für dich und sich auf den Boden gelegt. Gute, echte, liebenswerte Genossen sind's, mit einem Herz in der Brust. Man kann sie nur loben ...«

Natascha erhob sich von dem Lager und reckte sich. Ein kleines, gelbes Kind mit verquollenen Schlitzaugen begann zu weinen. Die Mutter neben ihm wälzte sich zur Seite, zog es an sich und schob ihre Brust aus der Bluse. Sie legte das wimmernde Kind an, und während es trank, schlief sie schon wieder weiter. Wie eine säugende Ratte, dachte Natascha. Die Müdigkeit und Trostlosigkeit des vergangenen Tages war von ihr gewichen. Sie hatte geschlafen, und mit diesem Schlaf waren die Enttäuschungen vergangen, die sie wie gelähmt hatten. Etwas von der alten Kraft, die sie zwei Jahre lang durch die Pripjetsümpfe getrieben hatte, kehrte zu ihr zurück. Sie warf den Kopf in den Nacken und kämmte sich die langen Haare mit gekrümmten Fingern. Luka starrte sie an. Das kannte er, dieses Kopfwerfen, diese dunkelglänzenden Augen, diesen kleinen, trotzigen Mund.

»Was soll's?« fragte er vorsichtig.

»Wir fahren zur Verwaltung«, sagte sie. »Beweisen will ich, daß ich Natascha Astachowa bin. Leutnant der Roten Armee ... Und ich werde für dich und mich ein Zimmer bekommen und Arbeit und alles, was wir brauchen ...« Sie sah seinen zweifelnden Blick und hörte mit dem Kämmen auf. »Du glaubst es nicht?«

»Schwer wird's sein, mein Täubchen. In der Verwaltung sitzen keine Soldaten, sondern Beamte.«

»Dann wird man ihnen zeigen, was ein Soldat ist.«

Lukas Herz in der Brust hüpfte vor Freude, aber es war eine geheime Freude. An sein Bein dachte er, an das Leben als Deserteur, an die beiden Soldaten von Kaluga, deren Köpfchen dünn wie Eierschalen waren.

»Ich werde zum Bahnhof gehen«, sagte er deshalb. »Ein paar Rubelchen können schon verdient werden, während du mit den Beamten sprichst. Und besser ist's auch, wenn ein Mädchen allein kommt. Hol der Teufel die Beamten . . .«

Und so wurde es. Luka fuhr Natascha zur Verwaltung, einem riesigen Palast mit Hunderten von Fenstern. Von dem langen Dach wehten breite rote Fahnen, Spruchbänder hingen zwischen den Fensterreihen, und die Bilder Stalins, Lenins und einiger Marschälle blähten sich im Morgenwind.

Luka hielt den Karren an und ließ Natascha absteigen. Er zögerte, ob er mitkommen sollte. Das große Haus, die vielen Beamten darin, und unter ihnen das zarte Vögelchen, das man rupfen und kneifen würde.

»Was ist, Luka?« fragte Natascha, als er nicht weiterfuhr.

»Ich sollte mitkommen, Täubchen . . .«

»Du bleibst draußen. Fahr zu deinem Bahnhof . . .«

»Ich fahr' schon, Täubchen, ich fahr' schon . . .« Er schnippte mit den Zügeln aus selbstgedrehten Stricken, dick wie ein normaler männlicher Daumen, und das kleine, struppige Pferdchen zog an und trottete mit gesenktem Kopf davon.

Natascha wartete, bis Luka um die Ecke gefahren war. Dann ging sie in den Verwaltungspalast und hielt den ersten herumrennenden Beamten an, der ihr begegnete.

»Wo ist der Kommandeur, Genosse?« fragte sie.

»Kommandeur?« Der Beamte musterte sie verblüfft. »Wen meinen Sie damit, Genossin?«

»Den obersten von euch Idioten!«

Der Beamte schien vom Land zu kommen, er verstand die Sprache, ohne beleidigt zu sein. Ein Stadtmensch hätte sich zumindest sehr gewundert.

»Unmöglich, dahin zu gehen, Genossin«, sagte er fast feierlich. »Jeden Tag sind Sitzungen, Abordnungen kommen, Komitees werden gebildet, Pläne aufgestellt . . . So ein Frieden bringt viel Arbeit, Genossin.«

Natascha ließ ihn stehen und fragte sich weiter durch. Im ersten Stockwerk, in einer großen Halle, erfuhr sie, daß hinter einer hohen, glänzenden Tür der Mann sein Zimmer hatte, dem alle Beamten Moskaus unterstanden. Zwei Vorzimmer mußten durchgangen werden, ehe man ihm ins Gesicht schauen durfte.

Was soll's? dachte Natascha. Ihn will ich sprechen, nicht seine Sekretäre. Sie sah sich um, und da niemand sie beachtete, ging sie auf die hohe Tür zu, auf der ein weißes Schild klebte: ›Eintritt verboten.‹

Ohne Zögern drückte sie die Klinke herunter und ging hinein.

Ein dicker Mensch saß allein hinter seinem Schreibtisch und las die *Prawda*. Dabei rauchte er und schien viel Zeit zu haben –

Der Bahnhof von Moskau ist ein Wunderwerk, so wenigstens kam es Luka vor, als er mit seinem Pferdchen davorstand, in die weite Halle blickte, die vielen Menschen sah und das hastende Leben, das von einer Uhr bestimmt wurde, die groß und allen sichtbar in der Halle hing.

Züge liefen ein, und Züge fuhren davon, nach allen Richtungen und nach Namen, die Luka nie gehört hatte. Nachdem er sich genug gewundert hatte, fuhr er das Wägelchen zu der Stelle, wo er die meisten Leute aus dem Bahnhof kommen sah. Dort stellte er sich auf, winkte mit beiden Armen und brüllte in die Menge hinein, die von einem gerade angekommenen Zug auf die Straße quoll.

»Hierher, Genossen«, schrie er, und die in seiner Nähe gingen, zuckten zusammen, als habe sie ein Vulkan überrascht. »Warum tragt ihr eure Säcke und Koffer selbst? Dumm seid ihr, Brüderchen. Ladet es auf meinen Wagen. Für ein paar Kopeken fahr' ich euch hin, wohin ihr wollt ...«

Ein paar Reisende blieben stehen und musterten Luka. Sie überlegten, ob man es wagen könne, diesem kaum menschlich aussehenden Individuum die Koffer anzuvertrauen. Schließlich wagten es zwei, aber nur, weil sie bewaffnet waren. Offiziere der Armee waren's, sie warfen ihre Taschen in den Wagen und traten an Luka heran.

»Zuerst zum Roten Platz und dann zur Oktober-Kaserne.«

»Sofort, sofort, Genossen.« Luka richtete sich auf und zeigte auf die Offiziere. »Zwei kluge Genossen gibt's«, schrie er wieder über die Menge. »Und ihr tragt alles selbst? Schämen sollt ihr euch, eure wertvollen Kräfte so wegzuwerfen. Der Frieden braucht starke Männer ... also laßt euer Gepäck von Luka fahren –«

Wirklich entschlossen sich noch vier Reisende, ihre Koffer und Taschen auf Lukas Wagen zu heben. Bauern waren's aus der Umgebung, eine Abordnung sogar. Sie wollten zur Kolchosenverwaltung, um die Genehmigung zu erlangen, anstelle von Kohlköpfen von jetzt an Ferkelchen zu schönen Schweinen aufzuziehen. Ein Friede ohne satte Bäuche ist ein halber Friede.

Luka hielt seine riesige Hand hin und kassierte. Die Kopekenstückchen klimperten auf seiner Handfläche, und es war Musik in seinen Ohren. Dann zählte er das Geld zusammen und errechnete, daß es drei Rubel waren.

»Wohlan, Genossen«, schrie er seine ersten Kunden an. »Fahren wir ... zuerst zum Roten Platz.«

»Zur Kolchosenverwaltung«, wagte einer der Bauern zu widersprechen. Luka fuhr herum.

»Zum Roten Platz wollen die Genossen Offiziere«, brüllte er. Der Bauer knickte zusammen und wackelte mit dem runden Kopf. »Wollt ihr Bauernpack mehr sein als die Sieger der Roten Armee, he?« Er wandte sich an die beiden ungeduldig neben dem Pferdchen wartenden Offiziere. »Hat man schon jemals solche dummen Wanzen gesehen?« fragte er breit lächelnd. »Wollen die Offiziere überstimmen, haha. Für ein paar lausige Kopekchen. Was sich der Mensch so denkt. Natürlich geht's zum Roten Platz –«

Das hatte einen für Luka wichtigen Grund. Den Weg

zum Roten Platz kannte er. Nicht zu verfehlen war er ... man brauchte nur den Türmen des Kreml entgegenzufahren. Aber die Oktober-Kaserne und erst recht die Kolchosenverwaltung ... na ja, Genossen ... auch dahin würde man kommen. Nur Geduld.

Er schnalzte mit der Zunge, das Pferdchen zog an, und die erste Fuhre Lukas bewegte sich dem Roten Platz entgegen. Neben dem Pferd schritten die beiden Offiziere, hinter dem Wägelchen trabte die Bauerndelegation daher. Ein schöner Anblick war's.

Während die Offiziere und die Bauern das Mausoleum besichtigten – Luka hatte die Bauern ebenfalls dahin getrieben mit den Worten: »Es schadet euch nichts, Brüderchen, den großen Genossen anzusehen. Oder liebt ihr ihn nicht?«, worauf sie schleunigst den Offizieren nacheilten –, erkundigte sich Luka nach den Wegen zur Kaserne und zur Kolchosenverwaltung. Sie lagen genau entgegengesetzt voneinander, und Luka beschloß, zuerst die Offiziere hinzubringen und dann die Bauerndelegation. Schwierigkeiten würde das geben, gewiß, aber man hatte schon andere Dinge durchgestanden.

Nach einer Stunde kamen die Offiziere und die Bauern wieder. Luka rückte etwas auf dem Bock zur Seite. »Setzt euch, Genossen Offiziere«, sagte er. »Bis zur Kaserne ist's eine halbe Stunde –«

»Welche Kaserne?« fragte einer der Bauern. Die Delegation sah mißtrauisch zu Luka hinauf.

»Die Oktober-Kaserne, Brüderchen.«

»Aber wir wollen doch –«

»Habt ihr den Krieg gewonnen oder die Genossen Offiziere?« brüllte Luka. Er sah furchterregend aus, und in der Hand hielt er einen jungen Baum, den er als Gerte benutzte. »Ich wollt den Staat anbetteln, aber sie haben ihn gerettet. Ruhe jetzt.«

Sie fuhren los. Die Offiziere auf dem Bock, die Bauerndelegation hinter dem Wagen trabend. Sie wagten nicht, ihre Koffer und Taschen herunterzunehmen. Sie kannten so etwas wie Luka, nur in einer etwas kleineren Ausführung. Überall gab es diese gewalttätigen Menschen, und es war besser, ihnen aus dem Weg zu gehen, als Streit anzufangen. So gingen sie also eine halbe Stunde hinter dem Wagen her zur Kaserne und dann eine weitere Stunde zurück, quer durch Moskau, zur Kolchosenverwaltung, mit verbissenen Gesichtern und ab und zu einen Schluck Wodka nehmend, um die Wut zu dämpfen.

»Seht, Genossen«, sagte Luka, als sie endlich vor dem Kolchosenamt standen, »wir sind schon da. Eile reibt den Menschen auf, wollt ihr's leugnen? Und frische Luft ist gut für Lungen, die nur Stallmist atmen. Und ein schöner Tag ist's doch heute, was? Warm, als ob die Sonne sich verirrte. Viel Erfolg, Genossen, mit euren Ferkelchen –«

Wortlos ging die Bauerndelegation ins Haus. Es hatte keinen Sinn zu streiten. Und schließlich war man ja da, wohin man wollte.

Noch zweimal fuhr Luka Gepäck zum Roten Platz, das letztemal für einen gutgekleideten Herrn, der zum Bolschoi-Theater wollte und schon viermal das Mausoleum gesehen hatte.

Als Luka darauf zurück zum Bahnhof kam, sah er Natascha an der Straße stehen und auf ihn warten. Er winkte mit seinem Baumstamm und schrie »Täubchen, Täubchen«, trieb das Pferd an und klapperte johlend auf den Bahnhof zu.

Natascha stand da und hatte eine Hand voll Papiere. Ihr Gesicht glänzte, die Haare hatte sie anständig gekämmt, ja sogar geschnitten, wie Luka sah, und – der Teufel hol's – sogar ein neues Kopftuch hielt sie in der anderen Hand und winkte damit Luka zu wie mit einer Fahne.

»Wir haben ein Zimmer, du Idiot«, rief sie, als Luka vor ihr anhielt. »Und Arbeit habe ich. Und fünfzig Rubel

Handgeld. Und Papiere haben wir ... für dich mit, Luka. Es ist alles so wie früher ... und morgen bekomme ich sogar meinen Leninorden wieder –«

Es war der Augenblick, in dem sich Luka wieder an seine Mutter erinnerte. Selten kam's vor, und noch seltener, daß er daran dachte, wie sie gebetet hatte. Aber jetzt ergriff ihn die Erinnerung, und er sah die Mutter vor einer Ikone knien und den Heiligen danken für ein gutes Erntejahr. Da sprangen ihm die Tränen in die Augen ... er schnaufte wild, wischte sich über das Gesicht, biß sich auf die Unterlippe und drückte den Daumen gegen die Nasenlöcher, weil sie zu tropfen begannen.

»Dann ist ja alles gut, Vögelchen«, sagte er nach einer ganzen Weile. »Dann ist ja jetzt wirklich Friede für uns –«

»Das ist es, Luka.« Natascha kletterte auf den Bock, umarmte den Riesen und küßte ihn. Die Leute, die aus dem Bahnhof kamen, sahen es und wunderten sich, daß ein so schönes Mädchen auf der Straße einen solchen Riesenaffen küßte. Dann schüttelten sie den Kopf und gingen weiter. Der Krieg, Freunde, dachten sie. Viel Not hat er gebracht ... auch über die Geschlechter ...

»Und nun fahren wir zu dem Zimmer«, sagte Natascha. Sie sah auf den Zettel, der die Einweisung enthielt. Tusstunkaja 3, stand darauf. »Ein großes soll's sein, sagte der Beamte. Ganze zehn Quadratmeter. Für uns allein, Luka. Sonst wohnen darin vier bis fünf Personen. Der Raum ist knapp ... es sind mehr aus dem Krieg zurückgekommen, als man gerechnet hatte ...«

Luka griff in die Tasche und zog die Hand mit den verdienten Kopeken hervor. Er hielt sie Natascha hin und hatte ein glückliches Gesicht. »Sechs Rubelchen und neun Kopeken«, sagte er stolz. »Nimm, es ist dein. Nur einen Rubel habe ich weggenommen, für sieben Rüben, für das Pferdchen.«

Natascha schüttelte den Kopf. Sie schloß Lukas Finger

um das Geld und strich ihm mit der anderen Hand über den Bart.

»Behalt's, großer Bär. Kauf dir Tabak dafür ... Wie lange hast du keinen Machorka mehr gehabt?«

»Ich kann's nicht zählen, Täubchen. Ein Jahr ...«

Sie nickte. »Geh ... kauf dir etwas dafür. Ich habe ja noch vierzig Rubel –«

»Noch vierzig ...?« Luka schnippte mit den Zügeln, und das Pferdchen zog wieder an. »Wie hast du's bloß gemacht?« fragte er. »So ganz allein, ohne Luka ...«

Beim nächsten Laden hielten sie. Natascha holte Luka einen Beutel Machorka und eine neue Pfeife. Mit zitternden Fingern stopfte Luka sie, rauchte sie an und blies den ersten wirklichen Tabaksqualm nach einem Jahr wieder in die Luft. Seine Augen glänzten, wie ein Kind war er ... immer wieder betastete er die Pfeife, hob den qualmenden Kopf an die dicke Nase und schnupperte, rauchte und sah den blauen Wolken nach, die von seinem Gesicht wegschwebten in den Frühlingshimmel.

Dann fuhren sie weiter, und an jeder Straßenkreuzung hielt Luka einen Passanten an und brüllte: »He, Brüderchen ... wo geht's zur Tusstunkaja? Wir haben ein Zimmerchen dort bekommen. Zehn Quadratmeter für uns allein. Da staunst du, was? Sag schnell, wo geht's entlang?«

An jeder Ecke schrie er das. Es war, als solle ganz Moskau erfahren, daß Natascha Astachowa in der Tusstunkaja 3 ein Zimmer habe.

Eine vornehme Gegend schien's zu sein, man kannte sie kaum und schickte sie hin und her durch Moskau. Endlich, nach zwei Stunden, wies ihnen ein Polizist den richtigen Weg. An der Moskwa lag die Straße, ganz neu war sie angelegt, mit großen, weißen, langen Häusern, die in der Sonne glänzten wie ein Zarenpalast. Luka begriff es kaum, aber es stimmte. Ein Straßenschild war da, und auf ihm stand Tusstunkaja.

»So wohnt nur eine ›Heldin der Nation‹«, sagte Luka

stolz, als er in die Straße einfuhr. »Komm, Pferdchen, nimm den Kopf hoch, wirf die Beinchen ... wir müssen würdig ankommen ...«

Sie hielten vor Tusstunkaja Nr. 3. Ein herrliches Haus war's, weiß wie die anderen. Nur einen kleinen Fehler hatte es: Es war noch nicht fertig. Die Fenster fehlten, und die Wände waren noch roh verputzt. Die Treppe lag voller Schutt, und in der oberen Etage arbeiteten noch die Bodenleger.

»Man kann nicht alles auf einmal haben«, sagte Luka weise, als er vom Bock kletterte und Natascha neben ihn auf die Straße sprang. Ihr Gesicht war gerötet vor Zorn, und ihre schwarzen Augen blitzten wie damals, als sie den deutschen Feldwebel in den Ameisenhaufen legte.

»Er hat mir gesagt, es wäre alles fertig«, rief sie und ballte die Fäuste. »Er hat mir sogar die Meldung der Bautruppe gezeigt ...«

»Dann ist es auch fertig, Täubchen.« Luka lachte. »Wer will so genau sein? Ein Dach ist da und ein Boden, auf dem man schlafen kann. Das andere wird noch kommen ... das Papierchen ist ja schon da, und das ist wichtig.« Er sah an dem großen Haus empor. »Wo ist das Zimmerchen?«

»Erstes Stockwerk, Zimmer 12.«

Luka humpelte voraus, stieg über den Schutt auf der Treppe und stampfte mit seinen Krücken den Flur entlang, bis er vor dem Zimmer 12 stand. Sogar die Nummern waren schon angebracht, was bedeutete, daß das Haus bewohnbar sei.

Im Zimmer stand ein Arbeiter und sah aus dem Fenster, als Luka die Tür aufstieß.

»Du sollst nicht in die Luft blasen, sondern arbeiten, Genosse«, brüllte Luka. »Was tust du hier?«

»Ich bin der Glaser.« Der Arbeiter senkte den Kopf und begriff nicht, daß so etwas, was da ins Zimmer krachte, wie ein Mensch sprechen konnte.

»Und wir sind die Mieter, Genosse. Heute abend sind

die Fenster drin, oder du hörst in deiner Hose die Wölfe heulen . . .«

»Das Glas ist knapp, Genosse«, stotterte der Arbeiter.

»Was kümmert's mich? Hier steht Natascha Astachowa, Leutnant und ›Heldin der Nation‹. Sie will Fenster haben.«

Am Abend waren die Fenster verglast, das Pferdchen hatte einen Sack voll Heu bekommen und schlief in einem Schuppen, Natascha hatte das Zimmer geputzt – es gab ja fließendes Wasser –, und überhaupt wurde das Zimmer unter den Händen Nataschas wohnlich und erhielt eine persönliche Note durch einen neuen Spiegel, den Natascha gekauft hatte. Das Einschlagen eines Nagels ohne Hammer löste Luka auf seine Weise. Er nahm den Nagel und drückte ihn mit dem Daumen in die Wand. Dann betrachtete er sein Gesicht in dem Spiegel, schüttelte den Kopf und wandte sich ab.

»Er muß einen Fehler haben, der Spiegel«, sagte er brummend. »Denn so sieht kein Mensch aus –«

Und Natascha lachte laut, rannte zu ihm und küßte ihn auf das, was bei anderen Menschen ein Mund ist.

Mit einem sauberen Boden, neuen Fensterscheiben, einigen Decken auf den Dielen und einem Spiegel an der Wand, vor allem aber mit fließendem Wasser, läßt sich's schon leben, Freunde. Was noch fehlte, würde auch noch kommen, vor allem ein Ofen, um sich ein Süppchen oder einen guten Kasch selbst zu kochen.

In dieser ersten Nacht im eigenen Zimmer schliefen sie zum erstenmal seit Monaten ruhig und zufrieden, ganz losgelöst von aller Angst und allen Problemen. Den entscheidenden Schritt in den Frieden hatten sie getan. Papiere hatten sie, und eine Arbeit und ein Zimmer, und alles an einem einzigen Tag. Ein Wunder war's.

Am Morgen war es dann ein Tag, ganz anders als andere

Tage vorher. Frei war man und doch ein vollwertiger Genosse, nicht mehr frei wie ein wildes Tier in der Taiga.

Natascha fuhr zu ihrer Arbeitsstelle, um sich vorzustellen; Luka spannte sein Pferdchen an und trottete wieder zu seinem Stand am Bahnhof.

Doch diesmal gab es Schwierigkeiten. Nicht mit der Kundschaft, wo denkt ihr hin. Mit den Behörden kam er zusammen, wie konnte es anders sein?

Kaum stand er vor dem Bahnhof und rief sein Sprüchlein in die auf den Vorplatz quellende Menge, als ein Polizist an den Wagen herantrat und die Hand auf den Kutschbock legte.

»Sei so freundlich, Genosse«, sagte er ganz höflich, »und zeig mir mal deine Konzession . . .«

Für Luka war dies ein neues Wort. Mißtrauisch sah er den Polizisten an und wölbte die Unterlippe vor.

»Was willst du sehen, Brüderchen?«

»Die Konzession.«

»Aha. Die. Ich verstehe. Zu Hause muß ich sie haben.«

»Ohne Konzession darfst du hier nicht stehen. Komm wieder, wenn du sie bei dir hast.«

Luka nickte. Zwei Koffer hatte er aufgeladen, und während der Fahrt zum Roten Platz erkundigte er sich bei seinen Kunden, was eine Konzession ist. Als er erfuhr, daß es eine amtliche Genehmigung zur Ausführung eines Berufes sei, wurde er nachdenklich und kratzte sich den Kopf.

Im Grunde verstand er nicht, warum er eine Genehmigung haben mußte, wenn er anderer Leute Koffer schleppte. Hatte man jemals gehört, daß ein Bauer eine amtliche Genehmigung haben mußte, wenn er seinen Garten umgrub? Na also . . . wo kommt man hin, wenn man sich sogar die Arbeit genehmigen lassen muß?

Luka fuhr zurück zum Bahnhof und stellte sich auf. Er brüllte seinen Werbespruch in die Menge und hatte vier Bauernsäcke auf dem Wagen, als der Polizist wieder auf ihn zukam.

»Na, Genosse«, sagte er, »hast du das Papierchen geholt?«

»Job twojemadj«, antwortete Luka schlicht.

Das ist, bei meiner Ehre, Genossen, keine Art, mit einem Beamten zu sprechen. So etwas regt auf, vor allem, wenn man im Dienst ist.

Der Polizist verzichtete auf weitere Erklärungen. Er holte ein Notizbuch aus der Tasche und schrie Luka an.

»Name? Wohnort? Beruf? Ausweis her . . .«

Auch er hat ein Köpfchen, dünn wie eine Eierschale, dachte Luka. Nur ist kein Krieg mehr, und hundert Leute stehen herum. Und auch für Natascha wär's nicht gut, wenn man den Kopf eines Beamten zusammendrückt.

Seufzend fügte sich Luka und dachte nach, wie er eigentlich heiße. Kaum noch erinnern konnte er sich. Nur Luka, der Idiot . . . das war ihm geläufig. Aber das war kein amtlicher Name.

»Wie heißt du?« brüllte der Polizist.

»Luka Nikolaijewitsch Korowin.« Wie komisch das klingt, dachte er dabei, Korowin . . . und plötzlich war es ihm, als röche er das Asowsche Meer, den Wind mit Tang und Fischgeruch, der ihm einmal in den kindlichen Locken spielte.

»Wohnung?«

»Tusstunkaja 3, Zimmer 12.«

»Ausweis?«

»Hier –« Luka hielt das von Natascha besorgte Ausweispapier hin. Seine Angaben stimmten, der Polizist gab das Papier zurück.

»Bestraft wirst du werden«, schrie er. »Und nun geh. Und wenn du wiederkommst ohne Konzession, sperre ich dich ein.«

Luka beschloß, den Kampf gegen die Beamten aufzunehmen. Fluchend fuhr er kreuz und quer durch Moskau, bis er den großen Verwaltungspalast fand. An einem Laternenpfahl band er das Pferd fest und stampfte dann mit seinen Baumstammkrücken in die vornehme Halle des Gebäudes.

Wenn der Kreml einstürzte, wäre man entsetzt. Das Erscheinen Lukas aber löste eine Panik aus. Man läutete nach der Polizeiwache und drückte sich an die Wand, wenn der Riese fluchend und schnaubend vorbeistampfte. Auch fragte er nicht wie Natascha nach dem Weg ... mit Sicherheit, wie ein witterndes Wild, fand er hinauf zum ersten Stock und zu der großen Tür mit dem Schild ›Eintritt verboten‹. Es war allerdings umgeändert worden; einen Zusatz hatte man darüber geschrieben. ›Eintritt streng verboten‹ hieß es jetzt.

Luka riß die Tür auf. Der dicke Mensch saß wieder hinter seinem Schreibtisch und las die *Prawda.* Und er rauchte auch wieder, eine süße, orientalische Zigarette sogar.

»Wohl bekomm's, Genosse«, brüllte Luka und trat die Tür hinter sich zu. »Hast du eine Konzession, die *Prawda* zu lesen ...?«

Der Natschalnik des Industriewerkes ›Große Wolga‹ sah sich die Papiere an, die ihm Natascha über den Tisch reichte. Er war der Personalchef, und das war er plötzlich geworden, vom kleinen Buchhalter im Buchhaltersaal hupp hinauf auf den Thron, weil sein Vorgänger besonders hübsche Mädchen in seinem Privatzimmer nach ihrem Vorleben gefragt hatte. Man hatte dies als klassenfeindlich angesehen, den Genossen Personalleiter hinter den Ural in ein Bergwerk versetzt und den unauffälligen Buchhalter emporgehoben.

Seine Dankbarkeit war deshalb groß, aber noch mehr seine Vorsicht, daß es ihm nicht auch so erginge wie seinem Vorgänger. So las er also, daß Natascha Astachowa ein berühmtes Mädchen war, tapfer im Krieg gekämpft hatte und daß man wünsche, daß sie standesgemäß eingesetzt werde.

»Eine Ehre ist es uns, Genossin Leutnant«, sagte der Natschalnik und nahm unter dem Tisch die Füße zusammen. Nie war er Soldat gewesen ... einmal wegen eines Lungenleidens und zum zweiten wegen eines Onkels, der als Oberst es immer verstanden hatte, sein Bruderkind vor der Ehre des Schlachtfeldes zu bewahren. »Wir sind erfreut, Sie bei uns zu sehen. Natürlich haben wir Arbeit für Sie, wo denken Sie hin? Nur einmal nachsehen muß ich, was Ihrer würdig ist ...«

Genosse Gennadi Igorowitsch Popow wußte, auch ohne nachzusehen, daß es keine Stellung im Werk ›Große Wolga‹ gab, die man Natascha anbieten konnte. Es sei denn, seinen eigenen Posten, aber hier versagte sein vaterländischer Opfermut. Immerhin hatte er drei Kinder, und das entschuldigt vieles. Eine neue Stelle mußte geschaffen werden, und Popow entsann sich, daß bei der letzten Sitzung des Betriebsrates die Rede war, daß die Kontrolle der Endprodukte trotz eingesetzter Kontrolleure nicht klappte. Ein Schock war das gewesen, man kann's wohl sagen. Am Rande der Sabotage wandelte die Fabrik ›Große Wolga‹ dahin, an einem Verschleudern des Volksvermögens.

»Ich hab's, Genossin Leutnant«, sagte Popow zufrieden. »Eine wunderbare Stellung, eine Natschalnikstellung: Kontrolleur der Kontrolleure. Gewissermaßen ein Oberkontrolleur. Voller Verantwortung und voller Ehren. Alles, was hinaus in die Welt geht, wird Ihren Namen tragen ...«

Gennadi Igorowitsch Popow war ein Gauner, trotz seiner schwachen Lunge. Seht, dachte er. Man setzt eine ›Heldin der Nation‹ an die Spitze der Kontrolle. Geht etwas schief ... so ohne weiteres wird man einen Leninorden nicht in den Ural schicken. Aus allen Sorgen wäre man heraus ... vor allem eins könnte man sehr gut: Man könnte die Verantwortung abschieben.

»Ist das eine Stellung, Genossin, oder nicht?« fragte er mit glänzenden Augen. »Sofort anfangen können Sie. Der

Genosse Hauptkontrolleur wird Sie einweisen. Ich gehe selbst mit Ihnen zu ihm. Na, was sagen Sie?«

»Ich freue mich«, sagte Natascha ehrlich. »Aber ich muß einen Vorschuß haben . . .«

»Wieviel Genossin?«

»Fünfhundert Rubel –«

Gennadi Igorowitsch Popow starrte Natascha an. Plötzlich wußte er, daß er kein Schäfchen eingestellt hatte. Sie kannte ihren Wert, und Popow ahnte, daß es wenig zu lachen gab, wenn Natascha ihre Kontrolle übernahm.

»Bewilligt . . .«, seufzte er. Dann las er noch einmal das Schreiben der oberen Behörde.

Er hatte das Gefühl, ein schönes Läuschen im eigenen Pelz großzuziehen, und das macht niemandem eine Freude.

Mit 500 Rubel läßt's sich leben, sollte man meinen. Und auch Moskau sieht anders aus, wenn man eine Stellung hat. Keine Feindlichkeit ist mehr an der Stadt, keine niederdrückende Größe, keine erstickende Fremde, nein, fast heimatlich wird dieses Gefühl von hohen Steinhäusern und gepflasterten Straßen, von hastenden, nie Zeit habenden Menschen und so vielen Polizisten und Soldaten, daß man sich wundert, was sie alles zu tun haben und warum sie an allen Ecken stehen und jeden kritisch mustern, wo doch der Krieg vorbei ist, Genossen.

Natascha hatte sich ihren neuen Arbeitsplatz angesehen. Es war ein kleines Zimmer am Ende der großen Fertigwerkhalle, in der an langen Tischen die Brigadiere des Werkes die Endprodukte kontrollierten. Es waren Relais, Schaltuhren und radioähnliche Apparate, die langsam über ein Transportband liefen, lautlos zu den Kontrolltischen glitten, wo sie ein Brigadier an einen Kontakt hielt . . . es funkte und blitzte kurz oder ein leiser Summerton ertönte. Dann nickte der Brigadier und legte das Gerät auf ein anderes Transportband, das den Gegenstand durch ein Loch in der Wand in eine andere Halle, den Packraum, entführte.

Weiter war es nichts. Was Natascha in ihrem kleinen Zimmer sollte, erschien ihr noch unklar. Natschalnik Gennadi Igorowitsch Popow versuchte es ihr zu erklären.

»Die Brigadiere sind gut, Genossin«, sagte er. »Ausgesuchte Menschen, aber eben auch nur Menschen. Schwach sind sie, und wenn sie am Abend einen Wodka zuviel getrunken haben, sind sie am Morgen müde und übersehen Fehler. So ist's nun mal – wer ändert die menschliche Natur? Und nun werden Sie hier sitzen, dort vor der großen Scheibe, und Sie werden die Kontrolleure beaufsichtigen. Erstens macht sie das arbeitsfreudiger und genauer, und zweitens ist es immer gut, wenn man weiß: Da ist jemand, der paßt auf. Sie haben also viel zu tun, Genossin. Leider. Sie müssen beobachten, ob bei allen Kontrolleuren auch wirklich jeder Apparat funkt und ob sie keinen nichtfunkenden übersehen und in die Auslieferung schieben. Geschieht das, dann drücken Sie hier auf diesen Knopf« – er zeigte ihn ihr, es war ein häßlicher, runder, schwarzer Bakelitknopf, der auf einer sonst leeren Schalttafel saß –, »und das Transportband hält sofort an und eine Klingel ertönt. Dann weiß jeder: Ein Brigadier hat sich geirrt ... unangenehm ist's für ihn, Genossin. Wir werden eine große Hebung der Arbeitsmoral haben ...«

Natascha Astachowa überblickte die Halle. Sie sah, wie man zu ihr herüberschielte. Herumgesprochen hatte es sich, daß eine ›Heldin der Nation‹ nun kontrollieren würde. Man hatte an ein dickes, mächtiges Partisanenweib gedacht, an ein wildes Frauenzimmer mit wirren Haaren und der Stimme eines sibirischen Fuhrmannes – statt dessen stand ein kleines, zierliches Püppchen da, mit langen, schwarzen Haaren und einem Engelsgesichtchen. Der Teufel kenne sich aus, dachten die Brigadiere.

Natascha spürte die stille Feindschaft, die ihr entgegenschlug. Nie ist ein Kontrolleur beliebt, in Moskau nicht und auch sonst nirgendwo. Hier werde ich nicht lange bleiben, dachte sie, als sie das kleine Oberkontrolleur-Zimmer wieder verließ. Vielleicht war es doch ein Fehler von Luka, nach Moskau gegangen zu sein?

Am Abend kam Luka nach Hause. Als er die Tür des Zimmers 12 in der Tusstunkaja 3 aufriß, starrte ihn Natascha ungläubig an. Dann setzte sie sich und schlug die Hände zusammen wie ein Kind, das zum erstenmal einen vom Himmel fallenden Stern erblickt.

Es war nicht allein das fremde Bild, daß Luka rasiert war und seine Haare geschnitten waren. Obgleich er völlig fremd aussah, ja, in seiner Art sogar schön und interessant, ein menschliches Gesicht, in dem die Gutmütigkeit wie ein Plakat stand, trug er etwas mit sich herum, was inmitten seines nun glatten Gesichtes wie ein schreiender Hohn wirkte: Luka hatte ein dickes, geschwollenes, blaues Auge.

»Luka, was ist denn?« fragte Natascha atemlos. »Was hat man aus dir gemacht? Wo warst du?«

Luka lehnte sich verlegen an die Wand. Er legte die breite Hand auf sein blaues Auge und grinste verschämt.

»Eine Konzession habe ich mir geholt, Täubchen . . .«

»Eine was?«

»Eine amtliche Erlaubnis, mit dem Pferdchen am Bahnhof zu stehen. Schwer war's, glaub es mir. Ist schon eine Aufgabe, einen Beamten zu überzeugen . . . und wenn es erst neun Stück sind . . .«

»Du hast neun Beamte erschlagen?« rief Natascha entsetzt. »Luka . . .«

»Wie die Wölfe hingen sie an mir. Heulend und zähnefletschend. Dann schlug mir einer seine Faust ins Auge, ich glaube, der Natschalnik selbst war's, der dicke Mensch mit der *Prawda* –«

»Luka!« schrie Natascha. »Was hast du angestellt? Du hast den obersten der Behörde verprügelt?«

»Unterhalten haben wir uns, Täubchen. Über eine Konzession. Ganz friedlich unterhalten, so wie man's unter Männern macht.« Er griff in die Tasche seines Rockes und holte einen Ausweis hervor. Mit breitem Lächeln hielt er ihn Natascha hin. »Hier ist sie, die Konzession. Nur Geduld muß man haben mit den Beamten –«

»Und ... und wo sind die Beamten jetzt ...?«

»In ihren Zimmerchen, Natascha. Nur vorgestellt haben wir uns gegenseitig ... dann waren wir friedlich und haben sogar einen Wodka getrunken. ›Die Haare mußt du dir schneiden lassen‹, hat der Natschalnik noch gesagt. ›Ohne geschnittene Haare und immer rasiert gibt's keine Konzession.‹ – ›Eine Miststadt ist das, Genossen‹, habe ich gesagt. Dann habe ich mich rasieren lassen und habe die Konzession bekommen. Aber nur, weil er dich schon gekannt hat, der Natschalnik, mein Täubchen –«

Natascha wagte nicht daran zu denken, was in den Stunden, die Luka im Verwaltungsapparat verbracht hatte, geschehen war. Fast unverständlich war's, daß Luka noch frei herumlief und niemand gekommen war, sie aus dem Zimmer zu werfen.

»Du bist und bleibst ein Idiot«, schrie Natascha plötzlich. »Einen Stuhl sollte man nehmen und ihn auf dir zertrümmern ...«

Nun war es Luka, der sprachlos staunte. Er sah sich um, und er kratzte sich den Kopf und schnalzte mit der Zunge, als säße er auf dem Bock hinter seinem Pferdchen.

Im Zimmer standen zwei Betten, und ein Tisch war da, und zwei Stühle. Sogar ein Ofen war angeschlossen, und an der Wand neben der Tür waren sieben Kleiderhaken angebracht, an denen bereits die Sachen hingen.

»Für einen Schrank reicht's noch nicht ... wir kaufen ihn im nächsten Monat ...«, sagte Natascha.

»Ein richtiges Bett«, sagte Luka. »Wahrhaftig ... aus Eisen und mit einer Matratze ... Laß mich überlegen, wie lange es her ist, daß ich in einem Bett gelegen habe ...«

»Denk nicht – leg dich hinein, ob es paßt. Es war das größte Bett, das ich haben konnte.«

Luka humpelte zu dem Bett und wälzte sich auf die Federmatratze. Sie knirschte und bog sich unter ihm, aber sie hielt stand. Natürlich war das Bett zu kurz . . . Lukas Beine ragten bis zu den Waden über das eiserne Fußstück hinaus. Er lächelte verzeihend, als er Nataschas unglückliche Miene sah, und winkte mit der Hand.

»Man kann es ihnen nicht übelnehmen, den Bettherstellern, Täubchen«, sagte er milde. »Sie kennen nur normale Menschen.« Er betrachtete sinnend die weißlackierten, eisernen Gitterstäbe des Fußendes; dann beugte er sich ächzend vor und legte die mächtigen Hände zwischen die Stäbe.

»Luka«, rief Natascha. Aber zu spät war's schon. Es knirschte laut, der weiße Lack sprang ab, und dann gaben die Stäbe nach, bogen sich zur Seite, sprangen aus den Löchern des Eisenrahmens und ließen ein Loch frei, durch das Luka bequem die Füße stecken konnte.

»Na also«, sagte er zufrieden, legte sich zurück und steckte die Beine durch die verbogenen und herausgerissenen Stäbe. »Nur überlegen muß man, Täubchen. Alles regelt sich von selbst . . .«

»Im Sumpf hätte man dich lassen sollen«, schrie Natascha.

»Zu spät ist's dafür.« Luka räkelte sich wohlig auf dem jetzt passenden Bett. »Nun habe ich eine Konzession . . .«

Fast vier Wochen war es ein Leben, wie es ein normaler Sowjetbürger führt. Zur Arbeit ging man, aß in der Kantine, kam nach Hause und kochte sich eine Kohlsuppe oder einen aufgeweichten Trockenfisch. Zweimal lief man zum Roten Platz, weil ein Marschall aus Deutschland zurückkam, er zeigte sich dann auf der Kremlmauer, und man klatschte in die Hände und schrie »Bravo, bravo«. Auch eine große Parade wurde veranstaltet. Sechs Stunden lang zogen die Soldaten und die Delegierten aus allen sowjetischen Staaten an Stalin vorbei und jubelten.

Es war ein großer Tag für Luka, denn er durfte an der Seite Natascha Astachowas an der Kremlmauer und dem Leninmausoleum vorbeiziehen. Man hatte Natascha eine Leutnantsuniform gegeben ... in ihr marschierte sie, den Leninorden auf der Brust, als ›Heldin der Nation‹ in der ersten Reihe. Und direkt hinter ihr, die Schlange der marschierenden Soldaten wie ein Felsen überragend, hüpfte Luka auf seinen Baumstammkrücken. Auch ihm hatte man eine Uniform gegeben. Sie war aus drei normalen Übergrößen schnell in einer Kasernennäherei zusammengeflickt worden, denn es ging nicht an, daß ein Held wie Luka halbnackt vor Stalin paradierte.

Nach diesem großen Erlebnis, aus dem Luka herausragte, weil er »Bravo« brüllte in dem Augenblick, als er an Stalin vorbeihumpelte, ging das tägliche Leben weiter, einerseits in der Oberkontrolle, andererseits mit dem Wägelchen und dem Pferdchen vor dem Hauptbahnhof Moskaus.

Dann kam eines Tages in die Fabrik ›Große Wolga‹ eine Abordnung. Diesmal waren es keine Neugierigen oder Staatstouristen, denen man den Aufstieg der Nation demonstrierte, sondern es waren vier Männer, von denen einer auffiel, weil er klein, zierlich und alt war, um seinen schmalen Kopf einen Wald weißer Haare trug und Hände hatte, die noch nie einen festen Gegenstand berührt zu haben schienen. Fast zart waren sie, durchsichtig wie Porzellan und beweglich wie die Glieder einer Marionettenpuppe.

Der Mann hieß Waleri Tumanow.

Natascha Astachowa kannte ihn nicht. Wäre sie aus Moskau gewesen, hätte sie bei seinem Anblick ein leises

Herzklopfen bekommen. Sie sah es an den anderen Mädchen in der Halle und sogar an den biederen Brigadieren an der Kontrolle, wie sie die Köpfe verdrehten, den Mann herzlich begrüßten und sich räusperten wie ein Pfau, bevor er sich aufbläht.

Waleri Tumanow ging durch die Hallen und lächelte. Auch zu Natascha in den kleinen Raum, dessen einzige Einrichtung ein Stuhl, ein leeres Schaltbrett und ein schwarzer Knopf darauf war, kam er und gab ihr die zarte, zerbrechliche Hand.

»Das ist sie also?« sagte er. Und Gennadi Igorowitsch Popow schlug die Hände zusammen und strahlte über das fette Gesicht.

»Sie ist's, Genosse Professor. Der Stolz der Fabrik. Undenkbar ist's, daß die Fabrik hat jemals arbeiten können ohne sie.«

»Er übertreibt«, sagte Natascha. »In drei Wochen habe ich zweimal auf diesen Knopf da drücken müssen. Das ist alles.«

»Aber die Verantwortung.« Gennadi Popow rollte mit den Augen. »Wir haben dreißig Prozent weniger Reklamationen. Wir haben schon einhundertsiebzig Prozent über dem Soll.«

»Erstaunlich. Wirklich erstaunlich.« Waleri Tumanow gab Natascha wieder die Hand und verließ das Glaszimmerchen mit dem einsamen schwarzen Knopf.

In der Mittagspause erfuhr Natascha, wer der kleine, weißhaarige, zarte Mann war. »Ein Staatskünstler«, erzählte man ihr. »Ein Stalinpreisträger. Einmal war er ein großer Sänger an der Oper in Leningrad. Jetzt bildet er die großen Künstler aus, in einem Anbau des Bolschoi-Theaters. Kargino, den Tenor, hat er ausgebildet und Ludmilla Bobrowa, die große Sopranistin. Jetzt will er einen großen Chor zusammenstellen, aus allen Fabriken die besten Sänger. Zweitausend Menschen soll der Chor haben, der größte Chor der Welt, Genossin. Staunen soll die Welt, wie wir

Russen singen können. Morgen werden die Gesangsprüfungen beginnen ...«

An diesem Nachmittag sang jeder an seinem Arbeitsplatz. Nur die ganz Schlechten hörten wieder auf und grämten sich. Die anderen zwitscherten und grölten und bescheinigten sich gegenseitig, wie Schaljapin zu singen. Man hatte große Hoffnungen in der Fabrik ›Große Wolga‹. So ein Chor ist etwas Herrliches, Genossen ... reisen würde man können, sogar ins Ausland sollte es gehen. Und eine Sonderverpflegung gab's, Künstlerzulagen und vom Staat gearbeitete Anzüge und Kleider, um der Welt zu zeigen, wie schön sich's lebt in der russischen Republik.

An diesem Tag mußte Natascha sechsmal auf ihren Oberkontrollknopf drücken. Singen macht unaufmerksam, und Vorfreude noch mehr, man kann's verstehen, Freunde. Natascha wurde von dem Besuch nicht angesteckt. Sie hatte nie gesungen, doch ja, früher einmal, in Krassnoje Mowona, beim Erntefest, im Kuhstall, auf der Weide und im Komsomolzen-Chor während einer Feier der Oktoberrevolution in der Stolowaja des Dorfes. Aber das war lange her ... es war wie aus einem Leben, das man jetzt lesen konnte wie ein schönes Buch.

Deshalb sang sie auch nicht mit, als die ganze Fabrik zu tönen begann, sondern sie konzentrierte sich auf die Prüfstände und vergaß am Abend sogar den Besuch des Waleri Tumanow.

Am nächsten Morgen wurden die Mädchen zuerst, in Gruppen unterteilt, in den Versammlungssaal der Fabrik geführt. Mitten im Zimmer stand ein Klavier, und daran saß Waleri Tumanow und schlug ein paar Töne an, die jedes Mädchen nachsingen mußte, so gut sie es konnte. Auf einer Liste, die Tumanow vor sich auf dem Notenständer des Klaviers stehen hatte, machte er sich Notizen, dann nickte er, und das nächste Mädchen mußte singen. »Ah ... ah ... ah ... ah ...«

Genau 11 Uhr vormittags war es, als Natascha Astachowa in das große Zimmer trat. Waleri Tumanow nickte ihr zu wie einer alten Bekannten, aber er hob erstaunt die weißen Augenbrauen, als Natascha sagte:

»Es ist vergeudete Zeit, Genosse Tumanow, mich zu prüfen. Ich habe keine Stimme, und ich will auch nicht singen.«

»Das wird man sehen, Genossin ›Heldin der Nation‹«, sagte Waleri Tumanow, und es war, als sage er den Titel wie einen Spottvers. Vielleicht war's aber auch nur die Eigenart seiner Stimme als ehemaliger Sänger. »Nur ein paar Tönchen ... ich schlage sie an und Sie singen sie nach. Uns allen macht's Spaß. Beginnen wir also –«

Waleri Tumanow sah Natascha lächelnd und freundlich an. Dann tippte er auf eine Taste, und ein heller Ton schwang im Zimmer. Natascha lauschte. Ein schöner Ton, dachte sie plötzlich. Wie in dem Märchen von den kleinen Silberglocken, das Mamaschka ihr als Kind erzählte. Ja, so mußten sie geklungen haben, so hell und schwebend ...

Natascha schloß die Augen und sang den Ton nach. Der Daumen, der die Taste niederdrückte, zuckte zurück. Der Silberglockenklang erstarb, aber eine andere silberne Glokke schwang weiter, und Waleri Tumanow starrte Natascha an mit den Augen eines wirklich Sprachlosen.

Dann drehte er sich schnell zum Klavier herum und schlug einen anderen Ton an, und noch einen, und einen dritten, dann eine Reihe klingender Perlen, die hinauf- und hinabrasten wie schillernde Wassertropfen in den Kaskaden eines sonnendurchfluteten Springbrunnens.

Die helle Stimme folgte ihm, und Waleri Tumanow sprang auf, rannte auf Natascha zu, umarmte sie und küßte sie, und rannte zurück zum Klavier und spielte neue Töne, neue schimmernde Kaskaden, ja, es war wie ein Rausch, der über den alten Mann gekommen war und der auch Natascha mitriß in ein Land, das ihr fremd war und doch so heimatlich.

»Ein Segen«, rief Tumanow, als er erneut aufsprang und

Nataschas beide Hände ergriff. »Kind, Kindchen . . . wenn es bei uns noch einen Gott gäbe, ich würde sagen: Ein Wunder ist's, eine Gnade des Herrn. Du hast die Stimme eines Engels. Aus dir mache ich die größte Sängerin der Erde –«

»Es wird unmöglich sein«, sagte Natascha. Der begeisterte alte Mann erschreckte sie. »Ich kann nicht singen . . . und Noten habe ich nie gelernt. Nur nach dem Gehör –«

»Und wenn du dich nur hinstellst und einzelne Töne singst, wird die Menge rasen«, rief Waleri Tumanow. »Eine Offenbarung ist's . . . so muß es sein, wenn der Himmel aufreißt und die Ewigkeit sichtbar wird . . .«

Er ist ein alter, übergeschnappter Trottel, dachte Natascha, als sie zurück zum gläsernen Kontrollkasten ging. Wie kann man das singen nennen, was ich da tue? Sie schüttelte den Kopf und verstand es einfach nicht.

Waleri Tumanow hatte unterdessen eine laute Unterredung mit Gennadi Igorowitsch Popow, dem Natschalnik. »Die Genossin ›Heldin der Nation‹ kommt raus«, forderte Tumanow lakonisch. »Sie ist zu schade für die Fabrik. Eine große Sängerin steckt in ihr. Ich werde sie ausbilden –«

Popow verzog den Mund. An alles hatte er gedacht, nur nicht daran, daß der Fabrik ›Große Wolga‹ ihre ›Heldin der Nation‹ gestohlen werden könnte.

»Darüber kann ich nicht entscheiden«, sagte Popow vorsichtig. Man wußte, daß Tumanow ein Freund Stalins war. Sie tranken oft zusammen im Kreml, und dann ließ Tumanow seine Schüler vorsingen. »Die Genossin Astachowa ist eingewiesen von der obersten Behörde. Man scheint noch Großes mit ihr vorzuhaben.«

»Genau das ist es«, sagte Tumanow. »Die größte Sängerin Rußlands wird aus ihr werden. Begreifen Sie das? Schon morgen wird sie nicht bei Ihnen arbeiten . . .«

»Unmöglich.« Popow rang die Hände. »Fünfhundert Rubel hat sie Vorschuß.«

»Der Staat bezahlt's«, rief Tumanow. »Von heute ab wird die ganze Nation für Natascha Astachowa sorgen . . .«

Schon dunkel war's und Luka saß auf seinem verbogenen Bett und aß mit beiden Händen eine riesenhafte Butterschnitte, als es klopfte und Waleri Tumanow in das Zimmer kam. Natascha stand am Ofen und kochte einen Grießmehlpudding.

»Es ließ mir keine Ruhe«, sagte er und starrte auf Luka. So muß ein Höhlenbär vor viertausend Jahren gegessen haben, dachte er dabei. Wirklich, ein Fossil ist's, nur lebt er, was ganz unbegreiflich ist.

»Soll man ihm die Knochen zerbrechen, Täubchen?« fragte Luka. Er sah den Blick Tumanows auf sich und das Erstaunen Nataschas über diesen absonderlichen Besuch.

»Er kann sogar sprechen . . .«, sagte Tumanow verblüfft. »Man soll's nicht für möglich halten.«

Luka legte sein Brot auf die Bettdecke und wischte sich die Hände an der Hose ab. Da er sich am Morgen rasiert hatte und es nun Abend war, hatte sein Gesicht das Aussehen einer grandiosen Kaktee.

»Ich werde ihn umbringen müssen«, sagte er dunkel. »Er will's nicht anders, Täubchen –«

Natascha hörte nicht auf ihn. Sie kam zu Tumanow an die Tür und gab ihm die Hand. »Kommen Sie ins Zimmer, Genosse Tumanow«, sagte sie freundlich. »Es sind zwar nur zwei Stühle hier, aber Luka sitzt ja auf seinem Bett.«

Waleri Tumanow kam vorsichtig in den Raum. Dabei nickte er zu Luka hin. »Beißt er wirklich nicht?«

Mit einem kleinen Bogen umging er das Bett und setzte sich auf einen der Stühle ans Fenster. Von dort aus überblickte er die spärliche Zimmereinrichtung, aber er sah, daß sie sauber war und mit Liebe und Not gekauft.

»Ich bin gekommen, um Ihnen zu sagen, Genossin Astachowa, daß Sie ab morgen nicht mehr in der Fabrik ›Große

Wolga‹ arbeiten werden. Unser Staat hat ein Stipendium für begabte Sowjetbürger ausgesetzt, und Sie werden ein solches Stipendium erhalten.«

Luka senkte den Kopf. »Stipendium ...«, knurrte er. »Genauso ein Wort wie Konzession. Der Teufel hole eure ganzen Zettelchen –«

»Wer ist das?« fragte Tumanow.

»Luka. Ich kann Ihnen nicht von ihm erzählen, Genosse ... wir brauchten ein Jahr dazu. Aber ohne Luka wär es mir, als gäbe es keine Luft zum Atmen mehr.«

Waleri Tumanow strich sich über die weißen Haare. Er ahnte die Zusammenhänge. Bevor er in die Tusstunkaja 3 gekommen war, hatte er sich nach Natascha Astachowa erkundigt und das Aktenstück eingesehen, das bei der Militärhauptverwaltung in Moskau von ihr geführt wurde. Danach war sie seit 1943 tot, in den Sümpfen des Pripjet gefallen, dann war sie wieder aufgetaucht, hatte angegeben, mit Luka, dem Burschen ihres gefallenen Mannes, sich im deutschen Gebiet verborgen gehalten zu haben, sei dann überrollt worden und in die Freiheit marschiert. Eine wilde, aber im Krieg alltägliche Geschichte, nur stellte sich jeder, der das Aktenstück las, ein kräftigeres Weib vor, nicht ein zartes Püppchen wie Natascha.

Tumanow nickte mehrmals. »Sie werden Gesang studieren, Genossin«, sagte er.

Natascha lachte. Auch Luka lachte, und das Bett knirschte.

»Ich? Wo ich nicht singen kann? Keine Noten, gar nichts?«

»Sie werden alles lernen, Natascha Astachowa. Gott hat Ihnen eine wunderbare Stimme gegeben –«

»Sagte er – Gott?« Luka kratzte sich die dicke Nase. »Ein merkwürdiger Genosse ist's, Natascha. Man sollte vorsichtig sein –«

Waleri Tumanow hörte nicht zu ihm hin. Er sprach weiter, und er berauschte sich selbst an den eigenen Worten.

»Wir werden Sie ausbilden, Genossin. Zwei Jahre lang werden Sie singen lernen, der Staat wird Sie ernähren und kleiden und Ihnen eine bessere Wohnung geben. Sie werden ein gutes Taschengeld erhalten, nichts wird Ihnen fehlen, von allen werden Sie beneidet werden ... nur schwere Arbeit wird's geben, sehr schwere, Genossin. Sprechübungen, Atemübungen, Noten lernen, Klavier spielen, Musikgeschichte, Kostümkunde, Opernstudio, Ensemblespiel, Mimik, Fechten und Reiten, Schminktechnik, Tanz und Rollenstudium. Es wird Ihnen schwindeln, Genossin ... aber nach zwei Jahren – das verspreche ich Ihnen – stelle ich Sie vor als die größte Sängerin, die Mütterchen Rußland je geboren hat ...«

Natascha setzte sich. Ein wenig schwach wurden ihre Beine. Wer kann's auch begreifen, wenn man ihm ein Leben anbietet, das man nur im Traum leben durfte? Sie sah an den Augen Tumanows, daß es Wahrheit war, kein leeres Dahingerede oder gar Spott ... er sah sie mit seinen alten, blauen, gütigen Augen strahlend an, und es war eine neue Welt, die mit seinen Worten aus seinem Mund kam.

»Und ... und Luka ...?« fragte Natascha.

Tumanow sah hinüber zu dem Riesenbären. Er hockte bewegungslos auf seinem Bett, wie ein präpariertes Ungeheuer.

»Er könnte mit dir ziehen ... aber besser ist's, wenn –«

»Ohne Luka geht es nicht«, sagte Natascha hart. Tumanow sah sie verwundert an. Ein wenig von der Kraft, die in dem zarten Körper verborgen lag, spürte er plötzlich. Und er wußte, daß man dagegen nicht ankam. Nicht mit Logik, nicht mit Überredung.

»Aber das Stipendium gilt nicht für ihn.« Tumanow fuhr sich wieder durch die Haare. »Was tust du denn?«

»Eine Konzession habe ich«, sagte Luka stolz. »Willst du sie sehen? Gepäck fahre ich vom Bahnhof aus durch die Stadt.«

»Unmöglich.« Waleri Tumanow stützte den Kopf in die

Hände. »Die Stimme eines Engels und ein Gepäckfahrer im Gefolge. Wir müssen uns etwas aussinnen, Genosse Luka ...« Er strich sich mit den Fingerspitzen langsam über die Lippen. »Eine Möglichkeit wär's ... wirklich, das könnte man tun ... Wir werden Luka in ein Krankenhaus bringen ... operieren werden wir ihn ... versuchen, sein Beinchen wieder flottzumachen ... Wir haben gute Chirurgen in Moskau, Genossin. Sie haben schon anderes operiert als ein zerschossenes Bein. Ein halbes Jahr werden wir Luka so in guter Obhut haben, und geheilt wird er dazu. Alles auf Kosten des Staates. Und wenn er entlassen wird, werden wir etwas Neues für ihn finden ... Ist das ein guter Vorschlag, Natascha Astachowa ...?«

»Schon, schon«, sagte Luka. »Ein neues Bein, ein halbes Jahr zu essen, ein gutes Bett ... aber –«

»Was aber, Genosse?«

»Was wird aus meinem Pferdchen?«

»Welchem Pferdchen?« fragte Tumanow verblüfft.

»Das, das den Karren für die Koffer zieht. Ich kann mein Pferdchen nicht allein lassen ...«

»Mein Gott«, schrie Tumanow. »Jetzt ist's das Pferd. Zum Heulen ist's. Soll ich mich auch noch um die Gäule kümmern? Verkauf es, verschenk es, laß es schlachten –«

Luka sah Natascha groß an. Nun dachten sie wieder das gleiche, und Einigkeit war in ihnen, wie in den verschneiten Wäldern in all den Jahren.

»Geh, Genosse«, sagte Luka dunkel. »Oder ich breche dir die Knochen. – Das Pferdchen gehört zu uns.«

Waleri Tumanow seufzte. Eine göttliche Stimme, ein Urwelttier und ein struppiges Pferdchen, sie waren nicht zu trennen.

Was sollte man tun, um der Welt diese Stimme zu schenken ...?

Waleri Tumanow setzte sich auf das Bett Nataschas und faltete die Hände über dem dünnen Bauch. Er sah es ein, wenn er die beiden Menschen so betrachtete, wie sie selbst ihr Leben bisher betrachtet hatten. Ohne das Pferdchen ging es nicht.

»Gut denn, Genossen«, sagte er sinnend. »Man muß sich das einmal genau überlegen, ihr seht's doch ein, was? Wie kann man sagen: Dem Pferdchen wird's gutgehen? Ich bin Gesanglehrer und kein Pferdeknecht. Suchen wir also einen schönen Platz für das Pferd, wo es bleiben kann und sich wohl fühlt und sich ausruhen kann vom großen Krieg. Ist's so recht, Luka?«

»Erst muß ich sehen, wo's hinkommt«, knurrte Luka.

Natascha nickte. Angst hatte sie vor dem Neuen, Unbekannten, das mit Waleri Tumanow in ihr Leben getreten war. Sie kannte die große Kunstakademie von außen, sie hatte von den Wirklichkeit gewordenen Wundern gehört, die auf der Bühne des Bolschoi-Theaters sich entrollten ... und in diese neue, fantastische, vom Zauber randvoll gefüllte Welt sollte sie nun eintreten und weiter in ihr leben. Ein Mädchen aus der Kolchose Krassnoje Mowona, ein Partisanenleutnant, der jahrelang wie eine Ratte im Sumpf gelebt hatte.

»Warten wir es ab, was aus dem Pferdchen wird«, sagte sie leise. Waleri Tumanow seufzte wieder und stand auf. »Sie müssen das verstehen, Genosse Tumanow ... man kann nicht mit einer Handbewegung, in einer Stunde, die Jahre wegwischen wie einen Fleck auf einem Spiegel ...«

»Ich verstehe es, Genossin Astachowa.« Tumanow gab ihr seine kleine, schmale, weiße Hand. Bei Luka vermied er es nach kurzem Zögern. Ich muß die Finger noch gebrauchen zum Klavierspiel, dachte er dabei. Nicht leisten kann ich es mir, daß er sie mir freundschaftlich zerquetscht.

Dann ging er, ein wenig traurig, wie es schien. Das Pferdchen machte ihm ehrliche Sorgen. Unten, in der Tür des Hauses Tusstunkaja 3, blieb Tumanow stehen und blinzelte in den Himmel. Man sollte einmal mit dem Natschalnik der Sowchose ›Maxim Gorkij‹ sprechen. Die hatten Platz, draußen bei Molokowo, die konnten einen Gaul pflegen, dachte Tumanow. Allerdings tat es der Genosse Natschalnik nicht umsonst, das war klar. Wer tut schon etwas umsonst, Genossen? Es gab keine Moral mehr. Man würde ihm ab und zu eine Freikarte geben müssen, für die Oper, für das Schauspiel, für ein Ballett oder auch für einen Sportkampf. Zwei Freikarten sogar, denn der Natschalnik hatte sich Larissa zugelegt, ein Mädchen aus Tula, blond und üppig, die das Magazin der Sowchose verwaltete.

»Fahren wir hinaus nach Molokowo«, seufzte Waleri Tumanow zu sich selbst. Dabei machte er sich auf und ging schnell die Tusstunkaja hinunter.

Man soll nicht sagen, die Organisation klappe nicht! Wohl hatte man einige Schwierigkeiten, die Lebensmittel alle pünktlich herbeizuschaffen, und obwohl nun fast zwanzig Millionen Russen weniger lebten, reichte es immer noch nicht, alle satt werden zu lassen. Zuviel Land war zerstört, und die Eisenbahnen liefen noch nicht wieder pünktlich, die Straßen waren schlecht, die Motoren der Lastwagen verschlissen, die Bauern hatten kein Saatgut, und was eingelagert war, war plötzlich verschwunden oder verdorben, sogar auf den mustergültigen Kolchosen. Es war schon ein Jammer! Anstehen mußte man, frühmorgens schon, um ein Töpfchen voll Hirse oder Mais zu bekommen oder ein paar Knöllchen Kartoffeln. Immer knurrte der Magen, und außerhalb des Magens knurrte der Brigadier oder gar der Natschalnik und schrie: Wir müssen das Soll um einhundertzwanzig Prozent überschreiten! Los, Genossen ... für den Frieden!

Aber das war nur eine Seite des Friedens, und sie würde bald anders werden. Waleri Tumanow bewies, daß es noch eine gutfunktionierende Organisation gab. Er war aus Molokowo zurückgekommen und hatte das Pferdchen Lukas untergebracht. Der Natschalnik, der gutherzige

Mensch, hatte allerdings darauf hingewiesen, daß ein Pferd, auch wenn's klein ist, etwas frißt, und Fressen war etwas, was gerade jetzt zu einem Problem geworden war. Bei Mensch und Tier. Später dann, bei dem Versprechen, monatlich vier Freikarten zu bekommen, entdeckte der Natschalnik noch einige Vorräte an Rüben und Heu, die man dem Pferdchen geben konnte.

»Aber arbeiten muß es!« sagte er dabei. »Ein sozialistisches Pferdchen darf sich nicht tatenlos mästen! Jeden Muskel brauchen wir zum Aufbau, Genosse.«

»Aber nur leichte Arbeit, ganz leichte, Washa Igorowitsch!« sagte Tumanow.

»Es wird garantiert. Ein paar Säckchen wird es schleppen müssen, weiter nichts. Nur, damit man sieht, daß es seine Rübchen verdient. Sie verstehen, Genosse?«

Waleri Tumanow verstand. Befriedigt fuhr er zurück nach Moskau. Nun haben wir alles geregelt, dachte er. Luka kommt in ein Lazarett, das Pferdchen auf die Sowchose ›Maxim Gorkij‹, und die Stimme Nataschas wird in drei Jahren eine ganze Welt bezaubern.

Am Abend klopfte Tumanow wieder an die Tür des Zimmers 12 in der Tusstunkaja 3. Luka schrie von innen: »Komm rein!«, und Waleri trat in das Zimmer mit dem Gefühl, ein großes Geschenk überreichen zu können.

»Da ist er wieder«, sagte Luka unfreundlich. »Lästig wie ein Floh ist er! Man sollte ihn knacken.«

»Das Pferdchen wird auf die Sowchose kommen!« sagte Tumanow schnell, um weiteren Diskussionen mit Luka zu entgehen. »Es hat ein Ställchen, warmes Stroh, gutes Fressen und wird behandelt werden wie ein Held der Nation.«

Darauf war es eine Weile still in dem Zimmer. Luka sah Natascha an. Den ganzen Tag war er mit dem Pferdchen spazierengegangen. Es hatte ihn viel Kraft gekostet; auf seinen Baumstammkrücken war er neben dem Gaul durch die Straßen gewankt, und die Leute waren stehengeblieben, um diesen Anblick voll genießen zu können. Dann hatte Luka am Ufer der Moskwa gesessen, während das Pferdchen langsam das Gras abrupfte, das am Ufer wuchs. Hier war wieder ein Polizist gekommen und hatte gesagt, es sei verboten, das Gras abfressen zu lassen.

»Verboten!« hatte Luka wild geschrien. »Alles ist verboten! Eine Miststadt ist das, wo alles, was man tut, unrecht ist. Was darf man denn bei euch, he?«

»Das Maul halten!« schrie der Polizist zurück. »Wo kämen wir hin, wenn jeder Bauernlümmel seine Gäule in den städtischen Anlagen fressen ließe?! Das hier ist ein Park, du Idiot! Ein Volkspark! Begreifst du das? Also weg mit der Mißgeburt von Gaul, oder ich schieße sie zusammen!«

So zog Luka den ganzen Tag weiter. Das Pferdchen trottete ihm nach, leckte ab und zu über Lukas riesige Hand oder blies ihm in den breiten, fleischigen Nacken. Dann lachte er und umarmte den Hals des Pferdes und sehnte sich zurück in die Weite des flachen Landes, in die Felder, die am Horizont mit dem Himmel zusammenstießen, in die Wälder, deren Rauschen im Wind wie die Brandung des Meeres klang.

Und nun stand dieser kleine, zarte Waleri Tumanow da, mitten im Zimmer, unter der Glühbirne im weißen Lampenschirm, und sagte: »Das Pferdchen kommt auf die Sowchose.«

In Lukas riesiger Brust hielten zwei stählerne Klammern sein Herz umfaßt.

»Eine Kolchose, sagst du?« fragte er zurück. »Das ist gut. Auf einer Kolchose ist auch Platz für Luka!«

»Ich habe nur das Pferd untergebracht! Du kommst in ein Krankenhaus! So war's ausgemacht!«

»Und hinterher?«

»Das wird sich finden.«

Luka senkte den Kopf. Zu Natascha sah er hinüber, und er wußte, daß es von jetzt ab ein anderes Leben geben würde. Was dem Krieg nicht gelungen war, erreichte der

Frieden: Sie wurden auseinandergerissen. Und es gab keine Möglichkeit, das zu verhindern.

»Wann ... wann soll das alles geschehen?« fragte Natascha leise.

»Sofort. Schon ab morgen! Das Pferdchen wird abgeholt und –«

»Ich bringe es hin!« sagte Luka laut.

»Auch gut! Du bringst es hin. Natascha Astachowa wird ausziehen und ein schönes großes Zimmer in der Akademie beziehen. Für Luka steht ein Bett im Krankenhaus bereit und später ein Erholungsaufenthalt am Schwarzen Meer. Ich habe für alles gesorgt.«

Und so geschah's auch.

Schon am nächsten Tag brachte Luka das Pferdchen zur Sowchose ›Maxim Gorkij‹ nach Molokowo. Er fuhr mit ihm und dem Wägelchen über die staubigen Feldwege, rupfte einige halbgewachsene Kohlköpfe aus und ließ es fressen, bis es seufzend den Kopf schüttelte. Dann stellte er den Wagen vor dem Haus des Natschalnik ab und stampfte in das Gebäude.

Washa Igorowitsch saß gerade über einer Berechnung, die ihm Sorge machte. Man verlangte eine Rentabilitätsberechnung über das Verhältnis Saat und zu erwartende Ernte. Das war ein schwieriges Schriftstück, denn wenn man zuwenig angab, hieß es, der Natschalnik von ›Maxim Gorkij‹ ist ein unfähiges Rindvieh, gab man aber zuviel an, hatte man Not, die Masse bei der Ernte zusammenzubringen, denn man war genau in der Zentralverwaltung und wollte das haben, was auf dem Papierchen stand. Zudem mußte man eine Sollsteigerung einkalkulieren, denn ohne Sollsteigerung ist man ein schlechter Natschalnik. Man hat schon seine Sorgen, Freunde ...

In diese Not hinein platzte Luka. Er riß die Tür auf, hieb mit der Faust gegen die Türfüllung, was einem Anklopfen gleichkam, und trat vor Washa Igorowitsch. Dieser sah auf, schüttelte den Kopf, kniff die Augen zusammen, schüttelte sich noch einmal und bestätigte sich, daß er nicht im Kino saß und einen Film mit Urweltungeheuern sah, sondern daß er hinter seinem Schreibtisch saß und die Sonne durch die etwas blinden Scheiben schien.

»Was soll's?« schrie Washa Igorowitsch. Er war dick, denn ein guter Natschalnik hat immer dick zu sein, und was ihm an körperlicher Beweglichkeit fehlte, ersetzte er durch die Mächtigkeit seiner Stimme.

»Das Pferdchen bringe ich!« brüllte Luka zurück. »Und sehen will ich, wo es hinkommt. Wie es schläft, was es zu fressen bekommt, wo es herumläuft . . .«

»Das Pferdchen!« Washa Igorowitsch klappte seine Berechnungen zu. »Ei, ei! Einen Stall aus Marmor wird's bekommen, fressen wird's gebratene Gänse, und ein Genosse wird extra eingestellt werden, der ihm viermal täglich den Hintern putzt!« Er sah aus dem Fenster und erblickte das struppige Pferd, das vor dem Wägelchen stand. »Wieviel Schönheitspreise hat es schon gewonnen?« fragte er.

»Den Krieg hat's mit gewonnen, du Fehlgeburt!« schrie Luka. »So sehen Helden aus!«

Sie unterhielten sich daraufhin eine Viertelstunde über den Krieg, wobei der Schreibtisch umgeworfen wurde und der Natschalnik um Hilfe schrie. Dann war man sich einig wie Zwillingsbrüder und ging hinaus zu den Ställen, wo Washa Igorowitsch eine Box bereitgestellt hatte. Luka musterte sie genau, bevor er das Pferd holte und hineinführte in die neue Umgebung. Er band es an und lehnte sich dann gegen die Futterkrippe.

»Wir werden uns wiedersehen«, sagte er zu dem Pferdchen. »Bestimmt . . . Und schön wird es werden, wenn ich wieder laufen kann. Ein halbes Jahr wird es dauern, oder vielleicht auch ein Jahr . . . dann werden wir wieder zusammen sein, was? Und meine Konzession habe ich auch noch – das wird ein Leben sein.«

Er streichelte dem Pferd über den Hals und die schmächtige Brust, kraulte die harten Haare auf der Stirn, zwischen den Augen, und dann ging er hinaus, ohne sich noch einmal umzudrehen.

Die ersten Gesangstunden mit Waleri Tumanow waren einfacher, als es sich Natascha vorgestellt hatte.

Sie hatte ein schönes großes Zimmer bekommen in einem Seitenflügel der Akademie. Mit einer Handvoll Bezugscheine konnte sie im staatlichen Warenhaus neue Kleider und Wäsche kaufen ... wer es bezahlte, wußte sie nicht. Überall kam man ihr ehrerbietig entgegen, und es fiel ihr auf, daß ihr Leben plötzlich ganz anders geworden war, als es eigentlich nach den Prinzipien des Sozialismus sein sollte. Man hatte mit der Oktoberrevolution die Klassen abgeschafft, die Bourgeoisie vernichtet, aus allen Russenmenschen gleichberechtigte Genossen gemacht ... was sie jetzt sah, war eine Klassifizierung, von der sie in der Komsomolzen-Schule von Tatarssk nie etwas gehört hatte. Sogar der Direktor des Warenhauses machte eine kleine Verbeugung, als sie mit Tumanow einkaufte, und die Schüler der Akademie sahen sie an, als sei sie ein Stern, der die russische Nacht, einer neuen Sonne gleich, erhellte.

Zuerst lernte sie Noten und ein klares Nachsingen von Tönen, die Tumanow auf dem Flügel im Probensaal anschlug. Dann erklärte er ihr, wie ein Sänger atmet und wie er diesen Atem ausnutzt.

»Mit der Lunge lebst du, aber mit dem Zwerchfell singst du!« sagte er. »Und auch im Kopf ist Luft ... ein guter Ton kommt nicht aus der Brust, sondern aus dem Schädel!«

Sie übten die Atemstütze, das Haushalten mit dem Atem, das An- und Abschwellen eines Tones mit einem Atem, was der Italiener die ›messa di voce‹ nennt, jenen zauberhaften Schöngesang, der die Stimmbänder klingen läßt wie die Saite eines Cellos.

Waleri Tumanow saß bei diesen Übungen am Flügel und schloß ab und zu die Augen, legte den Kopf zurück oder legte ihn auf die Brust. Wie muß es in zwei oder drei Jahren klingen, dachte er, und etwas wie Ergriffenheit vor dem Wunder in einem Menschen füllte ihn völlig aus. Mein Gott, was wird die Welt einmal sagen, wenn sie diesen Gesang hört?! Nichts wird sie sagen, weil es keine Worte geben wird, die das beschreiben könnten, was man fühlt unter dieser Stimme. Und eine Russin wird es sein ... zum erstenmal wird der Einbruch in die feste Front der Italienerinnen, Deutschen, Französinnen und Amerikanerinnen möglich sein. Eine Primadonna assoluta aus der Kolchose von Tatarssk!

Waleri Tumanow hütete sich, Natascha zu überanstrengen. Nur zwei Stunden am Tage übten sie intensiv. Die übrige Zeit machten sie Theorie, gingen spazieren, fuhren in die Umgebung Moskaus oder besuchten abends die Vorstellungen der Theater.

Natascha fügte sich. Sie schrieb Notendiktate und zeigte auf einer großen Tafel die Noten an, die Tumanow auf dem Flügel spielte. Dann sang sie nach, immer und immer wieder, bis sie nachts aus dem Schlaf aufschreckte und ans Fenster rannte, es aufriß und den Kopf in die Nachtluft steckte, weil das Zimmer voller einzelner Töne war, die auf sie niederstürzten wie faustgroße Hagelkörner.

Anders war es bei Luka, wie konnte es auch sein?

Sein Einzug ins Lazarett glich der Überführung eines Fossils in ein Museum. Der Chefarzt, die Oberärzte und sogar die dienstfreien Stationsärzte standen in dem großen Aufnahmezimmer, als Luka in das Krankenhaus gefahren wurde.

Es war schon eine Not gewesen, Luka in den Krankenwagen zu bringen und ihn sich auf die Bahre legen zu lassen.

»Jetzt bist du Patient, Genosse!« sagte der Sanitäter, als er die Bahre abstellte. »Von jetzt ab bestimmt das Laufen der Chefarzt! Und er hat gesagt: Liegend transportfähig! Also mußt du liegen, Genosse!«

»Eine Miststadt ist das!« brüllte Luka und gab der Trage einen Tritt. »Zum Koffertragen braucht man eine Konzession, rasieren muß man sich dafür, das Pferdchen darf nicht fressen, wo es will ... und nun muß ich liegen! Ist das eine Freiheit, Genossen? Haben wir darum die Oktoberrevolution gehabt, he?!«

»Hinlegen!« kommandierte der Sanitäter. Er nahm die beiden Baumstammkrücken Lukas und warf sie in den Flur des Hauses. »Was ein Befehl ist, weißt du. Man kann nichts dagegen machen ... also sei vernünftig, Genosse, und leg dich hin.«

Es zeigte sich, daß die Trage zu schmal und klein war, um Luka aufzunehmen. Auch war es unmöglich, mit zwei Sanitätern diesen Fleischberg wegzutragen.

»In dem Befehl heißt es nicht, daß wir uns einen Bruch heben, Freund«, sagte der Sanitäter und winkte zu Luka hinab. »Los, steh auf, geh hinunter zum Wagen und leg dich dort auf die Pritsche. Wie's auch sei ... ich muß dich liegend abliefern.«

Fluchend humpelte Luka die Treppe hinunter und legte sich in den Sanitätswagen. Aus allen Fenstern der Tusstunkaja starrten die Menschen auf ihn hinab. Sie warteten, was weiter geschah, denn kaum, daß Luka in dem Wagen ausgestreckt lag, erwies es sich, daß der Wagen zu kurz war, und Lukas Füße aus der Rücktür herausragten.

Das neue Problem war unlösbar. Die Sanitäter sahen es ein. Das Bein anziehen konnte Luka nicht ... eben um es anziehen zu können, kam er ja ins Lazarett. Sinnend standen sie vor der offenen Tür des Sanitätswagens und berieten sich.

Schließlich einigte man sich, klappte die Tür bis zu den Füßen zu, band die Tür mit den Griffen an Lukas herausragenden Beinen fest und fuhr ab. Die Leute auf den Straßen, durch die man fuhr, sahen verblüfft auf den Wagen, dann nahmen sie ehrfürchtig die Mützen ab und senkten den Kopf. Ein Toter ist's, dachten sie. Und beim schnellen

Fahren ist er nach hinten gerutscht und hat die Tür aufgestoßen.

In der Aufnahme des Krankenhauses kam Luka eine Welle weißer Kittel entgegen. Tumanow hatte ihn angemeldet mit den Worten: »Es wird jemand kommen, der alle anatomischen Studien über den Haufen wirft, Genossen! Es ist, als sei er in der Eiszeit eingefroren und jetzt wieder aufgetaut worden –«

In einem Krankensaal mit zwanzig anderen Patienten hatte man vorsorglich ein Spezialbett aufstellen lassen. Ein Schreiner hatte es gezimmert, und praktisch war's ein Doppelbett, nicht nur in der Breite, sondern auch in der Länge. »Man hätte ihn ja auf die Erde legen können, da ist Platz genug!« hatte der Chefarzt gesagt. »Aber er genießt die Protektion des Kreml!«

Nun war Luka da, lag auf dem OP-Tisch, nackt und behaart wie ein Riesenaffe, und sah mißtrauisch zu, wie die Ärzte an seinem Bein herumkneteten, drückten, die Zehen bewegten, maßen und ihn aufforderten, den Fuß zu bewegen, was er nicht konnte, weil er ja gelähmt war.

Dann wurde er geröntgt, unter eine weiße Apparatur geschoben, die kurz schnurrte und seinen zerschossenen Knochen auf eine große, schwarze, biegsame Platte zauberte. Der Chefarzt hielt sie gegen einen Leuchtkasten, und seine Oberärzte zeigten mit spitzen Bleistiften auf zersplitterte und verschwommene Flecken, sprachen einige lateinische Worte und malten mit Fettstiften Kreise und Winkel auf die schwarze Röntgenplatte.

»Kriegt ihr es wieder hin, Genossen?« rief Luka.

»Es wird nicht leicht sein«, antwortete einer der Ärzte. »Sie sind zu spät gekommen. Wir müssen das Bein wieder brechen und strecken, und ob wir die Nervennähte hinbekommen, das wird sich erst zeigen –«

»Und wie lang wird's dauern?«

»Bestimmt ein halbes Jahr –«

Luka nickte und legte den Kopf zurück auf die Kopfrolle

des Untersuchungstisches. Das Pferdchen war versorgt, Natascha ging es gut, und auch für ihn war das halbe Jahr eine erfreuliche Zeit. Zu essen gab's, und ein Bett hatte man, faulenzen konnte man und sich unterhalten mit den Zimmergenossen, und alles umsonst! Freunde, so etwas nennt man herrlich, nicht wahr?

»Laßt euch Zeit, Genossen!« sagte Luka. »Niemand drängt euch ... Ihr scheint mir liebe Menschen zu sein ...«

Drei Tage später wachte Luka auf.

Er hing in einem glänzenden Nickelgestell an einem riesigen Extensionsbügel, und den Streckzug besorgte ein Gewicht, das die Ärzte mit einer Handkarre herbeigerollt hatten.

»Ihr Hunde!« brüllte Luka, als er seine Hilflosigkeit bemerkte. »Die Hölle hole euch! Soll ich so ein halbes Jahr lang liegen?«

Und er beruhigte sich erst, als man ihm eine Schüssel voller Pudding brachte. Zwar war es nur ein Maispudding, mit Wasser angerührt, aber es war eine Schüssel voll Essen, und genau betrachtet war es das erste Essen, das sich Luka nicht selbst verdient hatte.

Ab und zu besuchte Natascha Astachowa den operierten Luka und brachte ihm Obst mit, eine Seltenheit in diesen Hungermonaten, die nur für Natascha erreichbar war. Wenn sie weg war, verteilte Luka das Obst unter seine Zimmergenossen nach einem bestimmten Schlüssel. Zwei Stückchen bekamen die, die die besten Witze wußten, drei Stückchen die, die Brot an ihn ablieferten, aber fünf Stückchen bekam ein Mann, dem man die Galle entfernt hatte und der von Beruf Geiger war. Er saß jeden Tag an Lukas Riesenbett und versuchte, ihm die Grundzüge der Musik beizubringen. Niemand wußte, warum Luka Noten lernte. Man beneidete den Geiger nur um seine fünf Stückchen

Obst, die er dafür bekam. Es war ein schwer erworbenes Honorar.

Nach drei Monaten steckte Waleri Tumanow seine Schülerin Natascha in den Chor der Akademie. »So«, sagte er eines Tages nach den letzten Tonübungen. »Es scheint so, als habe deine Stimme die nötige Biegsamkeit. Wollen wir es vorerst mit einigen Liedern versuchen, ganz einfachen Liedern, ohne Anstrengung. Du wirst im Chor mitsingen.«

»Das habe ich schon in Tatarssk getan, im Komsomolzen-Chor –«

»Damals hast du gegrölt ... heute sollst du singen.«

Und wieder übte Natascha, sechs Wochen lang, eine kleine, schmale Sängerin inmitten siebzig anderen Chorsängerinnen. Russische Volkslieder waren es, die Tumanow einstudierte, und als die ersten Schneeflocken über Moskau rieselten und die Türme des Kreml weiße Mützen bekamen, erhielten die Choristinnen eine Uniform, weiße Blusen und hellblaue, weite Röcke, um die Stirn ein buntes Band, und Tumanow probte einen ganzen Tag ohne Unterbrechung, obwohl jede Sängerin ihre Lieder singen konnte, wenn man sie aus tiefstem Schlafe wecken würde.

Ein einziges Sololied war in dem Programm, und dieses Lied sang Natascha Astachowa. Von Mussorgskij war es, ein kleines, wehmütig-süßes Liedchen mit dem Titel ›Dort am Don ein Garten blüht ...‹ Waleri Tumanow hatte es mit Natascha wohl über hundertmal gesungen, immer und immer wieder, bis es nichts mehr für sie gab, als den Gedanken ... dort am Don ein Garten blüht ... dort am Don ein Garten ...

An einem Sonntag stand der Chor auf der Bühne der Akademie. Der große Saal war voll besetzt, und die Scheinwerfer glitten über die weißen Blusen, die hellblauen Rökke und die bunten Stirnbänder. Waleri Tumanow stand hinter der Bühne, in einem schwarzen Anzug. Er war nicht aufgeregt, das konnte man nicht sagen. Er war wie ein

Mann, der ein großes Werk vollbracht hat und nun darauf wartet, daß man es anerkennt und bewundert.

Vor einer Stunde hatte er noch eine Aussprache gehabt, und niemand wußte davon. Er war im Zimmer Anatoli Doroguschins gewesen. Jeder in Moskau kannte Doroguschin. Er war der Operndirektor des Bolschoi-Theaters, ein König der Musik, ein Kritiker, von dem man sagte, er habe sogar die große Ulanowa zum Weinen gebracht mit der Bemerkung: »Mein Großmütterchen hebt die Beine höher ...«

Ihn hatte Waleri Tumanow eingeladen. »Bringen Sie sich ein Taschentuch mit, Genosse Doroguschin«, hatte er gesagt. »Sie werden weinen müssen vor Glück, so etwas von einem Engel zu hören!«

»Hoffentlich weine ich nicht um die verlorene Stunde«, hatte Anatoli Doroguschin erwidert.

Nun saß Anatoli Doroguschin in der ersten Reihe des Saales, aber niemand im Chor wußte es. Er saß ein wenig zurückgelehnt und starrte auf die Bühne, wo die siebzig Mädchen wie blauweiße Schneeflocken im Scheinwerferlicht glitzerten. Er suchte diese sagenhafte Natascha Astachowa, die ›Heldin der Nation‹, die in den Sümpfen eine Partisanenkompanie geführt hatte und nun singen sollte wie ein Engel. Er schien sie gefunden zu haben, in der zweiten Reihe. Ein zartes Mädchen mit langen, schwarzen Haaren und einem blassen Gesichtchen. Wie ein ängstliches, erfrorenes Vögelchen ist sie, dachte Doroguschin und verzog die Lippen. Wie kann aus einem solchen Körperchen eine Stimme kommen? Er übertreibt, der gute Tumanow.

Waleri Tumanow erschien auf der Bühne. Mit den bloßen Händen dirigierte er, kaum sichtbar, nur in den Biegungen der Finger lagen die einzelnen Stimmen, lag der Takt, winkten die Einsätze. Wie ein Puppenspieler war er, der zarte Fäden dirigierte, so dünn, daß sie unsichtbar waren.

Anatoli Doroguschin rückte an seinem Schlips. Was der Chor sang, war schön, gekonnt, klangvoll und präzise. Es waren junge Stimmen, gewiß, sie sangen noch sorglos ... oder wenigstens klang es so, was bewies, welch ein guter Lehrer Tumanow war. Aber der Opernchor sang besser, und alles, was weniger gut sang als seine eigenen Leute, machte Doroguschin mißmutig und ungeduldig vor dem Ende.

Als Natascha Astachowa aus der zweiten Reihe vortrat – also ist sie's doch, dachte Doroguschin. Ich habe einen guten Blick, wahrhaftig! –, lehnte er sich wieder zurück und reckte den Kopf etwas hoch. Er sah, wie ihn Tumanow anblickte, und er erwiderte den Blick mit einem Blinzeln. Ich höre, mein Freund, sollte es heißen. Gleich wird sich's beweisen, ob du den Mund vollgenommen hast, Genosse.

Die Musik begann. Ein kurzes Vorspiel ... wie spannend er es macht, der alte Fuchs, dachte Doroguschin. Dann hörte er plötzlich mit dem Denken auf, er konnte es einfach nicht mehr, es war ihm, als säße er plötzlich in einer Welt, die er nie zuvor erschaut hatte.

Die Stimme Nataschas lag über ihm wie eine goldene Wolke. Sie hüllte ihn ein, trug ihn mit sich fort, sie machte ihn schwerelos und entblößte ihn allen Willens.

Dort am Don ein Garten blüht,
durch ihn geht ein Pfad.
Auf den Pfad schaue gern ich hin
an dem Fenster sitzend.

Einst erging sich auf dem Pfad
Mascha spät am Abend
Wahrlich, ich vergeß es nie,
wie sie tief geseufzet.

Wie mit holdem Lächeln sie
Antwort mir gegeben.

Wie ganz unbedacht
goß sie Wasser
aus dem Grunde.

Dort am Don ein Garten blüht,
durch ihn führt ein Pfad . . .

Als es zu Ende war, das kleine Lied der Sehnsucht, riß Anatoli Doroguschin den Mund auf wie ein Fisch, den man an Land geworfen hat.

»Wunderbar!« schrie er unbeherrscht, noch ehe sich eine Hand zum Applaus rührte. »Wunderbar! So hat noch keine Frau gesungen!«

Erst dann ging seine Stimme im Händeklatschen unter, der Vorhang fiel, und Waleri Tumanow griff sich ans Herz und lachte wie ein Junger.

»Wo ist sie?!« rief Doroguschin, als er hinter der Bühne auf Tumanow prallte. Er schwitzte vom Laufen und tupfte sich mit dem Taschentuch die Stirn blank.

»In der Garderobe, Genosse.«

»Ich muß sie sehen. Sofort, Tumanow!«

»Warum?«

»Warum? Wie kann ein Mensch noch warum fragen?! Ich mache aus dieser Natascha die größte Sängerin der Welt. Sie wird meine neue Tatjana im ›Eugen Onegin‹ sein! Ich werde ihr die Welt zu Füßen legen! Wo ist sie, du Halunke!«

»Für Sie unerreichbar, Genosse Doroguschin.« Waleri Tumanow stellte sich ihm in den Weg, als er an ihm vorbei über die Bühne zum Garderobentrakt rennen wollte. »Tun Sie es nicht, Anatoli. Ich habe Ihnen einen kleinen Blick in ein Wunder gewährt . . . mehr nicht. Dieses Wunder muß gepflegt werden. Wir haben Zeit –«

»Zeit! Waleri Tumanow, Sie können eine solche Stimme nicht in Ihren stickigen Probesälen vergraben! Sie gehört der ganzen Menschheit!«

»Ich weiß. Und es wird auch so sein! In drei Jahren gebe ich Ihnen Natascha. Dann wird sie ein Stern sein, den nichts mehr vom Himmel reißt! Wir Russen haben immer warten können, wenn es um etwas Großes ging. Tun wir's auch jetzt, Genosse! Nun gut, Natascha kann singen ... aber warten Sie ab, Doroguschin, wie sie in drei Jahren singen wird. Sie werden zum Weinen ein ganzes Bettuch gebrauchen müssen –«

Luka lag im Bett und hörte sich aus dem Radio die Übertragung des Konzertes an. Er wußte, was gesungen wurde, und er hatte die Noten des Liedes vor sich, das Natascha sang.

Aus seiner Drahtextension hatte man ihn herausgenommen, nachdem das neu gebrochene Bein wieder die Länge des anderen Beines erreicht hatte. Nun lag er in einem mächtigen Gipsverband, fast ebenso unbeweglich wie in dem Streckgerüst, und vertrieb sich die Zeit damit, jede Stunde mit donnernder Stimme zu schreien:

»Sanitäter – die Pfanne!«

»Man sollte ihm den Darm auch eingipsen!« schrie der geplagte Krankenpfleger und raufte sich die Haare. »Ein Mittelchen werde ich ihm ins Essen geben, daß es in ihm hart wird wie Beton!«

Im übrigen war Luka der Star des Krankenhauses. Aus fernen Krankenhäusern besuchten Kollegen die Ärzte in Moskau, nur um zu sehen, wie ein Mensch wie Luka aussieht.

»Ich habe noch nie eine solche Stimme gehört«, sagte der Geiger, der Luka das Notenlesen beigebracht hatte. Sie hatten alle stumm um das Radio gesessen, als Natascha sang. »Lange wird sie nicht in Moskau bleiben ...«

»Was wird sie nicht?« In Lukas Brust bildete sich ein Stein. Ganz deutlich merkte er es ... ein Stein, der rasend schnell wuchs und auf das Herz drückte.

»Wegschaffen wird man sie, Genosse.« Der Geiger dreh-
te das Radio leiser. »So etwas wird eine Staatsstimme und
gepflegt wie eine Wunderkanone! Die siehst du nicht wie-
der, Luka . . . Einen goldenen Käfig wird sie bekommen
und überall in der Welt herumgezeigt werden. Seht, Freun-
de, wird man sagen, die Amerikaner haben einen größeren
Panzer . . . aber wir haben die schönste Stimme der Welt! –
Du wirst sie nicht wiedersehen, Luka. Nur hören . . . ir-
gendwo in der Welt –«

»Das wird nicht gehen«, sagte Luka dumpf. »Was soll sie
ohne Luka, he? Und Fedja Iwanowitsch habe ich's auch
versprochen . . .«

Das Radio ergriff er plötzlich, hob es hoch und schmet-
terte es auf den Boden. Dort zersplitterte es, als sei es ein
weiches Ei. Und es war niemand da, der es wagte, noch ein
Wort zu sagen.

An diesem Tage schrie Luka nicht mehr nach der stünd-
lichen Pfanne . . . brütend lag er im Bett, starrte an die Dek-
ke und kaute an seiner Unterlippe. Der Sanitäter wagte es,
den Oberarzt anzureden. Seine Miene war sorgenvoll.

»Genosse Oberarzt«, sagte er. »Mit Luka stimmt etwas
nicht. Erst vernichtet er das Radio, und jetzt warte ich seit
fünf Stunden auf seinen Ruf nach der Pfanne! Und nichts
geschieht. Das macht nachdenklich, Genosse, was meinen
Sie? Er wird doch wohl nicht krank werden, meine ich?!«

Der Oberarzt kam in den Krankensaal und setzte sich zu
Luka ans Bett. Er untersuchte den Gips, fühlte Luka den
Puls, zog ihm die unteren Augenlider herunter und wedel-
te mit der Hand vor seinen Augen hin und her, um seine
Reflexe zu prüfen. Luka starrte an die Decke, stumm, teil-
nahmslos.

»Was ist, Genosse?« fragte der Oberarzt.

»Scher dich weg«, brummte Luka.

»Immerhin ein Wort! Haben Sie Schmerzen?«

»Nein.«

»Haben Sie eine Beschwerde?«

»Nein.«

»Seit wann haben Sie einen trägen Darm?«

Luka antwortete nicht mehr. Er drehte den Kopf zur Seite, und es war fast wie ein Wunder, das der Oberarzt nicht begriff und vor dem er erstarrt saß, keines Wortes mehr mächtig: Aus den großen Augen Lukas rannen lautlos Tränen und rollten über die dicken Backen seitlich in die Halsbeuge hinein.

»Ich zerbrech dir die Knochen!« schrie Luka plötzlich gegen die Wand. »Laßt mich allein! Allein will ich sein! Ganz allein –«

Der Oberarzt stand schnell auf und ging aus dem Zimmer. Auf dem Gang blieb er stehen und wischte sich über das Gesicht. Er weint, dachte er. Luka weint! Ist so etwas möglich? Ins Krankenblatt müßte man es eintragen: Heute festgestellt, daß Luka weinen kann ...

Er stand noch immer sinnend im Gang, als der Chefarzt auf dem Wege zum OP an ihm vorbeikam.

»Ein Wort, Genosse«, sagte der Oberarzt. »Würden Sie mir glauben, wenn ich Ihnen sage: Luka kann weinen?«

»Nein!« lachte der Chefarzt. »Aber ein guter Witz ist's!«

»Aber er weint –«

»Kommen Sie mit!« Der Chefarzt lächelte verzeihend. »Sie sollten nicht die ganze Wodkazuteilung auf einmal trinken, Genosse –«

Was der unglückliche Geiger im Lazarett in Lukas zarte Seele gepflanzt hatte, wurde Wahrheit, als Natascha drei Tage nach dem Konzert zur täglichen Gesangstunde bei Waleri Tumanow erschien. Mit einem sonnigen Lächeln kam Tumanow mit ausgestreckten Armen auf Natascha zu und drückte sie impulsiv an seine Brust.

»Töchterchen«, sagte er mit wahrer Rührung in der Stimme. »Glückskind, das du bist! Es war ein Sieg, ein großer Sieg deiner Stimme, dieses Konzert! Anatoli Doroguschin ist aus dem Häuschen, und der Parteisekretär für die kulturellen Belange jault wie ein läufiger Hund, wenn er deinen Namen hört. Alle Türen hast du aufgestoßen. Du wirst nach Saratow kommen ... an die Wolga, Täubchen ... nach Saratow, wo in einem großen weißen Haus die besten Sänger Rußlands wohnen und ausgebildet werden. Und dann wirst du kommen nach Khuzhir, einer Insel im Baikalsee ... und dort wirst du singen, singen, singen, ganz allein in einem riesigen Zimmer, bis du die schönste Stimme der Welt hast und man dich hinausschickt in die großen Opernhäuser aller Länder! Ist das nicht ein Glück, Naschka?«

Waleri Tumanow sah es so an, und er wunderte sich, daß Natascha nicht mit ihm lachte. Still ging sie an das große Fenster und sah hinunter auf den viereckigen Hof der Akademie. Dann legte sie die Stirn an die Scheibe, und an der Schnelligkeit, mit der die Scheibe beschlug, erkannte Tumanow, wie heftig Natascha atmete.

»Ist's keine Freude?« fragte er.

»Man will mich drei Jahre lang einsperren?« fragte Natascha.

»Einsperren! Alle Freiheiten wirst du haben. Sonderverpflegung, Wein, fröhliche Künstlergesellschaft, Geld! Nur lernen mußt du ... an nichts anderes darfst du denken als an das: Ich muß singen! Mein Vaterland braucht meine Stimme. Ich muß die größte Sängerin Rußlands werden! Auf mich wartet die ganze Welt!«

Natascha fuhr herum. In ihren schwarzen Augen lag wieder die Wildheit, die ungebändigte Kraft der Natur, die selbst Luka fürchtete.

»Ich will nicht die Gefangene meiner Stimme sein!« schrie sie. »Zurück nach Tatarssk will ich, mit Luka! Auf einer Kolchose habe ich gelernt zu arbeiten. Was soll ich hier oder in Saratow oder am Baikalsee? Nur weil ich singen kann, wollt ihr mich fesseln?!«

Tumanow senkte den Kopf. Weiß waren seine Haare,

und sie schienen noch zu bleichen unter den Worten Nataschas.

»Wir alle haben Fesseln, Täubchen«, sagte er leise. »Wir wären sonst nicht in Rußland geboren –«

»Und wenn ich mich weigere, zu singen?«

»Was nützt's! Man weiß jetzt, daß du singen kannst.«

»Aber man kann mich nicht zwingen –«

»Wünsche dir nicht, die Macht eines Staates zu fühlen«, sagte Tumanow leise. »Haben in den Sümpfen nicht alle auch das getan, was du wolltest, Natascha? Gezwungen hast du sie, mit der Pistole ... und sie taten alles aus Angst ... Man darf es nie vergessen, Töchterchen. Und so mächtig man selbst ist ... immer gibt es noch Mächtigere über einem, denen man sich beugen muß ... können wir es ändern?«

An diesem Vormittag übten sie nur Noten lesen und Klavierspiel. Die Stimme versagte Natascha, als sie die ersten Takte singen sollte. Ein jeder Ton ist eine Kette, die ich mir selber schmiede, dachte sie. Das zerbrach ihren Atem, und Waleri Tumanow winkte verständnisvoll ab und zeigte auf das Klavier.

»Spielen wir ... morgen wird das Stimmchen wieder da sein –«

Nach dem Unterricht lief Natascha ziellos durch die Straßen Moskaus. Auf dem Roten Platz stand sie über eine Stunde und sah der Schlange Menschen zu, die sich träge an der Kremlmauer entlangschob und an der einen Seite des Leninmausoleums verschwand, um an der anderen Seite wieder herauszutreten. Bauern aus der Mongolei, Reiter aus Kasakstan, Kamelzüchter aus Ulan Bator mit runden, nach oben zu spitzen Mützen und hängenden, dünnen Schnurrbärten, blonde Bauern aus der Ukraine und schwarzlockige Mädchen aus dem Kaukasus, farblose Kopftücher aus Sibirien und schwarze Steppjacken aus Kamtschatka, krummbeinige Kalmücken und schlanke, hochgewachsene Leningrader ... eine ganze Welt zog langsam durch das Totenhaus und am gläsernen Sarg Lenins vorbei.

Für sie alle soll ich singen, dachte Natascha. Vor dem riesigen Kremltor stand sie und sah hinüber auf den mit Kränen und Baugerüsten, Steinen und Sandbergen vollgestopften Platz, auf dem die neue, weiße Lomonossow-Universität entstehen sollte. Ein wie Kaskaden aufsteigender Turm, der in den Himmel stechen sollte und den man sehen würde von jeder Stelle Moskaus aus.

Es war ihr plötzlich, als verstehe sie die Freude des alten Tumanow. Was sind drei Jahre in Saratow und am Baikalsee, wenn danach die Welt offensteht? Früher war's ein hartes Leben, und die Ernte der Kolchose ernährte einige hundert Menschen. Jetzt war es möglich, Millionen Menschen etwas Freude zu geben, und nur zu singen brauchte man.

Im Lazarett saß Luka in seinem Spezialbett und spielte Karten, als Natascha ihn besuchte. Der Chefarzt selbst begleitete sie in den Krankensaal und scheuchte die anderen Patienten ins Bett.

»Täubchen!« schrie Luka. Er streckte beide Arme aus, es war, als wolle er aus dem Bett springen, in dem Gipsverband knackte es, so wie im Frühjahr auf der Wolga die Eisschollen zerplatzen. »Natascha!« schrie er noch einmal und umklammerte ihre Hände. Über sein breites Gesicht zuckte es wild, und er biß sich auf die Unterlippe und knirschte mit den Zähnen, um sich zu zwingen, nicht wieder wie ein schwaches Weibsbild loszuheulen. »Du bist noch da ... du bist noch ...« Dann versagte ihm die Stimme, er sah hinüber zu den anderen Zimmergenossen und sah, wie sie ihn anstarrten. Das machte ihn wieder hart, und er brüllte: »Ihr Mißgeburten! Ihr Kuhdreck! Was seht ihr her? Ich schwöre euch ... wer jetzt noch hersieht, dem breche ich die Knochen!«

Keines Kommandos bedurfte es mehr ... die Zimmergenossen drehten sich herum und starrten irgendwohin, hinaus zum Fenster, gegen die Wand, auf das Nachtgeschirr des Nebenmannes ...

»Warum sollte ich fort sein, Luka?« fragte Natascha. Sie setzte sich auf sein Bett, packte einige Äpfel und bereits geschabte und gewaschene Möhren aus, die Luka so gerne aß, und schob eine kleine, flache Flasche Wodka unter sein Kopfkissen.

»Man hat's mir gesagt.« Luka nahm die Hände Nataschas, und er küßte sie nach alter Bauernart, ehe Natascha sie ihm entziehen konnte. »Ist's nicht wahr?«

»Nur halb, Luka –«

»Was heißt halb?«

»Ich werde wegkommen. Erst nach Saratow, in eine weiße Villa. Dort soll ich weiter ausgebildet werden.«

»Dann ... dann wirst du also doch eine Staatskünstlerin?« fragte Luka leise.

»So wird's wohl sein, Luka. Aber was ändert das?« Natascha spürte, was in Luka vorging. Wie gut sie ihn verstand, den treuen Idioten.

»Du bist nicht mehr da, Natascha ...« Luka zerbrach eine Möhre. Dann umschloß er sie mit seiner Faust, und der Druck war so stark, daß der Möhrensaft zwischen seinen Fingern hervorquoll und auf das Bett tropfte. Flecken gab's, wie helles Blut. »Weg wirst du sein ... für immer ... aber ich habe Fedja Iwanowitsch versprochen – kurz bevor er mit einem Spaten erschlagen wurde ... das schöne, blonde Köpfchen hat man ihm gespalten ... mitten durch, wie man eine Melone aufschneidet ... Luka, hat er vorher gesagt ... wenn ich sterbe ... Natascha ...« Lukas Stimme versagte wieder. Er warf den Möhrenbrei aus seiner Hand auf den Boden und wischte sich über das Gesicht. Es war, als beschmiere er sich mit Blut, an den Stoppeln seines Bartes blieben die Möhrenfasern hängen.

»Wann ... wann wirst du fahren ...?«

»Ich weiß es nicht. Auch Tumanow weiß es nicht.« Natascha nahm ihr Taschentuch und wischte das Gesicht Lukas ab. »Ich werde dich nachkommen lassen, Luka ... wo ich auch sein werde. Ich verspreche es dir. Wenn du wieder gehen kannst, hole ich dich ...«

Luka nickte. Er tat es, um Natascha einen Gefallen zu tun. Glauben konnte er's nicht. Wenn sie in Saratow ist, wird man mich abschieben, irgendwohin, weit weg von der Wolga. Vielleicht nach Sibirien, in die Tundra, in die Mongolei, nach Jakutskaja, wo ein Mensch verfaulen kann, und niemand riecht's! So dachte er, und er nahm vorsichtig Nataschas Hände und streichelte sie und sah dabei nicht, daß sie das Gesicht verzog und den Schmerz verbiß, denn sein Streicheln war fast wie das Pressen eines Schraubstockes.

Fast eine Stunde blieb Natascha bei Luka. Von dem Konzert erzählte sie, von den wenigen Worten, die der große Doroguschin doch noch mit ihr gesprochen hatte, von den Gesangstunden und von dem vielen Geld, das man ihr zahlte, nur, weil sie singen konnte.

»Zweitausend Rubel bekomme ich«, sagte Natascha.

»Im Jahr?«

»Im Monat, Luka –«

Luka schwieg wieder. Natascha log nicht. Und wenn ein Mensch im Monat zweitausend Rubel bekommt, so ist das etwas, was man sich kaum vorstellen kann. Und nur, weil sie singen kann.

»Zweitausend Rubelchen«, sagte er und sah an die Dekke. »Alle, die singen können?«

»Ich weiß nicht. Aber sie sehen alle gut aus, die anderen Staatsschüler.«

Nach einer Stunde ging Natascha. »Wann kommst du wieder?« rief ihr Luka nach.

»Sobald ich Zeit habe, alter Bär –«

Sie winkte ihm von der Tür aus zu, und alle im Krankensaal winkten ihr zurück.

Am nächsten Morgen, als der Frühsanitäter in den Saal kam, um die Patienten mit dem Fieberthermometer zu wekken, war das Riesenbett Lukas leer. Der Gipsverband lag zerschlagen neben dem Bett auf dem Boden, zwei hölzerne Querverstrebungen des Betts waren herausgerissen; als Krücken mußte sie Luka benutzt haben.

»Wo ist Luka?!« brüllte der Sanitäter. Sein Schrei weckte den ganzen Saal. Blinzelnd, verschlafen, ungläubig starrten die unrasierten Gesichter auf das leere Bett.

»Ihr müßt doch was gehört haben!« schrie der Sanitäter. »Genossen – macht keinen Unsinn! Wann ist Luka weggegangen ...?«

Er wartete die Antwort nicht ab. Er sah nur verblüffte Gesichter und ungläubig aufgerissene Mäuler. Da rannte er hinaus und alarmierte den diensthabenden Arzt, der wenig später mit zerrauften Haaren über den Korridor stürzte.

Waleri Tumanow saß in seinem Büro und korrigierte die schriftlichen Arbeiten seiner Musikschüler. Nicht nur auf das Singen legte er Wert, sondern auch die allgemeine Bildung flocht er in seinen Unterricht mit ein. Es genügte nicht, eine Arie von Puccini zu singen, man mußte auch wissen, wer dieser Puccini war, wie und wo er gelebt hatte und aus welchem Geist heraus seine Opern entstanden waren.

Das Heftekorrigieren tat er gern. Es schenkte ihm Ruhe und Beschaulichkeit und führte ihn in die Phantasie seiner Schüler ein. Und so war es in der Akademie bekannt, daß im I. Stock, Zimmer 15–19, Ruhe zu herrschen hatte, wenn Waleri Tumanow die Hefte durchsah.

Um so erstaunter war Tumanow, als seine Sekretärin in das Arbeitszimmer trat und ziemlich verwirrt an der Tür stehenblieb. Sie sah aus, als habe sie soeben einen Gruselfilm gesehen.

»Da ist jemand«, sagte sie heiser vor Erregung. »Der will vorsingen –«

»Das ist doch ein Witz, Elena . . .«, sagte Tumanow. Seit vierzig Jahren war er Gesanglehrer, und nie hatte jemand vor ihm gesungen, ohne daß er ihn dazu aufgefordert hätte.

»Ich habe ihn nicht abweisen können, Genosse Professor.« Die Sekretärin Elena schluckte die Tränen herunter. »Unmöglich ist's. Sie werden es einsehen, wenn . . . Gedroht habe ich ihm, die Polizei wollte ich rufen . . . Was tut er? Er reißt das Telefon aus der Wand –«

Waleri Tumanow sprang auf. »Dem werde ich es zeigen!« schrie er. Seine Greisenstimme zitterte. Er wollte um seinen Schreibtisch herumrennen, aber ein riesiger Schatten verdunkelte die Tür, es stampfte, daß die Dielen zitterten, und ein Berg kam ins Zimmer und knallte mit einer abgebrochenen Latte die Tür hinter Elena zu, die schrekkensbleich flüchtete.

»Wer will hier etwas zeigen, Genosse?« brüllte eine Stimme. »Wie einen Floh nehm' ich dich auf den Fingernagel!«

»Luka –«, sagte Tumanow schwach. Er sah den Riesen an, und sein Blick glitt an ihm herunter. Einen Lazarett-Schlafanzug trug er, das Hosenbein des zertrümmerten Beines war hoch über dem Knie abgeschnitten. Auf der haarigen, rötlichen Haut klebten noch Stücke des abgeschlagenen Gipses. Auf zwei Latten stützte sich Luka, und obgleich das verletzte Bein durch die Streckung nun gleich lang mit dem gesunden war, wagte er doch nicht, mit ihm aufzutreten. Mit dem Rücken lehnte er gegen die Wand und hatte das Kinn gegen den Hals gepreßt, wie ein Stier, der sich in der Arena umsieht, ehe er den staubigen Boden stampft.

»So bist du gekommen?« fragte Tumanow. »Hat man dich nicht angehalten?«

»Wer soll mich anhalten, he?« Luka reckte sich.

»Unten, der Akademiewächter . . .«

»Ein Jüngelchen ist's, Genosse Waleri.« Luka grinste

breit. »Er schläft in einer Ecke der Halle. In die Hosen machte er, als er mich sah.«

Tumanow ging seufzend zu seinem Schreibtisch zurück. Er wagte nicht zu denken, was auf dem Weg Lukas zur Akademie alles geschehen war. Noch früh genug würde man's erfahren.

»Was willst du?« fragte er, als er den Schreibtisch zwischen sich und dem Urwelttier hatte.

»Vorsingen, Genosse Tumanow . . .«

»Was?« Tumanow setzte sich, als habe man seine Beine weggezogen. Er fiel auf den Stuhl.

»Vorsingen. Wie Natascha, mein Täubchen.« Luka stützte sich schwer auf die beiden Latten. »Studiert habe ich es, im Lazarett. Ich kann Noten lesen, Genosse!«

»Das ist doch Wahnsinn, Luka!« Tumanow schluckte mehrmals, ehe er weitersprach. Unbegreiflich ist es, dachte er. Ein singendes Fossil! Welche Töne mögen es sein, die aus diesem Riesentrichter von Brust quellen? Können es überhaupt noch Töne sein?

»Ich habe die Noten studiert!« schrie Luka. Er holte aus der Tasche seiner Schlafanzugjacke einige zerknüllte, schmutzige, fettige Notenblätter und warf sie Tumanow zu. »Ich will singen, und du wirst mich ausbilden, Genosse!«

»Aber Luka –«, stammelte Tumanow. Er starrte auf die abgegriffenen Noten und auf die Titel, die ihm entgegenschrien.

Stenka Rasin . . . Abendglocken . . . Reiter vom Don . . . Das Hirtenmädchen . . . Kosakenpatrouille . . . Das Lied vom Roten Stern . . .

Luka stampfte an den Schreibtisch. Ehe es Tumanow verhindern konnte, legte er seine rechte Hand auf den weißen Kopf des Alten. Es war, als falle ein Felsblock auf sein Gehirn, kleine Kreise tanzten bunt vor seinen Augen und summten und zirpten wie Heuschreckenschwärme.

»Freundchen«, sagte Luka fast zärtlich und ließ die Hand

auf dem Kopf Tumanows liegen. »Der Mensch ist merkwürdig, glaub es mir. Soviel Geist hat er im Kopf, aber die Schale, die drum herum ist, ist dünn wie ein Eierchen ... Nur ein kleiner Druck, und es macht knack, und der Genosse Tumanow stirbt wie ein Flöhchen. Schade drum wär's, bestimmt. Man sollte den guten, friedfertigen Luka wirklich singen lassen –«

Waleri Tumanow duckte sich. Der Felsblockdruck auf seinem Kopf ließ nach. Schwankend erhob er sich und stützte sich mit beiden Armen auf den Schreibtisch.

»Komm mit –«, sagte er heiser. »Sing, was du willst. Man kann einen Vulkan nicht mit einem Eimer Wasser löschen ...«

Sie gingen in das Nebenzimmer. Ein Flügel stand dort, und Tumanow setzte sich auf den Stuhl, schlug einige Töne an und schielte zu Luka, der in der Mitte des großen Raumes stand, auf seine Bettlatten gestützt, den Kopf in den Nacken geworfen. Sein Gesicht glänzte in kindlicher Freude, und plötzlich hatte Tumanow Mitleid mit diesem Riesen und erkannte, warum er singen wollte. Fast beschämt senkte er den Kopf über die Tasten und ließ die zarten Hände auf der Klaviatur liegen.

»Was ... was willst du singen ...?« fragte er.

»Wenn's recht ist – die Kosakenpatrouille ... Lustig ist sie und wild ... Im Lazarett haben sie mit Kissen geworfen, so begeistert waren sie.«

O Gott, o Gott, dachte Tumanow. Aber auch die Patrouille wird vorbeigehen, und dann werden die Polizisten kommen, die Elena alarmiert hat, und ihn abführen.

Er spielte die ersten Takte und hörte auf, als Luka die ersten Töne schrie. Es war die Stelle, wo man von ganz fern das Nahen der Patrouille hört, wie sie näher und näher kommt, Reiter in der Nacht, die wie Schemen vorbeifliegen und im Nichts entschwinden.

Bei Luka war es, als bräche ein Heer geballt in eine enge Schlucht und zerreiße die Bergwände. Das Trommelfell

Tumanows stemmte sich gegen die Töne, und wie bei einer rasenden Bergabfahrt mußte Tumanow den Mund weit öffnen, um dem Druck auf seinem Ohr zu begegnen.

»Leise!« brüllte er. »Leise ... die Kosaken sind doch noch ganz weit weg –«

Luka schwieg. Er sah Tumanow mitleidig an. Seine breite Brust war nach vorn gewölbt, und Waleri ahnte, welche Luftmengen darin warteten, frei zu werden und über die Stimmbänder nach außen zu dringen.

»Wie wollen Sie Rindvieh ein Gesanglehrer sein, Genosse«, sagte Luka, »wenn Sie nicht einmal merken, daß ich leise singe, he?«

»Verzeihung.« Tumanow beugte sich über die Tasten des Flügels. »Beginnen wir von vorn ...«

Wirklich, wie ein Weltuntergang war's. Waleri Tumanow gab sich keine Mühe, Töne und Melodie zu begreifen. Er konnte es auch nicht. Auf sein Ohr krachte nur ein einziger Ton, und er war wie eine Explosion und schluckte alles, was an Nebentönen noch vorhanden sein konnte. Sein Ohr versagte einfach, wie gelähmt verharrte es, und als Luka geendet hatte, war die plötzliche Stille so vollkommen, daß Tumanow schnell einige Töne anschlug, um sich zu bestätigen, daß er nicht taub geworden war.

»Nun, wie war's, Genosse?« Auf seinen Latten stand Luka noch immer mitten im Raum. Schweiß stand auf seiner Stirn, aber nicht die Anstrengung war's, sondern die Erwartung, ein gutes Urteil zu hören.

Waleri Tumanow dachte an das Auflegen der Hand Lukas auf seinen Kopf und an die Tatsache, daß eine menschliche Hirnschale dünn wie ein Eierchen ist, wie Luka sich beliebte auszudrücken. Er klappte den Deckel über die Klaviatur und drehte sich mit dem Stuhl zu Luka herum.

»Wenn sie die ›Götterdämmerung‹ von Wagner spielen und der Rhein tritt über die Ufer und Walhalla bricht zusammen und geht in Flammen auf, dann werde ich dich rufen. Und die Leute werden glauben, die Welt gehe wirklich unter ...«

Einen Augenblick war Luka verblüfft. Was meint er, der Zwerg, dachte er. War's ein Lob, oder macht er sich lustig über mich. Gesungen habe ich wie nie in meinem Leben, und gut hat's geklungen. Man hat ja schließlich Ohren.

Unschlüssig sah er Tumanow an. Dann machte er ein paar Schritte auf ihn zu, hob eine der dicken Latten und hieb mit einer Kraft auf den schwarzen Flügel, daß der Deckel zersprang und in die Saiten knickte.

»Ich singe noch ein Lied!« schrie er dabei.

Aber unmöglich war's geworden. Neben seinem Stuhl lag Waleri Tumanow ohnmächtig auf den Dielen. Sein Mund stand offen in einem abgestorbenen Schrei.

»Wie zart er ist!« sagte Luka und schüttelte den Kopf. Dann bückte er sich, hob Tumanow von den Dielen auf und legte ihn auf den zerbrochenen Flügeldeckel.

Dann setzte er sich vor ihm auf den Stuhl und wartete darauf, was nun kommen mochte und wie es weiterging.

So traf ihn Natascha an, die – von Elena geholt – in das Zimmer stürzte. Sie sah Tumanow noch immer ohnmächtig auf dem Flügel liegen, und Luka saß davor und studierte seine fettigen Noten.

»Du Idiot!« schrie Natascha. »Du großgezogener Pferdedreck! Du! Du!«

Sie riß ihm die Noten aus der Hand und schlug sie ihm hin und her ins Gesicht. Und als sie Lukas Grinsen sah, warf sie die Noten weg und nahm die Fäuste. Blindlings trommelte sie auf sein Gesicht ein, auf die Augen, auf die dicke Nase, auf den breiten Mund. Luka rührte sich nicht. Er hielt den Kopf hin und war glücklich.

»Mein Täubchen ...«, sagte er, als Natascha erschöpft innehielt und sich keuchend gegen den Flügel lehnte. »So gefällst du mir. So spricht man in Tatarssk ... Zusammenbleiben werden wir, und jeden bringe ich um, der mich daran hindern will ...«

Tja ... und so wurde es auch. Wie sagte Tumanow: Einen Vulkan kann man nicht löschen mit einem Eimer Wasser.

Zwei Wochen nach dem Vorsingen Lukas bekam er einen Gehgips in der Klinik und reiste mit Natascha Astachowa an die Wolga. Nach Saratow.

Waleri Tumanow, der Chefarzt, ja sogar Anatoli Doroguschin standen am Zug, als Natascha und Luka abfuhren.

»In einem Jahr sehen wir uns wieder!« rief Tumanow. Seine Stimme schwankte. Ich habe sie entdeckt, dachte er. Ob ich erlebe, daß eine ganze Welt ihr zujubelt? Sie wird die Krone meines Lebens sein.

Doroguschin reichte ein Paket durch das Fenster. Er legte die Finger auf die dicken Lippen und grinste. »Statt Blumen, Nataschka. Zwei Würste sind's und ein frisches Brot. Laßt sie aber niemanden sehen, hört ihr ...«

Und der Chefarzt sagte: »Mein Kollege in Saratow weiß Bescheid. Er wird Sie weiterbehandeln, Luka. Er ist ein sehr guter Chirurg. Ich glaube, in einem Jahr werden Sie wieder laufen können wie früher ...«

Das war eine Lüge, aber keiner achtete darauf. Immer würde Luka ein um zwei Zentimeter zu kurzes Bein behalten. Das zu frühe Herunterreißen des Gipses hatte den frisch geheilten Knochen wieder zusammenstauchen lassen. Man sagte es ihm nicht, er würde es noch früh genug bemerken.

Dann fuhr der Zug an, und sie winkten aus dem Fenster, bis der Zentralbahnhof von Moskau im Winternebel versank.

Die Wolga war vereist, die Schollen hatten sich übereinandergeschoben, und an den Brücken sprengten die Pioniere der Roten Armee die meterdicken Eisbarrieren, um die Pfeiler von dem unheimlichen Druck zu befreien.

Die Kälte lag über Saratow, als sei es ein riesiges Gefrierhaus. Nur in Pelzen oder Wattejacken konnte man über die Straßen gehen, und in den Nasenlöchern vereiste die Schleimhaut, weil der Atem gefror.

Luka und Natascha wohnten in einem Haus nahe am Fluß. Weiß war es, aber der Putz blätterte ab, und ein schmutziges Weiß war's, ergraut in den vielen Jahren, die mit dem Wind aus der Steppe über die Mauern geblasen waren. Einmal, so sagten die alten Leute in Saratow, hatte in diesem Haus eine schöne Frau gewohnt. Eine Fürstin Alexandra Odnopoff. Reich war sie, und viele Liebhaber hatte sie, und sogar zwei Bäder und eine französische Masseuse. Dann kam die rote Oktoberrevolution, und zwanzig rote Kosaken rissen die schöne Fürstin Odnopoff auf die Straße, zogen sie nackt aus, legten sie auf den Marktplatz, und – man hat's gesehen, Freunde! – alle zwanzig fielen über sie her, und als sie satt waren und der weiße Leib voll Striemen, senkten sie die Bajonette und spießten die schöne Fürstin auf.

Nun lebten in dem Haus der Fürstin Odnopoff die Schüler der sowjetischen Staatsschule für Gesang und darstellende Kunst. Ein großer Park zog sich an der Wolga entlang, und man erzählte Natascha, daß im Sommer hier die schönsten Feste gefeiert wurden, mit Bootsfahrten auf dem Fluß, bunten Lampen in den Bäumen und unversteckter Liebe auf den saftigen Wiesen.

Natascha war, als sie eintraf in Saratow, nur eine von zwanzig Schülerinnen. Mit Luka hatte man etwas Besonderes vor – er wurde Hausmeister der weißen Villa und hatte dafür zu sorgen, daß alles saubergehalten wurde, daß die Öfen brannten, die Fenster geputzt waren und immer die neueste Ausgabe der *Prawda* und der *Mesdunarodnaja Shisn*, der Zeitung des internationalen Kommunismus, am Schwarzen Brett angeheftet war.

Währenddessen ging Natascha auf der Wolga Schlittschuh laufen. Sie hatte den Wunsch danach geäußert, und es dauerte keine Stunde, da brachte ihr der Hausverwalter

– ein Natschalnik, der über Luka stand und als Beamter die Villa verwaltungstechnisch leitete – ein Paar neue Schlittschuhe.

In diesen ersten Tagen war wenig zu tun. Die Gesanglehrer begrüßten Natascha, als sei sie bereits berühmt, und sie bekam ein großes Zimmer mit einem Blick über den Fluß und hinüber zur Stadt, und der Leiter der Schule besuchte sie am nächsten Tag, fragte, ob alles nach ihren Wünschen sei, ließ Tee und Honiggebäck servieren und behandelte sie wie einen ministeriellen Gast.

»Einen Privatlehrer werden Sie bekommen, Genossin Astachowa«, sagte der Schulleiter. »Anordnung aus Moskau. Den besten Gesangpädagogen, den wir in der Sowjetunion haben. Ulan Högönö heißt er.«

»Ein Mongole?«

»Ein Genie. Das überwiegt, Genossin. Er kann selbst nicht singen, keinen Ton ... aber sein Gehör! Sein Gehör ist absolut! Er wird aus Ihnen die reinste Stimme machen, die je auf einer Bühne gesungen hat.«

»Und die anderen Schüler ...«

»Die werden Sie kaum zu sehen bekommen, Genossin. Ulan Högönö wird nur für Sie da sein. Sie werden alle Vergünstigungen haben, die es geben kann ...« Er zog einen zusammengefalteten Bogen Papier aus der Tasche, breitete ihn vor Natascha aus und legte seine Hand darauf. »Der Lehrplan, Genossin Astachowa, nach dem Ulan Högönö Sie unterrichten wird.«

Natascha nahm den Plan an sich und überlas ihn. Dann sah sie auf und blickte in das lächelnde, undurchdringliche Gesicht des Schulleiters.

»Sieben Stunden Singen? Jeden Tag?« sagte sie hart. »Das ist zuviel ...«

»Moskau wünscht es so, Genossin.«

»Ich werde meine Stimme verlieren!«

»Daß es nicht sein wird, dafür wird Ulan Högönö sorgen.«

Natascha warf den Lehrplan auf den Boden und sprang auf. Ihre Wildheit brach wieder hervor, das Auflehnen gegen jeden Zwang ... der Schulleiter sah es und legte bewundernd die Hände zusammen.

»Man wird keine singende Maschine aus mir machen!« schrie Natascha. Mit beiden Füßen trat sie auf den Lehrplan und zerriß ihn mit den Schuhsohlen. »Ein Mensch bin ich, und ein Mensch bleibe ich! Warum wollt ihr eine Maschine haben?«

»Weil sie perfekt ist, Genossin. Ein Mensch ist ein unvollkommenes Subjekt. Launen hat er, und einen Willen und zuviel Gedanken, die ihm nichts nützen. Aber eine Maschine denkt nicht, sie fühlte nicht, sie will nichts und sie hat keine Launen. Auf einen Knopf drückt man ... und sie arbeitet. Was gibt es Vollkommeneres, Genossin?«

»Ich werde mich dagegen wehren!« schrie Natascha wild.

Der Schulleiter lächelte mild. »Ulan Högönö wird Sie überzeugen, Natascha Astachowa. Gar nicht merken werden Sie's. Man wächst in so etwas hinein ... schließlich haben wir zwei Jahre Zeit dafür ...«

An diesem Abend ging Natascha wieder zur Wolga, um auf dem Eis zu laufen. Die starre Kälte tat ihr gut und dämpfte die Glut, die in ihr war, den Zorn über den kommenden Ulan Högönö und die wilde Traurigkeit, ein lahmer Vogel in einem goldenen Nest zu sein.

Mit gesenktem Kopf lief sie über das Eis, und die Kufen ihrer Schlittschuhe knirschten, wenn sie in einen Bogen glitt und gegen die Unebenheiten des Eises stießen.

Sie war so völlig in Gedanken, daß sie einen lauten Zuruf überhörte, der übers Eis geschrien wurde.

»Zurück!« rief jemand hell. »Passen Sie auf ... zurück da! Zurück!«

Die Laute erreichten nicht ihr Ohr ... aber plötzlich war kein Eis mehr unter ihren Schuhen, in graublaues, glattes Wasser glitten sie, es spritzte an ihr empor, und dann versank sie in eine eisige Flüssigkeit, die über ihr zusammenschlug, sie wieder emporriß und ihren Körper in Sekundenschnelle erstarren ließ. Mit beiden Armen stützte sie sich auf den Eisrand, der neben ihrem Kopf wieder auftauchte, schreien wollte sie, aber auch die Stimme war bereits erfroren, ihr Mund blieb offen, und um die Lippen bildete sich eine Eisschicht von gefrierendem Atem.

»Halten Sie sich fest!« hörte sie eine Stimme rufen. »Ganz festhalten . . .«

Ein Schatten glitt über ihren Kopf, sie fühlte sich unter den Armen gepackt und aus dem eisigen Wasser der Wolga gerissen. Ein großer, in einen Pelz gehüllter Mann war es, er knöpfte den Mantel auf, drückte den schmalen Körper Nataschas an sich, schlug den Pelz um sie und trug sie laufend weg vom Fluß ans Ufer. Dort warf er sie in ein altes Auto, wickelte sie vollends in das Fell, sprang hinter das Steuer und raste mit seinem klappernden Gefährt zurück nach Saratow, als jagten ihn die Teufel.

»Was ist denn?« fragte Natascha, als sie wieder erwachte und sich in einem weißbezogenen Bett fand. In einem kleinen Zimmer stand es, das kahl war bis auf zwei Bilder, die Lenin und Stalin zeigten. Auf einem Stuhl neben dem Bett saß ein Mann in einem offenen Pelz, die Lammfellmütze zwischen den Händen drehend. Er hatte einen schmalen Kopf mit blonden Haaren und blauen Augen. Wie Fedja und Ilja, dachte Natascha und schloß wieder die Augen. Aus irgendeiner Ecke hörte sie ein tiefes Brummen. Ach, Luka ist auch da, dachte sie weiter. Das ist gut.

»Sie ist aufgewacht«, sagte eine fremde, wohlklingende Stimme.

Ein schwerer Schritt dröhnte durch das Zimmer. Er war unregelmäßig, ein Tritt und dann ein Knall, als ramme man einen Eisenpfahl in die Erde. Luka kommt, dachte Natascha. Und was da so knallt, ist sein Gipsbein. Guter alter Idiot . . . bald hättest du allein auf der Welt gestanden.

»Täubchen . . .«, sagte Luka. Er wagte nicht, sie zu berühren. »Du bist wieder bei uns, Nataschka ... Dieser Mensch da hat dich gerettet. Ich habe ihn vor Glück an meine Brust gedrückt ...«

»Die Rippen hat er mir gequetscht, der Bär!« sagte der blonde fremde Mann. »Hätte ich nicht geschrien, läge ich jetzt sterbenskrank im nächsten Bett ...«

»Er übertreibt, Täubchen ...« Luka kratzte sich den Kopf. Natascha sah es als erstes, als sie die Augen wieder aufschlug. Luka hatte wieder einen wilden Stoppelwald im Gesicht; wie in den Sümpfen sah er wieder aus, schrecklich und unbegreiflich als weltliches Wesen.

»Wie ... was ...?« Natascha zog die Decke bis ans Kinn und rückte etwas nach oben, um sich mit dem Rücken an die Gitter des Bettes zu lehnen. »Wie lange bin ich denn schon hier?«

»Zwei Tage, Genossin.« Der blonde Mann erhob sich von seinem Stuhl und verbeugte sich korrekt. »Ich bin Luka Nikolajewitsch Sedow. Ingenieur an der staatlichen Forschungsstelle in Saratow.«

»Er heißt auch Luka!« Luka richtete sich hoch auf. »An mein Herz, Brüderchen ... zwei Lukas haben Natascha das Leben gerettet!«

Sedow hob abwehrend beide Arme. »Es wäre mir angenehm, wenn Sie mich nicht noch einmal umarmten, Genosse.«

»Er will nicht mein Bruder sein!« brüllte Luka. Mit einem schnellen Griff erfaßte er Sedow am Kragen des Pelzes und hob ihn vom Boden ab, als sei er eine nasse Ratte. Sedow verhielt sich still. Er zappelte nicht, er wehrte sich nicht, er hielt nur die Luft an und ließ sich in seinem Pelz hängen.

»Luka!« sagte Natascha hart. Der Riese öffnete die Hand, und Sedow plumpste auf den Stuhl zurück. »Er ist ein guter Kerl«, sagte Natascha zu ihm. »Ein wenig rauh ... gewiß, aber wir haben's nicht anders gelernt.«

»Ich weiß.« Luka Nikolajewitsch wischte sich mit der

Hand über die feuchte Stirn. Er hatte lange, schmale Künstlerhände, weiß und gepflegt. »Sie sind Natascha Astachowa, eine ›Heldin der Nation‹, Trägerin hoher Orden und bald ein neuer Stern am Opernhimmel. Ich habe das alles von Ulan Högönö erfahren.«

»Ulan ... ist er da?« Natascha sah zu Luka hinüber. Er kaute an der Unterlippe und nickte.

»Wie ein Affe sieht er aus, Täubchen.«

»Er war hier, an meinem Bett?«

»Einen ganzen Tag hat er gewacht, der Mongole. Und die Ärzte hat er angeschrien. Ablösen lassen will er sie alle, wenn sie dich nicht retten würden, hat er gedroht. Da haben sie für dich einen neuen Arzt geholt, aus Kuibischew. Einen Professor. Ist ein gefährlicher Bursche, der Högönö ...«

»Es freut mich, daß es Ihnen jetzt wieder so gut geht, Genossin Astachowa. Wenn keine Lungenentzündung dazukommt, haben Sie noch einmal großes Glück gehabt. Sie waren so versunken beim Eislaufen, daß Sie meine Warnrufe nicht gehört haben. Direkt auf die Fischlöcher sind Sie zugelaufen. Ich war zu weit weg, um Sie zurückzureißen.«

»Ich danke Ihnen herzlich.« Natascha streckte ihre Hand hin. Sedow ergriff sie, und er tat etwas, was Natascha nur aus alten Büchern kannte und worüber man sich auf der Komsomolzenschule lustig gemacht hatte, weil es bourgeois gewesen sei und einfach blöde Unterwürfigkeit: Sedow küßte ihr die Hand.

Einen Augenblick zuckte es in Natascha, und sie wollte schon die Finger zurückreißen. Dann ließ sie die Hand an Sedows Lippen und spürte seinen Kuß wie eine heiße, belebende Flut mit dem Blut durch den ganzen Körper rinnen.

»Darf ich Sie öfter besuchen, Genossin?« fragte Sedow. »Daß Sie leben, ist eigentlich jetzt mein Verdienst, und ich muß doch sehen, wie sich mein Geschöpf entwickelt.«

»Kommen Sie, so oft Sie wollen ... und so oft man Sie

zu mir läßt! Man hat strenge Regeln in der Gesangakademie.«

»Ich weiß.« Sedow erhob sich und knöpfte den Pelz zu. »Aber ich habe mit Högönö schon gesprochen.«

»Sieben Stunden am Tag will er mich drillen!«

»Er überlebt es nicht!« sagte Luka dunkel aus der Ecke. »Frieden ist, und wir sind freie Menschen. Was will da ein Mongole . . .«

Sedow legte den Kopf etwas zur Seite. Sein schönes Gesicht unter den glatten blonden Haaren war sehr ernst.

»Ich kenne ihren Lebensweg, Genossin Astachowa«, sagte er leise, als könne man seine Worte jenseits des Zimmers mithören. »Vieles hat sich geändert, oder besser . . . Sie werden vieles kennenlernen, was schon früher war, aber nie an Sie herangetragen wurde. Sie haben immer frei gelebt wie die Wolken am Himmel. Aber auch die Wolken werden vom Wind in die Richtung getrieben, die der Wind will. Sie ziehen nicht nach eigenen Gesetzen. Ihr Leben wird schön werden, Sie werden gefeiert werden, Sie werden einmal die Welt erobern können, friedlich, mit Ihrer herrlichen Stimme . . . aber immer wird es ein Befehl sein, der hinter Ihnen steht und Sie dahin stellt, wohin es Moskau will. Das ist neu für Sie, Genossin. Man wird für Sie mitdenken, man wird Ihr Leben vorausplanen. So wie ich am Zeichenbrett stehe und neue Waffen erfinde, die Rußland einmal zur stärksten Nation der Erde machen werden, so wird an einem Reißbrett auch Ihr Leben konstruiert, und Sie werden es so präzise ableben müssen, wie meine Maschine ihre von mir befohlenen Funktionen ausführt. So ist es nun einmal mit uns Russen . . . unsere Leistungen wachsen mit dem Zwang, der uns treibt. Was wäre ein Tolstoi gewesen ohne ihn, was hätten Dostojewskij, Turgenjew, Gorkij und alle die anderen geschaffen, ohne die Nagaika im Rücken?«

Natascha lehnte mit aufgerissenen Augen an den Gittern des Bettes. Sedow sprach brutal aus, was Waleri Tumanow ihr vor der Abfahrt aus Moskau schonend beizubringen versucht hatte.

»Ich lasse mich nicht zwingen! Nie! Ich habe schon andere Widerstände gebrochen als diesen Högönö . . .«

»Im Krieg, Genossin Natascha. In den Sümpfen vielleicht. Aber jetzt ist Frieden . . . es normalisiert sich alles, auch das tägliche Leben. Und zu ihm gehört der Zwang. Man kann's nicht übersehen . . .«

Sedow gab Natascha noch einmal die Hand und küßte ihre wieder. Dann verbeugte er sich noch einmal höflich und verließ das Zimmer. Luka tappte zum Bett.

»Er ist ein lieber Mensch, nicht wahr?« sagte Natascha leise und sah auf die geschlossene Tür.

»Gewiß, gewiß . . . aussehen tut er wie Fedja und Ilja. Nur Fedja war hübscher, lustiger . . . Mein kleiner Leutnant war . . .«

Natascha hob die Hand. Ihre langen, schwarzen Haare schüttelte sie, als käme sie gerade aus dem Wasser und müsse die Nässe herausschleudern.

»Fedja und Ilja sind tot, Luka. Man darf an sie denken, aber man darf nicht sein Leben den Toten opfern. Die Toten sind immer rein in den Gedanken der Zurückgebliebenen. Man sollte sie aber nicht mit Lebenden vergleichen.«

»Mir gefällt nicht, daß er Luka heißt . . .«, sagte Luka brummend.

Es klopfte an die Tür. Dann trat ein mittelgroßer, schlanker Mann ein. Er trug einen weißen, langen Lammfellmantel, eine weiße Pelzmütze und hohe, gefütterte Stiefel. Sein Gesicht war breitflächig, hatte leicht geschlitzte Augen, einen schmalen Mund, der aussah, als habe er keine Lippen, und die Haut war gelblich, mit einem kleinen Stich ins Grünliche. An der Tür blieb er stehen und sah mit seinen schwarzen, kleinen Augen zu Natascha hinüber, die mit ernstem Gesicht im Bett saß.

»Der Gelbe ist's!« sagte Luka neben der Tür.

Durch Natascha fuhr ein eisiger Schreck. Über das Gesicht Ulan Högönös zog ein leichtes Lächeln.

»Eigentlich sollte ein Mann wie Luka in Karaganda Kohlen brechen!« sagte er. Er hatte eine völlig unbedeutende Stimme, nicht zu hoch, nicht zu tief ... man merkte sie sich nicht, weil sie zu alltäglich war. »Aber wie man weiß, wird Natascha Astachowa nur singen, wenn dieses Riesentier neben ihr steht. Ertragen wir es also ... um der großen Kunst willen.«

Ulan Högönö trat auf das Bett zu und reichte Natascha seine Hand hin. Mit einem leichten Schaudern ergriff sie die kalten Finger und zog dann schnell ihre Hand zurück. Sie hatte nie Angst in ihrem Leben gehabt, und auch jetzt war's keine Furcht, sondern nur das Bewußtsein, daß hier ein Mensch stand, der kommandieren durfte, was sie tun mußte. Wer gab ihm das Recht dazu?

»Sie also sind Ulan Högönö, Genosse?« Natascha warf den Kopf zurück. »Man hat mir von Ihnen erzählt, ich habe Ihren Lehrplan gesehen ... sieben Stunden am Tag, das ist Unsinn!«

»Es ist der Lehrplan, den ein Komitee bester Fachleute auf dem Gebiete der Gesangpädagogik unter meinem Vorsitz ausgearbeitet hat.« Högönö setzte sich. Es störte ihn nicht, daß Luka hinter seinen Stuhl humpelte und hinter ihm stand wie ein chinesischer Scharfrichter. »Was vor der Vernunft Unsinn ist, erweist sich in der Praxis als ein Element, das einen Menschen verwandelt, als sei er ein chemischer Körper, was er ja auch ist. Sie haben von der Natur eine Stimme mitbekommen, Natascha Astachowa. Aber das genügt nicht! Wildwasser dämmt man ein, Flüsse reguliert man, aus Staudämmen gewinnen wir die Energien von Sonnen ... mit anderen Worten: Es ist nötig, die Natur zu formen. Und das werden wir bei Ihrer Stimme tun, Genossin ... wir werden aus dem Erz den Stahl schmieden ... aus der rohen Goldader ein funkelndes Geschmeide. Und jede Formung ist Gewalt, Genossin.«

»Ich bin kein Rohstoff!« schrie Natascha in das gelbgrüne Gesicht hinein. Högönö lächelte wieder.

»Jeder Mensch ist Rohstoff. Das war die größte Erkenntnis des Bolschewismus!«

»Aber ich will nicht! Ich lasse mich nicht zwingen! Ich habe es nie getan!«

»Wer will Sie zwingen, Genossin? Freude werden Sie an allem haben, was wir tun. Und Sie werden auf keine Uhr mehr sehen und die Stunden zählen . . .«

»Aber ich lehne mich auf gegen jeden persönlichen Zwang . . .«

»Sie werden es gar nicht nötig haben, Genossin.« Ulan Högöno erhob sich. »In zwei Tagen werden Sie entlassen. Es liegen keine Anzeichen einer Lungenentzündung vor. Am nächsten Dienstag ist unsere erste Stunde. Wir werden eine Arie einstudieren. Von Mozart.«

»Mozart?!« Über Nataschas bleiches Gesicht zog ein Leuchten. »Das ist schön! Seine Musik ist wie perlendes Wasser in einer Fontäne . . .«

Ulan Högönö verneigte sich leicht. »Sehen Sie, Natascha . . . Sie freuen sich bereits. Was wollen wir denn mehr?«

Er verließ das Zimmer, und Luka drückte hinter ihm die Tür zu und stemmte sich mit dem Rücken dagegen. Nachdenklich saß Natascha im Bett und spielte mit den langen, schwarzen Haaren. Sie wickelte sie um die Finger und ließ sie dann wieder abschnellen.

»Ein ganz raffinierter Hund ist's!« sagte Luka dumpf. »Man sollte ihn heimlich in der Wolga ersäufen . . .«

Natascha antwortete nicht. Sie hing ihren Gedanken nach. Zwei Männer waren's, die neu in das Leben getreten waren. Der junge, blonde Ingenieur Sedow und der Mongole Ulan Högönö. Merkwürdig, daß sie in diesem Augenblick mehr an Sedow dachte. Er ist ein schöner Mann, empfand sie. Und wenn er spricht, erinnert man sich daran, daß man ein Weib ist. Seltsam ist das. Und schön.

»Du kannst mein neues Kleid holen, Luka«, sagte sie. »Und die Jacke mit den bunten Stickereien. Und die braunen Stiefel mit dem weißen Hasenfell ... ich will mich anziehen, bevor er wiederkommt ...«

»Der Gelbe ...?«

»Nein ... der Blonde ...«

Luka nickte mehrmals. Dann seufzte er und lehnte sich gegen die Wand.

»Jetzt werden selbst im Winter die Wölfinnen heiß«, sagte er philosophisch und duckte sich, weil ihm Natascha einen Blechteller an den Kopf warf.

Acht Wochen sind eine lange Zeit, wenn man sie in einem eingeschneiten Haus hinter verklebten Fenstern verbringt. Für Natascha Astachowa waren diese acht Wochen ein Zeitraum, den sie durchmaß, als habe sie Märchenstiefel, die Tage zu Minuten schrumpfen ließen.

Vormittags übte sie mit Högönö Tonleitern und die messa di voce, Kantilenen und Portamenti, Atemtechnik und Notenkunde, besonders das Partiturlesen. Dann schlief sie eine Stunde nach dem Mittagessen, sang am Nachmittag immer wieder ihre Arie aus Mozarts ›Zauberflöte‹, jenes Bravourstück der Königin der Nacht ›Der Hölle Rache kocht in meinem Herzen ...‹, bis sie jeden Ton kannte, bis die Koloraturen sie verfolgten, wo sie auch war.

Am Abend aber traf sie Luka Nikolajewitsch Sedow. Mit seinem alten, klapprigen Wagen kam er von der staatlichen Forschungsstelle herüber, und immer hatte er etwas bei sich, was er Natascha fast verschämt schenkte. Eine Tafel Schokolade, ein neues Buch, ein Kopftuch aus Kasan, eine verzierte Ledermappe für ihre Noten, eine gehämmerte Vase aus Messing, die auf vielen Umwegen aus Indien bis nach Saratow gekommen war.

Hand in Hand gingen sie an der vereisten Wolga spazieren oder fuhren mit einem Schlitten nach Süden, wo die Ausläufer der Steppe von Kasakstan bis an die Wolga reichten.

Immer war Luka bei ihnen. Er lenkte den Schlitten, oder er humpelte auf seinem Gehgips zehn Schritte hinter ihnen her, wenn sie am Fluß spazierengingen. Sedow hatte sich schon daran gewöhnt, so sehr ihn das in den ersten Tagen störte.

»Wenn er nun einmal stirbt?« fragte er einmal. »Was machst du dann?«

»Ich weiß es nicht.« Natascha hob die Schultern. »Es ist unmöglich, mir ein Leben ohne Luka vorzustellen.«

»Aber einmal wird es soweit sein, Natascha.«

»Warum jetzt darüber reden, Luka Nikolajewitsch?«

Sedow senkte den Kopf. Plötzlich fühlte er sich schüchtern. »Mir ist ein Gedanke gekommen ... vielleicht ein ganz dummer, aber man sollte ihn einmal zu Ende denken ... Du sagst, ein Leben ohne Luka kannst du dir nicht vorstellen ...«

»Nein ...«

»Ist es da nicht ein Glück, daß ich auch Luka heiße?«

Natascha blieb stehen und sah ihn groß an. Sie bemerkte, wie er rot geworden war und unbeholfen wie ein Kind, das sich schämt.

»Ich soll noch einen Luka nehmen?« fragte sie leise.

Sedow hob die Schultern. »Wenn's ... wenn's für dich gut wäre ...«, stotterte er. »Ich könnte mir kein größeres Glück denken ...«

Natascha atmete tief auf. Dann stellte sie sich auf die Zehenspitzen und gab Sedow einen Kuß auf die zitternden Lippen. Als er sie umfangen wollte, wich sie zurück und hob abwehrend die Hand.

»Vernünftig sollten wir sein, Luka Nikolajewitsch!«

»Ich liebe dich, Natascha!« rief Sedow. »Ich habe dich von dem Augenblick an geliebt, wo du wie ein erfrorenes Vögelchen an meiner Brust lagst und ich dich wärmte. Von dieser Stunde an habe ich dich gesehen ... überall, wo ich ging, sahen die Frauen aus wie du ... vor vier Tagen schnauzte mich der Oberingenieur an, weil ich auf dem Reißbrett dein Gesicht und nicht die Steuerung einer Rakete zeichnete ... sehe ich ein Bild, so verwandelt's sich und du bist da ... Natascha ... ich bin krank, wenn ich dich nicht sehe, und ich breche zusammen, wenn ich daran denke, daß es dich einmal in meinem Leben nicht mehr geben sollte ...«

»Was soll nun werden?« Natascha setzte sich auf einen Baumstumpf und starrte über die breite, vereiste Wolga. »Ulan Högönö wird dafür sorgen, daß man dich weit weg versetzt, wenn er's erfährt!«

»Alles kann er verbieten, alles! Aber nicht die Liebe!« rief Sedow. »Ich werde direkt nach Moskau schreiben. Gegen Moskau kann auch Högönö nichts unternehmen.«

Irgendwo zwischen den Bäumen, zwanzig Meter entfernt, stand Luka. Er hatte den Kuß Nataschas gesehen, und nun war er sehr in Gedanken, was zu tun sei. Zwei Möglichkeiten gab's: Entweder man erkannte Sedow als den dritten Mann in Nataschas Leben an, was bedeutete, daß Sedow die Stelle Fedjas einnahm, was Luka sehr schmerzlich war, oder man nahm den Brustkorb dieses Menschen zwischen beide Hände und drückte ihn zusammen wie einen Blasebalg. Es würde dann ein paarmal knakken, aber die Probleme wären gelöst.

Natürlich, dachte Luka. Auch Natascha ist ein Weib, verdammt! Man soll ihr gönnen, was den anderen Selbstverständlichkeit ist. Und jung ist sie noch, kommt jetzt in die Jahre, wo Liebe nicht mehr ein Spiel, sondern ein Genuß ist, den der Körper braucht. Vergessen hatte man das ganz in all den Jahren, wo's ums nackte Leben ging. Und eigentlich ist dieser Sedow gar kein übler Strolch ... sieht aus wie Fedja – aber fast nur, beruhigte sich Luka –, ist ein höflicher, studierter Mann und verdient viele gute Rubelchen als Ingenieur. Ein Stimmchen kann man verlieren, aber ein

Ingenieur wird immer gebraucht. Wenn man es so betrachtet, ist's gar nicht schlecht, sich mit Sedow gut zu stellen.

»Ich werde selbst mit Ulan Högönö sprechen«, sagte Natascha, während Luka sinnierend zwischen den Bäumen stand und zu keinem vernünftigen Entschluß kam. »Er wird die Bedingung stellen, daß nichts den Unterricht stört ... das weiß ich, ohne ihn zu sprechen.«

Sedow legte den Arm um Nataschas Schultern und zog sie an sich. Ei-ei-ei, dachte Luka, eigentlich sollte man sich jetzt abwenden. Es gibt Dinge im Leben, wo auch ein Luka fehl am Platze ist.

»Wenn ich weiß, daß du mich liebst«, sagte Sedow leise, »gibt es keine Zeitläufte, die groß genug wären, mich von dir zu trennen.«

»Ich liebe dich, Luka Nikolajewitsch«, sagte Natascha schlicht. »Du weißt es doch seit langem ...«

Dann küßten sie sich, innig und eng umschlungen.

Luka, in seinen Bäumen, leckte sich über den Mund.

Man sollte sich ein Weibchen suchen, dachte er plötzlich. Wer einen saftigen Braten sieht, will auch hineinbeißen. Es ist nun mal so.

Ulan Högönö übte mit Natascha für ein Konzert, das die Akademie in drei Wochen geben wollte. Das Opernhaus von Gorkij war schon bereitgestellt, die Bühnenmaler pinselten die großen Kulissen, das Orchester probte, aus Moskau hatten sich der Volkskommissar des Inneren, einige Feldmarschälle und die Parteisekretäre Chruschtschow und Malenkow angesagt, ja, es hieß sogar, daß Kaganowitsch kommen würde, der Schwiegervater Stalins. Und Waleri Tumanow kam nach Gorkij, als schärfster Kritiker der Partei. Ein Ereignis war's, eines der seltenen nach dem Kriege, in einer Zeit, wo es hieß, die Wunden zu verkleben, die Mütterchen Rußland erhalten hatte.

Ulan Högönö hatte die Arie der Königin der Nacht abgelöst durch eine andere, noch schwerere Arie aus ›Fürst Igor‹ von Borodin. Ununterbrochen, jeden Nachmittag, sang Natascha die große Klage der Jaroslawna aus dem 4. Akt: ›Ach weine, ach armes, armes Herz . . .‹

Meistens stand Luka mit einer Thermosflasche voll Tee an einer Wand des Probenzimmers, stumm, ein in die Ecke gestellter Baumstamm. Auch daran hatte sich Ulan Högönö gewöhnt, nachdem Luka ihm in ruhigem, höflichem Ton gesagt hatte:

»Mein Freundchen, ob du berühmt bist oder nicht . . . den Hals kann man dir rumdrehen wie einem Hühnchen! Auch wenn man mich hinterher nach Sibirien schickt . . . du siehst's nicht mehr, und das ist mir schon etwas wert . . .«

Ulan Högönö sah diese Philosophie ohne Schwierigkeiten ein und duldete widerspruchslos Luka im Probenzimmer. Dagegen sah er die Spaziergänge Nataschas mit Luka Nikolajewitsch Sedow mit gekrauster Stirn. Es beruhigte ihn wiederum, daß Luka immer in Nataschas Nähe war und es deshalb nie zu Situationen kommen konnte, die man bei verliebten Paaren befürchten und als natürlich betrachten muß. Dagegen wurde die Stimme der Astachowa weicher und voller, beseelter und ausdrucksstärker, sie bekam jenen Klang, bei dem man die Augen schließen muß, weil der Anblick der Umwelt den Zauber zerstört.

Vier Tage vor dem großen Konzert winkte Högönö ab, als Natascha wieder an den Flügel trat, die Noten zugeklappt auf den Deckel warf und Jaroslawnas Klage anstimmen wollte.

»Heute nicht, mein Engelchen«, sagte der Mongole und setzte sich auf den Klavierstuhl. »Wir müssen etwas bereden, was aus Moskau gekommen ist. Sie haben dort merkwürdige Gedanken, das muß man den Genossen lassen. Denk dir . . . man will einen anderen Namen haben . . .«

Natascha lehnte sich gegen den Flügel. In ihren großen schwarzen Augen stand völliges Mißverstehen.

»Ich verstehe nicht, Genosse ...«

»Ich verstand es auch nicht. Aber Moskau will es so. Sollen wir lange fragen, wo Fragen keinen Sinn haben? Der Vorschlag ist klar: Du sollst als Sängerin den Namen Astachowa ablegen.«

»Fedja Astachowa war mein kleiner Leutnant ... ein Deutscher spaltete ihm den Schädel, mit einem Spaten, Brüderchen ... Wir trennen uns nicht von seinem Namen! Nie!« sagte Luka und hieb mit der Faust gegen die Wand.

Högönö hob die Schultern. »Man will, daß du unter deinem Mädchennamen singst. Als Natascha Tschugunowa.«

»Warum?«

Högönö sah Natascha mit schrägem Kopf an. »Mein Täubchen, ist es üblich, Moskau zu fragen: Warum? Es ist nun einmal so, die Plakate sind bereits gedruckt, die Programmzettel, die Mitteilung an die Zeitungen, die Einladungen an das Diplomatische Corps ... man arbeitet gründlich, wie man sieht.«

»Das ist eine Frechheit!« rief Natascha. Doch dann wurde sie nachdenklich.

»Gut denn, Ulan Högönö«, sagte sie schließlich. »Es liegt mir wenig an dem Namen Astachowa« – es war, als schrumpfe Luka zusammen. Schnaufend stand er in der Ecke, die Thermosflasche in der Hand –, »wenn eine Bedingung von mir sofort erfüllt wird!«

Högönö kniff kritisch die Augen zusammen. »Bedingungen für Moskau? Wir sind nicht mehr in den Sümpfen, Natascha.«

»Ich will sofort nach dem Konzert heiraten! Man soll es mir erlauben!«

Högönö seufzte tief. Also doch, dachte er. Dieser Ingenieur Sedow. Gut wäre es gewesen, ihn gleich nach der Rettung Nataschas aus Saratow zu entfernen. Er hatte die Komplikationen vorausgeahnt, aber der Oberingenieur hatte ihn ausgelacht. Nun war es unaufhaltsam.

»Ich werde einen Bericht nach Moskau schicken«, sagte der Mongole.

»Keinen Bericht. Telefonieren Sie sofort!«

»Das ist unmöglich.«

»Gut.« Natascha winkte Luka zu. »Gehen wir, Luka. Ich habe ein schreckliches Jucken und Kratzen im Hals. Ich werde in vier Tagen meine Stimme verloren haben ... keinen Ton werde ich singen können ...«

Ulan Högönö ließ sie gehen. Sein gelbgrünes Gesicht war fahl geworden. Zu gut wußte er, was Natascha vorhatte. Singen würde sie jetzt, bis die Stimmbänder hart wie Glas waren. Dann würde sie eiskaltes Wasser darauf trinken. Am nächsten Tag hatte sie keine Stimme mehr, nur ein aphonisches Krächzen und Hauchen.

Eine Stunde später ließ er sich mit Moskau verbinden. Er sprach lange und eindringlich mit einem unbekannten Mann im Kreml. »Das wird das beste sein, Genosse«, sagte er am Schluß. »Und bitte, benachrichtigen Sie nicht den NKWD ... er kann bei Heiserkeit auch nichts mehr machen ...«

Am Abend ging Högönö in Nataschas Zimmer. Sie war nicht dort, nur Luka saß allein am Fenster und las mühsam ein Buch von Paustowskij.

»Wo ist Natascha?« fragte Högönö ahnungsvoll.

Luka grinste. »Wo zwei Vögelchen sind, stört ein drittes –«

»Du läßt sie so einfach allein mit Sedow?« rief Högönö entsetzt.

»Warum nicht, Genosse? Heißt er nicht Luka wie ich?«

»Ein Idiot bist du!«

Luka nickte. »Das ist bekannt, Genosse. Was kann dem Täubchen schon passieren?«

»Ein Kind kann sie bekommen, du Esel!«

»Na und?« Luka beleckte sich die Finger und blätterte eine Seite des Buches um. »Ist's doch der natürliche Lauf auf dieser Welt, nicht wahr, Brüderchen . . .?«

Ulan Högönö setzte sich erschüttert auf einen Stuhl. Plötzlich hatte er Angst, ganz gemeine Angst. Den Auftrag hatte er, aus Natascha Tschugunowa, wie sie wieder hieß, die größte Sängerin Rußlands zu machen. Ganz gleich, was auch um sie herum geschah . . . ein Auftrag war's, wie etwa der Befehl: Baut einen Panzer von 55 Tonnen!

»Man wird uns liquidieren, wenn etwas passiert«, sagte Högönö dumpf.

Luka ließ das Buch fallen. Wie ein Blitz schlug die gefährliche Wahrheit in ihm ein.

»Natascha auch?« fragte er merkwürdig leise.

»Sie auch! Zerrissene Fahnen wechselt man aus . . .«

Luka sprang auf. Er stieß Högönö zur Seite, daß er wie ein Kreisel über den Boden rollte, dann rannte er aus dem Haus, hinunter zur Wolga und durch den Park der Villa, bis zu dem verfallenen Teehaus, in dem sich Natascha und Sedow trafen.

»Auseinander!« brüllte er, als er sie eng umschlungen auf einem alten Sofa liegen sah. Er ergriff Sedow, hob ihn hoch und warf ihn wie ein Stück fauliges Holz in eine Ecke. »Schluß ist! Und heiser bist du nicht, sondern singen wirst du!« Er ergriff Natascha, zog sie zu sich hoch und starrte in ihre vor Wut flimmernden Augen. »Mein Täubchen«, sagte er leise, und es zog wie ein ungeheurer Frost durch den Körper Nataschas, »du wirst singen wie nie vorher . . . hörst du . . . und wenn ich dich auf die Bühne prügele, wenn ich dich an den Haaren hinter mir herziehe. Singen wirst du!«

»Was . . . was hast du mit Sedow gemacht . . .?« stammelte Natascha. Luka sah zur Seite. Sedow lag ohnmächtig an der Wand. Ein dünner Blutfaden lief aus seiner Nase.

»Er wird wieder aufwachen. Ist's so wichtig?« Luka hielt noch immer Natascha fest wie in eisernen Klammern. »Was aus dir wird, ist wichtig ... ich habe es Fedja versprochen ...«

»Fedja ist tot!« schrie Natascha. »Ich liebe Luka Nikolajewitsch!«

»Aber es ist zu früh für dich, Fedja zu folgen!« schrie Luka. Er packte Natascha wie ein längliches Paket, schob sie unter seinen rechten Arm und verließ so mit ihr das alte Teehaus.

So kam er auch mit ihr ins Zimmer und blieb an der Tür stehen. Högönö saß noch immer auf dem Stuhl, nachdem er sich von dem Stoß erholt hatte.

»Hier ist sie!« sagte Luka und nickte hinunter zu Natascha, die mit verbissenem Gesicht und lang ausgestreckt unter seinem Arm schwebte.

Högönö nickte.

»Ich soll Ihnen aus Moskau sagen, Genossin«, berichtete er, sich räuspernd, »Sie dürfen den Ingenieur Sedow heiraten ...«

Das Konzert war ein Triumph. Die Oper von Gorkij hatte noch nie so viele berühmte Gäste gesehen und so viel Glanz an Uniformen und Orden wie an diesem Abend. Vor dem Portal standen in dichtgedrängten Reihen, von einer Kette Milizsoldaten zurückgehalten, die Bewohner Gorkijs und klatschten in die Hände, wenn ein bekannter Marschall vorfuhr oder ein Minister oder ein ›Verdienter Künstler des Volkes‹.

Selbst bei Berija klatschten sie, innerlich ein wenig schaudernd bei dem Gedanken, den Mann so dicht vor sich zu sehen, der jeden von ihnen in ein Straflager oder nach Sibirien verbannen konnte.

Zum erstenmal stand Luka hinter einer Bühne, zwischen bemalter Pappe, Sperrholz, Leinwand, die nach Leim stank, herumirrenden Bühnenarbeitern und einem kleinen Mann, der hysterisch schrie und sich die Haare raufte und nahe einem Schlaganfall schien. Es war der Inspizient, und Luka, der teilnahmsvoll nach ihm fragte, wich ihm aus, weil er den Namen nicht aussprechen konnte.

Eine Aufregung war's, Freunde, man kann's kaum sagen. Als Kaganowitsch in der Loge erschien und die über tausend Menschen im Zuschauerraum klatschten und bravo schrien, jagte ein anderer Mann über die Bühne und trat die Bühnenarbeiter in das Gesäß, weil sie nicht schnell genug liefen. Zwar protestierten die Getretenen und brüllten, das sei eine Verletzung der proletarischen Würde, aber der aufgeregte Mann weinte plötzlich und zeigte auf einen leeren Fleck der Bühne.

»Wo ist der Tempel?!« heulte er. »In fünf Minuten geht der Vorhang hoch, und der Tempel fehlt! Wo ist der Tempel, ihr Mißgeburten?!«

Luka ließ sich sagen, daß dies der Regisseur sei. Der verantwortliche Mann für alles, was auf der Bühne geschah.

Die getretenen Bühnenarbeiter traten in einen Streik. Man tritt keinen Sowjetmenschen in den Hintern, nur weil Kaganowitsch in der Loge sitzt.

»Der Tempel!« schrie der Regisseur. »Wer holt den Tempel?! Genossen, verzeiht mir ... aber auch ich habe nur Nerven ...«

Da sich niemand mehr fand, der in die Nähe des Regisseurs gehen wollte, schleppte Luka freiwillig vier Säulen heran und einen Tempelfries, auf dem nackte Frauen und Männer einen Reigen tanzten.

»Ihr seid mir schöne Schweinchen!« sagte Luka blinzelnd, während die anderen Arbeiter den Tempel zusammensetzten.

»Das ist griechische Mythologie!« sagte der Regisseur, dankbar, daß Luka ihm geholfen hatte. »Die Heimkehr der Krieger ...«

Luka starrte auf die nackten Frauen, die mit Blumengirlanden den nackten Männern entgegenzogen.

»Beschweren werde ich mich!« sagte er laut. »Man hat mich bei meiner Rückkehr um so was betrogen ...«

»Bühne frei!« brüllte eine Stimme. Von den Beleuchtergalerien summten die Scheinwerfer auf. Vor dem dikken Vorhang hörte man, wie das Orchester die Instrumente stimmte. Irgendwo schellte es dreimal. Luka bekam einen Stoß in den Rücken. Der kleine Inspizient tanzte wie ein betrunkener Floh. Ulan Högönö erschien auf der Bühne. Er trug einen schwarzen Anzug und eine Reihe kleiner Orden auf den Revers.

»Alles in Ordnung?« fragte er.

»Alles!« rief der Regisseur.

Luka stampfte zurück in die Seitenkulisse. Dort stand Natascha bereits in einem langen, goldenen Kleid, mit einer Strahlenkrone aus blinkenden, kleinen Sternen auf den aufgelösten Haaren. Wie aus einem Märchenbuch sah sie aus. Sie sang erst im zweiten Bild ihre Königin der Nacht ... jetzt, zu Beginn, war es eine Szene aus Idomeneo von Mozart. Ein junger, heller Tenor aus der Klasse I der Saratower Schule sollte vorgestellt werden.

Oben, im letzten Rang, saß Luka Nikolajewitsch Sedow und starrte auf den noch geschlossenen Vorhang. Högönö hatte ihm noch eine Karte geben können. Nun hatte er die Hände ineinander verschlungen und wartete auf den Auftritt Nataschas, auf das erste Aufleuchten eines Sterns, der einmal über die ganze Welt ziehen sollte.

Und dann sang sie, wie in den Wolken schwebend, von flimmerndem Nachtlicht umgeben, das ihre Sternenkrone aufleuchten ließ. Aber man sah dies alles nicht ... nur die Stimme hörte man, diese perlenden Koloraturen, diese Klarheit der Töne, die funkelten wie die Facetten des Kristalls.

In der Seitenloge, neben den Marschällen und Volkskommissaren, saß Waleri Tumanow und lächelte still. Ich habe es gewußt, dachte er. Schon beim ersten Ton, den sie sang, damals in der Moskauer Fabrik. Sie wird den Namen Rußlands in die Welt tragen wie die Ulanowa und wie Prokofieff, wie Scholochow und Soschtschenkow. Noch ist sie jung ... aber in zehn Jahren wird sie so weit sein, daß keine Stimme neben ihr mehr bestehen kann.

Als der Applaus aufkam, verließ Sedow seinen Platz und rannte durch Gänge und Flure und Türen bis zu einer eisernen Pforte, auf der ›Eintritt verboten‹ stand. Er riß sie auf und prallte auf den Inspizienten, der den Umbau zum dritten Bild dirigierte.

»Raus!« schrie der kleine Mann. »Hier ist nicht der Lokus!«

»Ich will zu Natascha!« sagte Sedow höflich. »Ich bin ihr Verlobter, Genosse.«

»Man soll es nicht für möglich halten, welche Idioten es gibt!« Der Inspizient trat Sedow gegen das Schienbein. Der heulte auf, hüpfte zurück, und die eiserne Tür schlug vor seiner Nase zu und wurde von innen abgeschlossen.

Humpelnd ging Sedow zurück zu seinem Platz und mußte auf dem Gang warten, weil das dritte Bild bereits begonnen hatte. Durch die Türen hörte er einen schönen Chor aus ›Boris Godunow‹ singen und einen fülligen Baß mit der Wahnsinns- und Sterbeszene des Boris, dem Glanzstück des großen Schaljapin.

In der Garderobe Nataschas standen Ulan Högönö und Waleri Tumanow. Natascha war schon umgezogen, sie trug das Kostüm der Jaroslawna.

»Sehr schön, mein Täubchen«, sagte Tumanow und blinzelte Högönö zu. »Aber man merkt, daß du noch jung bist. Noch viel hast du vor dir ...«

»Zuerst werde ich heiraten.«

»Du solltest es dir überlegen.«

»Ich liebe Sedow ...«

Tumanow hob die Schultern. »Ihr werdet euch wenig sehen . . .«

»Es wird sich schon eine Lösung finden.«

»Euer Beruf ist zu verschieden. Er sitzt in einem Zimmer vor einem Zeichenbrett . . . aber dir gehört die Welt! Und er wird nie von diesem Zeichenbrett wegkommen, solange er lebt nicht.«

»Dann werde ich aufhören zu singen und nur noch seine Frau sein.«

»Das sagst du jetzt, Natascha. Aber in zwei Jahren wird es anders sein. Dann wird der Gesang allein dein Leben sein, dann wirst du nicht mehr leben können ohne die Musik, die Scheinwerfer, die Kulissen, die nach Farbe und Leim und Staub riechen, wie alter Pferdeschweiß. Fehlen wird dir etwas, wenn du nicht auf der Bühne stehst, und unruhig wirst du werden, wenn du ein paar Tage nicht den Beifall der Menge hörst. Und dieser Luka Nikolajewitsch Sedow wird nur noch ein Wurm sein, der auf deinem Wege liegt und der in der Sonne deines Erfolges austrocknet und zu Staub zerfällt.«

»Wie schlecht ihr mich alle kennt!« sagte Natascha. Sie blickte in den Spiegel, auf ihr geschminktes Gesicht. »Ich bin ein einfaches Kolchosenmädchen, nicht die ›geborene Künstlerin‹ . . .«

»Auch das werden wir aus dir holen«, sagte Ulan Högönö. »Du weißt nicht, was man aus einem Menschen machen kann . . .«

Mit Luka war eine große Veränderung vorgegangen. Wie in Moskau nach Erreichung der Konzession als Gepäckfahrer rasierte er sich plötzlich zweimal täglich und bemühte sich, in seine Kleidung Ordnung zu bekommen und auszusehen wie ein normaler Mensch. Auch putzte er sich die Zähne und wusch sich die Füße, etwas, was er selbst in Moskau nicht getan hatte, denn er stand auf dem Standpunkt, daß Zähne und Füße nichts mit dem Gepäckfahren zu tun hatten.

Der Anlaß solcher Veränderungen war doppelt und hieß Senja und Rimma. Es waren zwei Mägde auf einer Sowchose am Stadtrand von Saratow, und Luka hatte sie kennengelernt, als er mit einem Fuhrwerk herumdonnerte und Holz für die Öfen der weißen Villa suchte.

Senja war drall und klein und reichte Luka knapp über den Nabel hinaus, Rimma schlank und groß und stieß mit dem Kopf an Lukas Achsel. Beide lachten sie gern, hatten ein rundes Hinterteil und eine große Portion animalischer Lust. Sie hatten nach einem kurzen Blickwechsel Luka bei seinem ersten Besuch auf der Sowchose in eine Scheune gelockt. Als Luka eine Woche später wieder erschien, um Holz zu holen, aber im Herzen mit der Sehnsucht eines streunenden Wolfes, standen die Weiber schon wieder an der Scheunentür und winkten ihm einladend zu.

»Ein schweres, aber schönes Leben!« seufzte Luka. Am Abend brachte er eine Wurst mit in die weiße Villa, ein schönes Stück Speck und eine Flasche Wodka.

»Was ist los, Luka?« fragte Natascha, als sie Luka am Fenster sitzen sah und seine tiefen Seufzer hörte. »Bist du krank?«

»Ja, Täubchen«, brummte er.

»Hast du Schmerzen?«

»Ja, Täubchen . . .«

»Ich lasse einen Arzt holen . . .«

»Was soll ein Arzt?« Luka stützte den Kopf in die Hand und blickte Natascha wie ein müder Hund an. »Was soll er gegen Rimma und Senja tun?«

»Wer sind Rimma und Senja?«

»Zwei Weibchen, mein Täubchen! Oh, zwei Engelchen sind's! Sie machen einem das Herz schwer.«

»Du bist verliebt, Luka?« Natascha lachte laut und riß ihn an den Haaren. »Du bist verliebt?! Gibt es das auch?«

»Ich werde sie heiraten!« sagte Luka dumpf. »Es geht nicht anders mehr. Man gewöhnt sich dran ... der Teufel hol's!«

»Du bist verrückt! Rimma und Senja ... wen willst du denn heiraten?«

»Beide!« sagte Luka.

»Idiot!« Natascha setzte sich ihm gegenüber. »Morgen zeigst du mir Rimma, und übermorgen Senja. Und dann sage ich dir: Die heiratest du!«

Luka schüttelte den Kopf. »Eine ist nichts, Täubchen. Sie sind nur zusammen ein Ganzes! So verschieden sind sie, daß etwas fehlt, wenn eines nicht da ist. Ich muß beide heiraten!«

»Aber das geht doch nicht! Man wird dich einsperren.«

Luka sah sinnend aus dem Fenster auf die nächtliche, vereiste Wolga. Ein großer Gedanke schien in ihm geboren zu werden.

»Zum Genossen Bürgermeister gehe ich!« sagte er plötzlich und sprang auf. »Beweisen will ich ihm etwas. Wie groß bist du?«

»1,54 Meter«, sagte Natascha erstaunt.

»Und ich?«

»Doppelt so groß.«

»Aha! Und Ulan Högönö, wie groß ist er?«

»Vielleicht 1,70 Meter.«

»Und ich?«

»Doppelt so groß!«

»Sieh, sieh! Und der Bürgermeister und der Direktor und der Natschalnik, und alle, alle hier ... alle sind nicht so groß wie ich! Ich bin doppelt so groß wie sie!« Luka reckte sich auf, es war, als wüchse er noch einmal um einen Meter.

»Ein doppelter Mensch muß auch doppelte Frauen haben!« sagte er zufrieden. »Ich gehe morgen zum Bürgermeister ... Beweisen will ich's ihm ...«

»Idiot«, sagte Natascha noch einmal. »Es gibt Gesetze, und du mußt dich schon entscheiden: Entweder Rimma oder Senja ...«

In der Dunkelheit schlich Luka zur Sowchose und beobachtete Rimma und Senja, wie sie das Schweinefutter für den nächsten Morgen kochten und die Ställe abschlossen. Schwer war's ihm ums Herz, als er sie so sah, hübsch, lustig und jung, eine Augenweide, die eines Mannes Herz hüpfen läßt.

Es war unmöglich, sich zu entscheiden. Wenn er bei Rimma sein würde, würde er an Senja denken müssen, und hielt er Senja in seinen Armen, fehlten ihm die schlanken Glieder Rimmas. Ein Teufel hatte die Liebe erfunden, stellte Luka fest. Und so schlich er wieder nach Hause, lag die ganze Nacht über wach und entschloß sich endlich gegen Morgen, weder Rimma noch Senja zu heiraten, sondern auf eine dritte zu warten, die die Vorzüge beider in sich vereinigte.

In aller Stille fand die Verlobung zwischen Natascha und dem Ingenieur Luka Nikolajewitsch Sedow statt. Man feierte sie bescheiden in Nataschas Zimmer in der weißen Villa, und Ulan Högönö hielt eine gelungene kleine Rede über die sinnvolle Verbindung von realem, mathematischem Geist mit der Zauberwelt der Kunst. Er konnte dies mit Schwung vortragen, denn über den Distriktkommissar lief bereits ein Antrag nach Moskau, den Ingenieur Sedow in eine andere Forschungsstelle zu versetzen.

Ulan Högönö hielt noch eine andere Überraschung in der Tasche, die er noch nicht verkündete. Was Waleri Tumanow schon in Moskau angedeutet hatte, war Gewißheit geworden: Natascha würde mit dem Beginn des Frühjahres Saratow verlassen und auf die Insel Khuzhir im Baikalsee kommen. Dort gab es ein Schloß, direkt am

Wasser, wo Natascha zwei Jahre lang bleiben würde, um fünfzehn vollständige Opernpartien zu studieren.

Nach einem genauen Plan sollte sie ausgebildet werden. Zuerst das Studium der Partie, dann Auftritt in der Oper von Irkutsk, unter einem anderen Namen. Zehnmal, zwanzigmal, fünfzigmal würde sie die gleiche Oper singen müssen, bis jeder Ton in ihr eingegraben war und unauslöschbar wurde. Nach diesen zwei Jahren sollte sie dann zuerst in Charkow und dann in Moskau dem großen Publikum vorgestellt werden. Was weiter folgte, war nur eine logische Entwicklung des sicheren Triumphes: Gastspiele an europäischen Opernhäusern, Opernabende in den großen Konzerthäusern, Teilnahme an Festspielen, Eroberung der Welthäuser – Metropolitan in New York, Covent Garden in London, Wiener Staatsoper, Mailänder Scala und die Oper von Buenos Aires. Es würde ein regelrechter Aufmarschplan ausgearbeitet werden, von den besten Experten im Kultusministerium in Moskau.

Nur eine Frage war offengeblieben, die man in Moskau als unwesentlich betrachtete und deren Lösung man Ulan Högönö überließ: Was geschah mit Luka? Daß er nach Khuzhir mitfuhr, war ausgeschlossen worden. In Saratow konnte er nicht bleiben, denn die Stelle eines Hausmeisters wurde neu besetzt mit einem unteren Beamten. Sie kamen jetzt alle zurück aus den deutschen Gefangenenlagern und aus der Roten Armee und verlangten eine angemessene Stellung. Man mußte sie unterbringen und dafür Luka entlassen, der keine behördlichen Rechte anzumelden hatte.

Högönö dachte an diese Probleme während seiner Verlobungsrede und beendete sie schnell. Dann aß man zwei große Torten auf, Luka sang ein Lied aus der Taiga, wie es angeblich die Pelztierjäger singen, wenn sie einen guten Fang gemacht haben und nachts um die Lagerfeuer sitzen. Für das feine Ohr Högönös war dieses Lied eine körperlich schmerzhafte Qual.

Eine Woche später kam Sedow aufgeregt zu Natascha. Er hatte den Bescheid erhalten, daß man ihn in die große staatliche Atomforschungsstelle nach Kolpaschewo versetzte.

»In die Sümpfe!« rief Sedow ganz außer sich. »Nach Tomskaja! Mitten im Moor liegt es! Selbst die Wölfe ziehen sich dort zurück, weil es zu einsam ist! Was sollen wir tun?«

Natascha las den Befehl. Er kam aus Moskau und ließ Sedow nur die Zeit, seinen Arbeitsplatz in Saratow zu übergeben und seine Sachen zu packen. Schon morgen ging der Zug nach Nordosten, in die sibirische Weite hinein, wo ein Mensch weniger ist als ein Sandkorn im Wind.

Ein Platz in dem Zug war reserviert, eine Dienstfahrkarte lag bei. Es gab keinen Aufschub mehr und keine Weigerung.

»Ich werde Moskau anrufen!« sagte Natascha. »Ich bin eine ›Heldin der Nation‹ und habe den Leninorden ... man wird mich nicht abweisen.«

Ulan Högönö zuckte nur die Schultern, als Natascha ein Gespräch nach Moskau verlangte. »Das Sekretariat des Zentralkomitees der Partei und das Ministerium für die Verteidigungsindustrie!« sagte sie. Ulan Högönö schüttelte den Kopf.

»Was versprechen Sie sich davon, Natascha?«

»Man wird die Versetzung Luka Nikolajewitschs rückgängig machen!«

»Es ist schlimm, daß Sie sich nicht daran gewöhnen können, daß wir jetzt im Frieden leben! Alles ist anders geworden, Genossin. Vor zwei Jahren hätte man Sie angehört, aber heute sind die Sorgen anders, und mit ›Helden der Nation‹ kann man den Roten Platz pflastern. Sie werden es hören, Natascha ...«

Über eine halbe Stunde sprach sie mit Moskau. Dann legte sie den Hörer zurück und sah Högönö mit großen, dunklen Augen an. Der Mongole hob stumm die Hände, als wolle er sagen, er habe sie gewarnt.

»Sie reden von Sabotage«, sagte Natascha leise.

»Ich weiß –«

»Sie drohen mir –«

»Es ist eine neue Zeit, Natascha.«

»Kein Zurück gibt es mehr für Luka Nikolajewitsch.«

»Haben Sie wirklich an eine Möglichkeit geglaubt?«

Natascha saß wie versteinert und starrte auf das schwarze Telefon. Dann warf sie die Hände vor das Gesicht und weinte. Ulan Högönö war erschüttert. Auch weinen kann sie, dachte er. Ich habe sie für so hart gehalten, daß nichts sie zu Tränen zwingen kann. Und nun weint sie wirklich.

Luka Nikolajewitsch Sedow fuhr nach Kolpaschewo. Natascha und Luka brachten ihn zum Zug, reichten ihm einen geflochtenen Korb mit Eßwaren ins Abteil und eine Flasche Tee, deren Inhalt Luka mit einigen Güssen Wodka gewürzt hatte.

Zum Abschied gab ihm Natascha ein Bild von ihr. Ein Fotograf in Saratow hatte es schnell angefertigt. Ein bißchen verwackelt war's und unscharf, aber die Augen und der Mund Nataschas waren auf ihm so plastisch, daß Sedow es an seine Lippen drückte.

»Jede Woche werde ich dir schreiben!« rief er, als der Zug abfuhr und er sich aus dem Fenster lehnte. »Und Anträge werde ich schreiben, immer und immer wieder!« Er winkte mit beiden Armen, und der Fahrtwind blähte seine blonden Haare und wirbelte sie vor seine Augen.

»Vergiß mich nicht, Natascha!« schrie er in das Zischen der Lokomotive. »Vergiß mich nicht –«

»Ich komme zu dir!« schrie sie zurück. »Auch ich werde Anträge stellen ... Ich liebe dich, Luka Nikolajewitsch ... hörst du ... ich liebe dich ...«

Sie winkten, bis der Zug im Schneenebel unterging. Luka putzte sich die Nase.

»So zog unser kleiner Fedja auch fort ins Feld«, sagte er dabei. »Und kam nicht wieder –«

»Aber er wird wiederkommen! Jetzt ist ja Friede!«

Im Zimmer der weißen Villa lag auf dem Tisch ein Brief, als sie zurückkehrten vom Bahnhof. Högönö hatte ihn dorthin gelegt. Es war die Mitteilung, daß Natascha Tschugunowa übermorgen nach Khuzhir reisen möchte.

»Und ich?« fragte Luka.

»Von dir steht nichts in dem Schreiben.«

»Wie ungenau die Beamten sind! Ich werde es klären.«

Aber Luka lief sich den Gehgips ab, ohne zu erfahren, was aus ihm werden sollte. Högönö wußte es nicht, der Bürgermeister wußte es nicht, auch nicht der Kommissar des NKWD. Nur eines erklärte man Luka deutlich, daß nämlich ein unterer Beamter den Posten in der weißen Villa erhalten mußte, weil er einen Anspruch darauf habe.

»Es gibt viele Fabriken, Genosse«, sagte der Kommissar sogar. »Für den Wiederaufbau brauchen wir starke Arme, wie du sie hast. Du wirst übermorgen eine Anstellung im Traktorenwerk ›Maxim Gorkij‹ bekommen. Und ein Bett im Brigadelager wird sich auch finden lassen. Was sagst du nun, Genosse? In unserem Land gibt es keine Probleme mehr –«

Luka bedankte sich höflich und ging. Natascha traf ihn beim Packen an, als sie von der Gesangstunde zurückkam. Luka hatte eine Decke auf den Boden ausgebreitet und schichtete Wäsche, eingewickelte Wurst, ein Säckchen Hirse, ein Beutelchen Grütze und zwei Pakete Machorka säuberlich neben- und übereinander. Dann nahm er die Zipfel der Decke, band sie mit einem dicken Strick zusammen und schob einen derben Knüppel hindurch. Unter einem losen Dielenbrett hervor holte er seine alte Militärpistole und steckte sie in die Tasche.

»Was soll das, Luka?« fragte Natascha. »Hast du wieder eine Dummheit vor?!«

Luka drehte sich zu ihr um. In seinen Augen standen tiefe Trauer und ein schreiender kreatürlicher Jammer. »Ich werde eine kleine Reise tun, Täubchen«, sagte er stockend. »Nur für ein paar Tage ... bestimmt. Allein muß ich dich lassen. Das ist schlimm, aber es wird sich ändern. Die Welt ist voller Narren, und sie glauben, daß Luka nur ein Tanzbär ist, der nach ihrem Pfeifchen hüpft.«

»Es ist also klar – du darfst nicht mit nach Khuzhir?«

»Nein, mein Täubchen.«

»Dann weigere ich mich, zu fahren!«

»Tu es nicht. Högönö ist nicht Tumanow. Ein gelber, grinsender, hinterhältiger Teufel ist er! Alles kommt von ihm! Umbringen würde er mich lassen, wenn's nötig wäre. Aber er kennt Luka nicht!«

»Und warum packst du? Wo willst du hin?« fragte sie.

»Ein bißchen nach Osten, Täubchen. Ich kenne nur ein Zipfelchen von Mütterchen Rußland ... einen Teil vom Saum des Kleides ... jetzt will ich zur Brust hinaufwandern.« Er lachte, aber es war ein heiseres, gequältes Lachen. »Du fährst morgen?«

»Ja. Ulan Högönö wird mitfahren.«

Luka nahm sein Bündel auf die Schulter. Aber plötzlich ließ er es fallen, umarmte Natascha und drückte sie vorsichtig an sich. Er streichelte ihren schmalen Kopf, küßte ihren Scheitel und herzte ihren Rücken.

»Nicht traurig sein«, sagte er, und seine Stimme schwamm in einem tiefen Wasser von Leid. »Nur wenige Tage sind's, die du allen sein wirst, glaub es mir. Sei tapfer, Täubchen.«

Er ließ sie los und trat einen Schritt zurück. Man sah, daß er zögerte, etwas zu tun, daß in ihm zwei Dinge rangen, die sich nicht vertrugen. Dann hob er die rechte Hand, seufzte tief und segnete Natascha in der Art der alten Bauern, wie sie früher ihre Töchter segneten, bevor sie in die Stadt gingen oder an der Seite ihres Mannes in ein anderes Dorf.

»Man kommt nicht davon los, verdammt!« brummte er, warf seine zusammengeschnürte Decke über die Schulter und tappte hinaus in die Nacht. Natascha sah ihn vom Fenster aus durch den Park gehen, am hohen Ufer der Wolga entlang, ein riesiger, hinkender Schatten, der sich vor den am Himmel treibenden Wolken mit den schwarzen Stämmen der Bäume vermischte und in die Dunkelheit wegglitt.

Am Morgen wachten die Lehrer und die Gesangschüler frierend auf. Die Öfen waren nicht geheizt, nicht einmal Holz genug war da, sie bis zum Mittag durchbrennen zu lassen.

»Wo ist Luka, der Idiot?« rief der Direktor der Akademie. Ulan Högönö klopfte bei Natascha an, nachdem er Lukas Bett unberührt gefunden hatte. Es war von allen Laken abgezogen, und die Bettwäsche fehlte.

»Was ist mit Luka?« fragte Högönö, kaum daß er die Tür geöffnet hatte.

»Weg ist er.« Natascha blieb liegen. In ihrem Zimmer brutzelte der Ofen, es war mollig warm. Unter ihrem Bett lagen die Holzscheite für eine Woche. Ein Abschiedsgeschenk Lukas.

»Was heißt weg?« rief Högönö. »Wer hat es ihm erlaubt . . .?«

»Niemand! Man hat ihm nur erlaubt, ab morgen nicht mehr hier zu sein!«

»Er kann doch nicht einfach weggehen!«

»Warum kann er das nicht? Ist er ein freier Sowjetbürger, Genosse?«

Ulan Högönö knöpfte sich den Hemdkragen zu. »Wo ist er hin, Genossin?«

»Ich weiß es nicht. Bestimmt nicht! Fragen Sie einen wilden Schwan, wohin er fliegt – würde er reden?«

»Er kann nicht weit sein! Mit einem Gipsbein geht's sich nicht gut, und vor allem fällt man auf!«

»Sie wollen Luka fangen wie einen wilden Wolf?« Natascha sah Högönö mit einem solchen Haß an, daß er bleich wurde und sich gegen die Tür lehnte. »Es mag eine andere Zeit gekommen sein, Genosse Ulan«, sagte sie hart. »Aber die Jahre in den Sümpfen sind noch in uns, und der Mut ist noch da und die Kraft, zu rächen! Sie trauen es mir nicht zu, Genosse, aber ich schwöre Ihnen: Wenn Luka ein Leid geschieht, müßten Sie auf den Mond vor mir flüchten! Ich fände Sie, Ulan Högönö ... und wenn ich keine Waffe mehr habe, beiße ich Ihnen die Gurgel durch –«

»Sie sind das schrecklichste Weib, das ich kenne«, sagte Högönö heiser vor ehrlichem Entsetzen. »Sie haben Himmel und Hölle in sich ... Es ist unbegreiflich –«

Dann lief er in sein Zimmer und meldete ein dringendes Gespräch nach Moskau an. Für Waleri Tumanow und das Ministerium des Inneren.

Luka fand in der Nacht noch eine feine Unterkunft.

Auf dem Güterbahnhof Saratows war's, einem Gewirr von vielen Gleisen und langen, dunklen Zügen, mit dikken Holzstämmen beladen.

»Das sind die falschen Züge, mein Freund!« sagte Luka zu sich. Holz kommt aus der Taiga und aus Sibirien und wird nach dem Westen gefahren. Dagegen rollen die leeren Waggons nach Osten. Auch Maschinen, Traktoren und Wagen mit Sträflingen haben die gleiche Richtung. Man hat also eine Auswahl auf solch einem Güterbahnhof, wenn man weiß, in welche Richtung man fahren will.

Luka schlich sich durch die schwarzen Reihen der Waggons und musterte die Ladungen. Etwas abseits sah er patrouillierende Posten mit Gewehren und aufgepflanzten Bajonetten. Sie umkreisten einen Zug mit geschlossenen Viehwagen, aus deren Dächern es träge rauchte.

Gefangene, dachte Luka. Deutsche oder auch Russen. Aus dem Weg muß man ihnen gehen. Es kann sein, daß jemand auf der Fahrt gestorben ist und die Zahl nicht mehr stimmt, die auf den Listen steht. Dann wird man einfach eingeladen, heißt plötzlich Boris Malachow und muß fünf Jahre in das Bergwerk. Und keiner glaubt, daß man Luka heißt und nicht Boris Malachow. Eine amtliche Liste stimmt immer! Schlimm ist so etwas, denn man kann sich nicht dagegen wehren.

Nach langem Suchen entschied sich Luka für einen kleinen Zug, der Traktoren geladen hatte. Die Lokomotive stand schon davor, und sie zeigte nach Osten. Ächzend kletterte er in einen der Wagen und sah, daß neben den Traktoren noch lange Holzkisten auf dem Boden standen, gefüllt mit Kurbelwellen und anderen Maschinenteilen.

»Glück muß ein Mensch haben!« sagte Luka, brach eine Kiste auf und lud die Maschinenteile neben dem Traktor auf den eisernen Wagenboden. Dann legte er sich selbst in die weiche, warme Holzwolle, schob den Kistendeckel über sich und ließ nur einen Spalt auf, um frische Luft einzuatmen.

Zufrieden schlief er ein, die Hände gefaltet; wie eine Leiche lag er da, unter der man das weiße Laken vergessen hatte.

Er wachte auf, als der Zug anruckte und in den dämmernden Morgen hineinfuhr. Die Türme und Hausdächer von Saratow glitten an ihm vorüber ... es donnerte dumpf unter ihm, als sie die Wolga überquerten und hineinbrausten in die verschneite Steppe. Der Wind heulte um ihn herum und trieb den Schnee gegen den Traktor, aber Luka kümmerte es nicht. Er lag warm in seiner Holzwollkiste und dachte daran, daß in zwei Stunden Natascha die Koffer packen und mit dem Nachtschnellzug nach Irkutsk fahren würde.

Fast einen ganzen Tag war er ihr voraus, das machte ihn glücklich. Zwar wußte er nicht, ob sein Güterzug auch nach Irkutsk rollte, aber das war unwichtig. Man konnte umsteigen.

Mit dem Schnellzug brauchte Natascha nur zwei Tage, um nach Irkutsk zu kommen. Ulan Högönö hatte ein ganzes Abteil für sie reservieren lassen, und sogar eine kleine Küche reiste mit, ein zweiflammiger Gaskocher, den eine rote Flasche mit Brennstoff speiste. Auf ihm kochte Högönö ein Gulasch mit Nudeln, ein Luxus, den die anderen Reisenden neidvoll bemerkten und schnuppernd an der Tür standen, um einen Geruch von staatlicher Protektion mitzubekommen.

»Sie sehen, Natascha Tschugunowa, daß man alles tut, um Ihnen das Leben zu erleichtern. Zeigen Sie sich erkenntlich und seien Sie weniger störrisch. Man behandelt Sie wie den Augapfel Stalins ... nein, noch besser, denn Stalin hat zwei Augen, Sie aber nur eine Stimme. Eine einmalige, Sie wissen es!« Ulan Högönö entkorkte eine Flasche mit dem berühmten ›Jushnobereshnyi‹, dem rosa Muskatwein von der Südküste, der schmeckt wie ein zerkautes Blatt der Teerose von Kasanlik.

Aus dem Reisekoffer holte er zwei geschliffene Gläser hervor, füllte sie mit dem rosa Wein und hielt Natascha ein Glas hin.

»Trinken wir auf Ihre Zukunft! Wenn Sie von Khuzhir hinaus in die Welt ziehen, wenn Ihnen die Millionen Menschen jubelnd zu Füßen liegen, werden Sie sagen: Mein Vaterland, ich danke dir für deine Strenge ...«

»Man hat Sie gut ausgebildet auf der Parteischule, Ulan«, sagte Natascha. Das Glas Wein trank sie durstig aus, und Högönö tat es ein wenig weh, dies zu sehen, denn den Jushnobereshnyi soll man schlürfen und über die Zunge gleiten lassen wie ein Streicheln. »Was erwartet mich auf dieser widerlichen Insel?«

»Sie werden sie nicht widerlich finden, Natascha. Sie ist ein Paradies. Von ihr träumen werden Sie, wenn Sie in nüchternen Hotelzimmern sitzen werden, umgeben von Menschen, die Speichel lecken und vor Ihnen kriechen, um von Ihrem Stiefelabsatz getreten zu werden, was ihnen die größte Wonne bereitet. Sie werden ein Schloß sehen, am Ufer der Insel, gegen das im Sommer das blaue Wasser des Baikalsees spült. Tausende wilder Schwäne ziehen über das Schilf, über die Wellen erklingt der Gesang der Fischer, und von China und der Mongolei her wehen die heißen Winde und flüstern in den Bäumen . . .«

»Wie zärtlich Sie werden, wenn Sie von Ihrer Heimat sprechen.« Sie sah aus dem Fenster auf die vorbeifliegende, glatte Schneewüste. »Aber alle Worte wiegen nicht auf, daß Tausende Werst zwischen Luka Nikolajewitsch Sedow und mir liegen. Ich liebe diesen Mann, und ich werde darum kämpfen, daß er zu mir oder ich zu ihm komme! Heißt es nicht im Parteiprogramm, daß die Familie das Wichtigste im Arbeiterstaat ist?«

Högönö nickte und schüttete ein neues Glas des rosa Weins ein. »Alle Programme haben zwei Gesichter, Genossin. Sehen Sie – wir fahren in einem langen Zug. Noch vierhundert andere Genossen fahren mit, alles gute Kommunisten, will ich meinen. Sie haben wie wir den Krieg mitgewonnen, sie haben die Deutschen besiegt. Und nun gehen Sie von Abteil zu Abteil . . . Sie werden sie enggedrängt sitzen sehen, mit hohlen Augen und übermüdet. Sie werden aus ihren Körben dunkles, glitschiges Brot essen und einen kalten Grützebrei, vielleicht haben sie sogar nur einen Stakan (Wasserglas) Sonnenblumenkerne bei sich, und der Boden ihrer Abteile ist übersät mit ausgespuckten Schalen. Und dann sehen Sie uns an ... ein eigenes Abteil für uns zwei, einen Gaskocher mit Nudeln und Gulasch, eine Flasche Wein, der beste, der im Süden wächst, und nachher – wenn Sie wollen – sogar eine helle, türkische Zigarette. Ist das ein Unterschied, Genossin? Ich will es meinen. Und doch sind sie dort draußen und wir hier drinnen alles gute Kommunisten, wir sind im Parteiprogramm gleich und frei und brüderlich ... Soll man darüber weinen oder lachen, Genossin Natascha?«

»Man sollte weinen, Högönö, über den Betrug.«

»Doch wird es dadurch besser? Schätzen Sie sich glücklich, zu den Bolschewisten zu gehören, die zwischen den Zeilen der Programme stehen.« Ulan Högönö stieß mit seinem Glas an Nataschas Glas an. »Einen Toast auf die Kunst, zu leben!« rief er.

In Irkutsk stiegen sie um und ratterten mit einer alten Bahn über Ust – Ordinskiy nach Yelantsy und Togot. Dort erwartete sie ein Schlitten, weil der Zug nicht weiterkonnte. Die Schienen waren vereist, und es gab hier keine Lokomotiven, die die Gleise mit Flammenwerfern eisfrei hielten.

Spät am Abend sahen sie aus den verhüllenden Dekken und Pelzen die Türme von Khuzhir und das große, vielfenstrige Schloß in einem Park.

»Es gehörte einem Fürsten Chuiskij, einem dicken Mann, der nach der Oktoberrevolution in seinem eigenen Schwimmbecken ersäuft wurde, wie eine junge Katze.«

»Warum erzählen Sie mir das, Ulan?« fragte Natascha. Sie sah auf das Schloß, das langsam näher kam.

»Nur so, Natascha Tschugunowa. Ein kleiner Blick in das Temperament der Leute hier.« Er nahm einen tiefen Schluck aus dem Glas. »Auch ich wurde in der Nähe geboren –«

Elf Tage brauchte Luka, bis er in Khuzhir war. Eine beschwerliche Reise, gewiß, immer in zugigen Güterwagen, immer kreuz und quer durch die Steppe, bis es gelang, nach Togot zu kommen, wo die Züge endeten. Dreimal hatte er einbrechen müssen, um seinen Hunger zu stillen, und er wählte dazu stets die Wohnungen der Bahnhofsvorsteher. Dort fand er immer etwas Fettes, denn so ein Vorstand hat viele Freunde und viele Möglichkeiten, und das gegenseitige Händewaschen gehörte zum guten und alltäglichen Ton.

Nun war Luka in Khuzhir, hatte das Schloß umkreist und eine Unterkunft in der Stadt gefunden. Sogar eine Arbeit hatte man ihm angetragen, kaum daß er darum bat.

»Du bist ein lieber Mensch!« sagte der Mann, bei dem Luka ein Bett gefunden hatte. »Ich will nicht wissen, woher du kommst, obwohl ich dazu verpflichtet bin, dich anzuzeigen. Kannst ein entflohener Sträfling sein, doch was kümmert's mich?! Gebrauchen können wir solch einen Bullen wie dich, mein Freund. Fischer sind wir alle hier, und wir sprengen das Eis auf dem See, um an die Lieblinge heranzukommen. Doch bevor man sprengt, muß man Löcher hacken, in die das Dynamit kommt. Das kannst du tun, Brüderchen. Löcher hacken in das Eis. Es gibt auch die Woche vier Rubel dafür.«

Luka war's einverstanden. Ein Bett, ein gutes Essen und vier Rubelchen, das ließ sich sehen.

Und so bekam er eine Hacke, spitz geschliffen, und einen Pelz und zog mit den Eisfischern hinaus auf den Baikalsee. Er hackte neunzehn Löcher, mehr als die anderen in zwei Tagen schafften, und ging dann zurück nach Khuzhir, um sich einen Schnaps zu holen.

An einer einsamen Uferstelle, in der Nähe des Schlosses, in dem Natascha wohnen mußte, standen sie sich plötzlich gegenüber. Der eine tauchte über die Böschung auf, der andere trat zwischen den Bäumen hervor. Sie starrten sich an, wie verwurzelt mit dem Eis unter ihren Füßen, und in ihren Augen stand eine Feindschaft, die keine Worte mehr erklären konnten.

»Ulan Högönö –«, sagte Luka leise. Er stützte sich auf seine Eishacke und leckte sich über die Lippen.

»Luka –«

Högönö griff unter seinen dicken Pelz und zog einen großen, krummen mongolischen Dolch hervor.

»Willst du ein Schweinchen stechen?« fragte Luka freundlich.

Durch Högönö lief eine heiße Welle. Er ist die einzige Bindung, die Natascha an die alte Welt hält, dachte er. Mit diesem Riesenaffen wird die Vergangenheit fallen, und die Zukunft wird nackt sein, und ich werde sie bekleiden mit Gold und Edelsteinen. Natascha wird mein Wesen sein, meine singende Puppe, und mit ihrer Stimme wird mein Ruhm über alle Grenzen gehen. Der Ruhm des kleinen Mongolenjungen Ulan, der vor dreißig Jahren die Rinder durch die Steppe trieb.

»Jetzt sind wir allein, Luka«, sagte Högönö zwischen den Zähnen.

»Ganz allein, Brüderchen«, nickte Luka. »Nur frag ich mich, was du mit dem krummen Eisen in deiner Hand willst ...«

»Ein Idiot bin ich eigentlich«, sagte Ulan Högönö. »Dem NKWD sollte ich dich melden und liquidieren lassen. Statt dessen stehe ich hier, als wolle ich eine Kerbe in einen dicken Stamm schnitzen ...«

Ulan Högönös Augen waren eng, schmal und fast unsichtbar unter den zusammengekniffenen Lidern. Plötzlich tat er etwas, und Luka trat einen Schritt zur Seite, weil er es längst erwartet hatte. Ulan schnellte vor, der krumme mongolische Dolch blitzte durch die kalte Luft, mit ausgestrecktem Arm stieß er im Sprung gegen Luka und fiel auf die Knie und Brust, als der Hieb ins Leere ging.

»Du bist ein tapferer Mensch, Ulan«, sagte Luka fast bedauernd. »Es ist schade um dich.«

Dann nahm er die Eishacke, und ohne Schwierigkeit hieb er Högönö ein großes Loch in den Hinterkopf, aus dem mit dem Blut das Hirn hervorquoll. Högönö seufzte laut und sank zusammen, der krumme Dolch bohrte sich in den verharschten Schnee, als sei er eine große Fläche weißen, weichen Fleisches.

So lag er da, der Mongole, im Sterben noch in den Leib der Erde stechend.

»Ein armer Mensch«, sagte Luka und legte die Hacke zur Seite. Aus dem Gefühl heraus, etwas zu tun, was eine Ehre für den Gegner sein mochte, kniete er sich neben dem Leichnam nieder und faltete die Hände. »Gott nehme ihn auf und verzeih mir diese Tat«, betete Luka. Dann betrachtete er den toten Högönö. Ein lebender Mensch ist schnell verscheucht, aber ein toter Mensch ist eine Last, dachte er. Man hat ihn da und muß dafür sorgen, daß er irgendwo hinkommt, wo er bis zum Jüngsten Tag warten kann. Man kann ihn nicht einfach liegenlassen; das gehört sich nicht!

Nach einigem Suchen fand Luka einen schönen Ort. In der Uferböschung waren einige Höhlen ausgewaschen. Sie waren nicht tief, gerade so flach und lang, daß ein Mensch darin ruhen konnte.

Sieh an, dachte Luka, das ist das richtige.

Zwei Stunden arbeitete er hart. Er legte den Toten in die Höhle, hackte mit einer Eishacke die großen Fluß- und Seesteine aus dem Eis und wälzte sie vor den Eingang. In mehreren Lagen türmte er die Steine hoch, bis keine Ritze mehr zu sehen war. Dann holte er aus einem der Fischlöcher Wasser und goß es über die Steine. Es gefror sofort und bildete eine glatte Schicht.

Zufrieden betrachtete Luka sein Werk. Was wird's in den nächsten Stunden geben, dachte er. Suchen wird man ihn und fluchen auf die Tataren und Mongolen ...

besser wird's sein, sich in den nächsten Tagen still und abseits zu halten.

Er kehrte zu dem Haus der Fischer zurück und setzte sich brummend an den gehobelten Tisch. »Einen Wodka hab' ich mir verdient, Brüderchen«, sagte er. »Neunzehn Löcher habe ich geschlagen ... eigentlich sind's zwanzig, aber das letzte Loch war ein taubes. Und vier Rubelchen, Genossen? Gebt mir fünf, und ich bin euer Bruder –«

Die Fischer sahen sich stumm an. Neunzehn Löcher überzeugen immer. Sie musterten den Riesen, und der Klügste unter ihnen rechnete still, was ein solches Riesentier wohl am Tage fressen mußte, um es satt zu kriegen. Schließlich kam er mit sich klar: Je mehr Löcher er schlägt, um so mehr können wir Fische fangen. Wenn er den Fang von zwei Löchern allein auffrißt, bleibt immer noch genug für uns, um von einem Gewinn zu sprechen.

»Du bist ein brauchbarer Genosse«, sagte der Rechner. »Gut denn – fünf Rubel die Woche! Aber zwanzig Löcher sind Bedingung!«

»Das Eis des ganzen Sees hacke ich euch auf, wenn ich bleiben kann!« schrie Luka. Zur Bekräftigung hieb er mit beiden Fäusten auf den Tisch. Es war ein wenig zu stark, der Tisch brach zusammen, und die Beine knickten weg. Verwundert betrachtete Luka die hölzernen Trümmer.

»Glaubt mir, es war ein alter Tisch«, sagte er begütigend zu den anderen. »Morsch war er in den Füßen –«

Dann ging er ins Bett. Mit langen Gesichtern saßen die Fischer um den zerbrochenen Tisch. Sie hatten Angst, und bei jedem Schnarchlaut Lukas zuckten sie zusammen, als habe man sie in den Nacken geschlagen.

Wie vorauszusehen war – es gab in Khuzhir eine große Aufregung. Das plötzliche Verschwinden Ulan Högönös von einem Spaziergang war rätselhaft und alarmierte die Geheimpolizei in Irkutsk. Mit drei grünen Wagen kam sie nach Khuzhir und verhörte alles, was Högönö gekannt hatte.

»Ersoffen wird er sein!« sagte der Kommissar, nachdem er den Weg abgegangen war, den Högönö zur Erbauung jeden Tag gegangen war. »Ganz klar, Genossen! Er sah auf dem Eis die Löcher und dachte: Ei, sieh einmal nach, was das ist! Und so kam er an ein Loch, sah die Fischchen im Wasser, beugte sich tiefer, verlor das Gleichgewicht, der Pelz zog ihn vollends hinab ... Ohne Frage, Genossen, so war's! Man sollte mit Stangen suchen ...«

Einem Kommissar aus Irkutsk, zumal wenn er von der Geheimpolizei ist, soll man nicht widersprechen. Es ist sinnlos, Freunde, denn sie haben immer recht.

Die Fischer suchten also mit Stangen in den Löchern. Sogar Luka suchte mit. Am Ende des Tages gab man es auf und versammelte sich frierend im Parteihaus von Khuzhir.

Unter dem großen Bild Stalins, das die halbe Wand einnahm, unterschrieb der Kommissar das Protokoll, ehe er es vorlas.

Es besagte, daß Ulan Högönö infolge eines Unglücksfalles nicht mehr lebte. Es bestände die Hoffnung, im Frühjahr, beim Auftauen der Eisfläche, den Körper irgendwo am Ufer des Sees zu finden. Die Fischer unterschrieben als Zeugen, auch Luka, der noch einen Klecks auf das Blatt machte.

Zwei Tage später traf aus Moskau Waleri Tumanow ein. Natascha holte ihn vom Bahnhof in Togot ab. Mit einem Pferdeschlitten war sie gekommen, in einen dikken Wolfspelz gehüllt, die langen, schwarzen Haare und den schmalen Kopf in einer hohen Pelzmütze aus Bärenfell vergraben.

»Nataschka!« rief Tumanow und eilte mit ausgebreiteten Armen auf sie zu. »Wer hätte geglaubt, daß ich dich so schnell wiedersehe?!«

Er stellte seine Koffer auf den verschneiten Bahnsteig und küßte Natascha auf die Nasenspitze.

»Sie wissen, daß man Ulan Högönö ...?«

»In Moskau war man sprachlos. Aber dann habe ich erfahren, wieviel wert mein Täubchen dem sowjetischen Staate ist: Sie gehen nach Khuzhir, hat man zu mir gesagt. Sie übernehmen den Posten des Genossen Högönö! Und in zwei Jahren wollen wir Natascha Tschugunowa hören und sehen.« Tumanow lächelte und faßte Natascha unter. »Ein Befehl ist das! Ein Soll! Wie bei den Kolchosen: Das Feld muß soundsoviel Zentner bringen! Hier heißt es: In zwei Jahren ist Natascha der große Star. Wir müssen uns Mühe geben –«

»Und Luka Nikolajewitsch Sedow?«

Tumanow schob die Unterlippe vor. »Ist es noch nicht aus?«

»Verlobt sind wir!«

»Ich weiß. Ich weiß. Du liebst ihn wirklich?«

»Ich werde ihn heiraten. Und ich werde Kinder haben.«

»Und deine Stimme dabei verlieren –«

»Was ist mehr wert, Tumanow?«

»Für Rußland – deine Stimme! Kinder haben wir genug ... das überlaß den Bäuerinnen.«

»Ich bin eine Bäuerin. Aus der Kolchose Krassnoje Mowona.«

Waleri Tumanow sah sich um. Er sah wohl den Schlitten, aber keinen Fahrer. »Was du warst, ist vorbei, Naschka«, sagte er dabei. »Was du bist und was du wirst ... das werden wir aus dir machen. Wir formen dich zu einer Vollendung, die beispiellos sein wird.«

Natascha entzog Tumanow ihren Arm. »Wie gleich ihr alle seid ... Högönö und Sie und alle ... Nur eure Gesichter sind verschieden ... über eurer Seele, über eurem

Hirn, über eurem Denken tragt ihr die gleiche eintönige Uniform! Angst könnte man bekommen, sie auch übergestreift zu bekommen.«

»Wo ist der Fahrer?« fragte Tumanow, trat an den Schlitten und strich den beiden Pferden über die dampfenden, eisverkrusteten Nüstern.

»Hier steht er!« Natascha zeigte auf sich.

»Unmöglich!« Tumanows Gesicht wurde ernst. »Du bist allein gefahren und hast gelenkt?«

»Ich habe das als Kind schon getan, in Tatarssk.«

»Und wenn du dich erkältest, wenn die Stimmbänder sich entzünden, wenn du's an der Lunge bekommst?! Wer hat dir den Schlitten gegeben?«

»Genommen habe ich ihn mir! Aus dem Stall der Villa. Man wollte mich aufhalten, aber ich habe mit der Peitsche gedroht. Kommen Sie, steigen Sie ein, Genosse Tumanow.«

»Wie gut, daß ich gekommen bin.« Tumanow kletterte in den Schlitten. Er wollte sich mit einem großen Fell zudecken, als sein Blick auf eine Hütte fiel, die neben dem Bahnsteig stand. Es war eine Futterhütte, und an der Seite lehnte eine urweltliche Gestalt mit einem verstrüppten Gesicht.

Waleri Tumanow wischte sich über die Augen und setzte sich gerade auf. »Das ist nicht möglich!« sagte er laut.

»Was?« fragte Natascha. Sie saß schon auf dem Bock und schlug ein Bärenfell um die Füße.

»Wie kommt Luka hierher?« schrie Tumanow.

»Luka?« Natascha drehte sich schnell herum, dann sah auch Sie diese urweltliche Gestalt.

»Luka!« schrie sie grell. »Lukaschka! Luka!«

Sie stürzte vom Kutschbock des Schlittens, verfing sich in dem Bärenfell und fiel in den Schnee. Wie eine gefallene Katze rollte und schnellte sie sich zur Seite und auf die Beine und rannte dann auf die vermummte, unförmige, turmartige Gestalt zu, die ihr langsam, schwankend, stampfend entgegenkam.

»Täubchen –« Luka war stehengeblieben. Er heulte wie ein hungernder Wolf und fing Natascha auf, als sie gegen ihn prallte. Ganz hoch hob er sie, wie eine Feder schwebte sie durch die Eisluft, wie ein flatterndes Vögelchen, das aus dem Nest gefallen war ... und dann küßte Luka sie, drückte sie an sich, setzte sich in Bewegung und trug sie, an seine Brust gepreßt, zum Schlitten und zu Tumanow zurück.

»Wo kommst du her?« rief Natascha und trommelte gegen seine Brust. »Wie lange bist du hier?! Luka, Luka ... wo bist du gewesen?«

»Um dich, Täubchen, immer um dich.« Luka grinste. »Schwer war's, sich immer zu verstecken.« Er hob Natascha in den Schlitten, deckte sie bis zum Hals zu und winkte Tumanow, der stumm neben ihm stand. »Setz dich, Opa!« sagte Luka. »Du bist mir lieber als dieser Högönö. Ein Mensch bist du, auch wenn du vor Moskau in die Hosen machst.« Er sah, wie Tumanow zögerte und etwas zu überlegen schien. »Vielleicht ist es richtig, was du denkst, Brüderchen ...«, sagte er leise. »Aber wir beide verstehen uns doch, nicht wahr ...?«

Tumanow nickte. Die Kehle war ihm plötzlich zu eng, der Atem zitterte pfeifend daraus hervor, als halte sie jemand zu. Högönö, dachte er. Liegt hier das Geheimnis seines Verschwindens? Er wagte nicht, weiterzudenken. Mit steifen Beinen kletterte er neben Natascha in den Schlitten und ließ sich von Lukas riesigen Händen zudecken.

Selbstverständlich war's, daß Luka den Schlitten fuhr. Und er fuhr ihn gut und sicher, als kenne er alle Wege, die zum weißen Schloß von Khuzhir führten.

So war nun eigentlich alles wieder beim alten, wie damals in Saratow. Luka lebte im Haus und machte sich nützlich, Tumanow hielt seine Gesangstunden ab und übte das Rollenstudium, Natascha sang und lernte und studierte die großen Opernarien in deutscher, französischer und italienischer Sprache.

Nur die Fischer waren unzufrieden. Der Rechner hatte ausgerechnet, daß Luka ein Verlustgeschäft gewesen war. Gehackt hatte er in den wenigen Tagen 43 Löcher. Aber dafür hatte er mehr gegessen, als man veranschlagt hatte. Der halbe Fischfang ging in den Magen Lukas. Man hatte darüber hinweggesehen mit einem Blick auf die Zukunft. Aber nun war Luka gegangen, und es sah traurig aus bei den Fischern. Ein zerbrochener Tisch, ein demoliertes Bett, drei Frauen, die von Luka träumten und nachts zu seufzen anfingen, und in den Vorratskammern weniger als im Vorjahr.

Ein halbes Jahr verging.

Der Baikalsee taute auf, es kam plötzlich. Der Schlamm, der sonst das Leben in Westrußland zur Zeit der Schneeschmelze für Wochen erstickt, blieb aus. Die Schneedecke wurde dünner, ein warmer Wind kam aus der Mongolei, Grasflecken zeigten sich, und kaum, daß man sie wahrnahm, bedeckten sie sich mit kleinen und großen Blüten, als schössen sie über Nacht aus dem feuchten, fruchtbaren Boden. Auf dem See brachen die Eisschollen ineinander, trieben gegen das Ufer und schabten es ab. Luka rannte ein paarmal in diesen Tagen zur Höhle, in der er Högönö begraben hatte. Die Steine hielten, auch wenn der Eiskitt geschmolzen war. Mit Grasbüscheln stopfte er die Ritzen zu, und bald sah es aus, als seien es alte, bewachsene Steine, die zur Befestigung des Ufers gehörten.

Vier Tage hintereinander wehte ein warmer Wind aus dem Süden. Er trieb die letzten Flecken des Winters weg und brachte den Sommer, ohne sich bei dem Frühling aufzuhalten.

Aus Irkutsk kam wieder die Kommission der Geheimpolizei. Man suchte die Ufer ab, in der Hoffnung, etwas, und wenn es nur ein Schuh war, von Högönö zu finden. Unerledigte Akten sind in Rußland eine persönliche Schande, Freunde. Eine unerledigte Akte kann den Beruf kosten oder drei Jahre Straflager oder Versetzung in eine Traktorenfabrik als Schweißer.

Der untersuchende Kommissar war bleich, als man nach einer Woche Suchen nichts, aber auch gar nichts fand. Ulan Högönö würde eine unerledigte Akte werden. Die Geheimpolizei in Irkutsk kam in schwere Sorgen. »Wir müssen Moskau etwas bieten!« sagte der Oberkommissar voll tiefer Nachdenklichkeit. »Wenn wir zum Beispiel fünf Saboteure fassen ... oder drei Gegner Stalins ... oder vier Wirtschaftsverbrecher ... was haltet ihr davon, Genossen?! Das könnte ablenken –«

Man stellte die Suche am Ufer des Baikalsees ein und fuhr zurück in die Stadt. Auf dem Wege traf die Kolonne der grünen Wagen auf einen einsamen Mann, der Bäume fällte.

»Anhalten!« rief der Oberkommissar. »Was ist denn das? Ist hier nicht der Staatswald?! Und da fällt ein Mann Bäume?! Das ist Sabotage gegen das Volkseigentum! Verhaften!«

Es stellte sich heraus, daß dies nicht so einfach war. Der bäumefällende Mann war ein Riese und warf zwei Geheimpolizisten einfach wie zwei Kugeln durch die Luft, zurück zu den Wagen. Erst als der Kommissar neben ihm in den Boden schoß, war Luka überzeugt, daß Widerstand im Augenblick nicht ratsam sei. Mit der Axt über dem Arm kam er an die grünen Wagen heran.

»Einsteigen!« schrie der Kommissar. »Sofort! Dein Kopf ist dick genug, daß ich ihn mit geschlossenen Augen treffe!«

»Warum?« fragte Luka.

»Das werd ich dir schon sagen! Einsteigen!«

Luka bekam einen Hieb ins Kreuz und stolperte in einen der Wagen. Er kam neben einen Polizisten zu sitzen, der ihm den kalten, schwarzen Lauf der Pistole an die Schläfe drückte und grinsend sagte: »Ein kleiner Versuch, nur ein Muckserchen, Genosse, und es macht blaff!«

Luka seufzte. An Natascha mußte er denken, die am Abend wieder auf ihn warten würde. Tumanow würde verzweifelt sein, denn Natascha würde sich weigern, ohne Luka weiterzusingen. Eine verrückte Welt war's.

»Es wird Ärger geben, Genossen«, sagte Luka, als die Wagen wieder anfuhren.

»Ruhe!« schrie der Kommissar. Er drehte sich herum. »Wenn er noch etwas sagt, Sergeant, schlagen Sie ihm die Zähne ein!«

Nicht immer kann es Sensationen geben, Freunde. Das Leben besteht aus Irrtümern und deren Widerrufen, aus Fragen und Antworten, aus Händedrücken und Ohrfeigen. Wer kann's ändern?

Die Entlassung Lukas aus der Zelle der Geheimpolizei von Irkutsk war durchaus nichts Sensationelles. Natascha und Waleri Tumanow lösten ihn einfach aus. Der Wald gehörte zum Schloßbesitz, und Luka gehörte dazu. Als der Kommissar dies erkannt und begriffen hatte, war er sehr höflich, ließ Luka holen und sagte zu ihm:

»Genosse – wir haben uns mißverstanden! Das ist es. Aber Ihre Schuld ist es auch ... Sie hätten uns aufklären müssen, statt stumm mitzufahren.«

Jeder wußte, daß es die Unwahrheit war, aber jeder schwieg auch. Eine Unannehmlichkeit ist dazu da, daß man sie schnell vergißt. Nur die unvergessenen Unannehmlichkeiten wachsen sich aus und werden zu Tragödien! Muß das sein?

Nein, nein, es gab keine Sensation, Brüder. Die Meldung wurde still zu den Akten gelegt. Moskau schwieg. Nur ein Blättchen mehr war in den Schnellheftern, die eine rote Farbe hatten und besonders im Auge behalten wurden. Noch schlief das große Schicksal und war nur angedeutet in einigen Randbemerkungen, die der Innenminister Berija selbst in die Akten setzte.

Und noch ein anderes Papier wurde nach langen Umwegen in die Akte N. T. geheftet. Ein Antrag, der nicht alltäglich war, weil er um Erlaubnis dessen nachsuchte, was Hunderttausende in der Sowjetunion ohne staatliche Erlaubnis beschlossen.

> Antrag
> der Sängerin, Leutnant der Roten Armee, Trägerin der großen Verdienstmedaille, Leninorden-Trägerin und ›Heldin der Nation‹ Natascha Tschugunowa-Astachowa, den Ingenieur Luka Nikolajewitsch Sedow, z. Z. in Kolpaschewo/Tomskaja, heiraten zu dürfen ...

Moskau schwieg dazu nicht lange.

»Heiraten kann sie«, sagte ein Beamter des Innenministeriums am Telefon zu Professor Tumanow. »Aber ihre Ausbildung geht vor! Wir werden Sedow eine Woche Urlaub geben ... mehr nicht ...«

»Und wenn ... wenn die Hochzeit nicht ohne Folgen bleibt?« fragte Tumanow.

»Ein Kind?« Der Beamte im Kreml dachte kurz nach »Sie werden es verhindern, Waleri Iwanowitsch.«

»Aber wie, um Gottes willen, Genosse?!«

»Man wird es ungeboren lassen ...«

»Wie stellen Sie sich das vor?!«

»Keine Kommentare! Wenn es soweit kommen sollte, unterrichten Sie uns.«

Es knackte in der Leitung, die Stimme, über Tausende von Kilometern hinweg, schwieg. Professor Tumanow legte mit bleichem Gesicht den Hörer zurück. Das war Moskau, dachte er, und ein Schauer lief durch seinen Körper. Man wird es ungeboren lassen ... Mein Gott, was ist der Mensch noch in diesem schönen Land –?!

Am Abend hatte Tumanow eine ernste Aussprache mit Natascha.

Sie saßen auf der großen Terrasse des Schlosses. Kübel mit Palmen und Agaven hatte man herausgestellt und auf die Brüstungen aus Marmor gestellt. Durch sie hindurch verlor sich der Blick in der Weite des sonnenüberfluteten Sees. Wie ein Meer voll Blut sah er aus, gerade jetzt, wo die Sonne versank. Tumanow schwieg eine ganze Weile und gab sich der Betrachtung des Sonnenunterganges hin. Wenn man hier sitzt, dachte er versonnen, könnte man es kaum glauben, daß ein großer Krieg hinter uns liegt und es Jahrzehnte braucht, um die Wunden Mütterchen Rußlands zu schließen. Wie glücklich könnten wir sein, wenn nicht Ideen die Völker regierten, sondern der Verstand der Menschlichkeit.

Waleri Tumanow wandte sich von dem Anblick des blutenden Baikalsees ab. Wie ketzerisch man denkt, sagte er sich. Seit achtundzwanzig Jahren sind wir Bolschewisten ... da ist es ein Frevel, sich an andere Zeiten zu erinnern.

»Nataschka«, sagte er mild. »In einigen Monaten wirst du zum erstenmal in der Moskauer Oper singen. Die Jaroslawna in ›Fürst Igor‹ von Borodin ...«

Er sagte es ganz beiläufig, so als stelle er fest, daß der Abend mild sei. Für Natascha aber war es der erste Schritt aus der Einsamkeit heraus, aus einer Verbannung, in der man sie zu einer der schönsten Stimmen erzog.

»In Moskau?« rief sie erregt. »Wir werden Khuzhir verlassen?!«

»Vielleicht. Es ist abhängig von dem, was du bietest. Die größten Kritiker Rußlands werden im Theater sitzen. Sagen sie: Natascha ist das, was wir erhofften ... dann steht uns die Welt offen. Sagen sie: Es fehlt noch das Pünktchen auf dem i ... dann müssen wir zurück nach Khuzhir und üben, üben, üben ... wie bisher ...«

»Und meine Hochzeit mit Luka Nikolajewitsch?«

»Darum geht es, Täubchen. Es wird eine merkwürdige Ehe werden. Man sollte sich das überlegen. Du in Moskau, er in Tomskaja ... und wenn es auf Tournee geht, seht ihr euch vielleicht ein Jahr lang nicht ...«

»Er könnte mit uns fahren, Waleri Iwanowitsch.«

»Als was? Ein Kofferträger?! Natascha ...« Fast wie Mitleid war in seiner Stimme. »Luka Sedow ist ein guter Ingenieur ... er gehört als Spezialist der Sowjetunion ... du bist bald eine große Sängerin ... und du gehörst der ganzen Welt und auch dem Vaterland, dessen Namen du in alle Länder tragen wirst. So ist's nun mal, mein Täubchen ... mit der Größe des Könnens verringert sich die persönliche Freiheit. Um einen Idioten wie Luka kümmert sich keiner ... doch wehe, wenn er auf den Gedanken käme, ein Boxer zu werden. Nicht eine freie Minute hätte er mehr. Er würde ein Staatssportler!«

»Und was wird wirklich aus Luka?«

»Sieh, das ist geklärt. Er kann deine Koffer tragen und mitreisen. Er wird uns garantieren, daß dir nie etwas geschieht. Man hat's erkannt im Kreml und ist froh, daß es diesen Luka gibt. Aber Luka Nikolajewitsch Sedow ... man sollte ihn vergessen.«

»Er hat mir das Leben gerettet. Man sollte ewig dankbar sein, daß er –«

»Man ist es, Natascha. Nach Sibirien wird er kommen, in eine Atomforschungsanstalt. Eine große Ehre ist's!«

»Lebendig begraben will man ihn!« schrie Natascha. Sie sprang auf. Die Wildheit, die in den Sümpfen zu einer Legende geworden war, brach wieder aus ihr heraus. Sie faßte einen der Kübel und stieß ihn wütend hinab in den Garten.

Tumanow sah auf seine schmalen, leicht zitternden

Hände. Ein armer Mensch, dachte er traurig. Die Stimme eines Engels, aber gefangen wie die Nachtigallen der chinesischen Kaiser.

»Du kannst alle Vasen hinabwerfen«, sagte er gütig. »Es kümmert Moskau wenig. Gehorsam wird man verlangen – und ihn bekommen. Erinnern wird man sich, daß du Leutnant bist. Und man wird dir befehlen als Offizier ... so einfach ist das. Singe, überall in der Welt, wird man befehlen. Und du weißt es, was es heißt, einen Befehl nicht auszuführen.«

»Und ... und wenn ich meine Stimme verliere ...?« fragte Natascha leise. Ihr kleines, zartes Gesicht war trotzig. Schmal war der Mund, zusammengekniffen die Augen. Wieviel Kraft sie in sich hat, das Püppchen, dachte Tumanow verblüfft. In ihr lebt noch die wilde Freiheit der Steppe ... immer noch, nach zwei Jahren harter Schule. Man wird sie nie unterdrücken können. Und es machte ihn fast froh, dies zu denken.

»Man würde dich in eine Fabrik stecken, weiter nichts. Ein Tropfen in der grauen Masse wärest du ... mit Hunger, mit Sehnsucht, mit einem Kopftuch, wattiertem Rock und wollener Jacke. Mit einem Schlafplatz in einem Frauensaal ...«

»Sie vergessen Luka Sedow! Ich könnte ihn heiraten und endlich glücklich sein –«

»Was ist Glück, Natascha?« Tumanow erhob sich. Er beugte sich über die Terrassenbrüstung und sah hinab in den umgewühlten Garten. Luka war dabei, die aus dem Kübel gefallene Palme in die Erde zu pflanzen. »Du liebst diesen Sedow?«

»Ja –«

»Aber es ist eine Liebe aus Trotz! Auflehnung ist es, Kampfwillen ... ich will ihnen zeigen, wer hier die Stärkere ist, das denkst du! Ein freier Mensch bin ich, denkst du. Man kann die Liebe nicht verbieten, denkst du. Das ist ein Fehler, so viel zu denken. Der Krieg ist vorbei, wir haben einen Wiederaufbau- und Jahresplan, alles ist in Soll eingeteilt, unsere Verbündeten werden langsam unsere Feinde, und Generalissimus Stalin hat aufgerufen, daß die Opfer erst beginnen. Ein neuer Aufbruch Rußlands ist vollzogen ... kleine Natascha, was gilt da das persönliche Schicksal eines Mädchens aus Krassnoje Mowona! Nur seine Stimme ist wichtig ... sie ist eingeplant, eine Nummer hat sie im großen Plan des Kreml. Vielleicht Nr. 1682, Tschugunowa, Natascha ... wird als Sängerin zum Kulturaustausch eingesetzt. Mehr steht da nicht ... aber es ist eine Nummer, die du dein ganzes Leben lang behalten wirst –«

»Ich werde Sedow heiraten!« sagte Natascha hart. »Jetzt gerade, Waleri Iwanowitsch.«

»Man kann's nicht ändern.« Tumanow hob die Schultern. Hilflos sah er jetzt aus, ein alter Mann, der kaum weiß, ob er die Bürde noch weiter tragen kann. »Aber es wird eine merkwürdige Ehe sein ... wie gesagt ...«

»Nicht, wenn ich ein Kind habe«, sagte Natascha fast mit Triumph.

Tumanow schwieg. Man kann's ihr nicht sagen, dachte er. Nie begreifen würde sie es. Man fange einen Wolf und gebe ihm einen großen, schönen Käfig ... immer wird er am Gitter hocken und nach der Freiheit heulen. Und auch das beste Stückchen Fleisch ändert es nicht –

Luka kam aus dem Garten. In seinen Riesentatzen trug er vorsichtig einen Blumenstrauß. Zwischen Daumen und Zeigefinger hatte er ihn geklemmt. »Die ersten Blumen, Täubchen!« sagte er und streckte den Arm nach Natascha aus. Dann sah er, wie wütend ihr Blick war, wie zerzaust ihre Haare und wie verkniffen ihr Mund. Luka ließ die Blumen einfach fallen.

»Soll ich den Alten in den Garten werfen?« fragte er. Tumanow trat schnell drei Schritte zurück.

Natascha warf den Kopf in den Nacken. »Ich heirate, Luka.«

»Diesen Sedow, Täubchen?«

»Bist du dagegen?!«

Luka wiegte den Kopf. »Gegen Fedja ist er ein Wicht... aber immerhin ist er ein guter Mensch. Es wird richtig sein, was du tust, Täubchen... es ist immer richtig für mich.«

»Gut denn«, sagte Natascha und blickte Tumanow fordernd an. »Schreiben Sie nach Moskau: Ich bestehe darauf, Luka Nikolajewitsch Sedow zu heiraten!«

Tumanow nickte stumm. Die Erschütterung vor dem, was kommen mußte, verschlug ihm die Stimme.

Und so nahmen die Dinge nun ihren Lauf. Sie hatte es herausgefordert, das Täubchen Natascha...

Es ging alles sehr schnell. So träge es sonst zugeht bei den Behörden... manchmal arbeiten sie wie der Sturmwind, der eine ganze Ernte zerstört.

Luka Sedow bekam Urlaub aus Tomskaja und reiste nach Khuzhir. Man hatte ihm gesagt: »Fahren Sie sofort, heiraten Sie und kommen Sie in acht Tagen zurück. Aber packen Sie schon Ihre Koffer. Es wird gleich weitergehen nach Jessey.«

Es war das erstemal, daß Sedow den Namen Jessey hörte. Auf einer Karte suchte er es und fand es mitten in Sibirien, in Krasnojarsk, an einem See, versunken in völliger Einsamkeit, auf Hunderte von Werst keine Lebewesen, außer Wölfen, Füchsen, Vögeln und vielleicht Bären.

»Dort bauen wir eine große Versuchsanstalt, Genosse«, sagte man ihm, als er sich beschwerte. »Eine große Ehre ist's. Atome werden dort gespalten. Sie werden unser Land zum stärksten der Welt machen... und Sie werden großen Anteil daran haben. Ein Pionier des Fortschritts werden Sie sein.«

Schöne Reden waren es, aber Sedow war nicht dumm und verstand, was hinter ihnen lauerte. Klug genug war er auch, nicht dagegen aufzumucken. Er liebte Natascha wie sein Augenlicht, und ihr Bild war in Kolpaschewo das einzige, was er ansah, außer der Prawda und der Woprossy Ekonomiki, der Zeitung der Akademie der Wissenschaften in der UdSSR. Er verzehrte sich nach ihr in den langen Nächten, doch nun, wo es ans Heiraten ging, erkannte er, wie sinnlos das alles war ... die Liebe, die Hochzeit, das vielleicht monatelange Warten auf ein kurzes Zusammensein.

Aber er fuhr doch nach Khuzhir. Wir werden uns in diesem Warten aufeinander verzehren, dachte er. Aber wir werden zeigen, wie stark eine Liebe sein kann. Stärker als der Wille eines Staates! Jung sind wir noch, und es stimmt, daß die Jahre nicht wiederkehren, die man verlebt hat ... aber was sind Monate oder Jahre in Rußland? Dankbar ist man ja schon, wenn es im Leben nur ein einziges glückliches Jahr gibt.

Die Hochzeit war ebenso schnell, wie alles, was nun geschah. Man heiratete in Irkutsk vor dem Distriktkommissar, und Tumanow und Luka waren die Trauzeugen. Die Hochzeitsnacht verbrachten Sedow und Natascha in einem kleinen Zimmer des Hotels ›Sowkaja‹, und sie tranken zwei Flaschen Krimsekt, aßen Kaviar, Weißbrot und milden Schafskäse, eine Gemüsesuppe und gedünsteten Fisch aus dem Baikalsee.

Dann standen sie lange am Fenster und blickten über die Stadt und das Wasser, hielten sich an den Händen wie verirrte Kinder und dachten, wie schön es wäre, immer so beisammen zu sein.

»Ich werde im Herbst in Moskau singen«, sagte Natascha.

Sedow nickte. »Vielleicht werde ich es im Radio hören.«

»Ich werde dafür sorgen, daß du in Moskau bist, Liebling.«

Sedow schwieg. Manchmal ist sie wirklich noch wie

ein Kind, dachte er glücklich. Unglaublich, daß sie einmal die Partisanen führte. Wäre es nicht wahr, niemand könnte es glauben.

Natascha zog die Gardine vor das Fenster. Finster war es im Raum und still.

»Komm«, sagte sie leise und legte die Arme um seinen Nacken. »Ich liebe dich, Luka Nikolajewitsch. Ich möchte ein Kind von dir haben –«

Wie sinnlos, dachte Sedow. Wir zerfleischen uns selbst. Aber er küßte sie, und er spürte ihre Hingabe und öffnete sein schmerzendes Herz und taumelte vor Glück und Seligkeit, von der er wußte, daß sie wie eine goldene Wolke ist, die verblaßt, wenn die Sonne sinkt.

Später lagen sie nebeneinander, und Nataschas Kopf ruhte auf seinem Leib. Ihr langes, schwarzes Haar bedeckte seinen Körper.

»Ein Kind wird sie zwingen, uns zusammenzulassen«, sagte sie mit winziger Stimme.

Sedow schwieg und starrte gegen das helle Rechteck des verhängten Fensters.

Zwingen, dachte er. Was sind wir denn? In Rußland war ein Mensch stets soviel wert wie eine Wanze ...

Eine Woche später reiste Luka Nikolajewitsch Sedow wieder ab. Natascha begleitete ihn bis Irkutsk, wo er umstieg in den Rückzug des Transsibirienexpreß, der von Wladiwostok zurückratterte bis Moskau. Es war ein kurzer Abschied, ohne viele Worte. In den Armen lagen sie sich stumm, bis der Bahnbeamte sie auf die Schulter klopfte und sagte: »Wir können uns wegen euch keine Verspätung leisten, Genossen! Steigt ein!«

Nicht einmal winken tat Sedow. Als der Zug anfuhr, hockte er in seinem Abteil und hatte das Gesicht in den Händen vergraben. Ob er weinte, wußten die Mitreisenden nicht. Sie packten ihre Reisekörbe aus und begannen zu essen. Was ist eine russische Bahnfahrt ohne den Proviantkorb? Ein Mädchen ohne Busen, Genossen, um es ganz kraß zu sagen.

Erst nach einer halben Stunde sahen die Mitreisenden das Gesicht Sedows. Er hatte gerötete Augen ... aber das konnte auch die Schlaflosigkeit sein, die hinter ihm lag. Wer schläft auch, wenn er ein solches Frauchen hat, dachten die anderen und grinsten anerkennend. Beim heiligen Iwan – unsere Mädchen sind schön ...

Tumanow erwartete Natascha am Nachmittag im Übungszimmer am Flügel. Die letzten Noten der Jaroslawna-Partie standen auf dem Programm. Ab morgen sollte Natascha die ganze Rolle im Zusammenhang durchsingen, begleitet vom Orchester aus Irkutsk. Die Kongreßhalle der Partei hatte man für diese Proben zur Verfügung gestellt.

»Ich werde ein Kind bekommen, Waleri Iwanowitsch«, sagte Natascha, ehe sie die Noten vom Flügel aufnahm. »Sie können es nach Moskau berichten.«

»Vierter Akt, erste Szene«, sagte Tumanow ohne Bewegung. »Jaroslawnas Klage ...« Und dann, etwas leiser ... »Ich nehme an, daß du gerade diese Arie besonders gut singen kannst ...«

Natascha hob den Kopf. Als blicke sie noch immer dem Zug nach, so sah es aus. Als sehe sie noch immer den Rauch, der im blauen Himmel zerfiel, und das lange, breite Schienenband, das in die Unendlichkeit zu führen schien und das noch zitterte unter dem Zug, der Glück und Hoffnung von ihr wegtrug.

»Ach weine, ach armes, armes Herz.
Mein Gemahl! Ach, mein Klagen fand nie zu dir,
der so ferne weilt!
Wie ein Vöglein möcht ich fliegen,
weit zu dir ins ferne Land ...«

Tumanows Finger glitten über die Tasten und zitterten dabei, als Natascha sang. Sie ist es, dachte er ergriffen. Sie ist die große Natascha Tschugunowa geworden. Hier wird sie geboren ... jetzt, in dieser Stunde ... Mit Leid dünge man den Boden der Kunst, um die Blume des Glücks zu ernten ...

»Wie verwüstet ist das Land! Öd und leer das Feld!
Dörfer verbrannt vom Feind!
Ach, zerstört ist alles, was uns teuer war.
Kein Lied erklingt, und rings um uns herrscht tiefe Stille,
Stille –«

Tumanow ließ die Hände auf den Tasten liegen, als Nataschas Stimme verklang. In seinen alten, gütigen Augen glänzten Tränen.

»Wir fahren nach Moskau«, sagte er stockend. »Nächste Woche fahren wir nach Moskau. Ein neuer Mensch ist entstanden – man muß es hören ...«

Dann sprang er auf, umarmte Natascha und küßte sie wie ein segnender Vater.

Fünf Tage später fuhren sie nach Moskau mit der Transsibirischen Bahn. Natascha, Waleri Tumanow und Luka.

»Wie lange fahren wir?« hatte Luka vorsichtshalber gefragt, bevor sie packten.

»Wenn es keine Aufenthalte gibt ... vier Tage.«

Das deuchte Luka eine lange Zeit. Mit einem Sack voll Essen erschien er auf dem Bahnhof. Und mit einem bunten, mongolischen Pferdekopfschmuck, geflochten aus gefärbtem Hanf und farbigen Bändern.

»Was soll denn das?« fragte Tumanow und schaute verständnislos drein.

»Für mein Pferdchen ist's, Väterchen«, antwortete Luka glücklich. »Ich werd' in Moskau sein und mein Pferdchen nicht besuchen?! Freuen wird es sich, das liebe Viehchen, wenn's mich sieht ... und dreißig Rubel habe ich gespart, um ihm einen Sack voll Rüben zu kaufen ...«

So fuhren sie ab von Irkutsk, nach Moskau, hinaus in die große Welt. Daß es jeder im Zuge wußte, dafür sorgte Luka. Er stampfte von Wagen zu Wagen und von Abteil zu Abteil und brüllte glücklich in die verstörten Gesichter der Reisenden:

»Nach Moskau geht's, Genossen! Nach Moskau! Und Rußlands größte Sängerin fährt mit! Natascha, ihr Idioten! Und mein Pferdchen sehe ich wieder! Juchhe!«

Es war durchaus keine langweilige Reise.

Vier Tage Bahnfahrt, eingesperrt in ein enges Abteil mit harten Sitzen, umgeben von den Ausdünstungen Hunderter von Menschen und den Streitigkeiten, die vier Tage enges Zusammenleben erzeugen, sind kein rechtes Vergnügen, Genossen. Luka war es, als säße er in einem Käfig, und man fahre ihn durch die Gegend wie früher die sibirischen Tiger, die mutige Dompteure im Zirkus zeigten.

»Ein bißchen Abwechslung braucht der Mensch«, sagte er philosophisch und machte sich auf den Weg, dies im Zug zu suchen. Mit Ausdauer drang er vor bis zur Lokomotive. Er wartete im vorderen Wagen, bis der Zug auf einer einsamen Station anhielt, um frisches Wasser aufzutanken. In diesen Minuten erkletterte er ächzend den Führerstand der Lok und begrüßte den Lokomotivführer und den Heizer Stepanij mit einem wohlwollenden Schlag auf die Schulter, der sie in die Knie brechen ließ wie zum inbrünstigen Gebet.

»Brüderchen!« sagte Luka und lehnte sich an die Räder und Hebel, hinter denen es fauchte und glühte und rumorte. »Wunderbar muß es sein, so ein großes Ding durch das Land zu fahren und zu wissen: Vorgestern in Irkutsk, heute in Krasnojarsk, übermorgen in Moskau ...

Wie klein die Welt wird, wenn man hier steht, was, Genossen?!«

Der Lokomotivführer und der Heizer erhoben sich von den Knien. Sie sahen sich schnell an und waren sich einig. Es ist kein übriggebliebener Urmensch, dachten sie, er spricht ein neues Russisch.

»Der Aufenthalt auf der Lokomotive ist nur dem Bahnpersonal gestattet!« sagte der Lokomotivführer streng.

Luka nickte beifällig. »Das hast du gut gelernt und gut vorgetragen, Genosse. Bist du im Sprechen ausgebildet? Etwa auf der Parteischule in Astrachan? Eine wunderbare Stadt, nicht wahr, Brüderchen ... ich habe dort gelebt, als junger Komsomolze. Aber dann haben sie mich weggeschickt. Traurig war's fürwahr ... ein Schädelchen habe ich eingedrückt, ganz ohne Absicht, das Köpfchen eines Lokomotivführers, der zu mir sagte: Der Aufenthalt auf der Lokomotive ist nur dem Bahnpersonal ...«

Stepanij, der Heizer, wurde blaß und lehnte sich aus dem Fenster, als müsse er sich übergeben.

»Wer wird's so wörtlich nehmen, Genosse?« stotterte er. »Wenn es euch hier gefällt, bitte ... macht es euch gemütlich. Nur Schmutz wird's geben, wenn ich die Kohlen einschaufle.«

Luka grunzte und ging ein wenig zur Seite. Eng war es in dem kleinen Führerstand, und als der Zug weiterfuhr und die Feuerungstür geöffnet wurde, wurde es heiß dazu.

»Ein schweres Leben habt ihr, Brüderchen«, stellte Luka fest. »Keiner von denen, die dahinten sicher und fett und zufrieden gefahren werden, ahnt es. Sie fressen und saufen und verschmutzen die Abteile, aber gibt einer von ihnen euch die Hand, wenn er am Ziel ist? Sagt er: Schönen Dank, Genossen, daß ihr mich und meine Mascha so sicher fortgebracht habt? Sagt das einer, he?!«

Der Lokomotivführer und der Heizer Stepanij hörten

sich das an und schwitzten. Es ist selten, mit einem Idioten zusammen auf einer Lokomotive zu fahren. Wie soll man sich benehmen? Nichts steht darin in der Dienstvorschrift.

Da sieht man wieder, wie unvollkommen amtliche Dokumente sind!

Sie fuhren eine Weile schweigsam durch die Steppe, bis es Luka wieder zu langweilig wurde. Er gab dem Heizer Stepanij einen Puff gegen die Brust und nahm ihm die eiserne Schaufel aus der Hand.

»Ruh dich aus, Genosse!« schrie Luka in das Zischen und Rattern der Lokomotive hinein. »Ich werde für dich Kohlen schaufeln.«

»In der Dienstvorschrift steht –«, sagte der Lokomotivführer. Aber Stepanij stieß ihn heftig in die Rippen.

»Halt's Maul, Kolka Grigorowitsch ... sieh doch, arbeiten will er, der Bär!«

Luka sah kritisch auf den Berg Kohlen vor sich und auf das aufgerissene Feuerloch der Lok. Dann begann er zu schaufeln, und es war, als räume ein haushoher Bagger die Kohlen in den Leib der Lokomotive. Nicht lange dauerte es, und die Kohlen quollen wieder heraus. Das erstaunte Luka ... er stieß die Schaufel in das Feuerloch und preßte die Kohlen hinein, so wie man sauren Kohl in ein Holzfaß stampft.

»Er zerdrückt mir die Lokomotive!« wimmerte der Lokführer und warf seine Mütze vor Entsetzen aus dem Fenster. »Er zersprengt mir den Kessel, der Unmensch! Halt ein! Halt ein, Genosse ... die Lokomotive platzt ...!«

»Ich war ein Schafskopf!« sprach Luka und warf die Schaufel in den Tender zurück. »Ein leichtes Leben habt ihr Schmarotzer! Ein bißchen Kohlen ins Feuerchen, und schon läuft das Bähnchen. Und dafür bekommt ihr einen so dicken Lohn?! Eine Schande ist's wahrhaftig!«

Von da an sah er aus dem Fenster, bis der Zug nach

vielen Stunden wieder hielt. Er ging zurück zum Abteil Nataschas und setzte sich brummend auf seinen Platz.

»Wo warst du?« fragte sie.

»Auch unser Sozialismus hat Fehler«, sagte Luka dumpf. »Ich hab's soeben gemerkt. Zwei Scheffel hat man, mit denen man abwiegt.«

Dann lehnte er sich zurück, drückte den Hinterkopf an die Wand und begann zu schlafen.

Tumanow sah sie beide an, die zarte, kleine Natascha und den Riesen Luka. Nur in Rußland ist so etwas möglich, dachte er. Rosen und Mammutbäume wachsen dort nebeneinander, und die Sonne bescheint sie beide gleich freundlich.

Ewiges Rußland, dachte er ergriffen. Wenn wir dich nicht so lieben würden, Mütterchen –

In Moskau kamen sie auf der Leninstation an, und Luka sah sich um, ob ein Gepäckträger zur Stelle war. Das war nicht der Fall, denn ein guter Proletarier trägt seinen Reisesack selbst.

»Wie kurzsichtig sie sind«, sagte Luka. »Auf der Straße liegt das Geld herum, und sie heben es nicht auf! Wenn ich mein Pferdchen hole, werde ich es wieder tun, das Gepäckfahren. Manches Rubelchen hängt daran! Und meine Konzession hab' ich noch!« Er klopfte auf seine Brust.

Waleri Tumanow sah sich um. Sie wurden erwartet, er wußte es. Anatoli Doroguschin, der Operndirektor von Moskau, hatte versprochen, seinen Dienstwagen zu schicken.

Luka holte die Koffer und den fast leeren Verpflegungssack aus dem Abteil. Unruhig war er, der Riese, und ungeduldig wie ein überwintertes Pferd, das plötzlich den Frühling riecht.

Ein Mann in einer blauen Mütze drängte sich durch

die Reisenden, die zum Ausgang strömten. Er winkte mit beiden Armen und schwenkte dann seine Mütze, als er Tumanow bemerkte.

»Da ist er«, sagte Tumanow. »Wo werden wir wohnen?« fragte er den Fahrer, der zwei Koffer in die Hände nahm, nachdem er Natascha und den Professor begrüßt hatte.

»Im Hotel ›Moskwa‹, Genossen.« Er schielte zu Luka und hob die Schultern. »Aber nur zwei Zimmer sind bestellt.«

»Wozu brauch ich mehr als eins, Brüderchen?« sagte Luka. »Oder ist es neu in Moskau, daß jedes Körperteil auch sein Zimmerchen hat?«

Tumanow schwieg. Er hatte sich vorgenommen, die wenigen Tage bei Doroguschin zu übernachten. Unmöglich war's ja, Luka zu erklären, daß man an ihn nicht gedacht hatte. Es war möglich, daß er die Einrichtung des Hotels demolierte, und ein Skandal war nicht angebracht. Eine internationale Kommission tagte in Moskau, und vier Präsidenten wohnten im ›Moskwa‹.

»Ihn bekomme ich aber nicht in meinen Wagen!« sagte der Fahrer und zeigte auf Luka. »Er macht mir die Sitze und das Dach kaputt! Und es ist ein Staatswagen, Genossen! Ich bin verantwortlich dafür!«

»Keine Sorgen um mich!« sagte Luka. Er warf seinen Eßsack über den Rücken und zwinkerte Natascha zu. »Von Saratow nach Khuzhir war's weiter, als von hier bis zum Hotel. Man wird den Weg schon finden. Sieg und Frieden, Genossen!«

Er humpelte über den Bahnsteig und entschwand durch einen Quergang den Blicken.

»Fahren wir schnell!« sagte Tumanow ahnungsvoll. »Wir müssen vor ihm im Hotel sein! Ein wenig Vorbereitung wäre nützlich. Schließlich ist's ein gutes Hotel ... das beste in Moskau.«

Sie kamen eine Minute früher als Luka an. Ein großes

Glück war das, denn schon beim Ausladen der Koffer vernahm man aus Richtung der Moskworetsky-Brücke einen unschönen Lärm, der sich anhörte wie das Brüllen gereizter Löwen. Die Leute blieben stehen und rissen die Augen auf, und auch der Direktor des Hotels, der Tumanow am Wagen begrüßte und Natascha neugierig betrachtete, denn ein Mädchen, das solche Protektion erhält, muß etwas ganz Besonderes sein, eben dieser Direktor öffnete den Mund weit wie zu einem Schrei.

Luka wurde herangefahren. Ein altes Auto war's, klapprig und schnaufend, mit wippenden Kotflügeln und einer zerbrochenen Frontscheibe, und Luka stand draußen auf dem Trittbrett und hatte eine Hand auf den Kopf des bleichen, bebenden Fahrers gelegt.

»Gleich sind wir da, mein Herzchen!« schrie Luka. »Hab' ich nicht gesagt, daß dein Wagen mich tragen kann? Nicht glauben wollte er es, der ungläubige Floh! He, Genossen, was stiert ihr so?! Bewundert den Fahrer, Brüder ... ein Künstler ist er, wirklich! Des Lobes ist er wert ...!«

»Was ist das?« fragte der Direktor des Hotels. »Man sollte die Polizei rufen –«

»Das ist der Mieter des zweiten Zimmers, Genosse«, erklärte Tumanow und bemerkte, wie der Direktor gelb wurde im Gesicht. »Er heißt Luka, und ohne Luka gibt es keine Natascha Tschugunowa! Das ist nun einmal so. Der Wunsch des Genossen Berija ist es, daß auch Luka wie alle anderen Gäste behandelt wird –«

»Mein Hotel ist kein Urwald!« schrie der Direktor. »Er verjagt mir die Kommission! Sicherlich spuckt er in die Zimmer und schlägt sein Wasser in der Zimmerecke ab!«

»Schon möglich.« Tumanow betrachtete Luka, wie er dem Fahrer des Wagens aus dem Eßsack einen Kohlkopf in den Schoß warf und dem verstörten Mann ins Gesicht schrie: »Wie ein Natschalnik sollst du leben! Es ist bester Irkutsker Kohl!«

»Schon möglich«, wiederholte Tumanow. »Trotzdem ist es der Wille des Genossen Berija –«

Ein Wille aus dem Kreml ist auch einem Hoteldirektor heilig. Mit den Händen auf dem Rücken starrte er Luka an, der winkend über die Straße stampfte und Natascha an sich drückte, als habe man ihn monatelang von ihr getrennt.

»Benimm dich, Luka!« sagte Natascha leise. »In Moskau bist du wieder! So wie du benimmt sich kein guter Sowjetbürger. Soll ich mich schämen vor dir ...?«

»Nataschka!« sagte Luka kläglich. Die Hand legte er aufs Herz, und er war zerknirscht wie ein zersprungenes Ei. »War ich zu laut? Die Freude war's nur, wieder hier zu sein. Und mein Pferdchen werd' ich wiedersehen ... da läuft einem der Mund über ...«

»Komm jetzt mit!« Natascha wandte sich ab. Luka senkte den Kopf. Unter seinen buschigen Augenbrauen verschwanden fast die Augen. Eine richtige vornehme Dame ist's geworden, dachte er. Der Teufel hol's ... bewegen tut sie sich, als käme sie aus einem Schloß, und wie sie ihren Hintern schaukelt, Gott verdamm's! In den Sümpfen war sie mir lieber.

Er stampfte ihr nach, gesenkten Hauptes, wie ein getretener Hund. Die Koffer schleppte er nach, und er ärgerte sich, daß in der großen Halle die Gespräche verstummten und alle zu ihm hinstarrten, als wäre ein Ausstellungsstück des erdgeschichtlichen Museums lebendig geworden.

»Hallo!« sagte ein Amerikaner laut in die Stille hinein. »That is Russian ...«

»Was sagt er?« brüllte Luka und blieb stehen.

»Dort hinauf ... die Treppe, bitte, Genosse ...«, sagte der Direktor bleich. »Ein amerikanischer Freund ist's, weiter nichts ...«

Eine Stunde später betrachtete sich Luka ernst und kritisch im Spiegel. Er war rasiert worden, die Haare hatte man ihm geschnitten, einen Anzug, in Irkutsk angefertigt, hatte man aufgebügelt, und sogar ein Hemd mit Kragen trug Luka und eine Krawatte vor dem Hals, die ihm Natascha gebunden hatte.

»Ist es nicht besser so, na, du Bär?« fragte sie und lächelte hinter seinem Rücken in den Spiegel. »Selbst aus dir ist ein Mensch zu machen. Gefällst du dir nicht in einer ordentlichen Kleidung?«

»Schon, schon, Täubchen.« Luka strich über sein glattes Kinn, über die kurzen Haare, über die gestutzten Augenbrauen. »Fast möchte man sagen: Ich bin ein schöner Mann, was?«

Nataschas Lachen regte ihn an, auch zu lachen. Er lachte so, daß der Spiegel klirrte und der Kragenknopf absprang. Sofort war Luka ernst und starrte in den Spiegel.

»Man darf nicht lachen, wenn man vornehm ist, ist's so?« fragte er. »Was darf man sonst nicht, Täubchen?« Er zerrte den Schlips höher und bedeckte das unnütze Knopfloch im Kragen. »Wir werden jetzt ganz vornehm werden, was, mein Engelchen? Glaub nicht, daß Luka das nicht kann!«

»Du darfst nicht in der Nase bohren und auch nicht in die Hand schneuzen. Dafür gibt es ein Taschentuch! Und wenn man an einen Tisch kommt, wo einer sitzt, fragt man erst: Sind die anderen Plätze frei . . .?«

»Das sieht man doch!«

»Aber man fragt –«

»Eine unnütze Arbeit ist's doch.«

»Aber es ist höflich.«

»Man muß sich's merken.« Luka kratzte sich den Kopf. Natascha hielt seinen Arm fest.

»Auch das tut man nicht.«

»Aber wenn es juckt, mein Täubchen?«

»Man zeigt es nicht.«

»Juckt's einem vornehmen Mann nie?«

»Er überwindet es.«

»Mit Kratzen?«

»Nein. Mit Selbstbeherrschung!«

Luka verstand es nicht im vollen Sinne. Er wußte eines nur: Nicht kratzen, nicht schneuzen, einen Platz nicht belegen, indem man den anderen einfach vom Stuhl hob und in die Ecke warf ... Immer fragen, höflich sein ... Ein schweres Leben stand bevor, er merkte es schon nach den ersten Lehrminuten.

»Was ist, wenn einer mich beleidigt?« fragte er.

»Du überhörst es einfach. Vor allem sprichst du wenig, verstanden? Nur wenn man dich fragt.«

Luka seufzte und wollte sich kratzen. Aber auf halbem Weg zum Kopf ließ er den Arm sinken.

»Nein«, murmelte er. »Nein! Jetzt wird das Jucken auch noch klassifiziert –«

In der Oper saßen Doroguschin und Tumanow allein im riesigen, dunklen Zuschauerraum. Das Orchester stimmte die Instrumente. Auch wenn die tausend Plätze leer waren, lag eine Spannung über allen wie vor einem Festabend im Beisein Stalins. Zum erstenmal war's, daß ein Orchester eine Oper spielte, vor leeren Plätzen und nur für eine einzige Sängerin, deren Namen niemand kannte und die aus der sibirischen Weite gekommen war. Ein zartes, schwarzhaariges Persönchen, eine Handvoll Menschlein nur, mit der man Mitleid haben konnte bei dem Gedanken, daß sie gleich allein auf der riesigen Bühne stehen mußte.

In der Garderobe hockte Luka neben dem Schminktisch. Zum erstenmal sah er die Verwandlung eines Menschen in die Gestalt einer anderen Person. Die Chefmaskenbildnerin klebte künstliche Haare an, unter einer Perücke verschwanden die Locken Nataschas. Die Augenlider wurden blau, die Augen schwarz umrandet, der Mund blutrot, über die Nase, von der Wurzel bis zur Spitze, zog sich ein heller, fleischfarbener Strich ...

Natascha sah Luka durch den Spiegel an. Er hockte auf seinem Stuhl, mit mißmutigem Gesicht, und beobachtete das Schminken.

»Na, wie ist's, Luka?« fragte Natascha. Luka wiegte den dicken Kopf.

»Mir gefällt's nicht, Täubchen. Kaum erkennt man dich wieder.«

»Ich bin jetzt nicht mehr Natascha, sondern Jaroslawna. Ich bin der Mensch, den ich singe und darstelle ...«

»Wer kann das begreifen?« brummte Luka und stand auf. »Ich bin immer Luka –«

»Du dürftest auch nie etwas anderes sein, du lieber Idiot!« sagte Natascha. Sie sah wieder in den Spiegel. Die dicke Schminke verdeckte die Blässe, die über ihr lag. Angst hatte sie plötzlich, das, was man Lampenfieber nennt. Es war ihr, als könne sie keinen Ton mehr singen, als wachse ihre Kehle zu und verkrampfe sich ihr Mund. »Ich habe Angst, Luka«, sagte sie leise.

»Ich auch, Nataschka –«

»Du? Wovor?«

»Es ist schrecklich, vornehm zu werden ...«

Wie eine Befreiung war's, wie eine Sprengung, die goldene Berge freilegt. Natascha lachte wieder, sie bog sich in den Hüften, und dann ging sie zu Luka, umarmte ihn und küßte ihn auf den breiten Mund.

»Was wär ich ohne dich, du Bär?« lachte sie. »Wirklich ... nur anzusehen brauch ich dich, und plötzlich weiß ich, daß alles wird in unserem Leben ...«

Über der Tür rasselte eine Klingel, und ein rotes Lämpchen zuckte mehrmals auf.

»Sie müssen gehen, Natascha Tschugunowa«, sagte die Maskenbildnerin.

Luka seufzte wie ein Wasserbüffel. »Wenn sie dich wegschicken«, sagte er dumpf, »wenn sie dich nicht umarmen nach dem Singen, wenn sie ... bei Gott, die Knöchelchen zerbrech ich ihnen allen ...«

»Es wird nicht nötig sein, du Idiot!« sagte Natascha laut.

Dann lief sie hinaus, über den Gang zur eisernen Tür, die die Bühne von den Garderoben trennte.

Anatoli Doroguschin hatte sich zurückgelehnt. Die Erinnerung an die Stimme Nataschas, auch wenn sie so weit zurücklag, war wieder gegenwärtig. Damals hatte er gesagt: Aus diesem Mädchen kann ein Stern werden. Aber er hatte ›kann‹ gesagt. Zu oft waren Versprechungen verklungen, und Doroguschin hatte Sänger gekannt, die mittelmäßig wurden, wenn man ihrer Stimme die Zügel von Vernunft und Können anlegte, wenn die Technik des Singens die naturhafte Begabung in eine harte Ordnung zwang.

Der Vorhang rauschte auseinander. Fürst Galitzky sang seine große Arie, sein blutvoll, prall-fröhliches Lied vom Sinn des Lebens, wie er es sah:

»Ei – ja so ist's: Ich haß die Langeweile.
Verhüt es Gott, daß ich ein Leben führ wie Igor.
Mein Herz sehnt sich nach Lust,
nach echtem Fürstenleben
mit jungen Mädchen, Spiel und Wein –«

Doroguschin nickte wohlgefällig. »Wassja Oserki«, sagte er leise zu Tumanow. »Unser bester Baß! Vielleicht wird er einmal das Erbe Schaljapins antreten ... meine Entdeckung übrigens.«

»Gratuliere, Genosse. Eine Stimme wie eine Orgel, fürwahr. Aber Natascha ist ein Engel –«

Sie war es. Schon als sie stumm die Bühne betrat, spürte Doroguschin den Zauber, der ihn ergriff. Und plötzlich hatte er Angst um sie. Bei Gott, ich könnte weinen, wenn ihre Stimme nicht so ist, wie wir es erhoffen. Bestimmt, in Tränen breche ich aus ... und wiegen möchte man sie wie ein zartes Kindchen in seinen Armen ... Doroguschin zählte die Takte, bis ihr Einsatz kam ... dann hielt er den Atem an.

Wenn Unwirkliches wahr wird, sagt der Mensch, es sei ein Wunder geschehen. Doroguschins sowjetische Weltanschauung, die Wunder ablehnte, erhielt einen inneren Bruch, als er die Stimme Nataschas hörte. Wie kann ein Mensch nur so singen, dachte er immer und immer wieder. Unmöglich ist's ... unglaublich, wenn man's erzählt. Aber ich höre es ... bei Gott, ich sitze inmitten dieser Töne und bin selbst verzaubert in einen Ton, der schwerelos durch den Raum schwebt.

Waleri Tumanow saß mit geschlossenen Augen neben Doroguschin. Zwei Jahre lang hatte er die Stimme Nataschas gehört, sie war ihm vertraut wie seine eigene ... und doch erlag er immer wieder dem Phänomen, das aus der kleinen, zarten Kehle dieser Frau klang. Nicht zu fassen, wenn man an vergangene Zeiten dachte.

In der Seitenkulisse, neben dem Inspizienten, stand Luka. Er nickte mehrmals und legte dem Mann in dem weißen Mantel seine Tatze auf die Schulter.

»Ist's schön, Brüderchen?« forschte er.

»Halt's Maul!« Der Inspizient lehnte an seinem Pult und lauschte atemlos dem Gesang.

»Hast du schon einmal eine solche Stimme gehört, du ekliger Wurm?!« brummte Luka.

»Nein!« Der Inspizient winkte ab. Zufrieden stampfte Luka zurück zur Garderobe.

In der Pause zum zweiten Akt war Anatoli Doroguschin sehr still und in sich gekehrt. Er hatte Tumanow wortlos auf beide Backen geküßt, und das war mehr als alle Worte. Was sollte man auch sagen! Was war ein Lob noch wert? Einen Blick in Niegewesenes hatte man getan, und es war schwer, zurückzufinden in die eigene Welt.

Endlich fragte Doroguschin leise: »Sie hat also diesen Ingenieur Sedow geheiratet?«

»Ja.« Tumanow wiegte den Kopf. »So schön sie singt, so trotzig ist sie auch! Aber zusammen gehört's ... was wäre Natascha ohne ihre Wildheit?!«

»Und sie haben Hochzeit gefeiert ... so wie es sein soll ...?«

»Ja. Eine Woche haben sie zusammen gelebt. Sie glaubt, daß sie ein Kind bekommt.«

»Es wäre möglich, oder nicht, Genosse?«

»Natürlich wäre es möglich. Es wird sich herausstellen ...«

»Und dann?«

Tumanow hob wieder die Schultern. »Ich weiß nicht. Es ist nicht meine Schuld. Manchmal sind auch Befehle des Kreml ein wenig unverständlich, Genosse. Es wäre gut gewesen, Sedow mit ihr zusammenzulassen.«

Doroguschin wölbte die dicke Unterlippe vor. Wie ein singender Frosch sah er aus, der Dicke. »Natascha gehört nicht mehr einem Mann allein. Sie ist ein Volksvermögen geworden. Begreifen Sie das, Genosse Tumanow?! So wie die Fabriken dem Volke gehören, die Kolchosen, die Geschäfte, so gehört jetzt auch Natascha allen! Und das mit dem Kinde ... das kann man regeln. Ich werde mit dem Volkskommissar des Gesundheitswesens sprechen. Eine Kleinigkeit ist's ...«

»Was haben Sie vor, Genosse?!« rief Tumanow und sprang auf. Doroguschin ergriff ihn am Ärmel und zog ihn auf den Sitz zurück.

»Sie sind ein aufgeregter Mensch, Genosse. Man wird den herrlichsten Edelstein Rußlands doch nicht zertrümmern. Wo denken Sie hin –«

»Wenn Sedow etwas zustößt ... ich glaube nicht ...«

»Sedow!« Doroguschin winkte ab. »Wer kümmert sich um ihn?! Ein Läuschen ist er, der in fremden Pelzen herumkriecht. Halten Sie uns für blöd, Genosse? Warten wir ab, was geschieht –«

Eigentlich geschah nicht viel. Die Oper ging zu Ende,

Doroguschin rannte auf die Bühne und küßte Natascha wie ein wilder Reiter, der heimkehrt aus einem langen Krieg. Luka sah es befriedigt, und da er ab jetzt ein vornehmer Mann zu sein hatte, drückte er Doroguschin seinerseits nicht an seine Brust, sondern begnügte sich damit, ihn in die Rippen zu stoßen und zu sagen: »Bekommen wir ab jetzt eine Künstler-Sonderlebensmittelkarte, Genosse?!«

Doroguschin hielt sich die Seite und glaubte, er sei aufgerissen. Er nickte stumm und humpelte in das Direktionszimmer. Dort standen auf einem langen Tisch Gläser mit perlendem Krimsekt, Schalen mit Gebäck, Obstkuchen und Brotschnitten mit geräuchertem, schwarzem Speck. Doroguschin hatte es in der Pause zum dritten Akt arrangiert. Aber auch den Gesundheitskommissar hatte er angerufen, und nun stand der Genosse aus dem Kreml inmitten der Festgäste, und neben ihm zwei Ärzte, unauffällig, als seien sie abgeschminkte Sänger.

»Ein Hoch auf die Tschugunowa!« rief Doroguschin enthusiastisch. Er hob sein Glas, stieß es gegen den Kelch Nataschas und sah gleichzeitig hinüber zu Luka. Der Riese stand am Büfett und fraß die Speckbrote auf. Eine alte Weisheit ist wahr, dachte Doroguschin. Mit Speck fängt man Mäuse ... und wenn es ein solches Urwelttier ist wie Luka.

»Hoch! Hoch! Hoch!« riefen die Gäste. Luka brüllte mit und schwenkte eine Brotscheibe. Dann tranken sie, und Natascha war glücklich, stieß mit allen an und trank das Glas leer, und ein zweites, und ein drittes. Und dann sang sie ein altes Volkslied aus Kasan, das noch aus der Zeit der letzten Tataren stammte, bevor Zar Iwan der Vierte sie aus Kasan vertrieb.

Mitten im Liedchen begann ihre Stimme zu schwanken. Tumanow wurde blaß, er lehnte sich an die aufgebaute Tafel, und während ihm der kalte Schweiß über die Augen lief, starrte er auf Natascha, die mit aufgerissenen Augen die Hände gegen ihren Leib drückte.

Luka stieß einen Aufbau von Kuchen um und warf zwei Männer, die ihm im Wege standen, einfach zur Seite, auf die Erde. Zur rechten Zeit kam er... noch ehe die anderen begriffen, was geschah, fing er Natascha auf, hob sie in seine Arme und drückte sie an seine Brust.

»Einen Doktor!« brüllte er. »Euch alle werf ich an die Wand wie junge Katzen, wenn nicht sofort ein Doktor kommt –«

Doroguschin sah hinüber zu dem Volkskommissar. Einer der unbekannten Ärzte trat vor und fühlte Natascha den Puls.

»Ein Krankenwagen steht unten... wir können sofort in die Klinik fahren –«

Niemand fiel es auf, daß keiner den Wagen gerufen hatte... er war einfach da, als sei es selbstverständlich, daß ein Krankenwagen vor einer Oper wartet. Auf den Armen trug Luka die ohnmächtige Natascha die Treppen hinab und legte sie vorsichtig auf die Bahre des Wagens. Dann kroch er daneben in den engen Raum, machte sich klein, hockte da wie ein bananenschälender Affe auf dem Boden und hielt Nataschas Hand, als sei es möglich, mit diesem Griff auch ihr Leben festzuhalten.

In der Klinik aber nahm man ihm Natascha weg. Sie wurde weggerollt in einen Gang mit undurchsichtigen, gläsernen Türen, und Luka wußte, daß dahinter die Operationsräume lagen. Er kannte es von seinem Bein her, und er hockte sich auf einen Schemel vor die große Glastür, faltete die Hände und betete mit monotoner Stimme.

Doroguschin und Tumanow, der Volkskommissar und ein anderer Vertreter der Regierung erschienen etwas später. Auch sie warteten auf dem Gang, rauchten Zigaretten und unterhielten sich leise. Abgesondert stand Tumanow an der weißen Wand. Sein altes Gesicht war gelbfahl. Wenn Doroguschin sich an ihn wandte, drehte er sich um und blickte wortlos weg. Doroguschin hob die Schultern und ging zurück zu den anderen.

Nach einer halben Stunde rollten die Ärzte und zwei Schwestern das zugedeckte, fahrbare Bett wieder aus dem OP-Trakt heraus. Natascha lag bleich, in tiefer Narkose, unter den Decken. Luka sprang auf und hielt das Bett an.

»Was hat sie, ihr Mißgeburten?!« schrie er. »Was habt ihr mit ihr getan?!«

»Der Blinddarm war's«, sagte der Arzt, der hinter dem fahrbaren Bett ging und der sie anscheinend operiert hatte. »Nur der Blinddarm, Genosse Volkskommissar! In zehn Tagen wird sie wieder singen können. Nur einen kleinen Schnitt brauchten wir machen –«

Doroguschin, der Volkskommissar und der unbekannte Mann aus dem Kreml nickten und zwinkerten mit den Augen. Luka streichelte über Nataschas schweißiges Gesicht.

»Nur der Blinddarm«, sagte er mit einer Zärtlichkeit, die niemand in diesem Berg aus Fleisch und Knochen vermutet hätte. »Ein dummer Blinddarm ...« Er blickte hoch und sah sich um. »Bei ihr bleibe ich, bis sie herauskommt! In ihrem Zimmer schlafe ich!«

»Natürlich, natürlich.« Der Volkskommissar nickte zu den Ärzten. »Die Genossin Natascha Tschugunowa hat ab heute jeden Wunsch frei. Genosse Stalin möchte jeden Mittag einen Bericht über sie ...«

Neben dem Bett hertappend zog die kleine Karawane mit Luka zum Zimmer Nataschas. Doroguschin blickte ihnen nach, ehe er sich wieder an Tumanow wandte.

»Sie sehen, Genosse – es war eine Kleinigkeit!« sagte er zufrieden. »In zehn Tagen kann sie wieder singen, nur ein kleiner Kratzer am Bauch ist's ... kaum sehen wird man ihn ...«

»Der Blinddarm –«, sagte Tumanow leise. Seine Stimme schwankte. »Was seid ihr nur für Menschen –«

Doroguschin kniff die Lippen zusammen. »Die Sängerin Tschugunowa wird nie mehr ein Kind bekommen ... ab heute ist sie vollkommenes Volkseigentum –«

Tumanow schwieg. Er spuckte nur vor Doroguschin aus und verließ schnell die Klinik.

Fünf Tage blieb Luka wie ein Hund am Bett Nataschas sitzen. Er kostete die Speisen, die sie bekam, und war der Tee zu kalt oder der Pudding nicht süß genug, warf er sie dem Krankenpfleger an den Kopf oder drohte der Schwester, sie zu vergewaltigen.

Jeden Tag kamen auch Tumanow und Doroguschin zu Besuch, um sich nach dem Befinden zu erkundigen. Sie kamen nie zusammen, sondern immer getrennt, und sie vermieden es, sich zu begegnen.

»So eine dumme Blinddarmreizung kommt plötzlich wie ein Blitzschlag«, sagte Doroguschin und brachte als Geschenk frisches Obst mit und eine Flasche leichten Rotwein. »Da muß man zugreifen und ihn rausschneiden, ehe er vereitert und wer weiß was Schlimmes daraus entsteht. Haben Sie noch Beschwerden, Genossin Tschugunowa?«

Natascha schüttelte den Kopf. »Keine, Genosse Doroguschin. Nur ein taubes Gefühl im Leib.«

»Das gibt sich! Das ist vorübergehend! In wenigen Tagen werden Sie entlassen werden ... dann fahren Sie vier Wochen nach Sotschi an das Schwarze Meer zur Erholung. Und wenn Sie zurückkommen, werden Sie an der Moskauer Oper singen!«

Waleri Tumanow war stiller als Doroguschin. Er saß oft eine Stunde stumm am Bett und hielt Nataschas Hand, streichelte sie und sah sie wie ein Vater an, dem das Leid das Herz zerreißt. Bei einem späteren Besuch brachte er die Partitur der Oper ›Rigoletto‹ von Verdi mit. Natascha sollte bei der Festaufführung der Moskauer Oper die Gilda singen.

»Vielleicht ist's die letzte Rolle, die wir zusammen studieren«, sagte Tumanow ahnungsvoll. Die Feindschaft mit Doroguschin war gefährlich, er wußte es.

»Sie wollen wieder weg, Waleri Iwanowitsch?« Natascha richtete sich auf. Tumanow wich ihrem Blick aus.

»Man hat Pflichten, Täubchen ... Du bist nun eine große Sängerin ... was braucht man da noch den Waleri Tumanow. Andere junge Talente warten auf mich ... vielleicht geht es wieder nach Saratow oder Khuzhir, wer weiß es?!«

Gelogen war's. Tumanow wußte, daß es anders kommen würde. Nur wann, das ahnte er nicht.

»Ich werde Ihnen immer schreiben, Tumanow«, sagte Natascha. Sie ergriff seine Hände und drückte sie an ihre Lippen. »Ich möchte Väterchen zu Ihnen sagen –«

Es war der kurze Augenblick, in dem Tumanow sein Vaterland haßte.

Am sechsten Tag konnte es Luka mit sich vereinbaren, Natascha einige Stunden allein zu lassen. Er rasierte sich, band sich einen neuen Schlips um, zählte sein Geld und kämmte sich mehrmals die störrischen Haare.

»Wo willst du hin?« fragte Natascha.

Lukas Gesicht glänzte, als habe er Fett auf die Haut gestrichen.

»Zur Sowchose, mein Täubchen!« rief er. »Mein Pferdchen hole ich ab! Und einen Sack voll Rüben kaufe ich ihm.« Er klimperte mit den Rubelchen und steckte sie dann in die Tasche. »Gespart habe ich. Ich werde ihm einen Stall besorgen. Und wenn du später singst, werde ich wieder Gepäck fahren. Das Geld liegt nur so herum! Und meine Konzession ist auch noch da! Ich werde den Genossen im Stadthaus besuchen und ihn davon unterrichten, daß ›Lukas Gepäcktransport‹ ab sofort wieder arbeiten wird ...«

Es war ein reiner Feiertag für Luka. Er kaufte einen

Sack voll Möhren und Zuckerrüben und bezahlte die dreifache Menge, denn auch Möhren und Rüben waren rationalisiert. Dann mietete er sich einen Wagen und ließ sich hinausfahren zur Sowchose ›Maxim Gorkij‹ nach Molokowo.

Der Natschalnik Washa Igorowitsch war noch immer Natschalnik von ›Maxim Gorkij‹. Dicker war er geworden, der Lümmel, aber auch mehr Sorgen hatte er. In den vergangenen zwei Jahren waren allerlei Solls befohlen worden, landwirtschaftliche Jahrespläne mußten erfüllt werden, und – der Teufel hol's – es mußte auch noch so viel übrigbleiben, um die eigenen, nicht sichtbaren Geschäfte zu finanzieren. Woraus man sieht, daß Washa Igorowitsch ein schweres Leben hatte und abends heimlich stöhnte und ab und zu in seinem eigenen Angstschweiß schwamm.

Das Erscheinen Lukas war wie ein Anklopfen des Jüngsten Gerichtes. Washa Igorowitsch trank gerade eine Tasse mit dicker Milch, als die Tür fast aus den Angeln sprang und Luka mitsamt seinem Sack voll Möhren und Rüben in die gute Stube trat.

»Es lebe die Revolution!« schrie Luka und hieb mit der Faust auf den Tisch. »Genosse Washa Igorowitsch, da bin ich wieder! Ein Wiedersehen ist's, was? Gut siehst du aus, Brüderchen. Na ja, wen wundert's ... leckt erst die Schinken ab, ehe er sie weitergibt, haha!«

Washa Igorowitsch schob seine Tasse mit saurer Milch zur Seite und kraulte sich die rechte Kniescheibe.

»Was soll's, Genosse? Was wollt Ihr? Habt Ihr im Sack etwas zu verkaufen?«

Luka sah den Natschalnik entgeistert an. »Er erkennt mich nicht mehr, das feiste Wänzchen!« rief er. »Luka bin ich ... und zu meinem Pferdchen will ich! Du sollst sehen ... es wird mich gleich wiedererkennen –«

Washa Igorowitsch schnaufte durch die Nase. »Welches Pferdchen, Genosse Luka?« fragte er.

»Hat man so etwas schon gehört?! Vor zwei Jahren hab' ich dir ein Pferdchen zur Pflege gegeben! Wie kann ein Mensch so wenig Hirn haben! Komm mit ... ich zeig dir den Stall, wo's steht –«

»Ach so, das Pferdchen. Natürlich, wie kann man es vergessen, Genosse. Ganz klar erinnere ich mich. Das kleine, struppige Pferdchen –«

»Gehen wir zu ihm!« jubelte Luka und warf den Sack mit Möhren und Rüben über die Schulter.

»Es ist schwer zu finden«, sagte Washa Igorowitsch mit verzweifeltem Mut. »Es ist tot –«

Aus Lukas Fingern glitt der Sack. Wie eine ausgeblasene Kerze waren seine Augen. Es rauchte in ihnen.

»Was ist es?« fragte er leise.

»Tot –«

Luka beugte sich vor. Washa Igorowitsch juckten die Haarwurzeln. Mit beiden Händen, mit allen zehn Fingern kratzte er sich.

»Du mußt es wiederholen, Brüderchen –«, sagte Luka langsam. »Ich begreif es nicht. Was ist es?«

»Tot, Genosse! Umgefallen. Eines Morgens lag es auf der Weide, die Beinchen nach oben. Oh, oh, haben wir alle gesagt. Was hat's gehabt, das gute Tierchen?! Und so ohne Anzeichen ... fällt einfach um und ist tot. Tut man so etwas, Genosse? Sagt's ehrlich! Das ist gegen jede Erfahrung ...«

»Tot!« sagte Luka leise. Oje, dachte Washa Igorowitsch. Wie seine Augen groß werden, wie Handteller. Zeit ist's, aus der Nähe dieses Ungeheuers zu kommen.

Er erhob sich schnell, nahm einen Anlauf und rannte an Luka vorbei aus dem Zimmer.

»Tot!« brüllte Luka. »Mein kleines, süßes Pferdchen! Umgebracht habt ihr's! Nichts zu fressen hatte es! Ist ja nur ein struppiger, räudiger Gaul, habt ihr gedacht. Und wiederkommen wird der Luka auch nicht. Also gut – lassen wir's verrecken und stecken den Hafer in die eigene

Tasche. Ihr Schweinepest! Ihr Mißgeburten! Ihr Hurensöhne!«

Er trat den Sack mit Rüben und Möhren zur Seite, daß er gegen den Schreibtisch des Natschalniks prallte und ihn umstürzte. Dann riß er die Tür aus den Angeln, stürzte hinter Washa Igorowitsch her und rannte, so gut er es mit seinem lahmen Fuß konnte, der flüchtenden Gestalt nach.

»Ich zerreiße dich!« schrie er. »Mit dem Kopf zuerst stampf ich dich in die Erde! Bleib stehen, Genosse!«

Washa Igorowitsch rannte um sein Leben. Sein Darm zuckte, und er drückte beide Hände auf den Bauch. Ein paarmal blickte er sich um und sah den Riesen hinter sich hertaumeln, mit den großen Beinen dreimal soviel mit einem Schritt zurücklegend wie Washa mit zwei Sprüngen.

»Hilfe!« brüllte Washa grell und warf die Arme hoch. »Hilfe, Genossen! Rettet mich vor dem Ungeheuer! Umbringen will er mich! Umbringen! Einen guten Sowjet! Genossen, zu Hilfe!«

Aus den Ställen kamen einige Bauern, und eine Schar Frauen sammelte sich vor dem Tor des Gemüselagers an. Washa Igorowitsch winkte mit beiden Armen und wakkelte verzweifelt mit dem schweißbedeckten Kopf.

»Haltet ihn auf, Freunde!« brüllte er und rannte weiter. »Nur wegen eines Gaules will er mich töten!«

Die Bauern betrachteten den Riesen, der humpelnd und keuchend dem Natschalnik nachsetzte.

»Verlaßt mich nicht, Genossen!« schrie Washa und rannte weiter. »Er stampft mich in die Erde! Ihr könnt's beschwören, daß das Pferdchen ganz von selbst starb, daß ich es gepflegt habe wie meinen Augapfel! Genossen! Genossen! Haltet das Untier auf!«

Ein Fehler ist's, zu schreien, zu fliehen und gleichzeitig zu laufen. Washa Igorowitsch erkannte es zu spät. Er stolperte über eine Wagendeichsel, die im Wege lag, schoß waagerecht über die Erde, wälzte sich über den Kopf und saß im wirbelnden Staub, als Luka ihn erreichte und die Sonne vor Washas Augen sich verdunkelte.

»Brüderchen!« wimmerte Washa Igorowitsch. Dann schluckte er wie in einem Krampf, sein Darm entleerte sich, und das ist peinlich, bei jedem Menschen, Freunde, besonders aber bei einem, der auch noch ein Natschalnik ist.

»Oh!« heulte Washa Igorowitsch. »Greif mich nicht an, Brüderchen! Beschmutz dir nicht die Hände, Genosse! Ich schwöre es dir bei der Heiligen Mutter von Kasan: Dein Pferdchen machte sich aus dem Staub, ohne etwas zu sagen. Müde war's die ganze Zeit, den Kopf ließ es hängen ... Heimweh hatte es nur, Heimweh nach dem großen Luka, der es alleingelassen hat –«

Nach dieser langen Rede fiel Washa Igorowitsch rücklings auf die Erde, streckte sich wie ein geplatzter Frosch und fiel in Ohnmacht.

Luka stand mit gesenktem Kopf über dem Natschalnik. Die letzten Worte hatten sein Herz getroffen und es aufgerissen. Natürlich, dachte er, und es tat weh, so zu denken. Heimweh hatte es, das gute Pferdchen, Luka fehlte ihm, fremd war's auf dieser Welt unter unbekannten Menschen. Da hat es sich hingelegt und war gestorben. Das Herz war ihm gebrochen aus Leid.

Über Luka kam eine große Traurigkeit. Sein Gesicht verzerrte sich, und seine Augen schwammen in einem trüben See.

»Das Leben ist schwer, Genosse!« sagte er schluchzend zu dem ohnmächtigen Washa Igorowitsch. »Zwei Freunde hatte ich ... Natascha und mein Pferdchen. Nun ist's Natascha noch ...«

Traurig verließ Luka die Sowchose ›Maxim Gorkij‹. Er saß den ganzen Tag über auf seinem Zimmer und starrte gegen die Wand. Wie zerbrochen war er, der Riese, wie ausgehöhlt und nur noch eine dicke Hülle ohne Inhalt.

Mein Pferdchen habe ich getötet, dachte er. Heimweh hat es gehabt, Heimweh nach Luka. Wer hätte das gedacht von einem struppigen, häßlichen Gäulchen?!

Erst am Abend ging er zu Natascha in das Krankenhaus und setzte sich still und versonnen auf den Stuhl neben ihr Bett. Natascha sah ihn verwundert an.

»Wie war's, du Bär?« fragte sie.

»Das Pferdchen ist tot!« sagte Luka dumpf.

»Ich habe es geahnt.« Natascha setzte sich im Bett auf und zog Lukas Kopf an den Barthaaren zu sich heran. Sie sah, daß er geweint hatte. Ganz rot waren die Augen des Riesen. »Es war ein altes, klappriges Tierchen«, sagte sie tröstend. »Einmal sind auch wir alt und müde und legen uns hin und wünschen: Schön wär's, nicht wieder aufzuwachen. Man kann sie nicht ertragen ... die Menschen, die Tiere, die ganze Welt ...« Sie ließ Lukas Kopf los und warf sich zurück in das Kissen. »Mir ist's sogar schon so ergangen ...«

»Aber du hast doch mich, Nataschka«, sagte Luka und putzte sich mit dem Handrücken die Augen. »Ich bin doch da. Wen aber hatte das Pferdchen ...«

»Das stimmt«, sagte Natascha. »Das ist eine andere Lage.«

Und wieder verstanden sie sich völlig, ohne weiterzusprechen. Warum eigentlich – so frage ich – nannte man Luka einen Idioten ...?

Drei Wochen waren sie in Sotschi am Schwarzen Meer, sonnten sich im weißen Sand des Strandes, schwammen hinaus in das Meer wie ein Walfisch, begleitet von einem Silberfischchen, und stellten sich vor der Kinokasse an, um die neuen amerikanischen Filme anzusehen, denn noch gab es Freundschaft mit dem Westen, auch wenn es hieß, er sei dekadent und verfaule von innen wie eine krebsige Kartoffel. Jeden zweiten Tag schrieb Natascha einen Brief an Luka Nikolajewitsch Sedow, aber eine Antwort erhielt sie nie. Sie machten auch einen weiten Umweg, die Briefchen. Nicht direkt nach Sibirien wurden sie befördert, sondern zurück nach Moskau. Dort saß ein dicker Mensch hinter einem Schreibtisch, schlitzte das Kuvert säuberlich auf und las das, was Natascha ihrem Ehemann zu berichten hatte. Hier und da rülpste er maßregelnd, nahm einen dicken Tuschestift und beschmierte die Worte, die ihm mißfielen, so dick mit Tinte, daß sie unlesbar wurden. Vorher aber ließ er den Brief fotokopieren und legte ihn in einen Aktendeckel. Erst dann nahm der Brief einen langen Weg nach Sibirien zu Luka Nikolajewitsch Sedow. Auch dessen Antwortbriefe machten den Umweg über den Schreibtisch des magenkranken Zensors, nur blieben sie dort hängen, wurden im Original in die Akten geheftet und verschwanden in einem Fach der eisernen Schränke an der Wand.

Anatoli Doroguschin war es, der Natascha und Luka vom Bahnhof abholte, als sie von Sotschi zurückkehrten nach Moskau.

»Eine freudige Nachricht, Genossin!« rief Doroguschin, noch bevor Natascha die letzte Stufe der Wagentreppe hinabgesprungen war. »Nein, zwei Nachrichten! Ein Glückskind sind Sie, Natascha Tschugunowa! An mein Herz!«

Er drückte Natascha an sich, und sie roch, daß er Wodka getrunken und eine Suppe gegessen hatte, in der man Knoblauch verarbeitete.

»Wo ist Waleri Tumanow?« fragte Natascha und sah sich auf dem Bahnsteig um. »Ich hatte ihm geschrieben ...«

»Der liebe, gute Waleri!« rief Doroguschin. Sein fettes Gesicht glänzte wie eingeölt. Wie ein mit heißer Butter bestrichener Schweinskopf sah er aus. »Das ist eine dritte Nachricht. Gut geht's ihm, sehr gut!« Er faßte Natascha unter und beobachtete Luka, der das Gepäck aus dem Zug warf. »Sind Sie nicht neugierig, Genossin ›Heldin der Nation‹?«

»Müde bin ich.« Natascha atmete ein paarmal tief auf. Die lange Fahrt vom Schwarzen Meer bis Moskau, die Wolga hinauf und durch die Steppe, lag bleiern in ihren zarten Gliedern.

Anatoli Doroguschin wartete, bis das Gepäck von einem Mann und Luka vom Bahnsteig geschleppt wurde zu dem Staatswagen, der vor dem Bahnhof parkte.

»Die Neuigkeit Nummer eins, Natascha«, sagte er mit glänzenden Augen. »Sie haben eine Wohnung! Eine komplette Wohnung. In der Nähe des Bolschoi-Theaters, vier Zimmer, große Zimmer. Von den Fenstern blicken Sie auf die Türme des Kreml, auf das Mausoleum, auf die St.-Basilius-Kathedrale, auf den Roten Platz.« Doroguschin schwieg erwartungsvoll. Als Natascha die Mitteilung hinnahm wie nicht gehört, räusperte sich der dicke Anatoli. »Wissen Sie, was das bedeutet, Genossin? Heute, bei der Wohnungsknappheit, wo drei Familien in einem Zimmer wohnen, und die Kinder nachts auf den Bäuchen der Eltern liegen, weil kein Platz mehr ist?! Eine ganze Wohnung mit vier Zimmern für Sie allein?! Das hat nur noch die Ulanowa! Und Sie freuen sich nicht?!«

»Wo ist Waleri Tumanow?« fragte Natascha.

»Der alte Knabe, haha, na ja ... Sie werden's sehen. Nun noch die Neuigkeit Nummer zwei: Sie bleiben in Moskau! Sie werden in Moskau an meiner Oper singen. Sie werden der ›Star‹ der Moskauer werden, um mit einem Ausdruck des Westens zu sprechen. Darf ich Ihnen sagen, Natascha, ohne daß Sie überschnappen, daß Rußland endlich, endlich einen großen Sopran hat ... eine Stimme, vor der die Welt auf den Knien liegen wird?! Man hat es oben, ganz oben, erkannt, mein Vögelchen. Genosse Stalin selbst wird dabei sein, wenn Sie die Saison eröffnen. Ein Paradies wird sich öffnen –«

Wirklich, es war eine wilde Begeisterung, die in Doroguschin loderte. Er sprach noch davon, als der Wagen schon quer durch Moskau rollte und vor einem großen Hause hielt, von dem man wirklich alles sehen konnte, was Moskaus Schönheit in die Herzen gräbt. Und ein Himmel war darüber, blau und wolkenlos und bis in die Unergründlichkeit von der Sonne durchleuchtet. Natascha und Luka standen am Fenster, während Doroguschin eine Flasche Wodka holte, die er zur Begrüßung in die Wohnung gestellt hatte.

»Es lebe unser Paradies!« rief er emphatisch.

Natascha wandte sich ab. Ihre dunklen Augen waren fast schwarz.

»Wo ist Tumanow?« fragte sie.

Doroguschin hustete. Der Wodka war ihm in die Luftröhre gehüpft durch den plötzlichen Schreck.

»Er lebt wie ein Fürst, Nataschka! Er ist nach Khuzhir zurück –«

»Nach Khuzhir?«

»Ein neuer Auftrag! Natascha Tschugunowa ist fertig. Er hat uns einen Engel abgeliefert. Jetzt bildet er in Khuzhir einen Sänger aus, Juri Semenow, einen Tenor. Eine große Hoffnung für uns, eine Stimme wie Richard Tauber. Jaja, der Genosse Waleri ist ein guter Pädagoge. Fast unersetzbar. Er riecht die Talente förmlich –«

Natascha schwieg. Sie war zu müde, um weiter zu fragen. Der Weggang Tumanows war so geheimnisvoll, wie seinerzeit sein Auftauchen im Werkchor der Fabrik ›Große Wolga‹. Er hatte schreiben wollen nach Sotschi, aber nie war ein Brief gekommen, ebensowenig, wie die Briefe Sedows Natascha erreichten. Als seien sie gar nicht in ihrem Leben gewesen, diese beiden Männer, so war es plötzlich.

Nur Luka war geblieben, wie der eigene Schatten. Wie war's auch anders möglich? Man kann den Mond nicht von der Sonne trennen.

»Ich bin müde«, sagte sie zum ungezählten Male. Dieses Mal reagierte Doroguschin schnell. Er verabschiedete sich und fuhr davon. Er war froh, weiteren Fragen entronnen zu sein.

Die Proben in der Oper begannen. Doroguschin selbst überwachte sie. Die Tendenz des ›Rigoletto‹ wurde umgedeutet: es war nicht mehr das Schauerdrama von Liebe und Haß, von menschlicher Leidenschaft und Vaterschmerz, sondern Rigoletto wurde zum Aufbegehrer gegen Sklaventum und Fürstenhoheit, ein Rebell gegen die besitzende Klasse, die sich alles nehmen kann, auch die Tochter eines armen Krüppels. Es wurde ein Sozialdrama, ein tragischer Spartakus.

Natascha Tschugunowa sang eine Gilda, wie sie die Moskauer Oper noch nie gehört hatte. Ihre Duette mit Rigoletto, ihre Arie ›Teurer Name‹ waren das Süßeste und doch Explosivste, was Doroguschin je erlebt hatte. Er saß auf seinem Sitz im dunklen Zuschauerraum und schwitzte vor Erregung.

»So etwas!« sagte er nur immer zu dem Regisseur Shuri Polopow. »So etwas! Nein, so etwas. Ist's zu begreifen?!«

Luka entwickelte sich in diesen Wochen zu einem Koch. Kasch kochte er, der gute Bär, wenn Natascha aus der Oper kam. Oder eine Fischsuppe, oder Borschtsch, ab und zu auch einen Braten mit Möhrengemüse. Und sonntags, der Teufel hat's erfunden in seiner besten Laune, aßen sie Kapusta, vermengt mit Hackfleisch und Zwiebeln und dicken Graupen.

Wenn Luka einkaufen ging, und er tat es jeden Morgen mit Sonderlebensmittelkarten, die sie erhielten, lief ein Frieren über die Rücken der ehrbaren Genossen hinter dem Ladentisch. Bekannt war's, daß Luka günstig einkaufte. Er hatte es so eingeführt, und seine Argumente waren zwingend.

»Zweihundert Gramm Fleisch, Genosse«, sagte etwa der Fleischer und säbelte ein Scheibchen von einer Rinderlende. Er wog es aus, sogar mit dickem Einwickelpapier, der Lümmel, und schob es Luka zu.

»Eine Brille braucht Ihr, Genosse«, sagte Luka und warf dem erbleichenden Fleischer das Zweihundert-Gramm-Scheibchen auf die Augen. »Auf der Karte steht vierhundert Gramm! Ganz deutlich les ich es! Oder wollt Ihr sagen, ich sei ein Idiot, Genosse?!«

Der Fleischer sah auf die abgeschnittene Marke. Zweihundert Gramm stand darauf. Es war nicht zu übersehen. »Ihr irrt, Genosse!« sagte er in berechtigter Klarstellung.

Einen Fehler begeht jeder Mensch, Freunde. Und ein Fehler war's, Luka zu widersprechen. Aber immerhin war's auch verzeihlich, denn er war ja neu in der Gegend.

»Vierhundert Gramm, du Gauner!« brüllte Luka. Er griff über die Theke, nahm die Rinderlende und schlug sie dem Fleischer um die Ohren.

»Abrechnen muß ich mein Fleisch!« schrie der Geschlagene. »Wenn nur ein Grämmchen fehlt, ist's Sabotage, Genosse.«

Er war ein armer Mann, der Fleischer, und alle, bei denen Luka einkaufte, waren arme Menschen, bedauernswerte Geschöpfe, denn Luka machte es ihnen unmöglich, vom gesetzlich anerkannten Schwund der Waren und ungenau anzeigenden Waagen die schlechten Zeiten nach dem Kriege mit vollem Bauch zu überstehen. Sie schrien und jammerten, rangen die Hände und fluchten, drohten mit der Polizei und zeigten ihre Kinderchen, die unschuldigen Engelchen, die nun leiden mußten. Dann erkannten auch sie, daß man zwar einen Felsen im Ural sprengen kann, aber keinen Luka, und fügten sich zähneknirschend in die Diktatur des Riesen. Um den Schaden wieder aufzufangen, stellten sie die Waagen noch ein paar Gramm vor.

Weniger glatt gelang es, die Verbindung mit Luka Nikolajewitsch Sedow aufzunehmen. Natascha versuchte es erst über Anatoli Doroguschin. Er versprach, nachzuforschen, aber er tat es nicht, der Fettwanst, sondern unterrichtete den Volkskommissar von dem fatalen Wunsch der Tschugunowa, ihren Mann zu sehen.

»Man sollte einmal großzügig sein, Genosse Volkskommissar«, sagte er bei der vierten Unterrichtung. »Ein paar Tage Glück... und wieder weg mit ihm. Der Stimme kommt's zugute, glaubt es mir. Und was soll schon passieren, Genosse... nach dieser ›Blinddarmoperation‹?«

Er lachte fett und rieb sich die Hände. War schon ein großes Schwein, dieser Genosse Doroguschin. Aber erreichen tat er nichts. Im Kreml war man anderer Ansicht. Sie änderte sich auch nicht, als Natascha nach langen Verhandlungen endlich zu Berija geführt wurde, dem kleinen Mann mit dem Kneifer auf der Nase, der zwischen zwei Fingern soviel Macht hatte wie in anderen Ländern eine Generation von Tyrannen.

Sehr höflich war er, der Genosse Berija, sehr herzlich und sehr gastfreundlich. Er ließ süßen Krimwein kommen und sprach beglückt von einer Probe, der er heimlich beigewohnt hatte.

»Ich hatte tagelang den Gesang Ihrer Stimme im Ohr, Genossin Tschugunowa. Sie sind eine große Künstlerin.«

»Ich möchte meinen Mann sehen«, sagte Natascha. »Sie wissen, wo er ist. Sie haben die Möglichkeit, ihm Urlaub nach Moskau zu geben oder mich zu ihm fahren zu lassen. Warum trennt man uns?! Ich habe auf der Komsomolzen-Schule gelernt, daß Rußland ein freies Land ist, daß wir Sowjetgenossen von aller Knechtschaft erlöst werden und daß der Mensch in diesem Land noch wirklich die Menschenrechte erhält!«

»Man hat Sie die Wahrheit gelehrt, Genossin«, sagte Berija ruhig. »So ist es.«

»Ich habe für dieses Ideal jahrelang in den Sümpfen gekämpft, ich habe mein Leben dafür eingesetzt –«

»Ich weiß.« Berija lächelte und goß neuen Wein in das geschliffene Glas. »Sie waren die tapferste Frau des großen vaterländischen Krieges, Genossin. Man hat Sie zur ›Heldin der Nation‹ gemacht, zur Trägerin des Leninordens . . .«

»Und man läßt mich nicht zu meinem Mann!« rief Natascha wild.

»Das ist etwas anderes, Genossin. Luka Nikolajewitsch Sedow ist ein ebenso wichtiger Mann wie Sie. Ein Genie ist er. An großen Staatsaufträgen arbeitet er in Sibirien, Sie wissen es. Er ist dabei, den Vorsprung der USA aufzuholen und Rußland zum mächtigsten Staat der Welt zu machen. Er nicht allein, natürlich nicht . . . aber er würde fehlen, wenn er seinen Platz verläßt.«

»Warum sollte er ihn verlassen? Wenn ich bei ihm bleibe –«

». . . verlieren wir unsere beste Sängerin, die Rußland je geboren hat! Unser Vaterland aber braucht beides . . . Sedow, den Techniker, und die Tschugunowa, die Sängerin. Sie verstehen, Genossin?«

»Aber Sie können doch die Liebe nicht verbieten!« schrie Natascha.

»Nicht verbieten, Genossin, aber steuern. In Ihrem und des Genossen Sedows Falle ist es widersinnig, die Liebe nur auf einen, auf das Zueinander, zu beschränken. Ihre Liebe gehört den Millionen Russen, denen Ihre Stimme und Sedows technisches Genie eine neue, eine alles übersteigende Achtung in der Welt sichern. Man wirft einen Samen nicht ins Meer, sondern auf das Land, wo er gedeiht und Früchte bringt. Sie und Sedow sind ein Samen Rußlands –«

Wie betäubt verließ Natascha in dem Wagen Doroguschins den Kreml. An diesem Tage blieb sie den Proben in der Oper fern, und Doroguschin rief verzweifelt bei

Berija an, ob man Natascha auch so behandelt habe, daß sie weitersingen könne.

»Es war ein kleiner, aber notwendiger Schock«, sagte Berija kurz zu Doroguschin. »Sie wird nicht wieder fragen.«

In der Nacht weinte Natascha. Luka hörte es, und er stampfte in der Wohnung herum und wußte nicht, was er tun sollte. Helfen konnte er nicht, es war unmöglich, Berija wie eine faulige Tomate an die Wand zu werfen.

»Nicht weinen, Täubchen«, sagte er rauh und setzte sich an Nataschas Bett. »Einen klaren Kopf muß man haben. Wie weit ist es bis Jessey, wo dieser Sedow lebt?«

»Viele tausend Werst, Luka. Weiter als Khuzhir –«

Luka kraulte sich den Kopf. Ei, ei, dachte er. An früher muß man denken. Was waren tausend Werst für uns, mein Täubchen? In die Sonne hinein sind wir gezogen, immer geradeaus. Was hindert uns, es wieder zu tun, he?!

»Woran denkst du, Luka?« fragte Natascha schluchzend.

»An eine schöne Zeit, Nataschka. Die Steppe lag vor uns, und den Arm hast du gehoben und gesagt: Dorthin müssen wir. Und gefragt habe ich: Wieviel Werst noch?! Und du hast gesagt: Werst, du Idiot?! Haben wir nicht Zeit, bis ans Ende der Welt zu laufen?! – Nicht vergessen hab' ich's, Täubchen. Es war eine schöne Zeit –«

Natascha verstand ihn. Mit beiden Händen griff sie zu und umklammerte Lukas Kopf.

»Wir fahren, du Idiot!« sagte sie leise. »Ja ... wir fahren ... So wie früher, nicht wahr? Zeigen werden wir es, daß wir freie Menschen sind!«

»Juchhei!« schrie Luka und hob Natascha aus dem Bett. Er drückte sie an sich wie ein weinendes, krankes Kind und stampfte mit ihr durch die Wohnung. »Sie lebt noch, die Nataschka von Krassnoje Mowona! Sie lebt noch, der kleine, schwarze Leutnant. Angst hatte ich, daß mein Vögelchen das Singen gelernt, aber das Fliegen verlernt hat –«

Aber zunächst geschah nichts.

Natascha sang wie bisher ihre Proben in der Oper, und Anatoli Doroguschin wurde sicher, daß der Genosse Berija ein kleiner Zauberer sei. Sie fragte nicht mehr nach Sedow, und Anträge stellte sie auch keine mehr. Und singen tat sie wie ein Engelchen, so schön, daß der Dirigent dreimal eine Arie wiederholen ließ, nur um sie immer wieder zu hören.

Fünf Tage – und keiner merkte es – schlich Luka in den großen Güterbahnhöfen herum und sprach mit Bahnbeamten, Arbeitern und Transporteuren. Sogar einen Wagen Säcke abladen half er mit. Für zwei Rubelchen Trinkgeld.

Am sechsten Tag stand er vor einem Zug, den man gerade zusammenstellte. Über Weichen und Schienen liefen die Wagen zusammen, und ein mürrischer Mann kroch zwischen sie und kuppelte sie aneinander.

»Ein schöner Zug, Genosse«, rief Luka zu ihm hin. »So lang wie er ist, so schön ist er!«

Der mürrische Genosse schneuzte sich laut. »Ist wie jeder Zug. Was willst du hier?«

»Ein Interesse hab' ich nun mal für Züge«, sagte Luka und zeigte auf den langen Zug. »Wo geht er hin, Brüderchen?«

»Wohin schon? Nach Sibirien! Wird Holz zurückbringen und schafft Traktoren hin . . .«

»Auch nach Jessey?«

»Weiß ich's? Mich interessiert es nicht! Ich muß sie zusammenkoppeln und die Augen aufmachen. Mein Vorgänger wurde zerquetscht . . . zwischen den Puffern . . . Sah aus wie eine Flunder, das Brüderchen –«

Luka verzichtete auf eine Antwort und ging. Er merkte sich den Standplatz des Zuges, und um ganz sicher zu sein, ritzte er mit einem Stein in einen Wagen ein dickes

D, was soviel heißen sollte wie: do swidanija (Auf Wiedersehen)!

In der Nacht, gegen zwei Uhr war's genau, richteten sich Natascha und Luka in einem Waggon mit Ersatzteilen von Landmaschinen ein. Einen ganzen Sack voll Essen hatte Luka mitgeschleppt, eine dicke Eisenstange, die kein neugieriger Schädel überlebte, und zwei dicke Dekken, denn noch war's kalt in Sibirien, vor allem in den Nächten.

Gegen Morgen rollte der Zug aus Moskau heraus. Luka blickte durch die obere Luftklappe des Waggons und sah, daß sie an der Moskwa entlangfuhren. Natascha schlief, zusammengerollt, in den Decken eingewickelt.

Nach Sibirien, dachte Luka und ließ die Klappe herunterfallen. Ist es nicht verrückt auf der Welt, Genossen? Die einen wimmern, wenn sie nach Sibirien müssen, und wir fahren freiwillig dorthin!

Der Mensch ist doch ein merkwürdiges Geschöpf.

Die Probe in der Oper fiel aus.

Doroguschin, der eine Stunde gewartet hatte und dann einen Boten in Nataschas Wohnung schickte, schrie wie ein gestochener Ochse auf, als man sagte, die Wohnung sei leer und verlassen.

»Sie muß her!« brüllte er. »Her muß sie!« Dann raufte er sich die Haare, weil niemand wußte, wo Natascha war, und weil er an den Genossen Berija dachte, der nur einen kleinen Haken hinter einen Namen zu setzen brauchte – und schon schaufelte der Totengräber ein neues Loch in die Erde.

»Warum sich aufregen, Genosse?« sagte Berija, als Doroguschin ihm den Vorfall bleich und vor Angst schwitzend meldete. »Der Genosse Tumanow hat aus Khuzhir einen defätistischen Brief geschrieben. An die Tschugunowa. Natürlich hat sie ihn nie bekommen. Und auch der liebe Sedow in Jessey beschwerte sich. Es liegt bei den Akten. Alles paßt zusammen, finden Sie nicht auch? Wissen wir, ob Tumanow nicht die Möglichkeit hatte, durch einen Boten Nachricht zu geben? Rußland ist groß, gewiß ... aber wenn wir zwei Menschen suchen wollen wie Natascha und Luka, ist es nicht größer als ein Handteller.« Berija griff zum Telefon. Ein Augenblick war's, mit dem die Fahrt Nataschas und Lukas eigentlich schon beendet war. Sie hätten ebenso aussteigen können auf der nächsten Station. Keinen Zug nach Sibirien gab es mehr, der nicht angehalten und untersucht wurde.

In Krepyschewka, einem Nest im Ural, hielt denn auch der Zug mit den Traktoren und Landmaschinen, und fünfzig Rotarmisten umstellten ihn. Ein Offizier ging von Wagen zu Wagen, klopfte gegen die Holzwände und schrie: »Bitte steigen Sie aus, Genossin ...« Luka, der durch die Luftklappe schielte, rieb sich die Stirn.

»Ein Mist ist's mit der guten Organisation!« sagte er bedrückt. »Wie kann ein Mensch selbständig denken, wenn alles schon organisiert ist?!«

Natascha legte die Decken zusammen. Dann kämmte sie sich, steckte die langen, schwarzen Haare auf und setzte sich auf eine Kiste. »Mach auf, Luka«, sagte sie. »Können wir es ändern?«

»Aber den Schädel schlage ich ihm ein!«

»Warum? Er hat nur seinen Befehl ausgeführt.«

So kam es, daß Luka ruhig und gelassen die Tür aufschob und dem Offizier zuwinkte wie einem alten, guten Freund.

»Einen Orden wirst du bekommen, Brüderchen!« sagte er. »Bist ein fleißiger Soldat.«

Der Offizier trat an den Waggon heran. Er grüßte sogar, als steige ein General aus dem Wagen.

»Natascha Tschugunowa?«

Natascha kam nach vorn. »Ja. Sie haben Befehl, mich zu verhaften, nicht wahr?«

Der Offizier sah die zarte, kleine Frau verwundert an. Man soll's nicht glauben, dachte er, aber nicht immer macht die Größe einen Helden aus.

»Ich habe den Befehl, Sie zurück nach Moskau zu schicken, Genossin«, sagte er höflich. »Darf ich behilflich beim Aussteigen sein?« Er reichte Natascha seine Hand hin, und sie sprang aus dem Waggon auf den Schotterboden. Luka schob sich hinterher. Erst die Beine, dann die Schenkel, dann der Leib. Hört er denn gar nicht auf? dachte der Offizier. Dann sah er endlich an Luka empor, und er erschrak sehr, als er den Kopf betrachtete.

»Bitte, Genossen, machen Sie keine Schwierigkeiten!« sagte er sanft. »Mit dem nächsten Zug werden Sie zurück nach Moskau fahren. Ich darf Sie begleiten.«

»Ein Floh, der uns jucken will!« schrie Luka.

»Sei still!« Natascha hob die Hand. »Ein armer Mensch wie wir ist er. Fahren wir also nach Moskau zurück –«

Und so geschah's. Am nächsten Morgen waren sie wieder in Moskau, und Doroguschin stand mit einem Blumenstrauß auf dem Bahnsteig und empfing Natascha wie nach einer erfolgreichen Tournee.

»Willkommen!« jubelte er. »Willkommen, Engelchen! Sie haben sich doch nicht erkältet, was?«

»Nicht die Kehle, nein, Genosse«, sagte Natascha und gab den Blumenstrauß an Luka weiter, der ihn unter den Wagen auf die Schienen warf.

»Wie glücklich wir sind!« Doroguschin rieb sich die Hände. »Was haben Sie denn erkältet, Nataschka?«

»Das Herz –«

Doroguschin wurde plötzlich ernst. »Wir werden es aufwärmen, Genossin. Nach der Saison in Moskau werden Sie reisen. Die Abschlüsse liegen schon vor. Zuerst nach Budapest und dann nach Warschau. Sie sehen, wir bieten Ihrem erkälteten Herzen die Sonnenstrahlen der Welt –«

Natascha sah sich um. Man betrachtete sie aus angemessener Entfernung. Ihr altes Kleid trug sie, schmutzig und fleckig, hohe Stiefel und eine Wolljacke. Als käme sie aus der Tundra, so sah sie aus. In Lukas Gesicht wucherte wieder ein Urwald; öffneten sich seine Lippen und gaben die Zähne frei, rieselte ein Kribbeln durch die Kniekehlen der Zuschauenden.

»Ich werde zu meinem Mann kommen!« sagte Natascha leise. »Ich lasse mich nicht zwingen!«

»Gewiß nicht, Genossin.« Doroguschin beugte sich vor. »Bedenken Sie, daß die Sammlung von Erfolgen ein Paß für Sibirien ist. Eine Übergangszeit ist's doch nur . . .«

Natascha schwieg. Budapest und Warschau, dachte sie. Und überall, wohin ich komme, werde ich erzählen, wie frei die Menschen in Rußland sind!

»Ich möchte, daß Waleri Tumanow mich auf den Auslandsreisen begleitet«, sagte sie, als sie zum Ausgang des Bahnhofes gingen. Doroguschin machte ein schmerzvolles Gesicht, als ginge er auf Stacheln.

»Der gute alte Waleri«, sagte er mit brechender Stimme. »Genossin, Sie wissen es noch nicht, heute kam das Telegramm aus Khuzhir . . . Ich konnte es selbst nicht glauben . . . Tumanow ist tot.«

Natascha blieb stehen. »Nein!« rief sie.

»Doch, Natascha. Ertrunken ist er, der Gute –«

»Ertrunken? Tumanow?«

»Den Fischern wollte er zusehen, der liebe Mensch. Mit einem Boot fuhr er hinaus, nicht weit, man konnte ihn vom Ufer sehen. Und plötzlich schlug es um, das Boot. Nicht schwimmen konnte er, der gute Alte. Er war Musiker und kein Sportsmann. Und so ertrank er. Der große Tumanow. Es ist ein Verlust für Rußland . . . man sollte weinen –«

Natascha preßte die Lippen aufeinander. Oh, dachte Luka erschrocken, oh . . . so sah sie aus, als sie den deutschen Feldwebel in den Ameisenhaufen legte. Freunde, betet still für die Seele Doroguschins –

Als sie allein waren, ein gefangenes Vögelchen und ein gefesselter Bär in einem vergoldeten Käfig, saßen sie wieder am Fenster der schönen, großen Wohnung und sahen über die Türme des Kreml, den Roten Platz und hinüber zum Bolschoi-Theater.

»Nicht denken darf man«, sagte Luka und stützte den Kopf in beide Hände. »Mein Pferdchen tot, Tumanow tot, Fedja tot – sind wir in einem Totenhaus, Täubchen?! Wie schön war's da in den Sümpfen ... Verdammt, nicht denken darf man!«

»Ich sollte nicht mehr singen«, sagte Natascha leise.

Luka schüttelte den Kopf.

»Sie werden dich jetzt zwingen –«

Natascha sprang auf. Wild rannte sie durch die Zimmer, ein schwarzer Panther mit flammenden Augen.

»Wer will mich zwingen, auch nur einen Ton zu singen?!« schrie sie.

»Doroguschin, Täubchen. Und diese Mißgeburt von einem Kommissar. Sabotage, werden sie sagen. Oh, ein schönes Wort ist das. Für alles reicht's ... und umbringen werden sie dich. Du bist nur etwas wert, wenn du singst ... einem stummen Vögelchen dreht man das Hälschen um ...«

Es war so, wie es Luka sagte. Natascha sah es ein. Aber nicht ihre Art war's, sich kampflos zu ergeben. Freunde, ihr kennt die Steppe nicht. Gegen den Schnee kämpft sie, gegen den Sturm aus dem Norden und den heißen Wind aus dem Süden, gegen die Wölfe und Luchse, gegen den Schlamm und den Regen, die Trokkenheit und Versumpfung, gegen Staub und Nebel. Ein ständiger Kampf ist's, fast gegen Gott und Himmel ... seht, und wie die Steppe, so war Natascha, als sei sie geformt aus der dunklen Erde von Krassnoje Mowona, still, unergründlich und nicht begreifbar.

»Ich werde sie zwingen, sie alle, alle!« schrie sie trotzig und stampfte mit den Füßchen auf. Luka wiegte den dicken Schädel wie ein Bär hinter einem Käfiggitter.

»Aber wie, mein Adlerchen, wie?«

»Haben wir nicht Zeit genug, Luka? Was ist ein Tag in Rußland? Was eine Woche? Was ein Jahr? Man kann ein Leben warten, Rache zu nehmen! Und dieser Tag wird der einzige sein, der wirklich glücklich macht –«

»Unheimlich bist du«, sagte Luka dumpf.

»Eine hassende Frau bin ich nur!«

»Das ist dasselbe, Täubchen –«

Am Abend gingen sie spazieren. Über den Roten Platz, hinunter zur Moskwa, um die Kathedrale herum, zum Hügel, wo riesige Bagger den Boden aufrissen zum Fundament einer neuen, in der Welt noch nie gesehenen Universität.

Hinter ihnen, in angemessener Entfernung, schlenderte ein Jüngling, ein unscheinbares Jüngelchen mit einem Milchgesicht, aussehend wie ein verhungertes Bäuerlein nach vier Mißernten. Er rauchte eine selbstgeschnitzte Pfeife mit Machorka, kaute Sonnenblumenkerne und spuckte die Schalen über die Uferböschung der Moskwa.

Wer beachtet solch ein Bürschlein? Ich bitte, so laufen sie zu Tausenden herum. Auch Luka und Natascha fiel er nicht auf.

Erst als sie wieder in dem Haus waren und oben in der Wohnung das Licht anging, machte sich das Jüngelchen davon. Ein anderer kam für ihn, ein stämmiger, kleiner Mann, der sich in einer gegenüberliegenden Haustür für die Nacht einrichtete.

Es galt, einen eben geschliffenen großen Diamanten zu bewachen. Man tat es gründlich, denn Gründlichkeit, Genossen, ist eine Eigenschaft, die nie fehlschlägt.

Der große Opernabend war nun vorüber. Schade war's, denn man vergaß dabei, daß Hunger auf dem Land war und daß jetzt jeden Tag Transporte an die Eismeerküste und nach Karaganda gingen. Landsleute waren's, und es waren gerade die, die als Gefangene in Deutschland gelebt hatten und befreit zurückgekommen waren. Warum auch rissen sie die Mäuler auf und erzählten: Genossen – ihr lebt wie die Schweine! In Deutschland steht in jedem Haus ein Sofa, und ein Bett ist da mit einer weichen Unterlage ... eine Matratze ist's, du Esel! ... und Radio haben sie und ein Klosett ... Heilige Mutter von Kasan ... man zieht an einem Kettchen und rrrr kommt Wasser von allen Seiten und spült es weg. In ein Loch, unter der Erde ... glatt weg ist's, für alle Zeiten! Und in jedem Haus, Piotr! Und Sessel haben sie da, Teppiche wie bei einem Fürsten, und kochen tun sie auf einer kleinen Flamme, die aus einem Rohr kommt. Jawohl, aus einem Rohr, das zischt! Oder eine Eisenplatte ist da, und man macht knips an einem Schalter, und schon wird sie heiß. Kein offenes Feuer, Piotr ... kein Holz, das raucht und die Augen zerbeißt. O nein, und das in jedem Haus! Hast du so etwas schon gesehen in Pjoltorenko oder in Wjasokrensky? Da staunst du, Brüderchen, was?! Und nun frage ich dich, Genosse: Was ist mit Kultura bei uns? Hast du ein Klosett mit einem Kettchen?!

Wen wundert es, daß solche Reden unfreundlich betrachtet wurden? Dumme Menschen waren's, die da zurückkamen aus dem verdorbenen, dekadenten Westen! Sie hatten die Natur verloren, seht ihr, und das ist Logik, daß man sie an das Eismeer schaffte, um die Natur wiederzufinden in sich. Man sage nicht, im Kreml säßen keine klugen Köpfchen.

Das alles vergaß man bei dem Opernabend. Viel Glanz war da. Genosse Stalin erschien als Generalissimus mit einer Brust voller Orden, und Bulganin war da und Budjenny, Kaganowitsch und Berija, auch Molotow und

Chruschtschow, Malenkow und Kalinin, Rokossowskij und Schukow... einfach herrlich war's, sie alle in den Logen zu sehen, ihnen zuzuklatschen und immer wieder zu rufen: Frieden! Sieg! Sieg! Sieg!

Doroguschin hatte einen Frack an, geschmückt mit einigen Orden. Er begrüßte Stalin, und dieser gab ihm die Hand, lächelte wohlwollend und klopfte ihm sogar auf die Schulter. Die Seligkeit sah man aus Doroguschins Augen leuchten; es fehlte nicht viel, und er hätte vor Wonne geheult.

Dann wurde Natascha Tschugunowa vorgestellt. Im Vorraum der Loge wartete sie, schon im Kostüm der Gilda, ein zartes, süßes Weibchen. Doroguschin hatte verlangt, daß sie den Leninorden ansteckte, und nun glänzte er auf dem Opernkostüm, als gehöre er zur Dekoration des Rigoletto.

Im Hintergrund stand Luka. Ein Kampf war's gewesen, bis er dort stand. »Unmöglich!« hatte Doroguschin gebrüllt und die Hände gerungen. »Ich kann kein Fossil in die Loge stellen! Eine Oper ist's und keine erdgeschichtliche Ausstellung!«

»Luka kommt mit«, hatte Natascha milde gesagt. »Oder ich höre mitten in der Arie mit dem Singen auf!«

Es blieb dabei, wen wundert's, Freunde? Luka wurde in die Ecke des Logenvorraums gestellt, wie eine Säule, die eine Wand abstützt. Einen schwarzen Anzug hatte er an, aber ein Gewand zum Weinen war's. Für einen Schneideranzug war's schon zu spät; so lieh man von dem größten Mann, den man in Moskau kannte, eine Bekleidung, in die sich Luka zwängte. Nicht sitzen konnte er, sonst sprang die Naht der Hose auf, und auch den Rock bekam er nicht zu. Jedoch er war rasiert, gekämmt und sogar gebadet. Das machte einiges im Aussehen aus.

Tja, und nun war Stalin da und reichte Natascha Tschugunowa seine Hand.

»So sieht eine Heldin aus!« sagte er mit seiner tiefen Stimme gütig. »Sie werden den Namen unseres Volkes in die Welt tragen, Genossin. Ich bin mit Ihnen glücklich.«

Noch ehe Natascha antworten konnte, fiel Stalins Blick auf die menschliche Säule an der Wand. Die buschigen Augenbrauen hob er, sah zur Seite auf den erbleichenden Doroguschin und zurück zu Berija und Malenkow.

»Was ist das?« fragte er.

»Luka ist's, Genosse«, antwortete Berija anstelle Doroguschins, der mit einem Kloß in seiner Kehle rang. »Er gehört zu Natascha Tschugunowa wie der Mist zur Akkerfurche.«

Ein guter Witz war's, und Stalin lachte laut. Auch Luka grinste breit.

»So etwas ist nun ein Mensch!« sagte Stalin fast bewundernd. »Man sollte es nicht für möglich halten.«

Dann ging Stalin in die Loge, im Zuschauerraum klatschten zweitausend begeisterte Menschen, Natascha rannte durch die Gänge hinter die Bühne, und Luka folgte ihr, steif, aufrecht und langsam gehend, denn jeder starke Schritt war ein Anschlag auf die Hose.

Muß man sagen, Freunde, daß die Aufführung ein Erfolg war? Ach was, ein Triumph war's, die Geburt einer Wunderstimme, die Taufe einer Primadonna assoluta. Noch nach einer Woche sprach man in Moskau von diesem Opernabend, und das will etwas heißen, wo's so vieles gab, was man besprechen konnte, etwa die Butterknappheit oder die Auseinandersetzung mit den Amerikanern wegen Berlin.

Sogar ein Telegramm kam bei Natascha an. Nein, wirklich, kein billiges Märchen ist's ... Luka Nikolajewitsch Sedow, der Ehemann in Jessey in Sibirien, hatte einen Glückwunsch geschickt. Berija ließ ihn durch zu Natascha. Immer höflich sein, dachte er. Sehen soll man, daß wir ein Herz haben.

»Alles Glück der Welt für Dich, mein Liebstes«, hatte Sedow telegrafiert. Mehr nicht. Der leitende Oberingenieur in Jessey hatte bewiesen, daß jedes Wort mehr die strapazierte Leitung blockieren würde, und jede Sekunde wäre jetzt wichtig für den Aufbau.

Für Natascha jedoch genügte es. Doroguschin hatte ihr das Telegramm unmittelbar vor ihrem Auftritt überreicht. Mit einer großen Geste tat er es, wie das Gratulieren mit einem Rosenstrauß. Kam's daher, daß Natascha so wundervoll sang?

Nach der Oper gab es ein Essen im großen Saal des Kreml. Alle Diplomaten waren da mit Ordensbändern und gestickten Fräcken, Offiziere aus Amerika, England und Frankreich, die sowjetischen Heerführer und alle Volkskommissare aus dem Obersten Sowjet. Kaviar gab's und Krimsekt, milden Wodka und den schwarzen Muskatwein Massandra, Lachs wurde aufgetragen und zarte Poularde ... o Freunde, eine Wonne war's für Luka, der wie ein Mammut fraß und es als einziger fertigbrachte, eine ganze Platte mit Poulardenbrust vor seinem Platz festzuhalten und aufzufressen. Dann rülpste er, grinste entschuldigend zu seinem Tischnachbarn, einem Offizier aus Paris, und sagte: »Hören muß man's, daß es schmeckt, Genosse!«

Wirklich, es war ein feierlicher, schöner Abschluß des Abends.

Auf der Rückfahrt in die Wohnung schwieg Natascha. Ihre Hand lag auf ihrer kleinen Handtasche, und in der Tasche lag das Telegramm aus Jessey.

Luka Nikolajewitsch, dachte sie. Du hast geschrieben. Du denkst an mich. Wie siehst du eigentlich aus? Laß mich die Augen schließen ...

Sie tat es, und es ergriff sie Erschütterung und Erstaunen. Das Bild war weg! Unmöglich, dachte sie. Aber es war so, wie lange sie sich auch zwang, das Aussehen Sedows in den Einzelheiten wiederzuerlangen. Er war nicht mehr da ... er war ein blasser Schatten, ein tanzender Nebel, der Widerschein einer untergegangenen Sonne.

Was ist das, dachte Natascha und spürte ein eiskaltes Herzzucken. Warum ist er nicht mehr da? Geliebt habe ich ihn doch und geheiratet habe ich ihn! Oder war's nur Trotz, diese Heirat? O Gott, was ist das –?

Drei Monate später stellte Doroguschin eine junge Frau vor. Polina Jelzowa hieß sie, hatte Klavier und Gesang studiert, aber es reichte nicht bis zur großen Sängerin. So wenigstens hatte Doroguschin Polina geschildert, bevor er sie zu Natascha brachte.

»Sie wird ab jetzt mit dir zusammenarbeiten«, sagte er. »Als Korrepetitorin. Ein Star muß seinen eigenen Stab haben, vor allem auf den Auslandsreisen. Genossin Jelzowa wird dich überallhin begleiten.«

Es zeigte sich, daß Polina Jelzowa ein stilles, bescheidenes Mädchen war, das nur seine Pflicht tat, die Rollen mit Natascha einstudierte, die Gesangparts übte und dabei eine große musikalische Sachkenntnis verriet. Nicht verraten wurde, daß Genosse Berija diese Polina Jelzowa als Auge des Kreml in das Nest Nataschas gelegt hatte. »Nicht überall können Sie sein, Doroguschin!« hatte er gesagt. »Vor allem im Ausland wird man Sie strapazieren. Da ist es gut, wenn eine Frau um unsere Natascha ist. Niemand wird wissen, welche Aufgabe sie hat ...«

»Ist das notwendig, Genosse?« fragte Doroguschin mißtrauisch.

»Sehr, sehr sogar.« Berija spielte mit einem mongolischen Brieföffner, der aussah wie ein Dolch. »Ich erwarte noch einiges von unserer Tschugunowa.«

Also kam das Spitzelchen Polina mit dem blonden Madonnenscheitel und dem nichtssagenden Gesicht zu Natascha und übte die Opernpartien ein. Bis hierhin war es gut, und es gefiel Polina, einen so leichten Dienst zu haben. In Karaganda war es ärger gewesen, in der Verwaltung des großen Frauenlagers. Da hatte man Nerven nötig, und nicht jeder Frau Sache ist's, die Leichen zu zählen und für die Beseitigung der Toten zu sorgen.

Jedoch auch der Dienst bei Natascha wurde für Polina ein Problem, als Luka anfing, einen langen Blick auf sie zu werfen. Es begann damit, daß Luka sie in das Gesäß kniff und – als Polina aufschrie und ihm auf die Hand schlug – grinsend feststellte: »Du singst Alt, nicht wahr, mein Herzchen?«

Von da ab sah Polina sich in ständiger Flucht vor Lukas urgewaltigen Zärtlichkeiten. Nur sicher war sie, wenn sie mit Natascha am Flügel saß und die Partien einstudierte. Dann hockte Luka in irgendeiner Ecke, schälte Kartoffeln für den Mittagstisch, schabte Möhren oder spaltete Rüben, schnitzelte Kohlrabi oder schnitt Kapusta in lange Streifen.

»Ist sie nicht ein flottes Füchslein?« fragte Luka einmal Natascha. Er hatte von seinen täglichen Streifzügen durch die Läden, die zu den Naturkatastrophen des Wohnviertels gehörten, einen Strauß Blumen mitgebracht. Nicht für Natascha ... nein, für Polina Jelzowa, und er stellte den Strauß auf den Flügel und streichelte die Vase.

Natascha lachte laut. Mit beiden Händen griff sie in Lukas Haare und zog seinen Kopf hin und her. »Er ist verliebt!« rief sie übermütig. »Mein Bär ist verliebt! Mein großer Wolf hat Hunger! Geh doch zu ihr und frag sie einmal –«

»Sie nennt mich einen Dinosaurier! Was ist das?«

»Ein riesengroßes Urtier.«

»Keine Beleidigung für mich?«

»Für dich nicht ... für den Dinosaurier!«

Und wieder lachte sie, zog an seinen Haaren, und der gutmütige Riese ließ sich's gefallen und brummte dazu wie ein tanzender Bär nach der Orgel.

Aber Polina fragen, o nein, das tat er nicht. Er seufzte nur und sagte einmal in tiefer Melancholie: »Man könnte einen Wald ausreißen ... aber unmöglich ist's, dieses Blümchen auszurupfen –«

Es vergingen ganze neun Monate, und wieder wurde es Frühling über Moskau, und das Eis auf der Moskwa mußte gesprengt werden, denn es drückte auf die Brükkenpfeiler und schob sich krachend übereinander, bis die Gastspiele in Budapest und Warschau festgelegt waren. Die Stimme und der Name Natascha Tschugunowas waren mittlerweile in der Welt bekannt geworden. Radiosendungen und Schallplatten trugen ihre Stimme in alle Länder, und es war ein großes Erstaunen überall dort, wo man sie hörte. An technische Tricks glaubte man, an ein Frisieren der Stimme durch geschickte Tonsteuerungen. »So kann kein Mensch singen«, sagte ein Musikexperte in New York. »Ich habe alle großen Sängerinnen gehört – irgendwo ist eine Grenze, und diese Grenze soll gerade diese Tschugunowa durchbrechen?«

Man wollte es wissen. Angebote kamen nach Moskau auf den Schreibtisch Doroguschins. Aus Paris, aus London, aus New York, aus Buenos Aires, aus Athen, aus Rom, Mailand und Neapel. Doroguschin trug sie alle in einer Mappe zu Berija.

»Noch zu früh«, sagte dieser. »Die Genossin Tschugunowa ist noch nicht so weit, daß sie außerhalb unserer Freunde singen kann.«

»Nicht so weit?« Doroguschin setzte sich entgeistert. »Eine Steigerung der Stimme ist unmöglich!«

»Nicht der Stimme ... der politischen Zuverlässigkeit, Genosse.« Berija nahm die Einladungen an sich und blätterte sie noch einmal durch. »Wenn sie nicht eine so einmalige Stimme hätte –«, sagte er gedehnt.

Doroguschin nagte an der Unterlippe. Oh, dachte er. Eiskalt überläuft's einem, wenn man so was hört. Der gute alte Tumanow ist ertrunken, nun ja, er hatte keine gute Stimme. War nur ein Lehrer, ein guter zwar ... aber ersetzbar war er. So etwas ist immer schlecht. Ein ersetzbarer Mensch hat nur die halben Rechte; ist ein verteufeltes Gesetz, das da die Menschen machen. Und da er fühlte, daß auch ein Doroguschin zu den Ersetzbaren gehörte, schwieg er und nickte Berija begeistert zu, als dieser sagte:

»Wir werden alle Einladungen beantworten, Genosse. Es liegt ja noch so vieles vor uns –«

So fuhr man also ab, zunächst nach Budapest. Natascha Tschugunowa sang die Rusalka in der gleichnamigen Oper von Dvořák. Das Mondlied aus dem ersten Akt mußte sie zweimal wiederholen ... wirklich, Freunde, es war, als seien die Budapester mondsüchtig geworden. Sie trampelten, sie schrien »Bravo! Bravo!«, und keine Ruhe gaben sie, die temperamentvollen Menschen, bis Natascha vor den Vorhang trat und den Mond besang:

»Gleitender Mond du, so silberzart,
sendest weithin deine Blicke,
auf deiner lichten Wanderfahrt
siehst du der Menschen Geschicke ...«

Von Budapest sah sie wenig. Doroguschin bewachte sie wie der Teufel eine verschriebene Seele, und auch Polina Jelzowa erwies sich als treue Begleiterin. In einer Pressekonferenz sprach Doroguschin, während Polina beim Abschminken Nataschas half. Als sie umgezogen war, reichte es gerade noch für einige Blitzlichtaufnahmen.

Im Zimmer ihres Hotels stapelten sich die Blumensträuße. Drei von ihnen zweigte Luka ab und stellte sie Polina ins Zimmer. Nicht einmal bedanken tat sie sich dafür ... ein unhöfliches Mädchen, das muß man sagen.

Nach dem Gastspiel in Warschau mit ›Othello‹ reiste man zurück nach Moskau. Das Ziel war erreicht. Die großen Opernhäuser in aller Welt hatten ihre Beobachter entsandt, die Radiostationen hatten die Abende übertragen. Einig war man sich überall: Kein Trick verhalf der Stimme der Tschugunowa zum Erfolg. Eine Stimme war's, wie sie nie gehört worden war. Süß und kräftig, wegschmelzend und leidenschaftlich, lyrisch und explosiv dramatisch ... nichts gab es, was diese Stimme nicht singen könnte. »Ein Naturereignis wie ein Vulkanausbruch oder ein Seebeben«, schrieb eine Zeitung in New York. »Wann singt die Tschugunowa bei uns?«

»Wir haben Zeit«, sagte Berija, als er die Kritiken las. »Zur rechten Zeit das Richtige tun, das haben sie im Westen verlernt. Wir werden es ihnen vormachen, Genosse.«

Der Alltag kam wieder ... der Rhythmus eines erfolgreichen Lebens. Luka kochte und kaufte ein, Natascha sang in Moskau, und wie ein Mechaniker im Werk ›Roter Oktober‹ sein Tagessoll erfüllte, so tat Natascha ihre Pflicht, und alle waren sehr zufrieden. Ab und zu fuhr man herum ... nach Kiew, Charkow oder Leningrad, sogar nach Ulan Bator und Irkutsk. Das Grab des guten alten Tumanow durfte Natascha sehen ... im Park des Schlosses von Khuzhir lag es, bedeckt mit einem dicken Stein.

»Mein armes, ehrliches Väterchen«, sagte Natascha am Grab. Es war ein Ausdruck, den Polina pflichtbewußt nach Moskau meldete.

Auch Luka machte einen stillen Besuch. Er ging am Ufer des Sees entlang und besichtigte den Steinwall vor der Uferhöhle. Er war noch unversehrt, und Ulan Högönö lag noch immer dort. Sogar die Fischer traf er wieder und schenkte ihnen eine Flasche Wodka.

»Das waren Zeiten, Brüderchen!« rief er und stieß mit allen an. »Die Freiheit lebe hoch!«

Und so ging die Zeit dahin ... sie schlich nicht mehr, sie jagte über die Menschen wie der Frühlingssturm über die Tundra. Wegfegen tat sie die Gedanken und das

Warten auf Luka Nikolajewitsch Sedow, und manchmal war's Natascha, als läge alles weit zurück wie eine dunkle Kindheit ... Krassnoje Mowona, die Deutschen, das Leben in den Sümpfen, das Warten auf den Frieden, der Zug nach Moskau, das weiße Haus in Saratow – und auch der liebe Fedja wurde jetzt ein Bild in einer langen Galerie Erinnerungen, und neben ihm hing der deutsche Offizier, den sie Ilja nannte, und Sedow hing dort, merkwürdig, auch er, obgleich er lebte und schrieb ... im Vierteljahr einmal, dumme, allgemeine Zeilen, wie sie jeder schreibt, über das Wetter, die Nacht, die Sehnsucht, die Liebe ... Nur Luka war noch da, unverändert wie damals, als er durch den Schnee in die Datscha kroch und Mamaschka den Speck aus der Pfanne fraß.

Am 5. März 1953 stürzte Doroguschin in das Haus und sank erschöpft in einen Sessel.

»Tot ist er!« stöhnte er. »Soeben ... im Kreml wissen es nur wenige ... Was nun? Zerfleischen werden sie sich wie Kampfhähne in der Arena!«

Luka kam aus der Küche. Er rührte einen Brei für einen Speckfladen an. »Wer ist tot, Genosse?« fragte er.

»Stalin, du Esel!«

Still war es dann. Sie sahen sich alle an, aber nicht mit Trauer, sondern fragend und in tiefen Gedanken.

»Vieles wird sich ändern«, sagte Natascha.

»Malenkow soll der Nachfolger werden. Man munkelt's nur. Ein weicher Kurs wäre es ... Aber Chruschtschow ist noch da und Molotow ... und vergeßt Berija nicht ... Weiß man, an wen man sich jetzt halten soll?! Umbringen kann einen die Ungewißheit –«

Natascha hob die schmalen Schultern. »Ich werde singen wie bisher – was kümmert's mich?«

»Ja! Sie, Genossin, Sie! Millionärin sind Sie, ›Verdiente Künstlerin des Volkes‹, ein Porzellanfigürchen, das niemand antasten darf, damit es nicht zerbricht ... Aber ich? Ein Freund Berijas bin ich! Im Hintergrund warten die Neider.« Doroguschin stöhnte laut und hob beide Hände. »Werden Sie mir helfen, Genossin?! War ich nicht immer ein guter Mensch, sagen Sie?! Habe ich Sie nicht betreut, besser als ein Vater seine Kinder? Wird es Ihnen überhaupt möglich sein, zu singen ohne mich?! Überlegen Sie's, Genossin.«

»In die Hose macht er, ei, ei«, sagte Luka. »Der große mächtige Doroguschin. Der uns das Läuschen Polina in den Pelz gesetzt hat –«

»Nicht ich. Berija –«, schrie Doroguschin. »Die Briefe hat er auch behalten –«

»Welche Briefe –?«

»Die von Sedow und von Ihnen, Natascha. In den Akten lagen sie, ich hab's gesehen! Nur einmal in einem Vierteljahr ließ er ein Briefchen durch ...«

»O welch ein Schweinchen!« sagte Luka. Er legte seine Rührschüssel hin und rieb die Hände an den Hosen ab. »Und gewußt hat er's, hast du's gehört, mein Täubchen? Wie ein Wänzchen hat er sich benommen, versteckt im Kissen und nur des Nachts gezwickt ... Die ganzen Jahre hat er's so getan, der Schleicher.«

»Es wird sich alles ändern, Luka!« brüllte Doroguschin. »Glaubt mir, Genossen ... ein weicher Kurs wird jetzt kommen, und ihr werdet Sedow sehen ... wenn ihr mithelft –«

Er kam nicht weiter. Wie eine Ratte nahm ihn Luka an dem Kragen, trug ihn aus der Wohnung und warf den Schreckerstarrten die Treppe hinunter. Ein Poltern war's, ein Kreischen und Stöhnen, ein Jammern und Lamentieren. Der Hausmeister half Doroguschin unten im Treppenhaus wieder auf die Beine und klopfte ihm den Staub vom Mantel, was bewies, daß der faule Schlingel von Hausmeister die Treppe noch nicht geputzt hatte.

Zwei Tage später wurde Doroguschin verhaftet und in die Lubjanka geschafft. Ein Loch von einer Zelle bekam er, in der dritten Etage unter der Erde, und ein stiller, richtig wortkarger Mann nahm einen Wasserschlauch und spritzte Doroguschin an, bis er fast ertrank. Dann stellte man ihn nackt in eine andere leere Zelle und drehte eine Kühlanlage an.

»Genossen! Brüder!« brüllte Doroguschin. »Alles will ich sagen! Alles! Alles! Ja, er hat Tumanow umbringen lassen ... und ich weiß noch mehr ... noch mehr ...«

»Wie gut er singen kann«, sagte ein dunkelhaariger, schlanker Kommissar und machte sich Notizen in einem Buch. »War ja Operndirektor, der kleine Fette, was?! Nun fang mal an, mein Lieber ... auch hier ist ein Opernhaus, ein gutes sogar. Nur Uraufführungen gibt's hier –«

Natascha erfuhr es in der Oper, daß Doroguschin abgeholt worden war. Wohin er gekommen, das wußte niemand.

Wer sollte denn auch fragen, ich bitte.

»Man sollte in den Kreml gehen«, sagte Natascha zu Luka. Die Opernvorstellungen fielen aus. Das sowjetische Volk verfiel in Trauer um Stalin. Es hieß, er solle einbalsamiert im Mausoleum neben Lenin liegen ... zwei Männer, die die Welt erschütterten. An seiner Leiche hielten sie Ehrenwache ... Bulganin und Malenkow, Chruschtschow und Kaganowitsch. Ein trauerndes Quartett mit dem Herzen Kains.

»Warum?« fragte Luka. »Wegen Doroguschin?«

»Sehen will ich, ob man mich jetzt zu Sedow läßt. Sechs Jahre habe ich ihn nicht gesehen!«

»Es wird sich gar nichts ändern, Täubchen«, sagte Luka. Man fragt sich manchmal wirklich, Freunde, woher ein Idiot ab und zu ein so kluges Wörtchen spricht. »Sehen wirst du's ... sie werden Sprüchchen reden und sagen: Im Auge werden wir's behalten, Genossin ...«

»Trotzdem – ich werde fragen!«

Gleich nach der Überführung Stalins in das Mausoleum, bei der auf dem Roten Platz vierzigtausend Menschen weinten, brachte es Natascha fertig, zu Berija vorgelassen zu werden. Schlecht sah er aus, der Genosse Innenminister, mit dunklen Rändern hinter dem Kneifer, schmalem Mund und nervös zuckenden Fingern. Aber er lächelte, als er Natascha begrüßte und war so galant, ihr ein Glas Krimwein kommen zu lassen.

»Sie haben einen Wunsch, Genossin?« fragte er.

»Einen alten, Genosse Berija. Es mag sein, daß jetzt eine Zeit kommt, in der man das Vergessen fleißig übt ... eine Frau bin ich, und eine Frau vergißt nicht. Wußten Sie das nicht?«

»Wer kann es übersehen, wenn Sie vor einem stehen, Natascha Tschugunowa?« Berija drückte nervös an seinem Kneifer. Er sprach schnell, hastig fast, mit stoßweisem Atem. Wahrlich, es war nervös, das Brüderchen. »Ihren Mann besuchen wollen Sie?«

»Sie können Gedanken lesen?« fragte Natascha spöttisch.

»Es wird sich möglich machen lassen«, sagte Berija. »Wir sind in einer großen Umstellung. Auch in Jessey gehen große Dinge vor. Wenn alles gut verläuft, kann ich ein Abteil für Sie im Juni zur Verfügung stellen.«

»Im Juni?«

»Es ist eine große Auszeichnung, Genossin. Ich möchte sagen: eine einmalige Auszeichnung. Keine Frau, kein Fremder hat jemals den Boden von Jessey betreten, es sei denn, er bliebe vom ersten Schritt an da!«

»Ist's nicht verwunderlich, daß es auf einmal geht, Genosse?«

Berija drückte wieder an dem Kneifer. Ganz rot schon war sein Nasenrücken. »Stalin –«, sagte er gedehnt. »Er war ein großer Mann, der größte neben Lenin ... aber eigene Ansichten hatte er. Glauben Sie, Genossin Tschugunowa, daß ich persönlich nie ...«

So ist's, Genossen! Ein Toter ist der schwerste Mensch ... man bürdet ihm die Sünden der Überlebenden auf den Buckel. Und nicht dagegen wehren kann er sich ... das macht ihn angenehm für alle, die zurückbleiben. So war es immer ... warum verlangt ihr eine Ausnahme gerade hier? Ein Spielchen ist's doch, das so alt ist wie die Menschheit.

Mit Doroguschin war auch Polina Jelzowa verschwunden. Ganz plötzlich ... sogar einen Mantel hatte sie hängenlassen, ihre Noten lagen auf dem Flügel, und im Badezimmer hing ihr Beutel mit Seife, Zahncreme und einigen Lockenwicklern. Das war verwunderlich, denn Lokken hatte Polina nie besessen. Einen Madonnenscheitel hatte sie, wie bekannt. Alles war ein wenig rätselhaft, und Luka ärgerte sich.

»Falsch leben ist eine Dummheit«, sagte Luka. »Aber es zu wissen, ist harte Prügel wert!«

Verdammt will ich sein, wenn das nicht Philosophie ist ...

Es wurde Juni, in Moskau liefen sie herum in weißen Hemden, und Luka schwitzte, daß es in seinen Schuhen quietschte. Der Genosse Georgij M. Malenkow hatte sich gehalten. Vorsitzender des Ministerrates war er geworden, der Nachfolger Stalins somit, und die anderen Großen im Kreml waren still und bescheiden und zwickten sich nur hinterrücks, wenn's möglich war. Von Doroguschin hatte niemand etwas wieder gehört, und auch Polina Jelzowa blieb in der Dunkelheit.

Nun war es heiß, ein Sommer, der die Poren überlaufen ließ und die Gehirne briet.

In dieses Stadium menschlicher Erweichung brachte die Post einen dicken Brief des Innenministeriums. Die Erlaubnis war's, nach Jessey zu fahren. Ein Stapel Papiere war beigegeben ... Ausweise, Passierscheine, Kontrollblätter, die abgestempelt werden mußten, eine ganze Handvoll. Es schien schwer zu sein, bis Jessey vorzudringen, ein Kinderspiel war es dagegen, mit Malenkow zu sprechen.

»Wir müssen übermorgen fahren«, sagte Natascha, als sie die Papiere durchgelesen hatte. Plötzlich war Angst in ihr, nicht vor der Fahrt, sondern vor dem Wiedersehen mit Sedow. Sein Bild war mehr als blaß geworden ... ein Name nur noch und ein Stück Papier, auf dem geschrieben stand, daß er der Mann der Natascha Sedowa sei, verwitwete Astachowa, geborene Tschugunowa. War das genug, bis Jessey zu fahren? War die Vergangenheit so lebensnah, daß man sie hinüberziehen konnte in die Gegenwart und Zukunft?

In den zwei Nächten bis zur Abfahrt schlief Natascha kaum. Und stärker wurde in ihr die Angst, je mehr sie dachte, daß es gut sei, was sie tat. Die Angst war's, in Jessey einen Fremden zu umarmen, der Sedow hieß.

Dann fuhren sie. Mit sechs Koffern und einem Sack. Luka war nicht untätig gewesen. Zwei Tage lang hatte er die Geschäfte beehrt, vom Fleischer bis zum Schuhmacher, vom staatlichen Basar bis zum Muschik aus Moskwarenkow, der seine Übersollwaren auf den Markt brachte, um Rubelchen zu sammeln.

»Brüder!« rief Luka, wenn er eintrat, und übersah das schreckhafte Erbleichen der Heimgesuchten. »Ich verreise mit Natascha! Vier Wochen, vielleicht zwei Monate, wer weiß's?! Sagt, ihr Geschmeiß ... was ist's euch wert?«

Die Kaufleute waren geneigt, ein stilles Gebet zu sprechen. Zwei Monate Frieden vor Luka ... Genossen, es war ein kleiner Himmel für das Viertel. Der Fleischer raste weg und brachte ein Stück Speck, der Muschik schob alte Kartoffeln in einer Kiste zur Seite und zog eine Henne aus der Tiefe, und im Basar steckte man Luka zwei Büchsen mit Marmelade zu und ließ sich schwören, daß er wirklich mindestens vier Wochen nicht wiederkomme.

Reich beschenkt trat Luka also die große Reise nach

Sibirien an. Dieses Mal war es nicht nötig, einen Waggon mit Ersatzteilen auszusuchen, ein alter, klappriger Personenwagen stand zur Verfügung. Er wurde an einen Güterzug angehängt, aber immerhin war's ein Abteil mit Holzsitzen, verschiebbaren Fenstern und einem Klosett.

Fast eine Woche fuhren sie bis Jessey. Dann wurde der Wagen abgehängt, eine kleinere Lok spannte sich davor, und weg ging's in die Wildnis hinein, von der man glaubte, daß es ein weißes Land sei, unangetastet wie eine Jungfrau. Aber man irrt sich da manchmal, und es dauerte nicht lange, da wurden die Gleise mehrfach, sogar ein Flugplatz tauchte auf mit blinkenden Militärmaschinen, schnellen MiG-Jägern mit Schnauzen wie ein Bienenstachel. Hier endete die Fahrt, man stieg aus und passierte die erste scharfe Kontrolle. Ein Tor in einem mit Hochspannung geladenen Zaun. Ein Offizier der Roten Armee kontrollierte die Ausweise und grüßte höflich, als er Natascha sah.

»Die große Künstlerin«, sagte er galant. »Wir haben Sie gehört, Genossin, im Radio. Ich bewundere Sie. Die Ausweise sind in Ordnung, Sie können passieren.«

Hinter dem Wachhaus wartete ein Militärmannschaftswagen. Ein Feldwebel kam ihnen entgegen, als der Offizier ihm zuwinkte.

»Oho!« rief er, als er Luka sah. »Soll er zum Mond geschossen werden?! Welch eine Freude für das Mondkalb, einen Ochsen zu bekommen.«

Ein rauher Ton war's, und Luka kannte ihn. Er grinste tief zufrieden und spreizte seine Riesenhände.

»Seinen Schädel zerquetsch ich wie ein Eierchen!« grunzte er zu Natascha. »Feldwebel gibt's genug bei uns!«

»Einsteigen, Genossen!« rief der Feldwebel. Dann ging es wieder los, noch durch vier Sperren, und eine ärger als die vorhergehende. Ganz schlimm war's bei der letzten ... dort mußten sie durch einen engen Raum, und ein unsichtbarer Röntgenapparat durchleuchtete sie nach verborgenen Waffen oder Sabotagematerial.

Am Ende des Ganges hielten zwei Rotarmisten Luka fest. Sie legten ihm den Lauf der Maschinenpistole auf die Brust und sagten freundlich: »Komm mit, Genosse! In deinem Magen ist etwas, was nicht hineingehört! Sieht aus wie ein kleines Bömbchen. Komm mit, Brüderchen!«

»Ein Irrtum, Freunde!« sagte Luka entgeistert. »Ich bin gesund und pflege keine Bomben zu verschlucken.«

»Mitkommen!«

Was war zu tun? Einen Irrtum muß man aufklären. Es half auch nichts, daß Natascha schimpfte und beteuerte, es sei ein Irrsinn, so etwas zu glauben. Man setzte sich vor den heimlichen Röntgenschirm und ließ Luka noch einmal durch das Zimmer gehen. Und siehe da ... im Magen Lukas lag etwas Dunkles, Rundes, deutlich Abgegrenztes. Wie eine kleine Eierhandgranate sah es aus.

»Was nun, Genossin?« sagte der Offizier. »Ist das etwas oder nicht?! Müssen wir nicht nachsehen?! Ob's Luka ist oder nicht ... wer kann heute noch einem Menschen trauen? Die eigene Mutter kann ein Anarchist sein. Es ist ein schweres Leben –«

Nur unter Drohungen, ihn zu erschießen, bekam man Luka in die Lage, sich den Magen auspumpen zu lassen. Zwei Ärzte taten es schnell und gewandt und brachten die geheimnisvolle Bombe aus dem Magen an das Tageslicht. Ein verschluckter Pfirsichkern war's, und Luka sagte ächzend: »Es stimmt – gleich vor Jessey war's. Einen Ruck machte der Zug, und weg war er.«

Nach dieser letzten, wirklich scharfen Kontrolle fuhr der Wagen zu einem kleinen, neuen Dorf. Weiße, flache Häuser waren es, dahinter hohe Schornsteine, große weiße Fabrikbauten mit gebogenen Röhren, einem Gewirr von Leitungen und geheimnisvollen Kuppeln. Auf der Straße kam dem Wagen ein Mann entgegen, ein großer

Mann in einem weißen Leinenmantel. Mit beiden Armen winkte er.

»Sedow«, sagte Natascha leise. »Das ist Sedow –«

Einen Stich ins Herz gab es ihr, als sie ihn so auf sich zulaufen sah. Er lachte, er freute sich. Wie ein kleiner Junge war er, ausgelassen und fröhlich ... und es war tatsächlich ein fremder Mann, der dastand und Natascha aus dem Wagen half und sie an sich zog und sie küßte.

»Mein Liebes«, sagte er. Seine Stimme zitterte vor Glück, er legte beide Arme um Natascha und preßte sie an sich. »Mein berühmtes, süßes Vögelchen –«

Nun war man also in Jessey, mitten in Sibirien. Sechs Jahre hatte man darum gekämpft, und Waleri Tumanow war deswegen ertränkt worden. Doch war es nötig gewesen? frage ich, denn Natascha freute sich nicht ihres Sieges über den Beamtenapparat, sondern suchte nach Worten, die sechs Jahre zusammenschrumpfen lassen sollten.

Er freut sich wirklich, dachte sie. Wie fröhlich seine Augen sind. Er liebt mich noch. An nichts anderes hat er gedacht in den langen sibirischen Nächten als an mich. Man sieht's ihm an ... er schwimmt in einem Meer von Glück.

Und je mehr sie so dachte, um so kälter wurde es in ihr. Schrecklich war das, unverständlich. Sie schielte zu Luka hinüber ... der Riese lachte dröhnend. Mit dem Feldwebel tauschte er Erlebnisse aus dem großen Kriege aus.

»Wie lange darfst du bleiben?« fragte Sedow. Vor einem kleinen weißen Haus blieben sie stehen. In ihm wohnte Sedow mit einem anderen Ingenieur. Nun hatte man den Mitbewohner in das Nebenhaus gelegt, um Platz für Natascha und Luka zu schaffen.

»Ich weiß es nicht. Man wird uns zurückholen, wenn es nötig ist –«

Sedow schwieg. Ein paar Tage in sechs Jahren ... wie bescheiden unsere Freuden werden.

»Komm, Natascha«, sagte er stockend. »Hier wohne ich. Bestimmt ist es nicht so schön wie die Wohnung der ›Verdienten Künstlerin des Volkes‹ in Moskau. Eine berühmte Frau bist du geworden –«

Am Abend saßen sie dann ohne Licht im Zimmer, und Sedow erzählte von seiner Arbeit. »Riesige Raketen mit Atomköpfen stellen wir her«, sagte er. »Und eine Kapsel, in der man einen Hund in den Himmel schießen will. Um die Erde soll er kreisen, wie ein neuer Stern. Später wird es ein Mensch sein ... Über hundert Hunde haben wir hier, die dafür ausgebildet werden. Und in einem anderen Ort trainiert man die Offiziere, die einmal bis zum Mond geschossen werden sollen. Ab und zu kommen sie hierher und lassen sich herumschleudern oder in Druckkammern einschließen, wo sie schwerelos werden und herumschweben wie eine Feder im Wind.«

»Und daran arbeitest du, Lukaschka?«

»Ich nicht allein. Wir sind an die vierhundert Ingenieure und Arbeiter hier. Interessant ist's, und es wird nicht lange dauern und wir haben den Vorsprung des Westens aufgeholt. Ja, wir werden ihn überrunden, den Westen!«

Natascha nickte. Sechs Jahre haben wir gewartet, dachte sie. Und was erzählt man sich? Von Kapseln, in denen Menschen in den Himmel geschossen werden. Und Angst hatte sie. Angst vor der Nacht. Angst vor den Zärtlichkeiten, in denen sechs Jahre ertrinken sollten.

In seinem Zimmer schnarchte Luka schon. Durch die dünne Wand hörte man es.

»Du bist müde?« fragte Sedow und legte den Arm um Nataschas Nacken.

Sie nickte. Wie wenn man mir den Hals zuschnürt, so ist's, dachte sie. So fremd ist er, dieser Luka Nikolajewitsch Sedow, und er ist mein Mann, sechs Jahre schon. War's doch ein Fehler, nach Jessey zu fahren?

»Komm«, sagte Sedow leise. »Im Sommer ist auch die Nacht in Sibirien kurz –«

Jetzt müßte immer Tag sein, dachte Natascha. Oh, hätte ich doch die Sonne festhalten können ... Langsam ging sie mit in den Nebenraum, und der Atem Sedows hinter ihr war kurz und heftig ...

Acht Tage blieben sie in Jessey, draußen, mitten im Wald, in dem geheimnisvollen weißen Dorf, von fünf Sperren umgeben und bewacht von Flugzeugen, die weit um den Wald herumkreisten. Juli war es nun, und Luka rannte herum wie ein Riesenaffe, mit bloßem Oberkörper und mit einer Badehose, die ein Schneider der Bewachungskompanie angefertigt hatte. Zwar starrte man ihn entgeistert an, aber es gab keinen Auflauf wie in Moskau.

Zweimal sang Natascha in der Stolowaja der geheimnisvollen Stadt vor den Ingenieuren und Arbeitern Lieder vom Don und der Wolga. Dann saß Sedow in der ersten Reihe, und wie ein Pfau spreizte er sich und blähte sich auf wie ein balzender Hahn.

Am neunten Tag – Sedow war wieder auf seiner Versuchsstation und Natascha stand am Ofen und kochte – trat Besuch in das Haus. Ganz unverhofft war er da, und Luka, der faul auf seinem Bett lag und unter der Hitze stöhnte, richtete sich auf und schrie: »Was ist denn das?! Nicht einmal in Sibirien hat man Ruhe vor der Wanze!«

Nicht leugnen ließ es sich, und eine Träumerei war's auch nicht ... er war da, Freunde, leibhaftig, dick, schwitzend, mit breitem Lächeln und einem Blumenstrauß.

Anatoli Doroguschin war's.

Wen wundert's, daß Natascha erst erstarrt war? Dann rannte sie auf den Dicken zu und umarmte ihn wie ein Väterchen, herzte ihn und jubelte. Verdammt, die Augen wurden Luka feucht, und nicht nur, weil er schwitzte, Genossen. Vergessen war das böse Spiel, das Doroguschin getrieben hatte. Ein erlösender Engel war er, eine Befreiung, ein Stückchen Glanz aus einer anderen Welt.

»Anatoli!« sagte Natascha, nachdem sie ihn genug umarmt und auf die schwitzenden Wangen geküßt hatte. »Woher kommen Sie? Sind Sie frei? Was hat man Ihnen getan? Warum sind Sie hier?«

»Abholen soll ich Sie, Natascha Tschugunowa. Sofort!« Doroguschin setzte sich auf einen Stuhl und trank schnell ein großes Glas kühles Wasser, das Natascha ihm brachte. »Vieles hat sich verändert ... man hat es Ihnen nicht gesagt?«

»Nein –«

»Berija ist verhaftet. Vielleicht hat man ihn schon erschossen. Man säubert, mein Täubchen. Vieles wird umgestellt, in der Politik, in den Jahresplänen, in der Kultur. Ein neuer Geist kommt, ein modernes Gesicht Rußlands. Und Sie müssen sofort zurück – in einer Stunde geht der Zug von Jessey ...«

Natascha sah aus dem Fenster. Das weiße Haus, in dem Sedow arbeitete, konnte sie sehen. Keine Ahnung hatte er ... an seinen blitzenden Geräten stand er jetzt, ein glücklicher Mensch, der auf den Abend wartete.

»Ich muß mich von meinem Mann verabschieden«, sagte sie. »Luka kann packen ...«

»Zum Abschied ist keine Zeit, Natascha! Leg ihm einen Zettel auf den Tisch, ein liebes Briefchen ... Es wird nicht wieder sechs Jahre dauern, bestimmt nicht.«

Natascha blieb am Ofen stehen. O weh, dachte Doroguschin, diese Augen, dieser Mund, dieser starre Kopf. Schon wieder geht es los mit ihr. Nur Schwierigkeiten hat man, weil so ein Weibchen einen eigenen Kopf besitzt.

»Ich muß mit Sedow noch einmal sprechen!« rief sie.

»Warum? Du kannst ihm alles schreiben. Der Zug bleibt nicht stehen ... und in Moskau warten sie auf uns! Eine Festaufführung, Nataschka ... vor allen westlichen Diplomaten. Politik ist's ... Schwierigkeiten wird es geben, wenn wir nicht pünktlich sind. Und können wir Schwierigkeiten gebrauchen, jetzt, wo Berija weg ist?«

»Geändert hat sich alles?« schrie Natascha.

»Glauben wir es, Täubchen. Glauben wir es.« Doroguschin wischte sich den Schweiß vom Gesicht. »Es ist immer gut, wenn der Mensch an irgend etwas glaubt –«

Während Luka die Koffer packte, schrieb Natascha einen langen Brief. Ungeduldig stampfte Doroguschin herum, sah auf seine Uhr und stopfte dann Wäsche und Kleider in die Koffer. Er mußte es tun, denn Luka saß gequälten Gesichtes auf einem Stuhl und hielt sich den Magen fest. »Wieder pumpen werden sie!« schrie er. »Kirschen habe ich gegessen, und zwei Steine sind im Magen! Natascha, Nataschka ... sag es ihnen, daß es nur Kirschen sind.«

Der Wagen des Wachkommandos, der vor dem Hause wartete, hupte mehrmals. Doroguschin schleppte die Koffer hinaus und trat Luka gegen das Schienbein. »Los! Nimm deinen Sack«, rief er. Dann rannte er zurück zu Natascha, die den Brief verschloß und auf den Tisch legte. Dann trat sie an das Fenster und sah hinüber zu den weißen, langen Gebäuden, in denen Menschen und Tiere vorbereitet wurden, in den Himmel geschossen zu werden.

»Du wirst ihn wiedersehen!« sagte Doroguschin. »Bald schon, bestimmt! Liebst du ihn denn noch?!«

Natascha senkte den Kopf. »Es hatte wieder begonnen –«, sagte sie leise. »Nun wird es wie eine ewige Nacht werden ... Leid tut er mir, der liebe Luka Nikolajewitsch.«

Der Wagen hupte wieder. Luka kletterte auf den Sitz. Bleich sah er aus. Die Kirschkerne machten ihm ernstlich Sorgen.

»Komm«, sagte Doroguschin. »Ich habe das Gefühl, daß du dich selbst belügst, Natascha ...«

Sie antwortete nicht. Einen Schal band sie um die langen, schwarzen Haare. Staubig war's auf den Wegen zu den vier Kontrollen, und wie durch Mehl gezogen sah man aus, wenn man den kleinen Bahnhof von Jessey erreicht hatte.

Es ist ein Jammer mit den gründlichen Beamten, Freunde. Lukas Kirschkerne – wen wundert's noch? – erregten Mißfallen. Die Röntgenkontrolle zeigte sie im Magen, und so sehr Luka auch schrie und einen großen Tisch durchs Fenster warf, so eindringlich Doroguschin auf die rasende Zeit hinwies und Natascha bezeugte, daß es nur Kerne seien ... man legte Luka auf den Tisch und pumpte ihm wieder den Magen aus.

»Genauso sehen Kapseln mit Mikrofilmen aus«, erklärte der Offizier als Entschuldigung seines Tuns. »Es geht nicht anders, Genossen! Man muß seine Pflicht tun!«

Die Kirschkerne kamen zum Vorschein und wurden als ungefährlich identifiziert. Luka schwankte vom Tisch und lehnte sich bleich an die Wand.

»Ihr räudigen Hunde!« stöhnte er. »O ihr Dreckgeburten!«

»Sie können passieren!« sagte der Offizier und grüßte. »Eine gute Fahrt wünsche ich! Grüßen Sie mir Moskau.«

»Eine Bombe schicke ich dir!« brüllte Luka und stampfte Natascha nach.

»Auch die Pakete werden geröntgt!« rief der Offizier und lachte.

Der Zug wartete noch auf sie. Man hatte angerufen beim Bahnhofsvorstand. Es gebührt Luka der Ruhm, die russische Eisenbahn mit seinem Magen aufgehalten zu haben. So etwas kann sich hören lassen!

Natascha sah nicht aus dem Fenster, als der Güterzug mit dem angehängten Personenwagen wieder durch die sibirische Unendlichkeit davonfuhr. Ich lasse sie zurück, meine Vergangenheit, dachte sie. Endgültig wird sie begraben sein in einem Wald bei Jessey. Armer, armer Sedow... nicht glauben wollten wir, daß es möglich ist, die Seele eines Menschen an die Leinen eines Puppenspielers zu knüpfen. Sie haben es getan, und nun tanzen wir an unsichtbaren Fäden. Und merkwürdig ist's, daß wir es nicht empfinden, sondern manchmal glücklich sind... Ob man dazu ein Russe sein muß? Wer will's beantworten...?

Natascha sang in Moskau, in Prag und in Bukarest. Herumgereicht wie ein riesiger Edelstein wurde sie, ausgestellt, bewundert, mit Blumen und Lob überschüttet. Viermal warf Luka feurige Verehrer die Hoteltreppe hinunter, und neunundvierzigmal gaben ahnungslose Blumenhändler große Buketts ab, an denen Briefe mit Heiratsanträgen hingen. Luka schlug ihnen die Sträuße um die Ohren, und da es meistens Rosen waren, rannten die Händler fluchend und jammernd mit zerkratzten Gesichtern davon.

Doroguschin war wie immer sehr zufrieden. Natascha fragte nicht mehr nach Luka Nikolajewitsch Sedow. Zwar schrieb sie ihm, aber das alte Spiel setzte sich fort, daß die Briefe im Kreml liegenblieben. Die Post aus Jessey verschwand ebenfalls. Zwei Tage hatte Sedow gewütet, als er am Abend sein Haus verlassen fand und den Brief Nataschas gelesen hatte. Er trat in den Streik und legte sich ins Bett, um zu hungern. Aber nicht lange. Eine Gruppe Soldaten kam ins Haus, holte ihn aus dem Bett, führte ihn in den Wald und stellte ihn an einen Baum.

»Sie sind ein großer Könner, Genosse«, sagte der Offizier, der mit einem Wagen bereits wartete. »Rußland kann ungern auf Sie verzichten. Aber wenn es sein muß... schon wegen der Moral, Sie verstehen, Genosse?! Im Wettrennen mit dem Westen kann sich keiner eine Sabotage leisten, das müssen Sie begreifen. Wenn Sie allerdings weiterarbeiten wollen wie bisher –«

Sedow wollte es. Wer will ein Held sein, wo das Unabänderliche stärker ist? Man führte ihn also wieder zurück in die weiße Stadt, er ging zu seinem Arbeitsplatz und baute die Apparate zur Messung der Strahlungen außerhalb der Raumkapsel.

Aber schweigsam wurde er. Nicht mehr lachen sah man ihn, im Kino saß er nicht mehr und auch nicht in der Stolowaja-Kantine, wo man abends Karten spielte oder Schach. Er saß nur immer in seinem Haus, und Falten bekam sein Gesicht.

Ihn frißt die Liebe auf, spotteten die anderen. Er ließ sie lachen. Etwas anderes war's, was in ihm bohrte... ein Wahnsinn, zugegeben, aber zu einem Lebensinhalt wurde er: Man müßte in den Westen können... in den Westen...

Sedow begann, Rußland zu hassen. Das ist das Schrecklichste, was einem Russen geschehen kann. Nur der kann's ermessen, der es liebte.

Und so ging die Zeit dahin, man wußte gar nicht, wo die Tage blieben... es schneite, es blühte, es reifte... und dann war wieder der Eiswind da, die Wolga fror zu, und Luka holte die Pelze aus dem Mottenschrank.

Im Kreml änderte sich wieder etwas. Malenkow trat ab, und der kleine, rundliche Chruschtschow regierte plötzlich, und Bulganin wurde Staatspräsident, sie reisten herum und lächelten, drückten die Hände aller Politiker und machten allenthalben Kopfschmerzen in den Ministerien, von London bis Peking und von Tokio bis New York. Nicht mehr auskennen tat man sich mit den Sowjets, und das ist arg für einen Diplomaten.

An einem Abend im Frühling 1961 begleitete Anatoli Doroguschin, ein wenig fetter geworden und nun mit fast weißen Haaren, Natascha Tschugunowa in den Kreml. Im Innenministerium erwartete sie ein hoher Staatsbeamter und begrüßte Natascha mit einem Handkuß. Freunde, man sieht daran die große Änderung der

Zeit! Wo gab es das, daß ein Genosse die Genossin auf die Hände küßt?! Man hätte früher so etwas in ein Irrenhaus gesteckt.

Also – ich wiederhole es, weil's so selten war – der Genosse Staatsbeamte küßte Nataschas Hand und sagte:

»Eine erfreuliche Nachricht für uns alle: Endlich, endlich ist es soweit. Wir können die Gastspielangebote der westlichen Opern annehmen! Wir haben unseren Staatszirkus herumgeschickt ... es war ein großer Erfolg. Wir haben im Fußball, im Kunstturnen, im Eiskunstlauf, auf der Olympiade und im Konzertsaal den Namen unseres Vaterlandes berühmt gemacht ... nun soll die Krönung kommen: Natascha Tschugunowa wird die Opernhäuser der ganzen Welt erobern! Für das Ansehen Rußlands! Ist das nicht ein großer Tag, Genossen?!«

»Wie eine Morgenröte!« rief Doroguschin poetisch.

»Nur eines ist noch da«, sagte der Beamte. »Die Politik.«

»Ich singe Opern und keine Parteilieder«, antwortete Natascha.

»Genauso ist's.« Der Beamte wurde ernst und dienstlich. »Schon Ihre Antwort, Genossin, verletzt die Politik. Darum sind wir hier zusammengekommen. Sie sind nicht nur eine Sängerin, sondern Sie sind der Repräsentant des ganzen Volkes. Ein Botschafter der Kunst gewissermaßen. Botschafter Sowjetrußlands! Nicht vermeiden lassen wird es sich, Ihnen vor der Reise in den Westen einige Schulungen zu geben, Sie verstehen? Sie müssen immun sein gegen alles, was man über Rußland sagt. Häßliches sagt man über uns ... und der Applaus, der Ihnen entgegenbrandet, ist propagandistisch; versuchen wird man, Sie hinüberzuziehen, um uns zu schaden. Es hat einige Genossen gegeben, die sich verschachern ließen ... nun sind sie in New York oder Paris oder London, und das Heimweh zerfrißt sie. Das möchten wir vermeiden, Natascha Tschugunowa, in Ihrem Fall.« Der

Beamte räusperte sich und blickte auf ein Bild Lenins, als sehe er es zum erstenmal. »Man muß bedenken, daß uns der Genosse Ingenieur Sedow sehr, sehr viel wert ist. Er hat Gagarin geholfen, in den Weltraum zu fliegen und die USA weit zu überrunden. Ein Genie, dieser Sedow, wirklich. Aber er wäre sehr gefährdet, wenn seine Frau sich westlichen Tendenzen zuwendete –«

»Ich bin Leutnant der Roten Armee«, sagte Natascha steif. »Ich trage den Leninorden, ich habe für mein Vaterland gekämpft ... eine Beleidigung ist's fast, mit mir so zu reden ...«

Der Staatsbeamte nickte mehrmals. »Wir verstehen uns, ich bemerke es mit großem Wohlgefallen. Das macht mich fröhlich, Ihnen etwas zu verraten. Genosse Chruschtschow will Sie nicht in die Welt reisen lassen ohne besondere Ehrung. In Kürze werden Sie auch noch den Staatspreis erhalten, Natascha Tschugunowa. Sie sind damit die höchstgeehrte Künstlerin.«

Doroguschin klatschte in die Hände. »Den Staatspreis!« rief er laut. »Welche Ehre! Welche Freude!« Natascha stimmte nicht in seinen Ausbruch ein. Mit ernstem Gesicht, unbeweglich stand sie da. Doroguschin kitzelten die Haarwurzeln. Wie dumm, dachte er. Oje, wie dumm. Nie lernt sie es, daß sie nicht mehr die Wölfin aus den Sümpfen ist.

»Wann singe ich?« fragte Natascha. Der Beamte sah auf eine lange Liste.

»Es beginnt im Januar 1962 in Rom. Dann Wien, Mailand, Neapel. Im März New York und San Francisco. April in London und Paris –« Der Beamte reichte Natascha eine eng beschriebene Seite über den Schreibtisch. »Hier Ihre Partien. Tosca, Madame Butterfly, Leonore in ›Troubadour‹, Senta in ›Fliegender Holländer‹, Desdemona in ›Othello‹ und die Aida.«

»Ein wundervolles Programm!« ließ sich Doroguschin vernehmen. »Es zeugt von großem Geschmack, Genosse.«

Natascha knickte das Papier zusammen und schob es in ihre Handtasche. »Das ist alles, Genosse?«

»Ja. Nur noch ein kleiner Wunsch ist da, ein persönlicher Wunsch des Chefs des GRU. (Der militärische Spionageapparat.) Ein großer Verehrer Ihrer Kunst ist er, der Genosse General. Er läßt Sie grüßen –«

»Und –?«

»Es wird sich so arrangieren lassen, daß bei den Festbanketten auch die Attachés der westlichen Militärs um die Gunst bitten, mit Ihnen zu soupieren. Seien Sie großherzig, Natascha Tschugunowa, und hindern Sie die Herren nicht, wenn sie von ihren Nöten und Sorgen sprechen. Ein offenes, frauliches Ohr ist stets wie heilende Salbe gewesen –«

»Ich verstehe«, sagte Natascha steif.

Der Beamte reichte ihr die Hand. Nur mit Widerwillen nahm sie sie und ließ sie schnell wieder los.

»Viel Glück und Erfolg, Genossin.«

Ohne Dank verließ Natascha mit Doroguschin den Kreml. Erst im Wagen befleißigte sich Doroguschin, einen Tadel loszuwerden.

»Beobachten wird man Sie jetzt!« stöhnte er. »Wie kann ein Mensch so unklug sein?! Was haben Sie, Natascha, gegen die Regierung? Nie ist's Rußland besser ergangen als jetzt! An der Spitze der Welt stehen wir! Wie soll man Sie verstehen?«

»Ich suche Freiheit!« sagte Natascha hart. »Gekämpft habe ich für sie, zwei Männer, die ich liebte, habe ich für sie geopfert ... Freiheit, Doroguschin! Wissen Sie, was das ist?«

Doroguschin senkte den Kopf. Leise sagte er: »Verlernt habe ich's ... es lebt sich dann gesünder –«

Die große Reise hatte begonnen. In Rom sang Natascha Tschugunowa die Tosca. Der italienische Staatspräsident saß in der Loge, alle Minister waren gekommen, die Diplomaten und auch der sowjetische Botschafter. Das Funkeln der Geschmeide blitzte bis auf die Bühne ... im Foyer der Oper war ein kaltes Büfett aufgebaut mit Dingen, die Natascha nie gesehen hatte. Auch Luka umkreiste es. Einen dunklen Anzug trug er, und obgleich ihn dieser etwas menschlich machte, wagten die Köche nicht zu protestieren, als Luka eine silberne Platte mit kalter Gänsebrust in Aspik vom Büfett nahm und sich damit geruhsam in eine Ecke setzte. »Gut, Genossen, gut!« lobte er. »Ein zartes Hühnchen fürwahr ... Wißt ihr, auf der Sowchose ›Ukraine‹ mästet man zehntausend flinke Hühnerchen ...«

Anatoli Doroguschin führte ihn schließlich ab, als Luka eine Platte mit Aalen anging. Der Chefkoch hatte verzweifelt um Hilfe telefoniert. Hinter der Bühne setzte Doroguschin den Riesen auf ein Mauerstück, das im letzten Akt für das Bühnenbild der Engelsburg gebraucht wurde, und sagte: »Ich schicke dich zurück, wenn du das Ansehen des Vaterlandes schädigst!«

»Nicht mal ein Pröbchen Essen gönnt man mir!« schrie Luka. Aber er war friedlich, aß seinen Aal und warf nur die leere Silberplatte mit dem Papierspitzendeckchen Doroguschin an den Frack, als dieser an ihm vorbeiging. Einen Fettfleck gab's auf dem seidenen Revers, und Doroguschin hob die Fäuste.

»Zurück kommst du! Zurück, du Riesenaffe!« drohte er.

Von Rom fuhr man nach Athen. Kopfschüttelnd ging Luka durch die Akropolis, betrachtete die Tempelfriese und stand sinnend vor den Abbildungen nackter griechischer Jünglinge und Mädchen.

»Die Welt ist rätselhaft, Natascha«, sagte er danach. »Und welch ein Land ist das! Männlein und Weibchen gehen nackt herum, aber zu faul sind sie, die Trümmer wegzuräumen! Ist das eine Organisation?«

Sie kamen ins Hotel zurück.

Gibt es Gespenster, Freunde? Bitte, lacht nicht ... irgendwie kommt einmal der Augenblick, wo man denkt: Hui – es gibt sie doch! Mit Natascha, Luka und Doroguschin war es so, als sie die Halle des Hotels betraten und ihre Schlüssel verlangten.

Eine Stimme klang hinter ihnen auf, ein Jubelruf, ein Freudenschrei. »Natascha, Liebes!«

Vor ihnen stand Luka Nikolajewitsch Sedow. Oder war er's gar nicht? Luka riß den Mund auf, Natascha wurde bleich, und Doroguschin wagte es, zu sagen: »Ein Gespenst!«

Jedoch es stellte sich heraus, daß es wirklich Sedow war, der gute, liebe, arme Sedow aus Jessey in Sibirien. An seine Brust riß er Natascha und herzte und küßte sie vor allen Leuten, und dann weinte er vor Freude, dieser große, starke Mann, und saß in einem Sessel und flennte wie ein Weib, dem man gesagt hat, es bekäme nun das vierzehnte Kind.

Doroguschin sah Verwicklungen, kaum daß er voll begriff, hier könne etwas nicht normal sein. Luka schwieg, denn auch er empfand, daß dieses Wiedersehen unnatürlich sei.

»Wo kommst du her?« fragte Natascha und hielt Sedows Hände umklammert. Wie alt er geworden ist, dachte sie traurig. Weiße Haare hat er und Falten um die Stirn und die Augen. Sie hob die Hand und streichelte sein Gesicht, und es war Zärtlichkeit in ihren Fingern, von denen Sedow jahrelang geträumt hatte.

»Ein Kongreß ist in Wien«, sagte er glücklich. »Ein Astronautenkongreß. Ich bin mit einer Delegation unseres Landes dort. Da las ich, daß du in Athen singst. Wien und Athen, dachte ich. So nahe bist du nie wieder deiner Natascha. Und so bin ich hierher geflogen, um dich zu sehen ... nur einen Tag zu sehen ... Ich liebe dich doch, Natascha, Täubchen –«

Doroguschin nagte an der Unterlippe. Genauso ist's, dachte er. Einfach weggeflogen ist er, wie ein junger Adler, den der Himmel lockt. Und sie wissen nicht, wo er jetzt ist. Oje, man wird dem guten Luka Nikolajewitsch Schwierigkeiten machen.

»Man weiß, wo Sie sind?« fragte er völlig überflüssigerweise.

»Nein, Genosse Doroguschin.«

»Suchen wird man Sie.«

»Gewiß!«

»Sie haben sich keine Gedanken gemacht?«

»Hier ist eine freie Welt, Genosse! Ich spüre diese Freiheit in mir! Morgen werde ich zurück sein ... und dann wird es wieder Jahre dauern, bis mich Sibirien freigibt. Man sollte mir den einen Tag wohl gönnen! Nur einen Tag in Freiheit und Glück ...«

Doroguschin antwortete nicht. Ein armer Mensch, dachte er nur. Wenn ein dressierter Tiger ausbricht und die Freiheit riecht, erschießt man ihn, denn niemand wird ihn wieder durch die Reifen springen lassen. Ist's nicht genauso mit den Menschen? Es wird ein hartes Brot sein, das man Sedow vorsetzt.

Jedoch er sagte nichts davon. Nur rief er an in Wien und beruhigte die Genossen von der Astronautik, die schon in Moskau zitternd angeläutet hatten: Genosse Sedow ist geflüchtet. Verrat!

Am Abend sang Natascha Tschugunowa in der Athener Oper die Leonore in Verdis Troubadour. Wie sinnreich, dachte Doroguschin hinter der Bühne. Ein Liebender, ein Kampf gegen Tyrannen, eine Kerkerszene und ein Tod durch Bruderhand ... Hör zu, Genosse Sedow ... wenig Verständnis hat die Neuzeit für einen Troubadour.

In der Nacht noch flog Sedow zurück nach Wien. Natascha und Luka brachten ihn zum Flugzeug, und im Licht der Scheinwerfer, die die Startbahn erleuchteten, sahen sie, wie er durch das kleine runde Fenster winkte. Immerfort, mit beiden Händen, ein kleiner, armer Mensch, der ein Zipfelchen des Glückes festgehalten hatte.

»Ich liebe dich«, hatte er beim Abschied gesagt. Und er sagte es, als ob es das letztemal sei, so etwas zu gestehen. »Ich werde dich immer lieben, Natascha ... mehr als den eigenen Atem –«

Nun flog er zurück nach Wien, und Natascha winkte noch, als das Flugzeug längst in der Nacht verschwunden war.

Paris hatte sich Luka anders vorgestellt. Wer tut das nicht, bevor er nicht selbst in Paris gewesen ist? An jeder Ecke ein heißes Weibchen, hatte man ihm gesagt und mit den Augen gezwinkert. Kleine Teufelchen sind's, die Pariserinnen. Auch dich werden sie müde kriegen, paß auf, Genosse!

Ich bitte nun – was war? Nichts war, Genossen. Ein Autoverkehr wie überall in den Städten, Benzingestank und Hupengebell, hohe Häuser und weite Parks, Plätze und Gassen ... nicht anders als in Moskau. Ja, und Weibchen waren da, sicherlich ... auf den Champs-Elysées etwa oder dem Boulevard Haussmann, auf der Place de la Concorde und vor den Tuilerien ... aber keine sah Luka an, und als er mit der Zunge schnalzte und winkte, sagten sie »Parbleu!« und liefen schneller.

Enttäuscht ging Luka zum Hotel zurück. Dort traf er Doroguschin. In der Halle saß der Dicke und trank Cognac. Weiß war er im Gesicht, und zittern tat er, und zwei andere Männer saßen neben ihm und redeten auf ihn ein. Als sie Luka kommen sahen, sprangen sie auf und rannten ihm entgegen.

»Entsetzlich!« heulte Doroguschin wie ein verwundeter Wolf. »Luka ... geh hinauf! Hol sie herunter! Berede sie!

Eine Dummheit ist's, was sie tut! Ein Skandal! Ganz Rußland wird blamiert! Hier, laß es dir sagen ... das ist Genosse Alexei Igorowitsch Galjanow und der Genosse Fjodor Viktorowitsch Pleskow. Von der Botschaft sind sie! Und sie läßt sie nicht vor! Sie hat sich eingeschlossen! Sie hat mit dem Polizeipräfekten telefoniert, mit dem französischen Außenministerium! Verrückt ist sie! Total verrückt!«

Luka verstand ihn nicht. Er sah zu Galjanow und Pleskow und dann zurück zu Doroguschin, der bebend an einer Säule lehnte.

»Natascha?« fragte er. »Was ist mit ihr?«

Galjanow winkte, als Doroguschin etwas sagen wollte. »Lassen Sie es mich erklären, Luka«, sagte er ruhig. »Die Genossin Natascha Tschugunowa hat einen kleinen Nervenzusammenbruch bekommen. Krank ist sie. Sie muß sofort in ärztliche Betreuung. Vor dem Hotel wartet unser Wagen. Wir werden sie in die Botschaft bringen und den besten Arzt herbeiholen. Sie müssen helfen, daß sie mitfährt.«

»Natascha? Mein Täubchen?« Lukas Stimme schwoll an. »Krank ist sie? Krank?! Mein Vögelchen ist krank ...?«

Einem Bergsturz gleich überrante er alles, was in seinen Weg trat ... die Tische, die Stühle, drei harmlose, friedliche Gäste ... auf geradem Wege, ohne Aufenthalt, jagte er zum Fahrstuhl, stieß den Boy in die Kabine und brüllte: »Zu Natascha, du Wurm! Zu Natascha!«

Vor der Zimmertür hieb er mit der Faust dagegen und schrie: »Mach auf, mein Liebling. Niemand tut dir etwas! Mach auf ...«

Dann stand er im Zimmer. Natascha sah nicht krank aus, nur ihre Augen waren weit, und Luka sah, daß es Entsetzen war, das in der Tiefe glühte. Und Angst war es, so wilde Angst, daß er Natascha an sich zog, die Arme um sie schlang und sagte:

»Luka ist da, mein Vögelchen. Luka ist da. Die Welt muß man auseinanderreißen, bis man dich bekommt.«

»Sie haben ihn getötet«, sagte Natascha leise. »Einfach getötet. Erschossen haben sie ihn. Wegen Spionage –«

»Wen?«

»Luka Nikolajewitsch Sedow ...« Sie drückte das Gesicht an seine Brust und schrie gegen diesen Berg aus Fleisch und Knochen: »Erschossen haben sie ihn, nur weil er bei mir war. Ein paar Stunden nur ... Ich habe ihn getötet. Ich, Luka, ich! An seiner Liebe ist er gestorben. – Man hat ihn umgebracht!«

»Woher weißt du das?« fragte Luka heiser.

»Hier steht es ... hier ...« Natascha rannte zu einem Tisch. Eine Zeitung lag dort, eine russische Zeitung, die Emigranten in Paris herausgaben. »Lies es ... lies!«

»Vor einer Woche wurde, wie uns durch Freunde verraten wurde, der Ingenieur L. N. Sedow erschossen, wegen Verdachts der Spionage für den Westen. Bis zuletzt beteuerte er seine Unschuld. Wieder ein Opfer der Willkür, die in unserem armen Vaterlande herrscht ...«

Luka las es, sein dicker Kopf pendelte hin und her.

»Es stimmt. Erschossen hat man ihn. Was willst du tun, Natascha?!«

»Ich habe es schon getan!« schrie sie grell. »Ich fahre nie, nie, nie mehr nach Rußland zurück. Ich bleibe hier, in Paris, in London, in New York ... irgendwo ... Überall ist es besser als in Rußland! Ich will nicht mehr, Luka ... ich kann nicht mehr ...«

Luka sah sie an, wie sie auf dem Bett lag und weinte. »Nie mehr nach Rußland«, sagte er dumpf. »Täubchen ... das geht doch nicht ... das halten wir doch nicht aus ... Ersticken werden wir am Heimweh –«

»Ich nicht!« schrie Natascha wild. »Dreimal habe ich geliebt, und jede Liebe hat mir Rußland weggenommen! Ich hasse dieses Land! Ich hasse es!«

»Wir lieben es, Natascha. Es ist doch Mütterchen ...«

»Nicht mehr, Luka! Nie mehr! Wir bleiben hier!« Natascha richtete sich weinend auf. »Ich habe um Asyl gebeten ... gleich werden sie kommen und mich abholen, dich und mich. Wir werden in einer schöneren Welt leben –«

Durch Luka lief ein Zittern. Ein Röcheln brach aus seiner Brust, und er warf die Arme nach vorn und fiel krachend auf die Knie.

»Wir werden Mütterchen nicht wiedersehen?«

»Nie mehr, Luka –«

»Die Steppe nicht? Den Wald nicht? Die Sonnenblumen und den Kreml? Die Pferdchen und die Wölfe –?«

»Nichts mehr, Luka. – Wir haben keine Heimat mehr ...«

Durch den riesigen knienden Körper lief ein wildes Zucken. Dann rutschte er auf den Knien vorwärts, die dicken Hände gefaltet, wie die Bauern in der Kirche ... damals, als sie um Regen oder Sonne flehten und bis zum Popen auf den Knien rutschten ... und er weinte, der Riese, er heulte laut wie ein getretener Hund, und die gefalteten Hände hob er zu Natascha und brüllte:

»Tu es nicht, Täubchen ... wir können doch nicht leben ohne Mütterchen ... was sind wir denn ... wir werden weinen und uns das Herz zerreißen ... Tu es nicht ... ich bitte dich ...«

Bis zu ihrem Bett kroch er und legte den Kopf auf ihren Schoß. Dort weinte er weiter, umklammerte ihren Leib und streichelte ihn, kindlich bittend und zuckend wie ein sterbender Hund.

»Wir werden es ertragen müssen, Luka«, sagte Natascha leise. »Was ist das für eine Mutter, die ihre eigenen Kinder frißt?«

Nach einer Stunde kam Luka wieder hinunter in die Halle. Doroguschin, Galjanow und Preskow rannten ihm entgegen.

»Sie kommt?« rief Doroguschin.

»Geht nach Hause!« sagte Luka heiser.

»Genosse Luka«, sagte Galjanow, »bedenken Sie, was es bedeutet, wenn Rußland –«

»Was ist Rußland, Brüderchen?« Luka griff zu und faßte Galjanow am Kragen. Umdrehen tat er ihn und trat ihm ins Gesäß, daß er durch die Halle schoß und gegen einen Tisch fiel.

»Das ist Rußland!« brüllte er. »Ein Tritt in unser Herz!«

»Bist du verrückt?!« kreischte Doroguschin. »Er ist ein Botschaftsrat! Was ist mit Natascha?!«

»Sie bleibt in Frankreich! Ich auch!«

Es war der Augenblick, in dem der dicke Anatoli Doroguschin seufzte und sich mitten in der Halle auf den Teppich legte. Galjanow saß in einem Sessel, er blutete aus der Nase und dem Mund. Nur Pleskow stand noch unversehrt, aber er hatte sich davongemacht und lauerte aus dem Hintergrund.

Auf der Straße heulten einige Polizeiwagen. Mit zwei Offizieren und zwanzig Polizisten kam der Polizeipräfekt in das Hotel.

»Kommen Sie mit, Freundchen«, sagte Luka. Und dann versagte ihm die Stimme wieder, weinend sah er auf Doroguschin und winkte dem Besinnungslosen zu.

»Leb wohl, Brüderchen«, schluchzte er. »Und küß mir Mütterchen –«

Dann rannte er davon, denn in die Halle stürmten die Reporter, um die Sensation zu knipsen.

Zwei Stunden später wußte es die ganze Welt. Natascha Tschugunowa kehrt nicht mehr zurück nach Rußland.

Der sowjetische Botschafter protestierte.

In zwei geschlossenen Wagen brachte man Natascha und Luka aus Paris hinaus ... irgendwohin, in das Seinetal, in eine abgeschiedene Villa, um die ein Kordon Polizei gezogen wurde.

Anatoli Doroguschin schrieb um diese Zeit noch einen Brief. Ein Testament war's, und mit ihm die Klage eines Menschen, der stets im Staube kroch und allen Tritten auswich, die ihn zerquetschen konnten.

Dann war auch Doroguschin kalt und wie befreit. Er nahm zwei kleine, unscheinbare Tabletten und legte sich ins Bett.

Am nächsten Morgen fand man ihn. Ganz steif war er.

Es war ein sonniger Abend. Über die Seine glitten vergoldete Blätter, und das Wasser rauschte über die Steine wie an der Wolga oder am Don oder am Jennessei.

Luka lag im Gras und Natascha saß neben ihm. Enge, lange Hosen hatte sie, mit Goldfäden durchwirkt. Wie ein Junge sah sie aus, oder wie ein zerbrechliches Püppchen, aus feinstem Porzellan, mit Goldstaub bespritzt.

»Ich werde wieder singen, du Bär«, sagte sie. »Weißt du es schon?«

»Ja, mein Täubchen«, sagte Luka und zerquetschte eine freche Mücke.

»Die ›Aida‹. In der Pariser Oper.« Natascha beugte sich über Luka und riß ihn an den wirren Haaren. »Ist es nicht schön, du Bär ... Ich werde singen in einer freien, schönen Welt ... und wir können hinfahren, wohin wir wollen, wir können tun, was wir wollen, ich kann singen, wo ich will ... Wir können wollen, Luka ... ist das nicht etwas Herrliches?«

Luka schwieg lange. Dann sagte er leise: »Kannst du die Steppe vergessen, Täubchen?«

»Warum fragst du?« Natascha ließ seine Haare los und starrte über den rauschenden Fluß.

»Die Wolga ... Natascha?«

»Schweig!« sagte sie hart.

»Das kleine Krassnoje Mowona ... durch den Schnee haben wir uns gegraben, Fedja und ich ...«

»Du sollst schweigen!« schrie Natascha.

»Kann man's vergessen, Täubchen? Ich will nur sagen: Irgend etwas von uns kehrt doch zu Mütterchen zurück –«

»Und warum willst du das ...?«

»Man muß doch dankbar sein, mein Täubchen ... Hat uns Mütterchen nicht dich geschenkt ...?«

»Du bist und bleibst ein Idiot!« lachte Natascha.

Und dann standen sie am Ufer und warfen viele Hände voller Steine in den Fluß, als seien es Gedanken, die eine weite Reise vor sich hatten.